# 二人キリ

村山由佳

集英社

# 二人キリ　目次

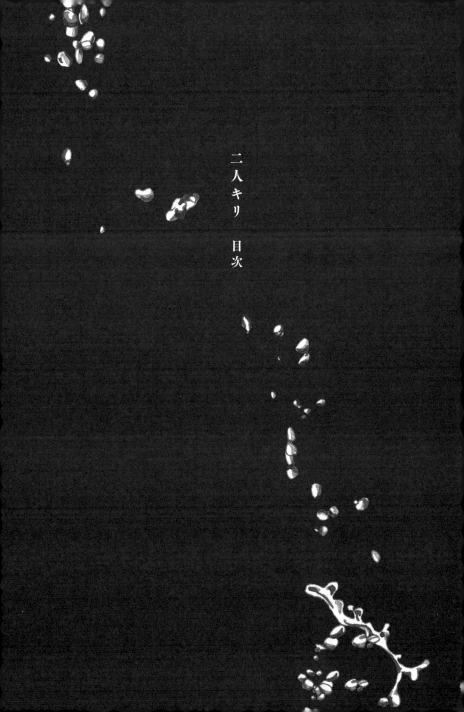

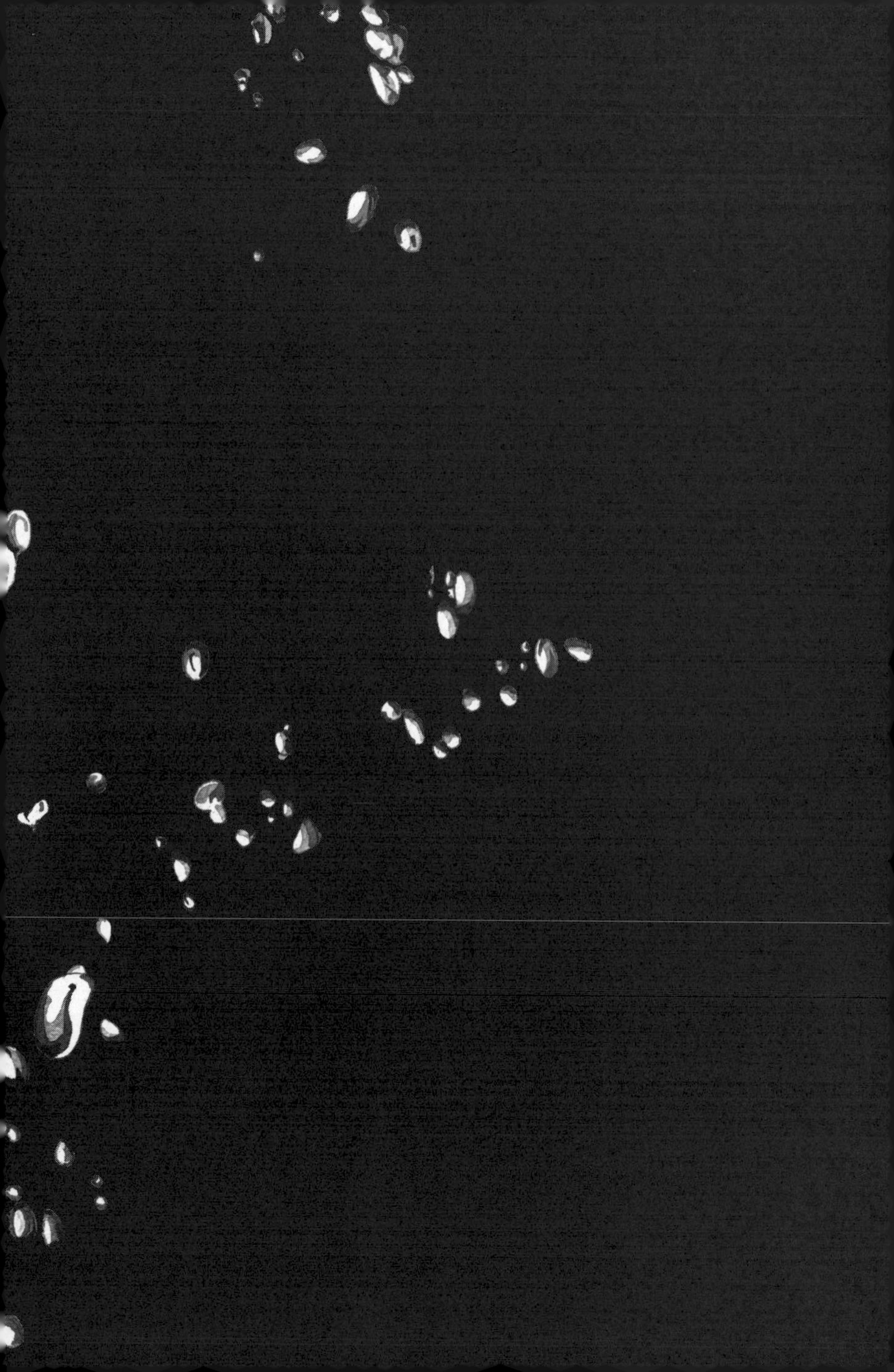

# 二人キリ

——父に捧ぐ

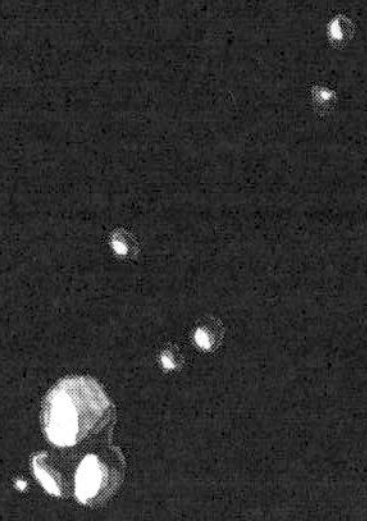

# 第一章

軒先にかかった緑色の暖簾《のれん》が、だらりと垂れて動かない。話には聞いていたがほんとうに緑色が好きらしい。白く染め抜かれているのは「若」の字と五葉の笹だ。おにぎり屋『若竹』――間口の狭い、思っていた以上に小さな店だった。

かつての吉原《よしわら》遊郭にもほど近い台東区竜泉《りゅうせん》、千束稲荷《せんぞくいなり》神社の鳥居と一対のお狐さんを背にして立ち止まると、僕は通りの向かいにたつその店を眺めやった。照りつける陽射しに、自分の影が短い。神社の木々の梢から蟬時雨《せみしぐれ》がおそろしいほどの音圧で降ってくる。都電の三ノ輪橋駅からわずかばかり歩いてくる間に噴き出した汗が、開衿《かいきん》シャツの喉もとから胸へと流れ伝わり、額から目にも流れ込み、左目のまわりにはよけいに溜まる気がする。

ハンカチを出して押さえるように拭《ぬぐ》った。ここまで来ておきながら足がすんなりと前へ出ない自分がもどかしい。

〈なあ、いっぺん会ってきなって。今のうちだよ〉

耳もとにRの物言いがよみがえる。

周囲に迷惑が及ぶことのないように名は伏せておくが、度外れて素晴らしい映画を撮るという一点において僕は彼を天才だと思っている。と同時に僕自身にとっては特大の災厄《さいやく》だと思っている。

いずれにせよ、そのRにしてみれば、僕が〈彼女〉と間に合ううちに会って話を聞けるかどうかはこの先いつか撮ろうとしている作品の出来に大きく関わってくるわけで、なるほど躍起《やっき》になって尻を叩くのも当然ではあるのだった。人の撮らないものを撮る、を信条としてきた監督の目に、彼女はいわばファム＝ファタルと映っているようだった。

〈そろそろ向こうもいい歳なんだしさ。人には残り時間てものがあるんだから〉

どこまでも自分勝手な言い草にあきれるが、いつものことだ。僕より七歳も下のくせに、彼には年長者を敬おうという発想がない。

そんなに興味があるんだったらまず自分が会いに行けばいいじゃないかと言ってやると、Rは肩をすくめた。

〈そりゃそうしたいのはやまやまだけど、吉弥《きちや》がいちばんよく知ってるはずだろう？　ほんのちょっとでも昔の話を匂わせたとたん塩をまいて追い返されるって噂じゃないか。それでなくても顔の売れてる俺なんかがのこのこ訪ねたって、ほんとうのところなんぞ聞かせてくれるもんか〉

そう言われても、こっちだって初対面と変わらないのだ。三十年も前の、それもたった一瞬の出来事を覚えている人間なんていているわけがない。

ついでに言うと、僕が彼女の身辺にこれほど詳しいのはひとえに執着心がもたらした結果でしかない。好奇心とか探究心などというにはあまりにも濃くて昏《くら》い、粘つくような、それでいて鋭い欲求。しかしそれはどういうわけか、面と向かって本人と話してみたいという気持ちにはつながらなかった。少なくともこれまでは。

〈ま、そんなに気が進まないんなら無理にとは言わないけれどさ〉

短くなったハイライトの先を灰皿に押しつけながら、Rは僕を横目で見た。

〈知らないよ、あとになって悔やんでも。歳のことを別にしたって、人間いつ何があってもおかしくないんだから。ちょっとでも会うつもりがあるなら、あんまり悠長に迷ってる暇はないんじゃないか？〉

僕と彼女とのささやかで濃厚なつながりを、Rだけは知っている。しきりに勧めるのが自分のこれからのためであるのは当然として、もしかするとそのうちのほんの少しくらいは、子飼いの脚本家のためを思って言ってくれているのかもしれなかった。

ズボンのポケットから古い懐中時計をつかみ出し、顎の下の汗を拭いながら見ると午後二時だった。伝手《つて》をたどって仲介を頼み、暑い中をここまでやって来たというのに、それこそあまり悠長に構えていると先方が出かけてしまうかもしれない。もし今日会えなかったら、おそらく二度と出直して来る気にならないだろう自信はある。

油照りの通りを思いきって向かいへ渡る。伸ばした手でかき分けた緑色の暖簾は少し湿っていた。ガラス戸の把手《とって》に指をかけ、そろりと引き開けて奥へ声をかけた。

「ごめん下さい」

返事がない。

中は窓からの明かりだけで薄暗く、ほんの四坪ばかりの土間にテーブル席が一つ、カウンターは三、四人も座ればもう肩のぶつかる狭さだ。申し訳程度の厨房《ちゆうぼう》の後ろに、一段上がって小さな座敷があるらしい。おにぎり屋とは言うが、要するに一杯飲み屋のようだ。

と、奥から何か聞こえた。水を流す音。かすれた咳払い。

「ごめん下さい」

声を張って再び呼ばわるとようやく「はあい」と応《いら》えがあり、ややあって、秋草柄の藍《あい》の浴衣《ゆかた》をまとった女性が現れた。

小柄でなで肩、色白の瓜実顔《うりざねがお》に気のきつそうな目。——彼女だ。まぎれもなく、彼女だ。

しかしいくらなんでも若すぎる。事件を起こしたあの時点で三十そこそこだったのだからもうとっくに六十の大台には乗ったはずだが、せいぜい四十代半ばの色っぽい年増女《としまおんな》にしか見えない。いったいどういう魔法だ。

口が乾いて声も出せずにいる僕を、

「あら、すみませんね」

さほどすまなそうでもなく言いながら、上がり框《がまち》から見おろしてくる。

「暖簾は今しがた洗って干すのにそこへ出しただけでしてね、お店は五時からなんですよ」

「あ、いえ。自分は店の客ではないのです」僕は慌てて言った。「その……土方《ひじかた》さんからお聞き及びではないでしょうか」

「土方さん？　え、巽《たつみ》センセのこと？」

頷《うなず》くと、ぱっちりとしてはいるが少し奥に引っ込んだような目が、ああ、と見ひらかれた。

「そういえばセンセ、どなたか訪ねてくるようなこと言ってらしたっけ」

さばさばというのか、ぽんぽんというのか、女にしては素っ気ない喋《しやべ》り方をする。

「押しかけてしまってすみません。波多野《はたの》吉弥と申します」

僕は頭を下げた。

「あなたも、踊りのほうの先生でらっしゃるの？」

「いえ。映画を作る仕事をしています。企画を立てたり、脚本を書いたり」

「じゃあやっぱり偉い先生なんじゃありませんか」

如才《じょさい》なくもどこか投げやりに言った彼女が、浴衣の衿《えり》もとのはだけているのを今ごろ気怠《けだる》げにかき合わせる。

「外、今日はとくべつ暑いでしょ。入ってゆっくりなさったら？　おビールでも」

「や、お構いなく。酒はどうも不調法《ぶちょうほう》でして……すみませんが、水だけ頂ければ」

「そうですか。ま、とにかくどうぞ」

上がり框から一段下りて、はだしの爪先を柾目《まさめ》の通った桐下駄に挿し入れる——それだけの動作につい目を奪われる。僕がカウンター席に掛けようとするのを制し、

「こっちへお上がりンなって頂戴な」

六畳間を指さしながら、横をすり抜けて厨房の冷蔵庫を開ける。やかんごと冷やしてあった麦茶をコップに注ぎ、盆にのせ、下駄を脱いで再び上がってくる所作《しょさ》はまるで一筆書きのように滑らかで、このひとのこれまでの日々が透けて見える。

勧められた座布団にはこれまた薄緑色をした麻の包布《ほうふ》がかかっていた。向かい合って腰を下ろした彼女が、初めてしげしげとこちらを見る。僕の左目が動かないことには、とうに気づいているだろうが触れない。

「カウンターのほうがいくらか涼しいんですけどねえ」

うちわを引き寄せ、こちらへ向けてゆっくりあおぎながら彼女は言った。

「常連さんがひょっこり覗《のぞ》いたりしたら面倒でしょ。いつもならこんな時間にお客を通したりしないもんだから」

「恐縮です」

「ま、巽センセのご紹介じゃしょうがない。それで、どういったご用事？」

あっさりと訊かれ、僕は畳に視線を落とした。

どこからどう切りだすべきか、散々考えて決めてきたはずだのに、いざ本人を前にすると頭がまるで働かない。〈あの時〉と同じだ。思うように言葉が出ないと息まで詰まり、耳からこめかみのあたりが熱くなってくる。

「どうしたの。お顔が真っ赤だけど」

「いや、その……すいません」

口ごもる僕を見て、彼女はふっと鼻で息を吐くように笑った。

「失礼ですけど、先生はお幾つ？」

侮《あなど》られた、気がした。

「先生はやめて下さい。歳は……四十二になります」

「あらまあ、ほんと？　ずいぶんとお若く見える」

こっちの台詞《せりふ》だ、と思いながら苦笑してみせる。

「男に『若く見える』は、褒め言葉じゃないですよ」

「そうかしら、そんなことないでしょ。男盛りの愉《たの》しい盛り、ずいぶん女を泣かせてらっしゃるんでしょうねえ」

困って、冷たい麦茶を口に運んだ。

「残念ながらそちらのほうもとんと不調法でして」

「まあ、しらじらしい。こんな好いたらしい風情の色男を、女がほっとくわけがないんだから、ねえ？　たとえあなたがイヤだなんて言ったってね、女のほうからひと苦労したくなっちまうにきまってんだから」

後半は半ば上の空でそんなことを言ったかと思うと、

「ちょいとごめんなさいよ」

彼女はふいにこちらに背を向け、姿見の前に座り直して化粧を始めた。

「いろいろ仕度がありますんでね。お話、どうぞ続けて下さいな、このまま伺いますよ」

夕方の開店まではまだ間があるし、ふだんの彼女ならこれから銭湯へ行くはずなのに、もしや僕という〈男盛り〉の目が気になったのだろうか。仕草や物腰がいちいち無駄に色めいて、息子みたいな年齢の僕から見ても充分に現役の女であることが窺《うかが》える。今も誰かパトロンがいるのかもしれない。

それにしても暑い。毛穴という毛穴をふさぐ湿気とともに、外の蟬時雨が店の屋根を押しつぶすかのように迫ってくる。

と、彼女が大胆にも浴衣の衿ぐりを大きくくつろげて、皺《しわ》ひとつない胸もとや首筋にまで白粉《おしろい》をはたき始めた。慌てて目をそらす僕を、鏡越し、面白そうに眺める。瓜実顔に浮かんだ笑みにはどこか冷淡な、いや残忍なと言ってもいいような気配があって、それを見た時、やっと切りだす決心がついた。

「従業員は置かれないのですか？」

ちらと後ろの店のほうを見やって訊く。

「いるんですよ、一人。三味線弾きのおばさんが来てくれてます」

「そうですか。それはいい。若い者にはもう懲りごりでしょう」

彼女は宙で手を止めた。

「どういう意味？」

「そのまんまの意味ですよ。ここの前の、浅草のお店での一件はお気の毒でしたね」

鏡の中、まだ薄いままの眉がひそめられる。

「ずいぶんよくご存じじゃございませんか。いったい誰から？　巽センセ？」

いいえ、と僕は言った。

「こう申し上げては何ですが、僕は、あなたのこれまでのことなら年表が作れるほど詳しく知っているんです。たぶんあなた自身よりも詳しいと思うな」

彼女はとっさに口をひらきかけたが、思い直したように閉じた。前歯がやや出ているせいで、口を開ける時よりも閉じる時のほうがわずかに時間がかかる。

「ふうん、奇特な人だこと」作り笑いを浮かべながら左の眉を描き始める。「あたしのことなんかそんなに知ってどうするの」

「書いてみたいと思っているんです」

彼女の手が再び止まる。

「なんですって？」

「あなたの真実を、本に書いてみたいんです。一旦《いったん》は記録小説のようなかたちで世に問うて、ゆくゆくはそれをもとに映画を作っ、」

「お待ちよ」

ぴしゃりと遮《さえぎ》られた。声も、こちらをふり向いた顔の色も変わっている。ちっ、と舌打ちをしたとたん、ものすごい早口でまくしたてた。

「冗談じゃないよ。巽センセもいったい何考えてんだろう、そんな話だったらはなからお断りだね。こんちきしょう腹の立つ、うちになんか上げるんじゃなかった、ああもうとっととと帰っとくれ」

畳に手をついて立ち上がろうとする。ほんとうに厨房から塩でも取ってきそうな勢いだ。

「待って下さい」

僕も腰を浮かせて行く手を阻《はば》み、それでも足りずに両手で彼女の肩を押さえた。

「何すんだよ、お放しよ！」

「まずは話を聞いて下さい」

「うるさいったら、帰れ、帰れッ」

癇癪《かんしゃく》持ちの激情家と、聞いてはいたが想像以上だ。手負いの小動物のように後先考えずに腕を振り回す。

「お願いですから、どうか落ち着いて」あえて声を低めてなだめた。「これは決していいかげんな話ではなくてですね、」

「うるさい、黙れ」

「や、わかります。これまであなたがどれだけ、興味本位のテレビ番組や便所紙にも劣るカストリ本に傷つけられてきたかはよくわかってるんです。でもそういうのとは断じて違うんですよ」

「どこがどう違うってんだい。あんたたちのやり口なんかみんなおんなじだよ。絶対へんなふうには書かないからって言うくせに、いざ記事になると淫乱だの色情魔《しきじょうま》だのってどぎつい見出しが躍ってさ」

「いえ、僕はそんなこと絶対にしません。エログロなんかには何の興味もない。そうじゃなくて僕はただ、あなたというひとについてほんとうの、正真正銘の真実を知りたいだけなんです。それをきっちりと伺った上で世に問いたいんだ。あなたたちの名誉のためにも」

互いに膝立ちで睨《にら》み合う。これだけ間近に見ても肌はつやつやしている。

「……あなた、たち？」彼女が唸《うな》る。「たち、って何だい」

「きまってるでしょう。あなたと石田吉蔵《いしだきちぞう》ですよ」

ひゅっと息を吸い込んで何か言いかける彼女を制し、懸命に言葉を継ぐ。

「もう、長いこと……この歳になるまで四半世紀ばかりを費やして、僕は自分の足で調べもしたし、人の話も聞いてきました。消息のわかる関係者を片っ端から探し出して会ってね。かといって、その人たちの話を鵜呑《うの》みにはできない。彼らにとっての〈真実〉は、その人たちの目から見た一方的な解釈でしかないんだから。そうでしょ？　だからこそ、今日こうしてあなたにお願いに上がったんです。あの事件前後の真実をあなたの口から直接伺って、それだけじゃなく僕の集めた証言についての検証もして頂きたい。そして、たとえ最後まで詳しく聞かせて頂いた後であっても、もしもあなたがやっぱりこんなのは駄目だ引っこめてくれとおっしゃるなら、僕はあきらめます。本にして世に問うこともしないし、映画だって作らせません。信じて下さい」

「……信じる？」

彼女が睨み上げてきた。片方だけ描かれた眉が怖い。

「何なんだい、信じるって。そうやってどれだけの男があたしを騙《だま》くらかしてきたか」

「ええ、知ってます。だけど僕はそいつらとは違う」

はっ、どうだか、と嗤《わら》う。

「わかった、じゃあいいよ。あたしが言ったらあきらめるんなら、今ここでケリをつけてあげようじゃないか。ああ駄目だね、そんなことは許さない。引っこめておくれ」

「定《さだ》さん」

初めて名を呼ぶと、彼女の肩がぴくりと跳ねた。

「お願いします、定さん。許す許さないの判断はひとまず置いて、とにかく僕がこれまで書き溜めてきた記録に目を通してみてくれませんか」

「ふん。もしもあたしがその上で、こんなものは何もかも嘘っぱちだ、全部燃やしてくれって言ったらそうするとでも言うのかい」

「それがあなたの望みですか」

「だと言ったら？」

僕は息を吸い込んだ。

「……わかりました。お約束しましょう」

「はあ？」

「二十五年かけて記録してきた証言も、集めてきた新聞や雑誌の記事も、その時はすべて燃やします。それでいいですか」

彼女が目を剝《む》いた。

「あんた……この暑さで頭が沸いちまったのかい？　どんなもんだか知らないけど、精魂傾けて作ってきたものなんだろ？」

「そうですね」

「だったら、はなからあたしに確かめたりしないで、本でも何でも適当にでっちあげりゃいいじゃないか。誰もがそうしてきたみたいにさ」

いいえ、と僕は言った。

「それでは何の意味もないんです。言ったでしょう、僕はただ、知りたいんですよ。あなたと石田吉蔵の間に、二人にしかわからない言葉や情のどんなやり取りがあったのか。それこそ『二人キリ』の世界で起こったほんとうのことをなんとしても知りたい、それだけなんです」

そこまで言っても、僕を睨みつける彼女の目はぎらついたままだった。先ほど対面した時は、こんな小さな女のどこに大の男を殺す力があったのかと驚き、訝《いぶか》りさえしたのだが、今のこの煮え立つ油のような目を見ればなるほど胸に落ちる。いっそ感動さえ覚えるほどだ。

「よくもまあ……」つい、本音が口から出てしまった。「よくもまあ、あなたみたいなひとを受け止められたものですね、吉蔵さんは」

彼女の目尻が、今度は三味《しゃみ》の絃《いと》を絞るかのようにきりきりと吊り上がってゆくのがわかった。今にもびぃんと音を立てて切れそうだ。この目は確かに見たことがある。

「波多野さん、と言ったっけ」

「はい」

「あんた、巽センセから聞かなかったのかい」

「何をですか」

「今さらだけどあたしはね、何が嫌いだといって、他人から昔のことを持ち出されるのがいっとう我慢ならないんだよ。『星菊水《ほしきくすい》』の頃だって、不躾《ぶしつけ》な客が『お前がチン切りの阿部《あべ》定かね』とかなんとか訊いてきたらその場で酒でもぶっかけるか、あたしのほうが席を蹴って二度とお座敷になんか戻らなかったんだ」

「知ってますよ、それも」

「じゃあどうしてノコノコ来たのさ。こっちがちょっと甘い顔見せりゃ図に乗りやがって……あの事件のことなんかね、判事さんをはじめ誰やら彼やらにさんざん喋っちまって、もう搾《しぼ》りかすも残ってやしないんだよ」

僕は、今度ははっきりと溜め息をついた。

「嘘だ」

「なんだって？」

「嘘ですよ、そんなのは。僕だってね、あなたが取り調べを受けた時の予審調書なら諳《そら》んじるほど読み込みましたよ。それからもちろんあなたをモデルに書かれた短編も、雑誌に載った対談記事やなんかも、出た当時にすぐ読みました。およそ手に入れられるものは全部ね」

「だったら……」彼女が、むずかるように首を振る。「もういいじゃないか、もう充分だろ？」

「いいえ」

「どうしてさ！」

「ひとつもなかったからですよ」

「何が！」

「どれだけ記事を読み込んでも、人の話をさんざん聞いて回っても、これこそはあの時のあなたの真情だと思えたものとは出合えなかったからですよ。いや、いくつかはあったかもしれませんがまるで足りない」

「そんな勝手な、」

「ええ、勝手は承知の上です」ゆっくりと息を吸い込んで言った。「だけど、僕にはそれが許されるはずだ」

「……は？」

「あなたは僕に全部打ち明けなきゃいけないんです。あなた自身も見て見ぬふりをしているような真実を何もかも……そう、この僕にだけはね」

　息を呑む気配があった。

いまだ腰を浮かせたまま、彼女が改めてこちらを正面から見る。ぎゅっと寄せられた眉の下、一重まぶたの小さな目が、さぐるように僕の目を――義眼の入った左の目を見つめる。

「あんた、もしや……」

アノトキノ、と唇が動く。

黙って見つめ返す僕の前で、彼女は空気が抜けたように、すとん、と座り込んだ。

丸まった肩が、初めて歳相応のものに見え、その上に蟬時雨が覆いかぶさる。

＊

〈小春《こはる》〉という名で芸者をしていた母を、新宿で手広く商売を営む質屋の店主が見初《みそ》めて家を持たせたのは昭和三年、僕が三つのときだった。

それまで預けられていた祖母宅まで迎えに来た母が、これからはみんな一緒に住むのだと嬉しそうに笑ったのを、覚えているような気はするけれど、もしかすると後から話に聞かされただけかもしれない。人の記憶ほどあてにならないものはない。

中野と高円寺の中ほどにある、間取りも手頃な趣味の良い家だった。板塀に囲まれた前庭には枝ぶりも見事な松が植わり、その根もとはしっとりと苔むして、夏は建具を取り払った座敷によく風が通り、冬は南天や万両の実をついばみに小鳥が集まってきた。

〈家をほめるより庭をほめろ、と言ってな〉

縁側でその人が教えてくれた言葉と、そのとき斜めに射していた光の感じはたしかに覚えている。

このころはまだ両目とも見えていたのだと思う。

妾《めかけ》を囲うことの是非はともかく、男女の仲には邪魔なはずの僕や祖母まで呼び寄せて一緒に暮らせるようにしてくれたのだから、やはりよほど出来た人だったのだろう。物言いはいつも穏やかで母とも睦《むつ》まじかった。

しかし一年もたたないうちに肺を病み、だんだん寝付くことが多くなって、妾宅《しょうたく》に通ってくるどころではなくなってしまった。関係を解消するにあたり、その家土地ばかりか五百円というけっこうな大金まで渡してくれた旦那さんに、母としては感謝しかなかったのだと思う。亡くなったと人づてに知ったのちは月命日に線香を欠かさなかった。

そうして昭和五年の春――彼が現れた。

「吉《きち》さん」

と、母はその人のことを呼んだ。昨日今日呼び始めたわけではないような、こなれた感じがあった。それもあたりまえで、母と彼――石田吉蔵――は、その時点ですでに七年越しの仲だった。質屋の旦那に身請けされてからというもの関係はきっぱり途絶えていたが、また三味線を抱えてお座敷へ上がるようになったのをきっかけに再会したらしい。

吉蔵はこのとき三十六。新井薬師《あらいやくし》にほど近い料亭『吉田屋《よしだや》』の主人で、大正十一年に大がかりな改装をしたという店は雇い人を七人ほども抱えて繁昌《はんじょう》していた。

子供から見ても際だって男っぷりのいい人だった。評判の洒落者《しゃれもの》らしく長着《ながぎ》の丈も帯の位置もこれしかないというところで決まっていたし、歩くときに裾裏がひるがえって覗くのが粋だからと身頃の前幅をわざわざ細めに仕立てるほどのこだわりがあった。短く刈り上げたうなじは精悍《せいかん》で瑞々《みずみず》しく、佇《たたず》まいから所作から笑う時に目尻に寄る皺までもどこか不埒《ふらち》な感じがして、それでいてこちらを見る目の光だけが優しいのだった。ただ優しいのではなく、べらぼうに優しいのだった。

母にしてみれば、住む家はあって借金はない、決まった旦那もいないとなれば今度はただ芸だけを売って生きてゆくことができるわけだから、馴染《なじ》んだ男とよりを戻すにしても気が楽だったろう。むろん吉蔵のほうも同じだった。自分が生活すべての面倒を見てやらなくとも、せいぜい月々の小遣い程度で妾を囲えるというのは男なら皆が夢見る話だろうが、とりわけ彼にとっては渡りに舟だったのだ。老舗《しにせ》料理屋の主人といっても婿養子である彼自身が、しっかり者の女房からいちいち小遣いを渡される身でもあった。ことさら尻に敷かれているというより、そうでもしなくては遊びが過ぎるらしかった。

吉蔵――〈吉さん〉とすぐに僕も呼ぶようになった――が来ると、祖母は気を回し、僕を連れて家を留守にした。時間を潰すのに散歩をしてから銭湯へ行ったり、円タクに乗って芝居小屋に出かけることもあった。いま思い返せば、無我夢中で芝居にのめり込んだあの時から、僕の中には今の仕事につながる種子のようなものが隠れていたのかもしれない。

凍えるような冬の日や、逆に蒸し暑い夏の間、あるいはまた母が月の障《さわ》りを抱えているような時、吉さんは訪ねてきても寝間《ねま》に籠もったりせず、

「いいよいいよ、どこへも出かけなくたって。今日はみんなでゆっくりしようよ」

そう言って僕らを気遣い、自分の店からぶら下げてきた巻き寿司やら鰻《うなぎ》やら、来る途中で買ってきた菓子やら西瓜《すいか》やらをふるまってくれた。食い終わった後は、

「小春、ひとつあれをやってくれよ」

母の三味線に合わせて得意の喉を披露するので、そのうちには僕もしぜん、清元《きよもと》や常磐津《ときわづ》をぼちぼち語れるようになっていった。

覚えたのは歌ばかりではない。遊びだってみんな吉さんに教わった。このころにはもう、難しい網

膜の病気で左目の視力を失いつつあったが、そこは子供の逞《たくま》しさというのか、うろたえる母親とは違い、自分ではさほど不便を感じていなかった。感じなかったからこそ病気に気づくのが遅くなったとも言える。

見えるほうの右目で間近に吉さんの手もとを覗きこみ、その手つきを真似ながら、僕はたとえば蒲《かま》鉾《ぼこ》の板を削って舟を作ることで肥後守《ひごのかみ》の使い方を学び、ベーゴマやメンコの腕を上げ、竹馬乗りやトンボ取りや釣りがうまくなり、さらには花札や将棋といった大人の遊びも覚えていった。

「なあ、小春。いずれは坊の手術のことも考えなきゃいけねえな」

白く濁った僕の左目を覗きこんで吉さんは言った。

「こないだ店に来てた医者に訊いてみたんだけどよ。この先だんだん見えねえほうの目ん玉が萎《しぼ》んでくようだと、周りの筋肉も発達しなくなって、大人ンなる前に顔がこう、歪《ゆが》んでっちまう場合もあるんだとよ。……や、泣くなって。そのためにおめぇ、義眼ってもんがあるんだからさ。大丈夫、もしもン時は俺が何とでも助けてやるから、おめぇたちは安心してろって。な？」

誰からも聞かされたことはなかったけれど、感ずるものはあった。僕は吉さんこそが自分の父親なのだとずっと思っていたし、一度など母に面と向かって確かめたこともある。生来《せいらい》、気性がまっすぐで嘘というものが大嫌いだった母は、そのとき黙って微笑んでいた。首をはっきり縦に振ったわけではないが、横に振らなかったというだけで僕には充分だった。

毎日一緒にいられるのでなくても会った時には思いきり可愛《かわい》がってくれるから、僕はそれだけで満ち足りていられた。本家の『吉田屋』には僕より六つ上の男の子と二つ上の女の子がいると知っていたものの、羨望や嫉妬に類する感情を抱いたことはまるでなかった。

いや、逆に優越感さえ覚えていたかもしれない。大人たちの会話を漏れ聞くうち、『吉田屋』の女房おトクさんがいかに口やかましくて締まり屋で賢《さか》しらで鼻につく女であるかすっかり知った気になっていたし、おまけにその人がかつて外に男をこさえて帰ってこなくなったのを吉さんが子供たちのためにと連れ戻した経緯《いきさつ》も聞き知っていた。一方的な話だけにどこまで本当だったのかはわからないが、少なくとも彼の気持ちがとうに家族の上にないことは確かだったから、むしろ自分こそが〈父〉の愛情を一身に受けているのだと高をくくっていた気がする。

祖母が亡くなったのは昭和十年の秋口だった。夏風邪をひいて伏せっていたと思ったら、あっけなく逝ってしまった。

ごく身内だけの葬儀が済み、坊主がお布施を受け取って帰ってしまうと、室内の建具の入れ替えを吉さんが一人でやってくれた。簾戸《すど》がはずされた後へ再び障子や襖《ふすま》がぴしりとはまった家の中は、夏の放埒《ほうらつ》から正気を取り戻したみたいに行儀良く見え、おまけに祖母がいないせいか妙に広く感じられて、そのとき僕はなんとはなし、自分の子供時代が終わったことを覚《さと》ったのだった。

母や僕を気遣ってか吉さんはそれまで以上に足繁く通ってくれるようになった。新井の三業組合の組合長を引き受け、横の付き合いも増えてなおさら忙しくなっていただろうに、暮れなどゆっくりできない時でさえ顔だけは覗かせてくれたし、明けて正月も酒席の合間にやってきては僕らのそばで過ごしてくれた。たまには本家にいなくていいのかと心配になるほどだった。

それが、ある時、ぱたりと足が遠のいた。二月の半ばごろだった。

なぜ時期まで覚えているかといえば、直後にこの国を震撼《しんかん》させる事件が起こったからだ。昭和十一年二月二十六日――東京の街を音もなく雪が覆ったその日、千五百名に及ぶ下士官や兵を率いた青年将校ら約二十名が現政権をぶち壊すべくクーデターを仕掛けたのだった。

もともと陸軍は〈統制派〉と〈皇道派〉に分かれて派閥争いを繰り広げていた。クーデターはこの皇道派の青年将校によるものだった。

〈腐りきった今の日本国を改革するためには、統制派べったりの現政権では埒《らち》があかぬ〉

〈一日も早く天皇陛下を中心にした確固たる軍事政権を築かねばならぬ〉

〈そのためにはまず、陛下を唆《そその》かして道を誤らせている君側《くんそく》の奸《かん》を取り除かねばならぬ〉

凝り固まった考えのもと、頭に血ののぼった青年将校らは二月二十六日の未明、岡田啓介《おかだけいすけ》首相をはじめ要職にある閣僚らや侍従長宅に突入して寝込みを襲い、ダルマと呼ばれた大蔵大臣の高橋是清《たかはしこれきよ》と内大臣の斎藤実《さいとうまこと》、教育総監の地位にあった渡辺錠太郎《わたなべじようたろう》らをそれぞれ銃や軍刀をもって殺害し、陸軍省や首相官邸、主要な新聞社などを襲撃・占拠した。部下や兵たちのほとんどはこれが反乱計画であるとは知らされておらず、あくまで正式な軍事行動と思いこんで従っていたという。

当初の計画では宮中に乗り込んで自分らの思いを天皇に直訴し、その上で皇道派による軍事政権を発足させるつもりだったようだ。しかし、彼らの目論見《もくろみ》は大きくはずれることとなった。

まず肝腎《かんじん》の岡田首相が無事だった。一旦は〈首相暗殺さる〉との報が流れたものの、間違われて殺されたのは秘書官で、屋敷の一室に潜んでいた当人は兵らの監視をかいくぐり、弔問客に紛《まぎ》れて外へ逃れ出たのだ。彼の無事はすなわち現内閣がいまだ存続しているということに他ならなかった。

もう一つの誤算は、天皇陛下その人の行動にあった。皇道派の連中は考え違いをしていたのだ。御即位から十一年、「君臨すれども統治せず」との立場を貫いてこられた陛下であるからして、政府の要人さえ葬ってしまえば軍部の意向に逆らいはしないだろう、と。

しかし、陸軍大臣の川島義之《かわしまよしゆき》から報告を受けた陛下は激怒された。軍の中には青年将校らに同情して事態を穏便に収めようとする意見も多かったが、腹心たちを無惨に殺された陛下は怒りに身を震わせ、「すみやかに事態を鎮圧せよ」「できぬのなら朕自ら近衛兵《このえへい》を率いて鎮圧にあたる」とまで仰《おお》せられたという。

事ここに至って、このクーデターに芽はなくなった。

そもそも皇道派があれほど強硬な手段に打って出た背景には、「軍部は天皇直属の組織である、ゆえに内閣など恐るるに足らず」といった主義主張があったわけだが、裏返せばそれは天皇陛下の御命令こそは絶対という考えに他ならない。

〈官邸などを占拠している青年将校らを直《ただ》ちに元の部隊に戻させよ〉

戒厳令を経て、陛下より軍司令官らに対し奉勅《ほうちょく》命令が発せられると、首謀者たちのある者は降伏、ある者は自決し、ついに二月二十九日、空中分解した反乱計画は完全に鎮圧されたのだった。

さて、そうとなれば、手を叩いて喜んだのは誰か。統制派にきまっている。

事あるごとにこちらに牙をむく皇道派など満州へでも送ってしまおうと考えていた矢先、事を急いだ相手方が自滅して一掃されたのだ。実際には青年将校らの独断専行というわけでなく、皇道派の大将らも嚙んでいたに違いないのだが、もはや恐るるに足らなかった。

腹心らの死によってすっかり意気消沈した岡田首相は、三月初めに内閣総辞職を発表した。あとを引き継いだ広田弘毅《ひろたこうき》内閣は、はっきり言って軍部の傀儡《かいらい》政権に過ぎなかった。つまり統制派は、まったく自分の手を汚さずに思惑通りの軍事政権を手に入れたのだ。ここからこの国は、加速度をつけて戦争へと突進してゆくことになる。


血で染められた雪がほぼ溶けて、お薬師さんの梅がせっかく満開になっても、吉さんはなかなか来てくれなかった。

街角には軍服が目立っていた。団子や酒を片手に花見を楽しむ人は少なかったし、外の路地で遊んでいる僕らがちょっと羽目を外すだけでそのへんの大人に静かにしろと怒鳴られた。

何の遊びをしていた時だったか、仲間の昇太《しょうた》がふざけて叫んだことがある。

「今カラデモー、遅クナイカラー、ゲンタイへ帰レェー」

ゲンタイとは〈原隊〉のことで、つまりそれは事件のとき兵らに投降を呼びかけるため上空から撒《ま》かれたビラの文句だった。大人たちの間ではあれ以来、〈今からでも遅くないから〉が流行《はや》り言葉になっていて、僕より年下の昇太にしてみればもちろん意味もろくにわからないおふざけだった。

しかし、近くにいた憲兵がそれを聞きとがめた。物陰から出てきた軍服姿のその男は、手を振り上げると思いきり振り下ろし、吹っ飛ばされた昇太はドブ板の上に叩きつけられ、額と唇から血を流しても泣くことさえできずにすくみ上がった。

肩をそびやかして立ち去ってゆく憲兵の背中をにらみつけながら、心の中でどれほど吉さんの名前を呼んだか知れない。あの人さえ今ここにいてくれたら、あんな貧相な憲兵なんか叩きのめしてくれるのに、と。

梅が散り、桜が咲き始めた。三月が過ぎて、四月に入った。

それでも吉さんは僕らのもとへ寄りつかなかった。たまに顔を見せれば優しくしてくれたけれどもなんだか上の空で、話しかけると生返事をしたり、そうかと思えばにやにやと思い出し笑いなんかしていた。

母は、文句も言わず態度にも出さなかったが、ひとりになると僕以上に気持ちが落ち込んでいるようだった。これまで吉さんがよその女に粉をかける程度のことを気にした例《ため》しはなかったのに、この時ばかりは今までと何かが違うと感じ取っていたのかもしれない。

五月に入り、しばらく晴れ間が続いていたある日の午後だ。縁側に座って庭を見ていた母が、

「……ああ、駄目だ駄目だ」

ふいに顔を上げ、身体に降り積もった何かをふるい落とすようにして言った。

「そうだよ、こんなことじゃ駄目だ。いいかげんしゃんとしなきゃあ。ねえ、吉弥。母さん今日はお座敷休ましてもらうから、久しぶりに二人でお芝居観に行かないかい。チャンバラかなんか観てスカッとしてさ、それから鰻でも食べて帰ってこようじゃないか」

どうだい、と訊かれて、否《いな》やのあるはずもない。

この春から尋常小学校の五年生に上がり、同い年の男子らの中にはそろそろ母親と並んで歩くのを恥ずかしがる者もいたが、僕はむしろ愉しかった。母が芸者であることだって、恥ずかしいどころか誇らしかった。すっきりとした縞《しま》の着物に牡丹《ぼたん》柄の銘仙《めいせん》の羽織なんかをひっかけて歩く母は、僕の知っているそのへんの誰より綺麗だったからだ。

浅草六区で股旅物《またたびもの》の芝居を観てから、母がまだ物足りないと言うので円タクで上野へ移動した。距離が近いからと五十銭に負けてもらったことはよく覚えているのに、のちに五代目志《し》ん生《しょう》を襲名する馬生《ばしょう》の演《だ》し物が何だったか覚えていないのは、隣で笑い転げる母の横顔ばかり気にしていたせいだろう。お腹を抱え、時に畳を叩いて笑いながら母は、馬鹿だねえ、ああ可笑《おか》しい、などと呟《つぶや》いてはしきりに目尻の涙を拭っていた。

鰻は、吉さんが持ってきてくれるものより貧相だったが、僕は旨《うま》い旨いとことさらに喜んで食べ、母が残したぶんまで全部平らげてみせた。

「育ち盛りだもんねえ。お腹もすくよねえ」

卓袱台《ちゃぶだい》の向かいから身を乗り出し、母は僕の額に浮かんだ汗を、良い匂いのするハンケチで拭ってくれた。

「あんたは何にも心配しなくていいんだからね。母さんがついてるから」

指先が、見えないほうのまぶたと眉をそっとなぞって離れていった。

省線《しょうせん》電車で帰ってきたのは僕の希望だった。円タクに払う一円を気にしたのではなく、母といるところを周囲にもっと見せびらかしたかったのだ。〈お、イイ女だなおい〉と母に目を留めた乗客が、隣にいる僕を見て〈何だコブ付きかよ〉と目を眇《すが》め、再び母を見やって〈それにしてもイイ女だなおい〉と感心するのを見るのが愉しくてたまらなかった。

上野の夜空は電飾で明るかったが、中野に帰ってくると星がたくさん見えた。電車を降り、改札を抜けた時だ。

思わず立ち止まった。すぐ後ろにいた母がどんと背中にぶつかり、

「おっと、何だよ危ないじゃないか」

直後、息を呑むのがわかった。

ほんの十歩ほど先に、吉さんがいた。暗緑色のセルの着物に黒い絞りの兵児帯《へこおび》、りゅうとした後ろ姿が今日もあたりから際立っている。

闇雲に恋しくなって駆け寄ろうとした僕の肩を、母がつかんで押さえた。見ると、ちょうど駅前に停まった円タクから小柄でほっそりとした女の人がまろび出て、吉さん目がけて走り寄ってくるところだった。笑み崩れながら袖にすがりつき、勢い余ってよろけるその女を、慌てて支えた吉さんのほうも満更《まんざら》ではなさそうだ。

と、女のほうがふいに、吉さんの肩越しに僕らを見て表情を消した。吉さんもまた、首をねじるようにしてふり返る。

時が、止まった気がした。後ろから来る人たちが僕らをよけながら舌打ちするのに、足が動かない。

息も忘れて二人を凝視する。こめかみのあたりが燃えるように熱い。

こんな時にありがちな気まずい顔なんか、吉さんは見せなかった。

「やあ小春。どうしたよ、こんな時間に」

まずは母に向かってあっけらかんと笑いかけ、僕にはひらひらと手を振ってよこす。

女がしきりにこちらを気にしている。吉さんがその耳もとに何ごとかささやくと、とたんに母を見る女の目尻がきりきりきりりと切れそうに吊り上がるのがわかった。

「なぁおい、坊。今日はどこ行ってきたんだ？」

僕は答えなかった。反発心より何より、まるで彼が別人のように見えてどうしても声が出なかったのだ。会っていない短期間のうちに、その頬はげっそりと削《そ》げ落ちていた。

「吉さん、あんた……身体は大丈夫なのかい」

同じことを感じたのか、母の声が不安げに揺れる。

「おう、気にすんな」

さすがにちょっとバツが悪そうに、吉さんが小指で眉の横を掻《か》く。

「それより、今日は悪いな。また鰻でも持ってくから」

「う……鰻なんか、いま食ってきたッ」

全身を喉にして叫んだ僕を見て、女が小さな目を瞠《みは》る。図鑑でしか知らない生きものを観察するようなまなざしには、不思議と険はなかった。僕の左目の濁りに気づいたらしく、遠慮のかけらもなくじろじろと眺めてよこすのを、思いっきり睨み返してやる。

ふふ、と面白そうに笑って、女が言った。

「行こうよ、吉さん」

鼻にかかったような甘ったれた物言いに、彼が仕方なさそうに相好《そうごう》を崩す。

「小春、坊、じゃあまたな。気をつけて帰れよ」

女に腕を引っぱられるようにして、吉さんが表の道へ出てゆく。人目もはばからず、まるで交尾中の蛇みたいに絡みついたままなのでどちらも歩きにくそうだ。

僕は、母をふり返ることができなかった。指が食い込んでいる肩の痛みをこらえながら、外の暗がりへ吸い込まれてゆく二人を見送る。

あの時——なにがしかの予感があったかどうか、今ではもう思い出せない。

いずれにせよ、じゃあまたな、の〈また〉はなかった。それが吉さんを見た最後になった。


のちに手術や義眼のために必要となった費用は、結局のところ母が死にものぐるいで働いて捻出してくれた。

芸一本でと言えば聞こえはいいが、甘い世界ではない。三味線と踊りと話術だけで夜の世界をどう泳ぎ渡ったものか、それでもこの期《ご》に及んで誰かの囲われ者になったりはせず、還暦を機に引退するまできっちりお座敷をつとめていた。

吉さんとのことを、母は決して、他人には話さなかった。例外はたった一度、事件のすぐ後で刑事が調べに来た時だけだ。

「ええ、この家は私の持ちものでございますよ。前の旦那が遺して下すったんです」

取り乱しもせず、端然と座した母の目は、まっすぐに正面の襖を見ていた。それを入れ替えてくれたひとはもういない。あの朝、新聞を何げなく広げた母が、息を呑み、細い悲鳴をもらして気を失ったことは僕しか知らなかった。

「吉蔵さんとばったり再会しましたのは、たしか六年ほど前になりますか、前の旦那が亡くなったと人づてに聞いてしばらくたった頃でした。どうだったかって、そりゃ嬉しゅうございましたよ。そもそもの馴《な》れ初《そ》めから、あのひとのことは本当に好きで、あのひとのためなら命も何も要らないと思うほどでした」

母が事実だけを淡々と話すのを、僕は襖越しに背中を丸めて聞いていた。

「息子ですか？　今年で十一歳になりますが、それ以上のことを私の口から申し上げるつもりはございません。吉田屋のお内儀《かみ》さんは、ええ、あれもこれも全部ご存じですとも。いつでしたかいきなりここへ乗り込んでいらして、私どもが重なっているのをご覧になったとたんに私の髪をひっつかんで、泥棒猫、犬畜生、淫売などとそれはそれは口汚く罵《ののし》っておいででした。けれども率直に申しまして、私は吉さんから、あなたがたが思ってらっしゃるほどのお手当は受け取っておりません。そりゃそうじゃございませんか、お財布はお内儀さんがしっかり握ってらっしゃったんですから。でも、だからって別れようなどとは考えたこともございませんでしたよ。ただそばにいられさえすれば嬉しかったんでございます。どこをどのように好きであったか……さあ、それはとても口で申し上げられることじゃございませんね。あのひとは、とにかく女子供に優しいひとでした」

もしも、と思ってみる。もしも僕の母親に、阿部定ほどなりふり構わず男に縋《すが》れるだけの弱さと逞しさの両方が備わっていたなら——と。そうしたら吉さんは、あの女に溺れもせず、僕たちから去ることも、死んで新聞に載ることもなかったかもしれない。

いま僕の手もとには、あの事件当時の新聞記事のおおかたが整理して保管されてある。讀賣《よみうり》、東京朝日、報知、東京日日《にちにち》、萬朝報《よろずちょうほう》、その他ありとあらゆる新聞の一面が連日、目にも喧《かまびす》しい見出しで覆い尽くされていた。

尾久待合のグロ殺人
　流連七日目の朝の惨劇
妖艶・夜会髷の年増美人
　四十男を殺して消ゆ
変態！　急所を切取り敷布と脚に
　謎の血文字『定吉二人キリ』

帝都の北郊、尾久《おぐ》花街の真ン中に世にも奇怪な殺人事件が起った。待合二階四畳半の蒲団を血に染めて花模様の掛蒲団に隠されていた男の惨殺体！　痴情か？　怨恨か？　ともかく犯人は男の連れの女で、夜会髷《まげ》の、しかも妖艶な美人なのだ。殺されたのは中野新井の料亭の主人で四十男。頸部を絞められたうえ無残にも急所を切られて居た。怪美人はそのまま姿を消して現われず、この怪奇な殺人事件の捜査網は全市に張られて怪美人の行方を追って居る。

――讀賣新聞

尾久紅灯街に怪奇殺人
　旧主人の惨死体に
　　血字を切刻んで
美人女中姿を消す

## 待合に流連の果て

荒川区尾久町一八八一尾久三業地内の待合で怪奇な殺人事件が発見された。同三業地の待合「まさき」事正木しち方へ一週間前、夜会髷に結った三十一、二歳位の玄人《くろうと》らしい美人を連れ五十歳位髪を五分刈り、面長のいなせな恰好をした遊び人風の男が泊り込み十八日まで流連《いつづけ》し、その朝女は外出したが男がなかなか起きる気配がないので不審を抱いた同家の女中佐藤もと（三三）が午後二時五十五分頃裏二階四畳半の寝室をのぞいたところ意外にも男は蒲団の中で惨殺されていた。死体は窓側西向きに仰臥《ぎようが》し細紐をもって首を絞め下腹部を刃物で斬りとって殺害、蒲団の敷布には鮮血をもって二寸角大の楷書で「定吉二人きり」と認《したた》め更に男の左太股に「定吉二人」と書かれ尚左腕に「定」の一字が血を滲ませながら刃物で刻んである。外に便箋には「馬」と書かれているなど猟奇に彩られる凄愴《せいそう》な情景だった。駆けつけた警視庁、裁判所の係官一行もさすがにこの有様に戦慄を感じ近来の怪殺人事件として直に尾久署に捜査本部を設け夜会髷の怪美人をこの惨殺犯人として各署に手配大捜査を開始した結果、同夜深更に至り被害者は中野区新井五三八料理屋吉田屋事石田吉蔵（四二）で犯人は同家の元女中埼玉県入間郡坂戸町田中かよ事阿部定（三一）と当局は断定しその行方を追究中である。尚女は男の所持金を持って出ている。

### 爛れた情痴生活
### 金づかいの荒い女

石田と定は約二ヶ月前から待合「まさき」で爛《ただ》れた情痴をつづけて来たもので待合の女中佐藤も

とが近所の人に話したところによると、
二人は妬《や》けるほど仲が良かった。時々女が胃痙攣《いけいれん》を起すと男は夜っぴて介抱してやるというほどに睦じかったが、石田は待合の女中等に対してしきりに用件を申しつけ人使いが荒い男だと評判されていた。
女は金使いが荒く十七日夜就寝前に買物に出かけ「明日は新宿の伊勢丹でいい物を買って上げましょう」と待合の女中を喜ばせていたという。

――東京朝日新聞

興味本位の三流雑誌の記事と何も変わらない。浮足立った新聞記者たちの異様なまでの興奮が伝わってくる。

殺人の手口そのものはじつにシンプルだった。姓を阿部、名は定という三十一歳の女が、奉公先の亭主であった愛人・石田吉蔵と待合での情交中に腰紐でその首を絞めて殺した。

それだけならよくある痴情のもつれか変態性欲者の末路として、新聞の片隅にいささかの揶揄《やゆ》を含んだ記事が載るだけだったろうが、この事件がこれだけ大々的に報道されたわけは、女が愛人の局所――下腹部、急所、局部、と表現はばらばらだったが要するに男の大事な一物《いちもつ》――を、わざわざ根もとから包丁で切り取って持ち去ったことだった。しかも噴き出す血を指先に付け、遺体の左腿に「定吉二人」と書き、白い敷布にも大きな字で「定吉二人キリ」、さらに左の上腕部には刃物の先で「定」と自分の名を刻みつけていったのだ。まるで、惚れ合った者同士が入れる刺青《いれずみ》のように。

酸鼻《さんび》の極みともいうべき現場を見る限り、とうてい正気の沙汰《さた》と思われず、女の失踪から一日二日とたつうちには自殺や高飛びも懸念されていたのだったが、三日目に突然、号外が配られた。

稀代の妖女阿部さだ　品川駅前旅館で捕る
　天命尽きて今夕五時半
問題のハトロン包み　大事そうに懐中に
　微笑を浮べて引かる

——報知新聞

偽名を使って潜んでいた旅館、捜索に来た刑事たちの前で「私が阿部定です」と自ら名乗って御用となった彼女は、意外にも自分のしでかしたことすべてをおそろしいまでの冷静さで記憶していた。よって、予審判事が彼女との問答を書き留めた調書には、惨劇に至るまでの連日の二人の行動が日付とともにはっきり記録されることとなった。

それが正確であるとするならば、僕と母が中野駅で吉さんを見たのは五月十一日の午後八時半過ぎということになる。

あのとき円タクから降りてきた女は、ほんの数日前までもさんざっぱら流連を重ねて抱き合っていたくせに、金の工面のため『吉田屋』へ戻っていた彼から電話をもらうと、何が何でも逢いたいとせがんで落ち合う約束を取り付けたのだった。

〈私はあの人が好きで堪らず、自分で独占したいと思い詰めた末、あの人は私と夫婦でないから、あの人が生きて居れば、外《ほか》の女に触れることになるでしょう。殺して了《しま》えば外の女が指一本触れなくなりますから、殺してしまったのです〉

石田吉蔵を殺した理由を予審判事から問われた定は、そう答えている。

これだけ聞けばとんでもない女に間違いないのに、世間の人々の多くはどういうわけか彼女に対して同情的だった。自分の股間を押さえて震えあがりながらも、一生に一度くらいはそこまで惚れ抜かれてみたいものだと男は思い、女は女で惚れてみたいと思うのだろうか、彼女のしでかしたことに秘《ひそ》かに共感した。

あの二・二六事件からまだ三カ月足らず。クーデターこそ鎮圧されたものの軍部は実権を握り、今や国ごと雪崩《なだれ》を打って戦争へ突入していこうとしている。世の中全体が暗く重苦しく、自由は制限されて楽しみとてなく、政権の悪口などとうてい許されない空気がある。もしかするとそうした現実に厭気《いやけ》がさしていたからこそ、人々はあの二人のあまりの無軌道・無計画ぶりにあっけにとられ、どこかで憧れを覚えたのかもしれない。

国の行く末などどうだっていい。世間の常識も人の倫《みち》も知らない。夜を日に継いでひたすら愛欲に耽《ふけ》り、繋がっても繋がってもまだ足りずに溺れきり、とうとう相手の死をもって一瞬を永遠の中に封じ込めた女……。

しかし、僕には許せなかった。世間の誰が許しても、僕だけは許すわけにいかないのだった。あんなものを愛だと認めてしまったら、僕と母の吉さんへの想いは何だったのかということになる。

あの女が憎い。あの女さえいなければ母と僕が捨てられることはなかったし、吉さんが死ぬこともなかった。あんな女のどこがよかったのだ、いくら綺麗といったって母ほどではない、衿の合わせの緩さからしてだらしない、慎《つつし》みというものを知らない女。

中野駅で母を睨みつけ、僕の左目を不思議そうに眺めたあの顔が何度も何度も思い出されては腸《はらわた》が煮え、それなのに、吉さんにしなだれかかる肩先の風情や、なよやかな腰つきや白い手の動き、そしてそれを抱きかかえて支える彼の逞しい腕と広い背中を思い起こすにつけ、頭の中がわやわやとしてわけがわからなくなり、へそのもっと下のほうが掻きむしりたいほどむず痒《がゆ》くなり――やがて僕は初めて夢精というものを経験し、ほどなく自瀆《じとく》も覚えた。どうあっても許せないはずの女、〈父〉を奪った殺人者に対して、生々しい欲望を覚える自分が誰よりいちばん許せなかった。

しでかした罪に対して懲役六年というのはいくらなんでも軽すぎると思うのだが、阿部定は、皇紀二六〇〇年の恩赦のおかげで、結局たったの五年で刑を終えて出てきた。

昭和十六年、釈放された五月十七日は奇《く》しくもあの事件の前日の日付で、翌朝の東京朝日新聞に載った記事を一読した母は黙ってそれを仏壇に供えると、線香を上げて長いこと手を合わせていた。

その頃からだ。僕は学校が休みの日を選んで、阿部定のことを調べるようになった。事件のあった待合のそばだけでなく、生まれた土地や働いていた場所など、彼女を直接知っている人がいないかしらみつぶしに訊いてまわり、訪ねて行っては話を聞かせてもらうようになった。自分の中に穿《うが》たれた黒い穴に急《せ》きたてられるような心持ちだった。何とかして穴を埋めないことには自分自身がその中に吸い込まれてしまう気がした。

会ってみた中には、刑事や新聞記者などから何度も同じことを訊かれて慣れたのか嬉々《きき》として立て板に水の語りを聞かせてくれる人もいたし、あんな事件とは関わり合いになりたくないと言って押し黙る人もいた。そうした場合でも、僕が吉蔵との関係を打ち明け、どんなことでもいいから知りたいのだと頼むと特別に話してくれる場合が多かった。自分が望んだことだしありがたいのだけれども、吉さんという切り札を安売りしているようで気は塞いだ。

中野の町は昭和二十年五月の山の手大空襲で半分以上が焼け野原と化したが、南北に走る大通りをはさんで東側すなわち新宿寄りの惨状に比べれば西側の杉並寄りはまだいくらかましで、母と僕の住む家も、部屋の隅にうずたかく積み上げられた新聞や雑誌の切り抜きとともに無事だった。

人づてに、『吉田屋』の長男・萬吉《まんきち》が戦死したとの報を聞いたのはその頃だったと思う。二十歳になっていた僕は、この左目のおかげで最後まで兵隊に取られずに済んだ。肩身は狭かったものの、よその国まで出かけていって人殺しをするよりは遥かにましだった。

敗戦後は、食ってゆくためならどんな仕事もした。世情は少しずつ落ち着いてゆき、途中からはそれが一気に加速し、やがて僕は池袋にある小さな出版社で働くようになった。その会社が新しくキネマ雑誌を作った縁で様々な映画人と知り合い、そのうちに映画作りそのものに参加するようになり、企画に携わったり脚本を書いたりした作品がちょこちょこと注目され始めた。

Rと出会ったのはそんな時だ。昭和三十九年の夏、つまりちょうど三年前になる。

映画監督としてはまだ新進のくせに人を食ったようなところがあり、言動もどこか浮世離れしていた。処女作でいきなり賞を総嘗《そうな》めにするようなやつは、やはり世間の凡人とは佇まいからして違うんだなと思った。

とはいえ、初対面の時から僕は、七つ年下の彼と妙に馬が合った。彼のほうも、僕の中に何を見たのかは知らないが、次なる映画の脚本を全面的に任せてくれた。

結果としてそれが当たったおかげで付き合いは今も続いているわけだ。不本意ながら、周囲から僕は猛獣使いのように思われているらしい。仕事のこととなるとたちまち暴君ぶりを発揮するRに、いつでもはっきり物を言うのは僕くらいだからだろう。

次か、その次か、はたまたもっと先になるのか——いずれにせよいつか将来かたちにするべき作品について、僕らはしょっちゅう意見を戦わせていた。その中でたまたま僕の母が長らく芸者だったという話が出た。去年の秋口だ。

「なんでそういうことを早く言ってくれないのさ」

ぜひとも会ってみたい、頼むから会わせてくれと言って、Rは初めて我が家にやって来た。ふだんは自由な身なりをしているのに、その時はちゃんとスーツで来た。書生のような立衿のシャツが彼の柔らかい顔立ちを知的に見せていた。

不肖《ふしょう》のどら息子より若く、見目も頭もいい男を前に、六十五になる母はしごく上機嫌だった。近所の仕出し屋に酒と肴《さかな》を届けさせ、久しぶりに母の三味線と常磐津を聴きながら気持ちよく酔っぱらい、やがて母が先に休み、そのあとも二人で飲んでは語らって——。

続き間になっている僕の書斎の隅、天井までの書棚にぎっしりと詰めこまれたスクラップブックに、Rがふと目を留めたのはその時だった。赤らんで弛緩《しかん》していた目もとが一瞬で仕事師のそれに戻った。事の次第を彼に訊かれてしまえば、話さないわけにいかなかった。自分がRにだけはどれほど甘くて弱いか、あえて深く考えないようにしていたことをつくづく思い知らされた。

「だからさあ、なんでそういうことを早く言ってくれないんだよ」

口を尖《とが》らせて文句を言う彼に、

「そんなに簡単な話じゃないんだ」僕は抵抗を試みた。「きみのほうこそ、どうして今さら阿部定なんか……。エログロ路線は趣味じゃないはずだろ？」

「おいおい、吉弥。寝ぼけてもらっちゃ困るぜ」

Rは座り直し、僕のほうへ身を乗り出した。

「あんな時代だったんだぞ。世の中、天皇陛下万歳、戦争へ向けてまっしぐらだ。それなのに定も吉蔵もお互い、ヤることとっきり考えてない。どうしたら二人してもっと気持ちよくなれるか、それ以外のことはまるで頭になくて、連日連夜、文字通り寝る間も惜しんでヤりまくってる。本人たちにその意識はなかったろうけど、彼らの行動こそはどんな過激な無政府主義者も及ばないくらいアナーキーだったとは思わないか？　な、この俺が興味を持つのも道理だろ？」

誰よりもアナーキー。

その視点は、僕にはなかった。面白い、と思った。

「それにな、吉弥。阿部定事件ってのは俺に言わせれば、これ以上ないほど時代と呼応し合った事件なんだよ」

「どういう意味だ？」

「二・二六事件というのはある意味、天皇の一物に手をかけようとしたも同然の所業だった。そして阿部定が吉蔵の一物を切り取ったのは、あのクーデターからたったの三カ月後だ。そういう意味でも俺は、ぜひとも阿部定事件を描いてみせたいね。あの時代特有の空気も込みでさ」

当然ながら、母は激しい拒絶反応を示した。改めて吉さんとの間にあったことを聞かせてほしい、今なら何を聞いても驚かない、すぐでなくてもかまわないから考えておいてくれ、そう頼んだのだけれど、けんもほろろだった。

「いいかげんにおしよ」途中で母は僕の話を遮った。「前々から言おうと思ってたんだけどね。お前、なんだって昔のことにばっかりこだわるのさ。済んじまったことをいつまでもうじうじと、今さらほじくり返して何になるんだい。いいかげんにきれいさっぱり忘れておしまいよ。あんたはどうあれ、あたしゃ忘れたいんだ」

本当にスイッチが入ったのはその時だった気がする。それまではRのほうが前のめりで僕自身はまだ決心がつかなかったはずなのに、そうして母に反対されると逆に肚《はら》を括《くく》るしかなくなった。

「無理だよ」僕は言った。「忘れられるはずがない。母さんだってそうじゃないか。あの日から今に至るまで、吉さんのことを忘れた例しなんてただの一日だってなかっただろ」

母は、白い顔をして黙っていた。うつむいた頭のてっぺん、つむじが薄くなっているのを見下ろして初めて、歳を取ったな、と思った。あれからもう三十年もたつのだ。

ほじくり返して何になるかなんて、どうでもいいのだった。

中野駅で吉さんの背中を見送ったあの晩、胸に空いた大きな穴。思い返すたび、今もその穴をびょうびょうと風が吹き抜け、骨の軋《きし》む心地がする。

いったいどうして吉さんは殺されなくてはならなかったのか。待合の女中から見ても妬けるほど仲睦まじかったという二人が、なんだってあんな悲惨な結末を迎える羽目になったのか。〈阿部定〉という女のことを一から十まで調べて知っていけば、いつか納得できる理由が見つかるんじゃないか。彼女を理解することを通してあの時の吉さんの気持ちがわかったなら、もしかして僕と母が捨てられなければならなかった理由を知ることもできるんじゃないのか……。

要するに、これまで僕が集めてきた関連記事や証言の山は、その胸の風穴をひとときでも埋めるための詰め物だったと言っていい。

Rもまた、それらをみっちりと読み込んだ。いま進行中の映画――金子文子《かねこふみこ》と朴烈《ぼくれつ》（朝鮮語読みではパクヨル）を題材にした作品――が配役の問題で難航しているのを尻目に、彼は連日のように僕の家へ通ってきては母に嫌な顔をされていた。

「しかしまあ、こうしてみると改めて、ちょっと他にはない事件だったんだなあ。俺、まだ四歳かそこらだったけど、それでも〈アベサダ〉って響きだけはよく覚えてるからね」

全国津々浦々、当時はその名を知らぬ者などなかったろうと思う。誰も彼も、寄ると触るとその話題で持ちきりだった。

『阿部定事件とかけて〈電車の車掌〉ととく。その心は〈チンチン切ります〉』

『お定はどこへ逃げたろう？　それは地上の涯《はて》（痴情の果て）さ』

『お定は逃げる時、何を持っていた？　胸に一物、手に荷物』

『現代のサロメ小さな首を切り』

『それとばかり　刑事せがれに鉄兜《てつかぶと》』

小咄《こばなし》に川柳、下世話な冗談の類《たぐ》いが飛び交っていた。興味の中心はどうしても、男の〈局部〉に集中した。

それだけに、僕には、阿部定を映画にするのは至難の業《わざ》だと思えた。事件の謎を解き明かすほうへ寄るのか、それとも二人のエロスに振り切るのか、前者については情念を理屈で説明してもあまり面白くない気がするし、後者であれば公序良俗に反するとして官憲に目をつけられる恐れがある。へたをすると両手が後ろへ回るだろう。事実上の〝検閲〟だ。

「へーえ、お定さんって、坂口安吾《さかぐちあんご》とも会ってたのか」

僕の心配などよそに、腹ばいになったRは面白そうに言った。広げられているのは、二人の対談と安吾による感想が載った古い雑誌だ。

「天下の安吾もたいしたことねえなあ。対談の締めが、『じゃ、強く生きてください』だとさ。感想の結びなんか、『恋する人々に幸あれ』だとさ。まったく、『堕落論』が聞いて泣くぜ。それに比べて我らがお定さんのゴーイングマイウェーぶりよ」

畳に頬杖《ほおづえ》をついてくつくつ笑っている。

彼女を題材に短編『妖婦』や『世相』を書いた織田作之助《おださくのすけ》といい、こうしてわざわざ会いに出かけた坂口安吾といい、無頼派《ぶらいは》を標榜《ひょうぼう》する文士たちは当時一様に、阿部定という無二《むに》の女の〈純粋さ〉や〈ひたむきさ〉にイカレた、というか、かぶれたようだ。かの予審調書についても、織田作之助などは〈どんな自然主義派の作家も達し得なかったリアリズムに徹している〉〈本当に文学のようであった〉と手放しで褒めちぎっている。

「や、わかるよ、それは」

ごろりと寝返りを打ち、Rは畳に片肘をついて頭を支えた。

「捕まってすぐの彼女の興奮と、持って生まれた俯瞰《ふかん》の目とが合わさって、確かに読み応えたっぷりだよな」

ずっとそばに広げたままの『艶恨録《えんこんろく》』を指先でとんとんと叩く。青い表紙をつけて綴《と》じられたその中身こそは例の予審調書だった。本来なら表に出るはずのないものが、いかにもな題名を付されて地下に出回り、多くの人の目に触れることとなったのだ。

「閨《ねや》のことをここまであけすけに喋るかと思えば、妙にハードボイルドに自分のことを突き放しててさ。取り調べに対する答えっていうより、おっそろしく良くできた一人語りの芝居を見せつけられてる気分になる。こいつは厄介《やっかい》だぜ。こんな凄まじいものがすでにあったんじゃ、生半可《なまはんか》な創作なんかとうてい歯が立ちゃしない」

ふうっと溜め息をつく。

妖婦だ淫婦《いんぷ》だと後ろ指をさされながら、その中で阿部定が語っている犯行前後の一部始終には揺らぎのようなものがほとんどない。とくに、石田吉蔵という生涯ただひとりの男に寄せる想いにおいては終始一貫している。おそらくそのまっすぐな〈純情〉が、無頼の作家たちの胸に響いたのではなかろうか。

「たぶんそうだろうな」Rは頷いた。「俺としては、そこがよけいに納得いかないんだよ。曲がりなりにも人ひとり殺したばかりの女が、こんなに淡々と理路整然と受け答えするっていうのは、さ、むしろチンコを切り取ったことそのものよりも異常だと思うんだけど」

よいしょ、と起きあがって、さらに書棚へと手をのばす。

今さらのようだが、この男を見直す思いがした。じつのところ僕自身、もう長らく同じことを感じていたのだ。予審調書の内容が緻密《ちみつ》であればあるほど、辻褄《つじつま》が合って完成されていればいるほど、読むたびに違和感がつのった。なぜなら人間というものは本来、そんなに整合性の取れる生きものであろうはずがないからだ。

「吉弥の集めてくれた証言もそりゃ貴重な記録だけど……」

はっと見ると、Rが書棚の奥の奥へ手を突っ込んで、古い新聞紙にくるんだ帳面の束を引っ張り出すところだった。

「もっと面白いのが、これだよ」

「ちょっ、待てこら」

慌てて彼に飛びつく。わざわざ定とは関係のない棚の、分厚い辞書類を並べた後ろに隠しておいたはずなのに、なんて目ざといやつだ。

「それは待て、触るな」

僕ののばした手を、Rはこともなげにふり払った。

「いいじゃないか。なんで隠すかなあ」

「や、それは、読まなくていいやつだから」

「ほんとは吉弥、こういうものを書いて食っていきたかったんじゃないの?」

狼狽《ろうばい》を隠せずにいる僕を見て、やけに嬉しそうに微笑する。

「いいよ、これ。めっぽう面白い。早く続きを書いてよ」

「冗談じゃないって」

「もちろん冗談なんかで言ってないさ。なんたって、直接会って聞き書きした証言が土台になってるのは強いよ。真に迫ってる。俺としてはこういう、吉弥なりの切り口で書かれたやつをもっと読みたいんだけどな」

目をきらきらと輝かせて、Rは言った。齢《よわい》三十四とは思えない無邪気さだとあきれていたら、ふいにわるい顔になった。

「な、吉弥。この企画がいざ本格的に動き出したら、こいつを先に出版しようぜ。映画と小説、連動させればきっと話題になる」

*

外の蟬時雨はいくらか音圧を下げ、蜩《ひぐらし》の声が混ざって聞こえる。懐中時計を取り出して見ると三時半だった。

「すみません。いつもならこの時間は風呂へ行かれるんですよね」

僕が言うと、定さんは苦笑いを浮かべた。

「あんた、映画屋さんなんかより刑事か探偵にでもなったらよかったのに」

詳しすぎる、と言いたいのだろう。

「いいわ、今日はもう。この暑さじゃどうせすぐにまた汗かくし。風呂なんか毎日入らなくたって死にゃしない」

待合『満佐喜《まさき》』に何日も流連をしていた間、風呂にも入らずひたすら抱き合ってばかりいたせいで部屋に異臭が立ちこめるほどだった——そんな証言を思い出す。

「時々ね、想像してみたりもすンのよ」

夢二《ゆめじ》の絵を連想させる細い首を傾け、鬢《びん》の後《おく》れ毛を耳にかけると、定さんは仕方なさそうに口角を上げてよこした。

「もしもあたしが、〈阿部定〉なんていうキツい響きの名前じゃなくて、たとえばヤマダフミエとか、それこそヨシイマサコとかいう名前だったらどうだったかしら、って。そうしたら、アベサダ、アベサダってこんなにいつまでもうるさく騒がれることはなかったんじゃないか、なんてね」

その目から、さっきまでの敵意は消えていた。今さら僕に申し訳なさそうな顔もしなかったが、塩をまかれずに済んだだけで御《おん》の字だった。

おにぎり屋『若竹』の得意客には、力士もいれば芸能人や政治家もいるらしい。土地柄もあるだろうが、そうした人物がわざわざこの粗末な飲み屋へ集まってくるだけ、あの〈阿部定〉の名前の威力はまだ健在なのだ。

——名前。

彼女ほど、自身の名前に長らく苦しめられた者はいないかもしれない。

六年の刑期を五年で終えて出てくる際、刑務所長に与えられて名乗った偽名こそは〈吉井昌子《よしいまさこ》〉だった。戦前から戦後にかけての七年間、配給もその名前で受け取ることができていたのを思うと、けっこうな特別扱いであったと言える。

ちなみに、一度は事実上の結婚もしていた。自分の女房がまさかあの阿部定であるとは想像もしていない相手と、まったく穏やかな夫婦生活を送っていたのだ。夫のことはべつだん好きでも嫌いでもなかったようだが、実直で頑固なほどまっすぐな人物だったというし、そのまま何ごともなければ彼女はのちの生涯を〈吉井昌子〉として全《まっと》うできていたかもしれない。

ところが、事件から十二年目にしてあの本が出た。『昭和好色一代女　お定色ざんげ』と題されたその小説は、最初から最後まで阿部定本人の告白文調で切々と綴《つづ》られていた。

それまで興味本位の雑誌記事などはいくらも世に出ていたし、ラジオ番組で特集が組まれることもあったのだから、その時だって黙って無視していればすぐに忘れられていっただろう。今読めばそんなに悪い小説でもない。巷《ちまた》にあふれていた糞のようなカストリ本とは比較にならないほどの、言ってみればごく普通の小説で、ところどころの描写などは瑞々しいと言ってもいいほどだ。

それなのに、彼女はこれを見逃すことができなかった。黙ってほとぼりが冷めるまで待つなどまっぴらというわけで、ついには本名で名乗り出て著者と出版社を相手取った裁判を起こした。そこで初めて彼女の正体を知らされた夫は驚いて去ってゆき、彼女はせっかく手の中にあったすべてを失ってしまったのだ。黙っていれば幸せでいられただろうに、僕にはそれが不思議でならなかった。

「やれやれ、どれだけ調べたんだか」

あきれたように呟きながら、定さんがうちわで自分をあおぐ。そんな昔のことはどうだっていいじゃないかと言いたげな風情だ。

と、

「あら、それ……」初めて気づいたらしく、僕の手にある懐中時計に目を落とした。「あんたが持ってたのかい」

てのひらを差し出すので時計をのせてやると、彼女は表に返し裏に返し、持ち重りを確かめたり耳に近づけて音を聴いたりした。

白い文字盤にSEIKOSHAと刻まれたそれは、銀製だけに年代なりの傷や黒ずみをまとってはいるが、今でも問題なく動く。長めの鎖の根もとは二股に分かれ、短いほうの先に左向きの〈馬〉一文字を刻印した銀貨のような飾りがついているのも元からだ。商売人らしく縁起をかついでの左馬とばかり思っていたのだが、

「懐かしいねえ……」めずらしく口もとをほころばせて、定さんはつぶやいた。「あのひと、馬のもんが好きだったもんね」

「え、そうでしたっけ」

「そうよ。よくいろんなもん集めてたわよ、自分が午年《うまどし》だからってさ。それにしても、あのごうつくばりのお内儀さんがよくも形見分けなんかしてくれたもんだ」

僕は思わずうつむいた。

「それがその……じつは正式に譲ってもらったわけじゃないんです」

「え」

「吉蔵さんがうちに忘れてったままになっていたのを、おふくろがもらっておけと言うもので、そのまま黙って本宅に返さなかっただけで」

一拍おいて、あはははは、と定さんが声をたてて笑った。あっけらかんと朗らかな声だった。

「そりゃあいいや。なんだってそんな顔してんのさ」

「や、何かこう……いささか疚《やま》しいというか」

「いいんだよ、そんなの気にしなくて。『吉田屋』の長男坊はあれから、かわいそうに戦争行って死んじまったんだろ？　だったらなおさらあんたが持ってるのがいいよ。吉さんだってきっとあの世で

「……って、これをあたしが言うのも変だけどさ」

思わずふき出してしまった僕に、定さんは時計をぽいと返してよこした。

「大事におしよ。さすがはあのひとのだけあって、いい物だから」

黙ってからも、僕の手の中のそれを眺めて何やらにこにこしている。笑うと唇がめくれ、微妙な出っ歯が目立つ。

あの有名な写真を思い出さずにいられなかった。〈阿部定逮捕〉の際、刑事たちに囲まれ片手を手錠でつながれてカメラの閃光《せんこう》を浴びる彼女はあの時も、しどけなく衿もとをはだけ、こんなふうに笑っていたのだ。

# 第二章

〈……よ……かよ…………お加代《かよ》！〉

耳もとで響いた大声に、思わず叫んで飛び起きると真っ暗だった。

「き、吉さ……」

自分の声にびくっとする。暴れまわる心臓を寝間着の上から押さえる。尻の下をまさぐれば布団があって、だけどあの時の、あの部屋の、あの布団かもしれない。息を殺して目を見開くうち、暗がりにぼんやりと五葉の笹が浮かびあがってくる。

薄緑の地に白く〈若〉の字と笹を染め抜いた、『若竹』の暖簾。今夜もあたしがこの手ではずして引っこめたんだから間違いない、ここは三ノ輪の一杯飲み屋で、今は昭和四十二年の夏だ。――あの日じゃない。

急に起き上がったせいで眩暈《めまい》がする。ゆうらりと回転する闇の中で、夢とうつつが入れ替わり、こわばっていた身体から力が抜けてゆく。

〈お加代〉

久々に耳にした昔の名前に、どうしてか胸が抉《えぐ》られる。あたしは枕元に手をのばすと、盆の上の湯冷ましをひと息に飲み干した。

昼間の暑さが嘘みたいだ。丸っこい湯呑みが、手の中でひんやり硬い。

店の奥の六畳間で寝起きするようになってからふた月はたとうというのに、夜中に目が覚めると一瞬どこにいるかわからなくなる。でも、こうしてあのひとの夢まで見たのは、どう考えても昼間訪ねてきた若くもない男のせいだ。簡単に仲立ちなんかしてくれた舞踏家の土方巽先生を、あたしは今さらのように恨めしく思った。

〈波多野吉弥と申します〉

名乗られても心当たりはなかったものの、目を見て、さらには強い言葉で迫られて、ようやく思い出した。昔、吉さん——石田吉蔵——と外で落ち合った夜、たまたま出くわした男の子とその後ろに立つ女の姿を。

あれは確か省線電車の中野駅で、吉さんと逢えたのは数日ぶりだった。それまでもさんざん待合を泊まり歩いて流連《いつづけ》していたのだけどついに先立つものがなくなって、彼が家へ工面しに戻っていたのだ。女房のところへなんか帰したくなかったけど、しょうことなしに了承し、そのかわりいつも以上に激しく交わって二度も気を遣《や》らせた。どれだけ搾り取ってもすぐにまた勇ましくなるひとだから、一緒にいる間は嬉しいけど帰すとなると心配でしょうがなかった。

秋葉正武《あきばまさたけ》の家に身を寄せていた数日間、文字通り一日千秋《いちじつせんしゅう》の思いだった。

〈家へ帰ったって、しやしないよ。俺にはお前だけだよ〉

なだめるような、おもねるような口ぶりを思い返しては歯ぎしりをした。どうして帰したりしたんだろう、こうしてる間にもあのひとはお内儀《かみ》さんとゴテクサやって悦《よろこ》ばせているのかと想像したら気がへんになりそうだった。

四日もたってからやっと電話で声が聞けたのに、途中でぷつっと切れてしまった時の絶望といったらない。すぐさまもう一度かけ直してきてくれた吉さんに向かってあたしは、絶対に今夜これから逢う、逢ってくれないなら家まで押しかけてやる、でなきゃ死んでやる、と泣いたり懇願したり脅したり忙しかった。

そうして落ち合ったのがあの駅だ。

改札を出てきたところに立ちつくしてこちらを凝視している母子に気づいたのは、吉さんよりあたしのほうが先だった。女はあたしよりいくらか年増で、黒っぽい矢鱈《やたら》縞の長着に赤い牡丹柄の羽織を合わせていた。衿の抜き方と立ち姿を見れば、ひと目で玄人《くろうと》とわかった。

〈誰?〉

小声で訊くと吉さんは首だけふり返り、お、と間の抜けた声をもらして二人に手なんか振った。

〈ねえ、誰って訊いてんのに〉

彼は苦笑いしながら、内緒だぞ、とあたしの耳もとにささやいた。

〈俺の倅《せがれ》とその母親さ。どうだ、いい女だろ〉

一瞬で脳天まで血がのぼった。『吉田屋』にはごうつくばりのお内儀さんもいれば息子や娘もいるというのに、この男ときたら外にまで子供を作ってシレッとしてやがるのか。こっちを見ている母親がこれまたほんとうに小股《こまた》の切れ上がったいい女だったものだからよけいにはらわたが煮えくりかえって、あたしは吉さんの肩口を着物の上からがぶりと噛んでやった。

〈痛ててッ!　まあまあ、そう妬くなって〉

満更でもなさそうに言うと、彼は大袈裟《おおげさ》に肩をさすった。

そのあとどんなやり取りがあったかは覚えていない。母子と何か言葉を交わしたのだったか、黙って踵《きびす》を返したか。ただ、駅前を離れてすぐの暗がりへ吉さんを引っ張り込んだことだけははっきりと覚えている。

逢いたかった、もう二度と逢えないんじゃないかと思ったら頭がおかしくなりそうだったとあたしが言うと、

〈俺だって逢いたかったさ〉吉さんは目尻に優しい皺を寄せた。〈いっぺん切れた電話をああしてまたかけ直すだけ、俺はやっぱりお前に惚れてるんだろうな〉

また調子のいいことを、と思いながらも痛いほどの嬉しさがお腹の底から衝《つ》き上げてきて、あたしはたまらずに、抱えていた風呂敷包みから牛刀を取り出すと喉元へ突きつけた。

〈やい、吉〉

鈍く光る切っ先を見たあのひとは、さすがに驚いて一歩下がった。

〈おっと、物騒《ぶっそう》だな、なんの真似だ〉

なんの真似も何も、芝居の真似事だった。すぐ前の日、逢えない間の憂さ晴らしに観た芝居にそういう場面が出てきたのだ。演し物そのものには集中できず、というのも主演の役者より吉さんのほうがずっといい男に見えて彼のことばかり考えていたせいだったけど、包丁で相手を脅す場面を見た時だけは二人の間の夜の小道具にしたらちょっと面白いかもと思い、今日になってたまたま通りかかった金物店で手に入れたのだった。思ったとおり、そうやって突きつけると何だかいっぺんに気分が出た。

〈吉め、てめえ、こざっぱりと着物なんか着替えちゃって、なんだい。ゆうべはどうせ一晩じゅうお内儀さんのご機嫌を取ってたんだろう、ええ？　ちきしょう、てめえを殺して死んでやる〉

すると彼は、ずいぶん嬉しそうに笑いだした。

〈わかった、わかったよ。人に見られたら面倒だから今はしまっとけ〉

〈あたしゃ本気だよ〉

〈ああ、俺だって本気も本気だ〉

本気よ、本気だ、と言いながら二人ともふざけているだけだったけど、そのいっぽうであたしの吉さんへの憎らしさはほんものだった。なおもしばらく間近に彼を睨み上げた後、あたしはそれを元通り包みにしまった。

――あの、牛刀……。

手の中の湯呑みを枕元に戻し、布団に横たわる。まぶたを開いても閉じてもわからないくらい真っ暗だけど、かまわない。そのほうが落ち着く。

吉さんは逆で、せめて行灯《あんどん》ひとつは点《とも》しておかないと眠れないひとだった。全部消してしまったら暗がりから今にもにゅうっと手がのびてきそうな気がする、次にまぶたを開けたら枕元に誰かが座っているかもしれない、想像するとおっかなくて目をつぶれないのだと言っていた。

〈おっかしいねえ、子供じゃあるまいし〉

あたしが笑うと、あのひとは顔をくしゃくしゃにして抱きついてきた。

〈いや、そうなんだよ。子供なんだよ俺。だからお加代、俺が眠るまでちゃんと顔を見て、手を握っててくれよ〉

大きな猫のように甘えられるとこっちも嬉しくなって、彼の頭を抱きかかえたり背中をさすったり、添い寝をして胸の上をとんとんと優しく叩いたりして寝かしつけてやった。

男女のことをする時にはとことん雄を剝き出しにする彼が、小さなやんちゃ坊主に返ったみたいにくっついてくるのが可愛くて仕方なかった。あたし自身は子供を育てた例しがないけれど、もしかして母親ってのはこんな気持ちのするものなのかと想像してみたりした。

この世から吉さんがいなくなって以来、それはもう大勢の人の質問に答えてきた。初めは、取り調べをする刑事さんや精神鑑定の先生に。裁判の時は判事さんに。刑を務めて出てきてからは新聞や雑誌の記者さんに。時には偉い作家の先生なんかが訪ねてくることもあった。

でも、吉さんがあたしと二人きりでいる時にだけ安心して見せてくれた、あの子供みたいな顔について誰かに話したことはない。だってみんな、

〈そんなに惚れていたのにいったいなぜ殺したのか〉

〈どうしてアレをちょん切って逃げたりしたのか〉

事件前後の経緯ばかりを判で押したように訊いてくる。

百回も二百回も同じことを訊かれ、そのつど同じ答えを返しているうちに、言葉の意味はなんだか水で薄めたようになって、いずれ失われていった。自分の身に起こったはずのことなのに、何もかもすべてが幻のように思えてくる。まるでいつか観たお芝居みたいだった。舞台の上で吉さんはやっぱり、どんな役者も敵《かな》わないほどの色男だった。

たとえば嘘の物語をでっちあげて何度も人に語っていると、記憶が書き換えられて自分でも信じ込んでしまうことがある。

もしかしてこれもそうなんじゃないだろうか、とあたしは思った。

情交の真っ最中に愛人の首を絞めて殺した当代一の淫婦。好きな男の一物を根もとから切り取って持ち去った現代のサロメ。身の毛もよだつ凶悪犯罪。捕まってなお不敵な笑みを浮かべてみせる怖ろしい毒婦……。

それらは皆、あたしのことだろうか。あたしはほんとうにこの手で石田吉蔵を殺したのだろうか。

そんなあたりまえのことさえ、十年二十年とたつうちにだんだんわからなくなってきて、混乱のあ

まり神経の衰弱しきったあたしはたまたま取材に来た記者に心のもやもやを打ち明けた。すぐさま週刊誌に載ってしまった。ほんの一ページほどの記事で、

『私は石田を殺さない』

という衝撃的な題がつけられていたが、思いのほか話題にならなかった。世間の人々にしてみれば、失笑の対象でしかなかったのかもしれない。今ごろになって何を言いだすやら、往生際《おうじようぎわ》の悪い女だ……そんなふうに嗤われたかと思うと悔しくて胃袋のよじれる心地がした。

以来、あたしはますます頑《かたく》なになった。誰のことも信用できない。いちばん正直で柔らかい言葉が、その曖昧《あいまい》さや微妙さのせいで誤解を生んでしまうなら、端《はな》から何も語らなければいいのだ。

〈あなたは僕に全部打ち明けなきゃいけないんです。……そう、この僕にだけはね〉

今日ここへ来た男の言葉を思い起こす。目の前に座っていた間は容姿や話の内容のほうに気を取られていたけれど、こうして暗がりで目をつぶっていると声がくっきりと聞こえてくる。

ああ、そうか、と今ごろ気づいた。懐かしすぎる名前を呼ばれる夢なんか見たのは、彼の声が吉さんにそっくりだったからだ。四十二といえば歳まで同じじゃあないか。

〈僕はただ、あなたというひとについてほんとうの、正真正銘の真実を知りたいだけなんです。……あなたたちの名誉のためにも〉

そんな確かなものがどこかにあるのなら、とあたしは思った。本当のほんとうにあるものなら、あたしこそ知りたい。話せと言われたってもう何もかも語り尽くしてしまって、新しい事実なんか逆立ちしたって出てこない。

でも——たとえばそう、あの吉さんがじつは暗いところではどうしても眠れない質《たち》だったと話した

ら……。

彼ははたして喜ぶかしら。

それとも、もうとっくに母親から聞いて知っているかしら。

＊

もっと平凡で柔らかい名前であればこんなにいつまでも騒がれることはなかったのじゃないか、という お定さんの述懐は、あれからずっと僕の耳にこびりついて離れなかった。

その想像が正しいかどうかはわからない。が、実際問題として彼女の名前は、日本中を震撼させたあの猟奇的事件にしっくり馴染んでいた。全体をひとつのドラマと見るなら、主人公の名前としてあまりにもふさわしかったのだ。

もっとも、事件から三十年が過ぎた今、世間のおおかたの人々にとって〈阿部定〉は生身の女ではない。苗字と名前から成る〈アベ・サダ〉ではなく、〈アベサダ〉というただの記号になってしまっている。

「そう、だからだよ」と、Rは言うのだった。「だからこそ俺の撮る映画で、彼女を記号から人間へ戻してやりたいのさ」

この企画を思いついた当初の興奮はいくらか落ち着いたかわり、その目は小暗い熱を帯びていた。喩《たと》えるなら煙草の先に点る火のような、ささやかに見えて数千度の高熱に滾《たぎ》る溶鉱炉だ。こうなったら彼はテコでも動かないし、そんじょそこらの障害では決して引き返すまい。

「だけど、当の本人はそれを望むかなあ」

僕は言ってみた。

「望むかなあ、とは？」

「むしろ記号のまんま、一日も早く世間から忘れられたいんじゃないかな。実際そんなようなことも言ってたし」

「はっ。何を今さら」

Rは憐《あわ》れむようにこっちを見てよこした。

僕の書斎、僕の座椅子、僕の文机《ふづくえ》を横取りするのに、例によって何の断りもない。最近はすっかり立衿のシャツが気に入って、上等な生地を選んでは何枚も誂《あつら》えている。黙ってさえいれば知的な彼の雰囲気に似合っているのだが、彼をよく知る者からするとますますペテン師然として見える。

「相変わらず全然わかってないなあ、吉弥は。我らがお定さんがそんなおとなしいタマだと思うか？俺の勘が正しければ、あれは天性の女優だぞ」

「見てきたようなことを」あきれて言い返す。「きみはまだ会ったことさえないじゃないか」

「会わなくたってわかるさ。絶対だ」

――女優。

確かに彼女は、素性を隠しての結婚生活が壊れた後、自らの半生をモデルにした芝居の主役を演じて半年ばかり各地を巡業している。四十代半ばにさしかかる時分のことだ。

「そういう意味じゃなくてさ」Rが苛立って、あぐらの膝先を揺らす。「お定さんって人は、ほんとは世間の注目が自分に集まるのが大好きなんだよ。考えてもごらんよ、彼女の言動のどれ一つをとってみたって、端から芝居がかってるじゃないか。当時の新聞、事件調書、訴訟の後で出版した手記……。前にも言ったけど、まるで一人語りの芝居を即興で演じてるみたいだ。記者も刑事も俺らも、みんなお定さんの観客ってわけさ」

　つい先週『若竹』で会った彼女を思い浮かべる。突然訪《おとな》ったこちらを、上がり框から不審げに見下ろす視線の角度。流れるような立ち座りの所作。姿見に向かって、男の視線を確実に意識しながら首筋にまで白粉をはたくあの手つき……。

「まあ、きみの言うのもわからなくはないけど、」

「『けど』じゃないって。俺が言うんだから絶対だね」

「うーん……」

　絶対、が出始めるとRはいよいよ面倒くさい。

「彼女はさ、自分がいま他人の目にどう映っているかをその場その場で瞬時に読み取ることができるんだよ。その上で次の行動なり台詞なりを選んでるんだ。ただし、本人はそれと意識してない。意識できないくらいその時々の〈自分〉という役にのめりこんでしまって、だからいつも男に騙される」

　え、と思わず訊き返した。「逆じゃないのか?」

「逆とは?」

「そんなにうまく自分を演じてみせられるなら、どうして騙されるんだ?　男の側が彼女に騙されるっていうならわかるけど」

　はぁーっと、Rは長い溜め息をついた。

「吉弥」

「なんだよ」

「きみは、もうちょっと女という生きものを勉強したほうがいい。いや、人間をかな」

　七つも年下の男に言われて嬉しい台詞ではなかった。そしてもちろん、質問の答えにはまったくなっていなかった。

佐藤《さとう》もと、という名前は新聞で知った。事件当時の年齢は三十三歳、あの惨事の現場となった尾久の待合『満佐喜』の女中で、吉蔵と定の仲を「妬けるほど仲が良かった」と述べた人物だ。

吉さんを喪《うしな》ってから後、取り憑《つ》かれたように事件のことばかり考えていた僕が、いちばん初めに会いに行った相手が佐藤もとであったことにさしたる理由はない。強《し》いて言えば、いまだ十六歳の僕にとって比較的たやすく探しあてられる〈証人〉だったというだけの話だ。

よく晴れた土曜日だった。学校は半ドンで、よし今日こそはと一念発起して『満佐喜』を訪ねたら、休みで来ていないと言われた。では女将《おかみ》さんはと尋ねても同じく留守で、応対してくれた若い女中は僕を気の毒に思ったか、同僚の住まいを親切に教えてくれた。

その一週間ほど前の五月十八日——吉さんこと石田吉蔵は、昭和十一年のあの日から数えて五度目の命日を迎えていた。彼の首を絞めて殺し、その局部を切り取って逃げた女が刑を務めあげて出てきたのは、ちょうどその前日の土曜日のことだった。

尾久から巣鴨《すがも》まで、省線電車に乗るとかえって遠回りになるし、小遣いがそう潤沢にあるわけでもない。夏めいてきた陽射しの下、たびたび人に道を訊きながら半里ばかりを歩き、とげ抜き地蔵尊で知られる高岩寺《こうがんじ》の裏へ回ると、路地の角を折れたとたん、何軒か先の二階に張り出した物干し台が目に入った。

真っ青な空を背景に、小柄で太《ふと》り肉《じし》の年増女が一人、洗った赤い腰巻の皺をぱんぱんと広げて干している。それが佐藤もとだった。

大家さんに呼ばれて下りてきた彼女は、板塀のそばに直立不動で用向きを告げる僕を訝しむように見た。海老茶《えびちゃ》の井桁絣《いげたがすり》の丈を短めに着て、たすきを掛けた袖からは太くて白い腕がにゅっと出ている。愛想笑いなど見せないかわり、こちらの左目の義眼に気づいても視線を逸《そ》らすことはなかった。

「あんた誰」

「波多野吉弥といいます」

「学生さん？」

「中学校の四年生です」

へーえ、と呆れたような声を出す。

「あの事件のことはいろんな人が訊きに来たもんだけど、頭に学帽なんかのっけてるのはあんたが初めてだわ」

僕としては先方に失礼のないようにと考えて詰衿のままで来たのだが、かえって裏目に出たろうか。急いで歩いてきたせいで頭が蒸れて痒い。

「で？　いったい何が訊きたいの」

これ以上甘く見られてはならじと、僕は彼女の目を可能な限りまっすぐに見た。

「何もかもです。当時のことをできるだけ詳しく教えてほしいんです」

「新聞に載ってたでしょ。あれで全部よ。わざわざあたしを訪ねて来たんなら、記事は読んだのよね？」

「はい、もちろん」

あの事件の載った新聞なら全紙そろえて、舐《な》めるように読み込んだ。スクラップブックにきっちり整理し、要点は帳面にまとめてある。

「おかしな子ねえ。あんな酷《むご》たらしい事件に、なんだってそんなに興味を持つのさ」

ますます警戒を強めてしまったようだ。

「それだけ詳しけりゃ、あの女がついこないだ釈放されたことだって知ってるんでしょ。あたしなんかのところへ来るより、本人を訪ねてったほうが手っ取り早いんじゃないの？　今ならいろいろ喋ってくれるかもしれないし」

「いいえ。あの女に会う気はありません」

「どうしてよ」

「犯人は、嘘をつくものだから」

佐藤もとが口をつぐむ。

僕は、右の目に力を込めて食い下がった。

「事件当時のどの記事も、まとめたのは記者ですよね」

「そりゃそうだわよ。どういう意味？」

「僕は、誰かの記事じゃなくて、あの事件に関わった人の口から直接聞きたいんです。新聞に載せるにあたってあちこち端折《はしよ》って短くまとめたようなものじゃなく、どんなに細かくてつまらないことでもいいから全部を聞かせてもらいたいんです。こちらの勝手で押しかけて来て大変すみませんけど、何とかお願いできませんか。今日が無理だったらいくらでも日を改めさしてもらいますから」

彼女は、僕をじっと見た。福々しい眉根に皺を寄せて言った。

「さっきから思ってたんだけど、あんたずいぶんと歳に似合わない喋り方をするのね」

生意気だ、と言われるのかと身構えたが、

「もしかして、身内に粋筋《いきすじ》のひとがいたりする？」

驚いた。言い当てられるとは思わなかった。

「母が……中野で芸者をしています」

正直に答えると、

「そう。どうりで」

彼女の態度が和らぐのがわかった。潮目が変わるかのようだった。『満佐喜』のような待合の客はしょっちゅう芸者をあげて遊ぶ。佐藤もとは僕のことを、自分の側の人間ととらえてくれたらしい。

「だけど、あの事件からもうどれくらいたつ？　四年？　五年？」

「ちょうど五年です」

「なのにどうして今ごろになって。何か事情でも？」

「え、いや……」

つい口ごもってしまった。こういうところも母譲りか、嘘をつくのはひどく不得手《ふえて》なのだ。

「今ごろになったのは、事件があった頃の僕はまだ尋常小学校の五年生だったからで」

一呼吸あってから、ぷ、と笑った彼女が、すぐに真顔に戻った。

「いずれにしても、お断りよ。子供に話すことなんてない」

「もう子供なんかじゃ、」

「そう言い張るうちは子供なの。あんなエログロ事件、将来のある青少年が興味本位で調べていいようなものじゃないわ。いいからほら、帰った帰った」

子犬でも追い払うような手ぶりを残して中へ入ろうとする佐藤もとの背中に、

「決めつけないで下さい！」

僕は思わず大声をぶつけていた。ぎょっとなった彼女がふり返る。

「……何も知らないくせに、決めつけないで下さい。誓って言いますけど、興味本位なんかじゃありません」

「じゃあ何なのよ」

ぎりぎりの思いで答える。

「……遠縁の、者なんです」

「どっちの？」

う、と喉がつかえて、僕はうつむいた。お定か、吉蔵か、どっちだと答えれば相手は話す気になってくれるのだろう。滑りだしからこんなことでは先が思いやられる。これから会って話を聞くべきは、佐藤もとだけではないというのに。学帽の下から流れ出た汗が、つつ……とこめかみから頰へ伝った、その時だ。

ふっと、彼女が息をついた。

「入って。こんなところじゃ何だし」

僕を促して玄関を入り、大家さんに一言ことわると、入口横の急な階段をさっさと上がっていく。呆気《あっけ》にとられて見上げていたら中ほどでふり返り、

「何ぼうっとしてんの。早く来なさいよ」

叱られて急いで靴を脱いだ。

小さな簞笥《たんす》が一つきりの三畳間だった。飴色《あめいろ》に灼《や》けた畳、隅には半間の押入。窓は開いているのに女の人特有の匂いがうっすら漂っていて、同じくらいうっすらと、怖いような思いがした。

「そのへんに座ってて。今お茶でも」

どうぞお構いなく、と言っているのにさっさと階段を下りていってしまう。

あたりを見まわしたものの、あんまり狭すぎてどこに座っていいかわからない。窓辺に寄り、帽子

をむしり取るとようやく人心地がついた。

ぽっかりと浮かぶ雲に、昼下がりの陽が照り映えて眩《まぶ》しい。吹き込んでくる風が頬を撫《な》で、五分刈りの頭に滲む汗がすうっと冷えてゆく。

足もとには一尺ほどの踏台が置かれていて、これを足場に少し身体をかがめれば物干し台に出られるという寸法だ。さっき彼女が干したばかりの赤い腰巻が何かの旗印みたいにひらひらと翻《ひるがえ》っているのが目に入り、慌ててよそを見やると、向かいの屋根瓦の上では橙色《だいだいいろ》の虎猫が丸くなって日向《ひなた》ぼっこをしている。絵に描いたような五月の午後だ。

よりによって、と僕は思った。一年のうちでもよりによっていちばん気持ちのいいこの季節に、いったいなんだって吉さんは殺されなくてはならなかったのだ。窓も襖も閉めきった、薄暗い待合の布団の上で。

階段の軋む音にふり返る。運ばれてきた湯呑みが二つ、畳の上にじかに置かれたことで、互いの座る場所が決まった。

「こんな話、ほんとに中学生の男の子に聞かせていいのかどうかわからないけど……」

佐藤もとはささくれた畳に目を落とした。

「とにかく全部聞きたいってことだから、全部話すわよ」

お願いします、と僕は言った。

五年前の五月十八日——石田吉蔵と阿部定の二人は、尾久の待合『満佐喜』の二階に泊まっていた。流連をしてもう一週間だった。ちなみに吉蔵は定のことを〈お加代〉と呼んでいた。『吉田屋』へ奉公する際、彼女は〈田中《たなか》加代〉と名乗っていたのだ。

「昼ごろだったかしら」佐藤もとは言った。「ほかのお客の用事を済ませて、たまたまあの部屋の前を通りかかった時だった。あたし、最初は自分の血が臭うのかと思ったの」

「どこか怪我してたんですか？」

間抜けな質問を向ける僕をちらっと見て、彼女は苦笑した。

「そんなんじゃないわよ、ばかねえ。ちょうどあの時あたし、月の障りの真っ最中だったの。あんただってさすがにもう知ってんでしょ、女にはそういうのがあるってことくらい」

かろうじて頷きながら、耳まで熱かった。生理の仕組みについては、級友たちよりかなり早く母に教わって知っていたが、初対面の女性の口から出る言葉はたいした威力だった。

「女中の仕事は立ち座りが多いから、よけいに気が気じゃなくてね。脱脂綿をあてててたってずれてしまうこともあるし、忙しく立ち働いていたらそんなにまめに取り替えられるもんじゃない。だからあの時、部屋の前の廊下でふわっと血なまぐさいような臭いが鼻をかすめた時、あたし失敗しちゃったんだと思って、慌てて自分のお尻を触ったわよ。お腰や襦袢《じゅばん》だけならまだしも、着物にまで染み通ってたらコトだもの。だけど、違ってた。あたしじゃなかった。じゃあ部屋のお膳の上でお刺身でも腐ってるのかしら、ってうんざりしたけど、後から思えばその時にはもう、襖の向こうの旦那は大事なところを切り取られて血の海に横たわってたってわけよ……」


今でも佐藤もとには感謝している。

知っている限りのことをどうしても聞かせてほしい、それも十六歳の〈子供〉や〈将来のある青少年〉に話すようにではなく、一切の手加減なしに、覚えていることのすべてを教えてほしい。かきくどくようにして頼みこんだのは僕のほうで、彼女はそれに応えるため、躊躇《ためら》いをあえて振り捨てた上で話してくれたのだ。こちらだって、もとより覚悟は決めていたつもりだった。

しかし衝撃は、予想を遥かに超えていた。

彼女の下宿を辞して省線電車の巣鴨駅まで歩く道すがら、僕は狭い路地裏に幾度もふらふらと入り込んではしゃがみこみ、片手に学帽を握りしめて吐いた。胃が空になってもなお胃液だけがこみ上げてきて食道を灼き、そのたび背中を波打たせ、涙と鼻水を垂らしながら嘔吐《えず》いた。

当初の報道や雑誌の後追い記事ですっかり知った気になっていた吉さんの最期の姿……どれだけ細部までありありと脳裏に浮かべたつもりでも、臭いにまでは想像が至らなかった。佐藤もとがあたかも今嗅《か》いでいるかのように顔をしかめて語る血なまぐささが伝われば伝わるほど、僕は自分の唾液さえ飲み込めなくなり、鼻から息を吸い込むこともできなくなった。ずっと望んでいたはずの〈経験した人から直接聞く言葉〉が、これほどのダメージをもたらす鈍器とは知らなかった。

ようやく話してもらえた貴重な証言だ。一言たりとも忘れないよう、歯を食いしばりながら細部まで思い出しては帳面に書き記す。

・石田吉蔵と阿部定（偽名・田中加代）、五月十一日から一週間ほどの流連
・五月十八日昼ごろ、二階の部屋。襖越しに血の臭い（刺身が腐っている？）

箇条書きに整理して記録するだけのことに、信じられないくらい時間を要した。きつい。苦しい。血を流さない自傷行為のようだ。それなのに書きつけた自分の字を眺めれば眺めるほど絶望的なまでの焦《じ》れったさに襲われるのだった。

駄目だ駄目だ、こんなものではぜんぜん駄目だ。いくら要点を抜き書きしたって吉さんの死の真相にはまるで追いつけない。ピンで留めつけた蝶の標本を眺めるだけではその蝶が群れ飛ぶ森の情景を

知り得ないのと同じように。

さんざん悩んだ末に、やり方を変えた。

〈整理〉することをやめた。

＊

1941・5・24

## § 証言1　佐藤もと　三八歳
——待合『満佐喜』女中（事件当時三三歳）

こんな話、ほんとに中学生の男の子に聞かせていいのかどうかわからないけど、とにかく全部聞きたいってことだから正直に話すわよ。

最初はあたし、自分の血が臭うのかと思ったの。どこか怪我してたのかって？　そんなんじゃないわよ、ばかねえ。ちょうどあの時あたし、月の障りの真っ最中だったの。あんただってさすがにもう知ってるでしょう、女にはそういうのがあるってことくらい。

女中の仕事は立ち座りが多いから、よけいに気が気じゃなくてね。脱脂綿をあてててたってずれてしまうこともあるし、忙しく立ち働いていたらそんなにまめに取り替えられるもんじゃない。

だからあの時、ほかのお客の用事を済ませて、たまたま二階の例の部屋の前を通りすがりにふわっと血なまぐさいような臭いが鼻をかすめた時、あたし失敗しちゃったんだと思って慌てて自分のお尻を触ったわよ。お腰や襦袢だけならまだしも、着物にまで染み通ったらコトだもの。だけど、違ってた。あたしじゃなかった。部屋の中から襖越しに漏れてきた臭いだったの。後からわかったことだけど、その時にはもう、襖の向こうの旦那は大事なところを切り取られて血の海に横たわってたってわけよ。

もちろんその時は知らなかったから、ただうんざりしたわ。あの二人、『満佐喜』を使うのは三度目だったけど、何ていうかちょっと尋常じゃないのよ。

最初はたしか四月の終わりにふらっと入ってきて一晩泊まって、その次はお節句だったからよく覚えてる、五月の三日から六日までいてそれはそれは盛り上がって、三度目がこの時よ。また三、四日で帰るだろうと思ってたのに、今度は一週間も流連をしたの。

もうね、はっきり言って獣みたいでね。見てて怖いくらいだったわ。昼も夜もないの、一日じゅう絡み合って、お風呂にすら入らないでつながってばかりいるもんだから、こっちがお酒やら料理やら運んでいくと、部屋じゅうに饐《す》えたような変な臭いがこもってて。

……ね、大丈夫？　こんな生々しい話。ま、そうよね、素人さんのお坊っちゃまじゃないものね。

だからまあ、その日の血なまぐさいような臭いも、それほど変には思わなかったの。お膳の上で食べ残しの刺身か何かが傷んでるのかもしれないって思った。ちょうど今時分の季節だもの、生ものの足は早いし、虫だって湧くじゃないの。大嫌いなのよあたし、蛆《うじ》とかゴキカブリとか……ああいやだ。

ほんとは留守の間に窓を全部開けっぱらって、布団を片っ端からおてんと様に干してやりたいところだったけど、勝手にそんなことしたらあの女が怒り狂うにきまってる。機嫌のいい時はすこぶる気前がいいのに、ほんのちょっとしたことでヘソを曲げたが最後、そりゃあもう手がつけられないほどの癇癪を起こすんだから。相手の旦那もそれには手を焼いていたわ。だから、彼女が買物から帰ってくるまで、言われたとおり何にもしないで放っておくことにしたの。そう、その時はまだほんとうに買物へ行ったんだと思っていたのよ。

あの日の朝早く、彼女はきっちり身仕度をして出かけてった。八時くらいだったかしら。出がけに女将さんとあたしたち女中に向かって、

「二階の旦那はちょっと具合が悪くて寝てるから、あたしが戻るまで起こさないようにね」

なんて言い置いてさ。

水菓子を買ってくるって言ってたっけ。この季節だったら何が美味しいかしら、無花果《いちじく》にはまだ早いわね、枇杷《びわ》かしら、でも枇杷は種ばっかり大きくてねえ、なんてやり取りをしたのを覚えてる。ずっと上機嫌で、にこにこ笑ってたわよ。

ただ、話しながらやけにお腹まわりをかばうようにしてた。白地の紬《つむぎ》の前帯のあたりに何度も手をやってね。まさか妊娠でもしてるのかしら、だとしたらあんなに激しく交わったりしたら駄目でしょうにと思ったりもしたけど、訊けないじゃないそんなこと。どうしたって夫婦には見えなかったからよけいにね。

後になって謎が解けた時はゾォーッとしたわよ。あの時かばってたお腹にいたのは、赤ん坊なんかじゃなかった。自分が殺した旦那の六尺褌《ふんどし》をお腹に巻いて、その中に、根もとから切り取ったアレを隠し持ってたっていうじゃない。あの朝、あたしたちと笑って話していた間じゅう、彼女はちょん切ったアレを大事に大事に守ってたのよ。そうしてすぐ上の二階では、あの旦那が血の海の中で事切れてたってわけ。

……ねえ、顔が青いけど、ほんとに大丈夫？　ほんとうに？

そう。じゃあ、続けるわ。あたしにしたって、あの時のことを誰かにここまできっちり話をするのは久しぶりなのよ。

ゾッとしたって言ったけど、とはいえ、ね。同じ女としては、同情とまでは言わないけど、ちょっといじらしいような気もしたわねえ。着ているものの一番下に、肌にぴったりくっつけるようにして大切にしまってたっていうんだからさ、よっぽど好きで、惚れて惚れて惚れ抜いた男だったんだなあって。

当時も新聞に話したことだけど、ほんとうに妬けるくらい仲のいい二人だったのよ。抱き合ってる間だけじゃない、食べてる間も、寝てる間さえ、相手のどっかに触ってるか握ってるかでさ。しょっちゅう見つめ合ってはにこにこしちゃってさ。

女のほうはちょっときついけど綺麗な顔をしていたし、旦那もそりゃあいい男だった。夜中に女が急なさしこみで苦しんでると、寝つくまで延々と背中をさすってやったりしてね。あたしたち女中にも物言いは穏やかだった。ちょっとばかり人使いの荒いところはあったけど、それだって女のわがままに付き合わされてただけじゃないかしら。

布団にいる時間がほとんどだったけど、たまに部屋から出て来ると、後ろ姿が何とも鯔背《いなせ》でさあ。ほら、風呂なんかへ下りていく時、廊下ですれ違うじゃない。手ぬぐいをこう、ひょいっと左肩にかけて、右の肩をほんのわずか落として歩く姿に色気があってさ。流連の間にいっぺん床屋へ出かけて帰ってきた時なんか、思わず見蕩《みと》れちまったわよ。刈り上げたうなじや髭《ひげ》の剃《そ》り跡《あと》から目が離せなかった。

そんな色男が夜を日に継いで女と絡み合ってるんだもの、とうに慣れてるはずのあたしたちも、あの二人がいる間はなんとなく浮ついた気分だったわね。あの女がまた、自分より若い女中にいちいちヤキモチ焼くもんだから、料理や酒を運ぶのはもっぱら女将さんかあたしの役目だったんだけどね、「失礼します」って部屋に入るたび、たいてい真っ最中で、かえってこっちに見せつけるのよ。一度なんか枕元へお酒を持ってったあたしまで布団に引っ張り込まれそうになったくらい。

芸者をあげる時もそうだった。呼ばれてやって来た新旧のおねえさんたちがチントテシャンとやって、旦那が清元なんか語って、そこまではいいのよ。でもそのうちにまた我慢できなくなっちゃって、その場で組んずほぐれつ始まっちまうもんだから、さすがのおねえさんたちも呆れて帰っちゃったりね。

人に見られてることで興奮するお客ってのはけっこういるもんだけど、男の側があんなに優しいのはこれまで見たことなかったわね。寝る間も惜しんでつながってばっかりで、よくもまあ二人とも身体がもつもんだって、陰でみんな感心してたもんよ。こういうこと全部、当時も記者さんに話したんだけど、さすがに新聞には載せられなかったみたい。そりゃそうだわね。

とにかく——話を戻すけど、あの朝のことよ。タクシーを呼んで出かけていく彼女を、あたしたち、みんなで手を振って見送ったの。前の晩には彼女、「明日伊勢丹へ行ったら、お土産に何かいいものを買ってくるわね」なんて話してたから、いじましいけど内心ちょっと期待もしていたのよ。ちっともお金を持ってるように見えないのに、なぜだかやたらと金離れのいい人だった。

十時過ぎくらいだったかしら、外にいる彼女から電話がかかってきたの。あたしが出るなり、「あ、女中さんね？　二階ですけど」って。

名乗る前から声ですぐわかったわよ。高いんだか低いんだかよくわからない、ちょっと鼻に掛かったみたいな掠《かす》れ声で……何て言うのかしら、見た目にそぐわない感じなのよ。はっきり言えば、姿のわりに声は良くなかったってこと。

「戻りは昼ごろになりますけど、旦那は胃痙攣で寝てますからね、あたしが帰るまでくれぐれも起こさないで、ゆっくり寝かせておいてちょうだい。いいわね、きっとよ」

出がけに言ったのと同じことを念押しするもんで、しつこいな、とは感じたけど、とくに不思議には思わなかった。これまでも自分が外へ出かけてる隙に旦那が帰っちゃったりしないようにって着物をまるごと隠しちゃったりするような人だもの、とにかく気になって気になってしょうがないんだろうな、くらいに思っていたの。

話している声の向こうに外の往来を行く自動車の音が聞こえていたから、どこかお店で電話を借りたんだろうと思っていたら、やっぱりそうだった。あとで新聞を見たらあの人、『満佐喜』から乗ったタクシーを新宿で降りてから、また別のに乗り換えて上野まで行って、古着屋で全身取っ替えてるのね。着物や羽織ばかりか下駄までも。

昼ごろ戻るって言ったくせに、いくら待っても帰ってきやしない。二階の部屋の前で中の様子を窺っても、人の気配さえしないのよ。

それであたし、三時くらいだったかしら、とうとう襖を開けてみたの。まだ寝てるなら起こすまいと思って、そうっとね。

薄暗い中へ目をこらすと、旦那さんは布団をかぶって仰向けに寝てた。枕元に雑誌が広げてあって、だけど顔の上には妙なことに手ぬぐいがかかってた。

そうして部屋じゅうに、ものすごい臭いが充満していたの。嗅いだだけで、これがほんとうに血の臭いなら、その主はもう絶対に生きてるわけがないってわかるほどの凄まじい臭いよ。ようやく目が慣れて、畳にまで滲み出した黒っぽいシミを見て取った時、自分が何を叫んだか覚えてないわ。腰が抜けて立てなくて、気がついたら泣きながら廊下を這《は》いずってた。それから後のことは、新聞に書いてあったとおりよ。

——ねえ、なんだか悪いわねね。やっぱり、いくら何でもこんなことまで聞かせるべきじゃなかった。あんたにとってはきっと、単なる遠縁の人なんかじゃないんでしょうに。

ただね、これだけは言わせて。

正直なところ、あたしがあの女のことをいまだにどうしても好きになれないのは、あの旦那の首を絞めて殺したからでもなければ、大事な部分を切り取ったからでもないの。『満佐喜』の一部屋を当分使い物にならなくしたことさえどうでもいい。

そんなことより何より納得いかないのは、人ひとり殺しておきながら、朝から買物だとか偽って『満佐喜』を出て、旦那は胃痙攣だなんて嘘を言って、それぱかりか足取りをごまかすように円タクを乗り換えた上、着物まで取り替えて変装をした……そのことよ。

捕まった後の取り調べじゃ、自分もすぐ死ぬつもりだったなんて話してたそうだけど、ぜんぜん信用ならないわ。だってそうじゃない？　ほんとに死ぬ気だったら、わざわざ着物や羽織や履物までも買い替えて時間を稼いだりする？　逃げる気満々だったとしか思えないじゃないの。

しつこいようだけど、あの二人、ほんとうに睦まじかったのよ。心から想い合ってた。まちがった関係ではあったにせよ、お互いほんものの相手に見えた。こっちはうんざりしながらも内心、男って自分の女に対してこんなに優しくなれるのか、女もここまで男に惚れることができるのか、そうして二人して溺れ合えるものなのか……って感動してたのに、あれだけたっぷり見せつけておきながら、いざとなったらいろいろごまかしてコソコソ逃げ出すなんて……。何が嫌いだといってね、あたし、そういうみみっちいことが何より嫌いなのよ。

＊

僕が佐藤もとに話を聞いた日からほぼ七カ月後――すなわち昭和十六年の師走――日本軍は、真珠湾に奇襲をかけた。続いてグアムや香港をあっという間に占領し、国を挙げて勢いづいていった。学業を疎《おろそ》かにすることは母が絶対に許さなかったから、僕は余暇を利用するというより捻《ひね》りだし、さらに幾人かの関係者を探しあてては話を聞いていった。たとえば少女時代の〈おサァちゃん〉を知る近所の人々や、浅草界隈《かいわい》で遊び回っていたころの不良仲間などだ。佐藤もとと会った時の気後《きおく》れを思いだすと、自分よりあまり年上の人に会う勇気はまだなかった。

翌年の前半も、日本軍は各地で戦勝を重ねていった。

後から思えばそれがまずかったのだ。無計画なままどんどん拡大してゆく戦線に、補給のほうがどうしても追いつかなくなるに至って、昭和十七年の後半から戦局はみるみる劣勢に傾いていった。

母が懸命に金を工面して作ってくれた僕の義眼はなかなかよく出来ていたようだ。繰り上げの徴兵検査で左目が見えないことを正直に申告したら、このやろう嘘をつくな、兵役を免《まぬか》れるために見えないふりをしているんだろう、などと怒鳴られて殴られかけた。僕はその場でてのひらに目玉を取り出してみせた。引っ込みがつかなくなった相手は、捨て台詞のように「非国民が」と唾を吐いた。

お国のため、天皇陛下のために命を懸けることのできない者はもれなく「非国民」だ。北区十条の造兵廠《ぞうへいしょう》で、女や子供に交じって来る日も来る日も鉄砲や弾薬を作り続けたが、世間の目は冷たく、母にまで肩身の狭い思いをさせてしまった。

日に日に生活が苦しくなり窮屈になってゆく中、かろうじて自由でいられるのは頭の中だけだった。ふらふらになるまで働いた夕暮れ、鶏《とり》ガラみたいな中年女が運転士を務める電車に揺られて帰る道すがら、ふと、落ち着いたら次は誰のところへ話を聞きに行こうか、などと空を見上げて考えたりした。

先方の年齢を考慮するなら、まず急ぐべきは阿部定のパトロンだった野々宮五郎《ののみやごろう》だろうか。定が吉蔵と懇《ねんご》ろになってからも金を工面し続けていた名古屋市会議員で、とある学校の校長だった人物だ。することは一応するくせに事が終われば説教ばかりしたというこの朴念仁《ぼくねんじん》が、定に向かって「真人間になりなさい」だの「店を持つ金なら出してやるから料理屋へ入って修業をしなさい」だのと言い出さなかったら、彼女は『吉田屋』へ奉公することもなく、石田吉蔵と出会うこともなく、あのような惨事は起きなかったのだ。すべての元凶を作ったのは野々宮先生と言えるかもしれない。

それから、秋葉正武がいる。定が父親に売られ、芸妓から娼妓《しょうぎ》へと転落してゆく道筋で、腐れ縁のように幾度も関わる羽目になった遠縁の男だ。女衒《ぜげん》である秋葉が、いわば商品である定と関係を持ったばかりか離れてはまたしつこくよりを戻すのを、内縁の妻ハルはどうやら黙認していたようなところがある。にもかかわらず定はその二人をまるで実の親のように思ってか、困った時は身を寄せ、逆に金銭面の面倒を見るなど、つかず離れずの関係を保っているらしい。普通の感覚では理解できないことだった。

他に、彼女を妾に囲った日本橋の袋物商や、長らく芸妓や娼妓をしていたころの同僚や、横浜の立憲政友会院外団の書記長、あるいはまた事件の晩たまたま『満佐喜』に居合わせて二人の隣室に泊まっていたという実業家や……。考えてみれば本人の年齢など関係なく、このご時世ではいつ誰の行方が知れなくなっても不思議はない。

それなのに、生き延びるだけでぎりぎりだった僕には、そうした人々を実際に訪ねることがなかなか叶わなかった。この戦争がいつか終わった暁《あかつき》にはきっと――そんな具合に〈いつか〉の望みについて考えている間だけ、心にわずかな張りが生まれた気がする。

そうして、昭和二十年八月。相次ぐ原爆投下によって日本はついに降伏し、戦争が終わった。東京は黒焦げの焼け野原で、ぼろを着た人々が集まる場所には必ず、尋ね人の紙がぎっしりと貼られていた。

同じ町内でも、夫や父や息子を亡くした家がたくさんあった。かろうじて戦禍を免れた家で母と身を寄せ合い、ようやく息を深く吸うことができるようになった時、定と吉蔵の事件からは早くも十年がたち、僕は二十一歳になっていた。


佐藤もとの証言を、できるだけ耳で聴いたまま記録して以降、僕は他の誰から話を聞いてもそのやり方を踏襲するようにしていた。

箇条書きに整理するのではなく、話者の口調にできるだけ忠実に書き起こす。時がたってから読み返した時にも理解しやすいよう、必要な箇所は地の文で補足したり、話の流れを多少整える程度の工夫をすることはあったが、基本的な語りの部分にはほとんど手を加えなかった。巧まずしてそれらは、話者それぞれが主演を務める一人芝居の台本めいたものとなった。長い歳月を費やして集めてきた証言の積み重なりは、僕にとっては宝であり、遠い父へと手をのばすための梯子《はしご》だった。

しかし、事実の断片をどれだけ拾い集めても、あの事件の全貌を摑《つか》めたとは思えなかった。焦燥と不安と欲求不満をまぎらわすために、僕は時折、事実の空白を想像や推理で埋めるようになった。ほんの手なぐさみのような文章でも、書いているうちには何かこう、ほんとうのことに肉迫できたと思える瞬間もあって、けれど所詮は虚構に過ぎないのだと思うといつもどこか後ろめたかった。

それが——ある日突然、ひとの書斎を好き放題に漁《あさ》った男によって発見され、無神経にも白日の下へ晒《さら》されたというわけだ。

「おいおい、人聞きの悪い」と、Rは苦笑した。「せめて『日の目を見た』って言えよ。俺のおかげだぞ」

五月の風に翻る赤い腰巻を横目に最初の証言を得たあの日から、四半世紀。僕以外で最初にそれらを読むのがRになろうとは思ってもいなかった。

＊

## § 証言2 1941・7・12

山本仙子《やまもとせんこ》(旧姓・久野《くの》) 三六歳
——定の幼なじみ (事件当時三一歳)

あなたもあの人の話を訊きにみえたんですか。

ええ、このごろたまにいらっしゃるんですよ。あの人が当初の刑期よりも早く出てきたというので、雑誌の記事だか何かにしたいって。

でもね、そう言われましてもわたしのほうは、事件のすぐ後で婦人雑誌の記者さんに訊かれて話しましたことのほかにはもう何にもありゃしないんですよ。そりゃ小さい頃のことはよく覚えてますけど、どうせ同じ話の繰り返しに……。

いいんですか？　ほんとうにそれだけで？

そうですか。でしたら、何でも訊いて下さいな。

ええ、わたしとおサァちゃんは同い年で、生まれた頃から一緒でした。どちらの家も商売で忙しかったものですから、しょっちゅう行き来していたんです。物心ついてからは、わたしはおサァちゃんを頼りにしてくっついて回ってましたね。男の子にいじめられて庇《かば》ってもらったり、飴玉なんかをおごってもらったり。

うちのおっ母《か》さんから聞いたところでは、うんと小さい時分からそりゃあもう目から鼻に抜けるような利発な子だったそうですよ。幼いながらに気位が高くて、大人に向かってあれこれ命令するくらいだったと聞いてます。それに利かん気でね。大きな男の子たちに囲まれようが逃げもせず泣きもせず、ものすごい目で睨み返しているんですって。そうかと思えばほんのちょっとしたことでヘソを曲げて、地面にひっくり返って足をばたつかせ、いっぺん甲高いキンキン声で泣きだすと親が来て猫撫で声でなだめすかそうがそう簡単には泣きやむもんじゃございません。

万事においてそんなふうでしたから、〈畳重《たみじゅう》〉ではずいぶん手を焼いておいでだったようです。ええ、ほんとの屋号は『相模屋《さがみや》』さんでしたけど、店主の重吉《じゅうきち》さんの名前から界隈ではそうとも呼ばれてたんですよ。

とにかくほら、おサァちゃんはあのとおり綺麗な人でしょう？　色は白いし鼻筋は通っているし、目もと口もとは賢そうだし、まあ眉と目が吊っていて気がキツそうに見えるところは玉に瑕《きず》でしたけど、十にもなろうって頃にはそりゃあ目立ってましたね。噂が聞こえて、時にはよその町からわざわざ見に来る人がいるほどでした。

あの頃の〈畳重〉は十何人もの職人を抱えるほど羽振りが良くて、お内儀さんのおカツさんは末のおサァちゃんを何より の自慢の種にしてました。自分の子だというのに可愛らしいの賢いのとあんまり褒めそやすもんですから、うちのおっ母さんなんかはとっくに右から左へ聞き流してましたね。いいかげん耳にタコができちまったよ、なんて。いえ、根はしっかりした、いいお内儀さんだったと思いますよ。ただ子供らには甘かったですねえ。

まあ、見栄坊《みえぼう》で自慢屋なのはおカツさんに限ったことじゃございません。神田といえばそれでなくても見栄っ張りの集まる土地柄ですから、そのへんは致し方ないんでございます。大店《おおだな》の末のお嬢さんであるおサァちゃんなんか、何でもない日でも晴れ着みたいなよそ行きを取っかえ引っかえ着せてもらって、蝶よ花よとチヤホヤされていましたっけ。尋常小学校へ上がると三味線や常磐津を習わせてもらってね。筋は、どうでしょう、そんなに良くもなかったんじゃないかしら。

そういえば、これもうちのおっ母さんから聞いた話ですが、おサァちゃんは生まれてきた時に息をしてなかったようなんですよ。お腹の中で大きく育ちすぎて、お産の時になかなか出てこられずに窒息しかかったんですって。……え？ 事件の後に本人もそう喋ってるんですか？ まあ、そうですか、じゃあおっ母さんの記憶は確かだったんですね。

おまけに四十を大きく超してのお産だったせいかおカツさんのお乳の出が良くなくて、おサァちゃん、乳離れするくらいまで里子に出されてたんですって。戻ってきてからも四つになるまでほとんど口をきかなかったそうですから、御両親ともどんなに心配だったことでしょう。あんなに甘やかしちまったのもそのせいだったのかもしれませんねえ。

あの時分はちょうど総領《そうりょう》息子の新太郎《しんたろう》さんがやりたい放題の頃で、遊ぶ金は持ち出すわ、外で面倒は起こすわ、大揉《も》めに揉めていたそうなんです。

その下の、きょうだいの中でいちばん真面目だったおトクさんは埼玉のほうへ片付いたんですが、そのまた下の、わたしたちとは六つ違いのお照《てる》さんはおサァちゃんに負けず劣らず綺麗な人で、家長の重吉さんが見込んだ畳職人を婿養子にして所帯を持ちました。たしか善作《ぜんさく》さんといったかしら、子供にも優しいおとなしい人でした。

重吉さんとしてはアテにならない新太郎さんを諦めてこの婿養子に跡を継がせるつもりだったんでしょうが、それがなんと、間もなくお照さんに他に男のあることがバレちまいましてね。お人好《ひとよ》しの善作さんもさすがに腹に据えかねたんでしょう、暇をとって出てっちまいました。まったく、きょうだい揃って困った人たちではありましたよ。

そうそう、おサァちゃんといえば、うちのおっ母さんがいまだに一つ話のように繰り返しますのは、わたしのお人形をめぐる思い出です。わたしも鮮明に覚えている……気はするんですが、いまだにこうもくっきり頭に浮かんでくるのは、おっ母さんに何べんも聞かされすぎたせいかもしれません。

ともあれ、その人形というのはほんとに小さな古ぼけた博多人形だったんですが、おサァちゃんはある時なぜだかそれを気に入って、ぎゅうっとひっつかんで離さなくなってしまいましてね。自分のお人形を取られたわたしは火のついたように泣きだす、おサァちゃんは突っ立ったまま意地でもお人形を返さない、とうとう駆けつけたおカツさんが小僧さんを走らせて、もっと高価で見た目も立派な人形を買ってこさせたんですが、おサァちゃんときたらそんなものには見向きもしないで薄汚れた人形を握りしめているんです。そのうちに、わたしが新しいほうのお人形に興味を示してようやく泣きやんだものだから、結局お人形は取り替えっこすることになったんだそうですが、親としてはなんだかとても気分が悪かった……と、おっ母さんはいまだに昨日のことみたいに申しますよ。後にも先にもあれほど強情な子は見たことがないよ、って。

なんでしょうねえ、お金で困ったことなどないはずですし、欲しいものは何でも買ってもらってましたのに、おサァちゃんは人の持ちものを欲しがることが多くて、おまけにちょいと手癖も悪うございました。うちの弟が大事に簞笥の上へ飾っていた犬の置物とか、おっ母さんのセルロイドの櫛《くし》とか、わたしがお裁縫の道具箱に入れていた指ぬきだとか……そういうつまらないものばかり、ひょいと家に上がって盗《と》っていくんです。そのくせ、次の日になるとケロリと返しに来たりもしました。

〈返すわ。あたい、こんなもん欲しくないから〉

欲しくないならなぜ盗るのかわかりませんが、本人は恥じる様子もないのでした。

盗ると言えば、あの当時、尋常小学校のわたしたちの組では恋の真似事のような遊びが流行っていました。土地柄が土地柄だけに子供たちは皆しぜんと耳年増になっていくんですよ。大人の真似をしていっぱしの恋人同士を気取り、〈おれの娘《こ》〉とか〈あたいの好《い》い人〉なんぞと言い合って互いに恋文をやり取りしてね。それを傍《はた》から冷やかされるのさえ喜びの一つでした。

おサァちゃんの恋人は、組でいちばん勉強のできる級長の春《はる》ちゃんでした。もともと彼と仲よしだったのは、女のほうの級長の雪《ゆき》ちゃんだったんですが、おサァちゃん、ある日いきなりまっさらの鉛筆と帳面を持って春ちゃんのところへ行きましてね、

〈これ上げるから、あたいの好い人になって〉

と自分のほうに向かせてしまったんです。

まあ、それでなびいてしまう春ちゃんも春ちゃんなんですが、根っからおとなしい子でしたからねえ。おサァちゃんに逆らうのが怖かっただけかもしれません。

袖にされたのは雪ちゃんだけじゃありませんで、それまでおサァちゃんの〈好い人〉だったガキ大将の健《けん》坊もそうでした。

わたし、訊いてみたんですよ。

〈おサァちゃん、あんたどうして健坊をチャイしちゃったの？　かわいそうじゃない〉

そしたらあのひと、声を低めて言いましたっけ。

〈お仙ちゃん、これ内緒よ。絶対誰にも言ったらだめなのよ。約束できる？　だったら、あんたにだけ言うわ。あたいね、ほんとは雪ちゃんを抜いて一番になってやろうと思ったの。級長になったらみんながあたいの言うこと聞くじゃない？　それで、去年からそりゃもう一生懸命に勉強したのよ。なのに四年生になってもまた十番なんだもの、悔しくて悔しくて、ひとりでどれだけ泣いたかしれない。でもね、お仙ちゃん、あたい、いいこと思いついたの。自分が一番になれないんなら、一番の男を自分のものにすればいいのよ。ね、いい考えだと思わない？そのほうがずっと簡単だもの〉

ずっと簡単かどうかは人によると思いますが、今ふり返ってみればあの人は何ごとにもそんなふうでしたね。まるで水が低きに流れるみたいに、苦労の少ないほうへ少ないほうへ、ちょっとでも楽な道を選ぼうとするのがおサァちゃんでした。

お父《とっ》つぁんの重吉さんは昔気質《むかしかたぎ》の職人さんで、目に入れても痛くない愛娘を叱るのにもずいぶんと荒っぽい人でしたけど、怒鳴られようがぶたれようが、おサァちゃんにはちっともこたえていないようでした。しょっちゅう家に閉じ込められて学校へも来させてもらえなかったり、その反対に家から閉め出されて頼んでも入れてもらえなかったりしてましたけど、どっちの場合も本人はほとぼりが冷めるとケロッとして、反省の色なんかまるで見えませんでした。

三つ子の魂百までと申しますけれど、今こうしてふり返ってみましても、わたしにはさっぱりわからないんですよ。いったい親御さんは、そして周りのわたしたちは、あの人に何をしてあげたらよかったんでしょう。どういうふうに関わり、どんな言葉で叱ったり諭《さと》したりしていたら、あの人は後になってあんなだいそれた真似をしないで済んだんでしょう。

え？　わたしがもし、事件の時のおサァちゃんだったらどうしていたか？　それって、あの人と同じ立場に置かれたとして、ということですか？

どうかしら。そんなこと訊かれたのは初めてです。

わたしだったら……そうですねえ、わたしだったらそもそも、そんな立場にまで追いつめられるような真似は初めからしませんね。

夫なんかからはよく笑われますよ。分別くさいとか、怖がりだとかって。でもね、怖がりなくらいでちょうどいいんです。いちいち人のものを欲しがったり盗ったりしないで、与えられたものに満足して生きていれば、他人様《ひとさま》を殺《あや》めるなんて怖ろしいこととは無縁でいられます。

わたしはお見合いで結婚し、こうして千葉に住んで何年にもなります。子供もおりますし、夫はあまり喋りませんが優しくしてくれます。

そういう穏やかさの中におりますとよけいに、おサァちゃんのことが遥か遠い人に思えます。わたしたち、あの頃はいつも一緒にいたのに、お互いもう取り戻せないくらい離れてしまったんですねえ。

＊

明治もそろそろ終わりに近い三十八年――東京神田の新銀町《しんしろがねちょう》、今でいう司《つかさ》町二丁目のあたりで、あたしは生まれた。江戸時代から数えて四代も暖簾が続く〈畳重〉こと『相模屋』の末娘、それがあたしだった。

神田の中の神田、と言っていいかもしれない。周りに住んでいるのも大工や左官屋、建具屋や屋根職人といった顔ぶれだから、何かと荒っぽくて喧嘩《けんか》が絶えず、お世辞にも上品とは言えない土地柄だった。

お父つぁんは、下の者には厳しかったけど、婿養子だからか母にはどこか遠慮していたように思う。きょうだいは大勢いたものの一番上の姉は生まれてすぐ亡くなったというし、ほかに養子に出されたのもいれば腸チフスやなんかで死んだのもいたから、残ったのは四人だけだった。親ほども歳の離れた新太郎兄さんとおトク姉さん、その下にだいぶ離れてお照姉さん、そしてあたしだ。

おっ母さんは中でも末っ子のあたしに特別甘かった。難産だったし無事に育つまでいろいろ手がかかったせいもあるだろうけど、いちばんの理由はきょうだいの中であたしがいっとう器量好しで連れて歩くのが自慢だったからだ。

あの当時については、事件のすぐ後に出た婦人雑誌に、少女時代のあたしを知る母娘に聞き書きした記事が載っている。出所してからしばらく秋葉正武の家へ身を寄せていた頃、彼が買っておいたのを見せてくれた。

最初のうちこそ子供の頃の呼び名がくり返し出てくるのをくすぐったく思いながら読んでいたのだ

けど、その母娘、お仙ちゃんとそのおっ母さんが語る〈おサァちゃん〉のあれこれは、あたし自身の記憶とはずいぶん違っていた。なんだってこうも、自分の勝手な考えに副《そ》え木《ぎ》をしてくれるような逸話ばかり選んで喋るんだろうと思ったら、読めば読むほど腹が立ってきた。

人形の取り合いをして強情を張る程度のことが何だっていうんだろう。子供なんか多かれ少なかれ聞き分けがなくて当たり前だろうに、あたしだけがことさら特殊だったかのように言われるのは我慢ならなかった。起こった出来事から過去にまで遡《さかのぼ》って、まるで後出しじゃんけんみたいに結論づけるなんてずるい。女房子供のいる石田吉蔵をあたしがあんなふうに好いたからといって、欲しいと思ったものは昔から何が何でも手に入れる性格でした、みたいに後から結びつけられたんではたまらない。

お人形と吉さんとは違う。吉さんには自分の意思もあれば、それを人に伝える舌もあった。あたしに欲情しなかったらおチンコがあんなふうに勃《た》つわけはないんだし、これ以上関わり合うのがほんとうに嫌だったらスタコラ逃げ出すための足だって備わっていたのだから。

お仙ちゃんは長らくあたしの家来みたいな子だったから、記者から質問を向けられた時に〈ええよく知っていますわ〉と答えたのは嘘ではないけど、ほんとうにあたしのことを〈よく知って〉いたかと言えばそんなことはないのだった。一緒にお祭りへ行ったり活動を観に行ったりと長い時間をともに過ごしはしたけど、彼女があたしの心の中まで知ろうとしたことなんか一度もないはずだし、こちらも本心を打ち明けたいと思ったことはない。

誌面を睨みながら、あたしは、その向こうにいる旧《ふる》い友だちを問い詰めた。

ねえお仙ちゃん。どうして約束を平気で破ったのさ。〈内緒よ〉って、あたしはあんなに念を押したし、あんたは確かに頷いたじゃないの。〈絶対誰にも言ったらだめ〉ってあたしが言ったら、つまりそれは、絶対誰にも言ったらだめっていう意味なのよ。ねえお仙ちゃん、わかる？

彼女のおっ母さんによれば、お仙ちゃんはお嫁に行って千葉の田舎のほうに住んでいるそうだ。ある日いきなり訪ねていって文句の一つも言ってやったらどんな顔をするだろう。

健坊との仲が気まずくなったあたしがああしたとかこう言ったとか、なおも延々と続くつまらない思い出話の最後を、お仙ちゃんはこう結んでいた。

〈――新聞で今度の事件を知りました時には、まア、あのお定《サア》ちゃんが……と一時はびっくりもし、意外にも思いましたけど、よく考えて見ますと、こうなったから申すわけではございませんが、やはりどっかにこんなことも仕兼ねないようなところがあったように思われてなりません〉

あたしは顔に薄笑いを貼りつけたまま、何度も何度もその部分を読んだ。

〈こうなったから申すわけではございませんが……〉

腹が煮えて、雑誌をつかんで引っちゃぶいてやりたかった。

新聞の一面に載るような大それたことをしでかしてしまったのはあたしだ。でもその雑誌の発行日を見る限り、お仙ちゃんたち母娘が取材を受けたのはあの年の五月末か六月頭かそのへんで、事件からひと月もたたないうちに友だちを売るようなことをべらべらと喋ってのけるその神経が、あたしにはどうしてもわからなかった。

きっと彼女たちばかりじゃない。東京、横浜、富山、長野、大阪、名古屋、兵庫……これまであたしが別々の名前で関わってきたすべての人たちが手配写真を見て犯人の顔を知り、ああだこうだ勝手に噂しているのだと思うと、うんざりを通り越してこの世から消えてしまいたくなった。どうして吉さんを見送った時にその場で死ななかったかと、もはや何千回目ともわからない後悔をした。

それさえも、今やすでに遠い記憶となった。十年ひと昔というのが本当なら、その三つぶんも前のことだ。

このところ、子供の頃の夢ばかり見るようになった。誰のせいかなんて考えるまでもなかった。もう長いこと、過去はできるだけ思い出さないように努めてきて、おかげで昔の知り合いなんて名前も顔も忘れかけていたのに、こんな迷惑な話といったらない。ひとの人生を気まぐれにかき回し、欲しいものだけ漁って立ち去る厚かましい連中が、これまでにも掃いて捨てるほどいた。いくらあの石田吉蔵の息子だからといって、ああいう連中と同類でないとは限らない。信じて裏切られるのはもうたくさんだ。

ゆうべ見た夢には、懐かしい郵便ポストが出てきた。ある時我が家のそばに新しく立てられた赤いポストで、あたしが生まれて初めて好きになった相手だった。何かの喩えじゃなく、そのまんまの意味だ。

同じ場所にそれまで立っていたポストは、郵便物を入れたらツマミをぐるりと回して中へ落とす方式で、正面から見るとその投函口がニッコリ笑う優しいおじさんの口みたいに見えたものだけど、たしか尋常小学校に上がった年だったか、ある日突然あたしの見ている前で根こそぎ抜き去られ、かわりに新式のものが据えられた。回転式のは故障が多かったらしい。

新しいポストは眩しいくらいにぴかぴかのツヤツヤで、郵便配達員の帽子のつばみたいな庇《ひさし》がついていた。そのすぐ下の投函口が横一文字に変わったせいで、前よりも凜々《りり》しく若々しく見えた。

四つ辻の角に雨の日も風の日も黙って立っている頑丈そうな円筒の姿は、あたしの心を捉えて放さなかった。少し丸みを帯びたあたまに雪が積もっていれば伸びあがって払ってやったし、日照りの時は並木の影が早くその上に差しますようにと願ったものだ。

それから四半世紀ののち、あたしは塀の中でずいぶんたくさんの本を借りて読んだおかげでいくらか賢くなったと思うのだけど、その中の一冊によると、たとえば地面からにゅうと生えているポストみたいな形のものに対して特別の愛着を覚えたり夢に見たりすることには、何やら一筋縄ではいかない深い意味があるらしい。えらい学者さんが書いた本だからインチキではないと思うし、言われてみればなるほど、似ている。吉さんの赤いおチンコも、元気な時はえらく頑丈そうにまっすぐ突っ立っていた。

あとから思えば、事件の直後に精神鑑定をして下さったお医者様にくらいは、正直に打ち明けたほうがよかったかもしれない。昔あたしが懸想《けそう》していたあの赤くて立派な郵便ポストと、かつて同じ場所にあって根っこから持ち去られた古いポストのことを。

いや――話さなくてよかったのだ。誰にも、何も語らないでおいたがいい。どんな甘言《かんげん》にも決して気を許さずに口をつぐんで、ただ世の中から忘れられていくのを待つのがいい。

あたしだけが知っていることだとか、ましてやほんとうの想いなど今さら人に話して、いいことなんかあるわけがない。それを頼んできたのが、たとえ吉さんと同じ声を持つ男であったとしても。

＊

## § 証言3　小堀健太郎《こぼりけんたろう》（通称「健坊」）　三六歳

――雑貨商、尋常小学校の同級生（事件当時三一歳）

1942・3・15

や、それにしてもびっくりしたワ。さっきも言ったけど、俺なんかンとこへ話を聞きに来たのはあんたが初めてだからさ。

だけど、なんで俺がおサァちゃんと知り合いだってわかったのさ。え、お仙ちゃんと会ってきた？　わざわざ千葉まで出かけてって？　こりゃ驚いたね、恐れ入谷《いりや》の鬼子母神《きしもじん》だよ。

ってことはつまりあんた、あのころ俺がおサァちゃんに首ったけだった話もご存じなんだな。やれやれ、女の口に戸は立てられねえもんなあ。それ以上何を聞きたいってんだよ。残念ながら俺とおサァちゃんの間に特別なことなんか何もなかったぜ。

うーん……そうだな。

当時の俺っていやあ、まあ絵に描いたようなガキ大将でさ。あのころから身体もデカかったし、自慢じゃないが腕っ節も強くてよ、近所どころか隣町の子供らだって俺には逆らったりしなかった。

うちはこのとおり雑貨屋で、すぐ筋向かいに住んでたお仙ちゃんとこも、その何軒か並びのおサァちゃんとこも、何かしら足りなくなると必ずうちの店から買ってくような付き合いだったもんだから、俺らはほとんどきょうだいも同然に育ったんだ。同い年だから尋常小学校へも一緒に上がってさ。

その、お仙ちゃんの言ってた話ってのはほんとのこったよ。何せこういう土地柄だもんで、俺らの上のきょうだいも早熟ってのか、年じゅう男と女のことでゴテクサしててさ。だから俺らもまだほんの小さいうちから、何がどうなってこうなったらアカンボができるかなんてぇことはだいたいみんな知ってた。子供は大人を見て、それを真似て育つからな。学年も真ん中へんになりゃあ、組の半分くらいはこう、特別な仲になんのさ。

や、さすがにあれだぜ、アカンボこさえたりはしないぜ？　いいとこ、一緒に縁日ぃ行って手ぇ繋いで頬染めるくらいのもんだけど、それでもさ、お互いに艶文《ふみ》をやり取りしたことが組のみんなに知れれば、あとは公然と認められるわけだよ。ああ、あの子とあの娘はそういう仲なんだな、って。

……ああそうさ。おサァちゃんはずっと、〈俺の娘〉だった。

「あたい、強いひとが好き」

なんて言ってやがったなあ。やけに大人びた、熱っぽい目つきと口ぶりでね。

俺は俄然《がぜん》、張りきったさ。何しろおサァちゃんといえば隣近所でも、いや、町内でも器量好しで有名だったしな。もともとが綺麗な顔立ちなのに、小母さんがまた次から次へ袂《たもと》の長い着物を誂えてやったりピラピラ揺れる髪飾りを買ってやったりするもんだから、おサァちゃんがそれを着て通りを歩くだけでそのへんの職人も小僧も若い連中は一人残らずピタッと話をやめて、目の前を通り過ぎるまで見送るわけよ。それっくらい目立ってた。

わかるだろ？　自慢だったんだ、俺。

当時はナメられちゃなんねえと思って言わなかったけど、ほんとはさ、おサァちゃんが俺と好い仲だってことが嬉しくって嬉しくってたまんなかった。ぼうっとのぼせて見蕩れてる若いもンを見れば、お前らなんかに手の届く女じゃねえんだぞと思って得意でしょうがなかったし、そのぶん、そばについて見張ってなきゃ誰かに取られるんじゃねえかと気が気じゃなかった。

学校の行き帰りはもちろん、そのへんで遊んでる時も、縁日へ行く時も、できるだけそばにくっついて彼女を守ってやったさ。どっかの馬鹿野郎がおサァちゃんの気を惹《ひ》きたさに苛《いじ》めたりからかったりしようもんなら、たとえ年上だってただじゃ置かなかった。二度とそんな気を起こさねえようにボコボコにしてやった。

誰にも負けやしなかったけど、殴り合いにでもなりゃ俺だってまあ怪我ぐらいはするわな。唇の端っこが切れて血が滲んでたりすっと、おサァちゃんが着物の合わせンとこから綺麗なハンケチなんかスッと出してさ。汚れるのもかまわずに押さえてくれるんだよ。

「ばかねえ、あたいなんかのために」

なんつって涙をいっぱいためてさ。

何なんだろうな、ああいう時の気持ち。あんたも男ならわかるだろ？　馬鹿みたいに力が湧いてきて、こいつを守るためなら命を差し出したっていい、みたいな気分になっちゃうんだよ。けど、おサァちゃんははるかに上手《うわて》だったのさ。モジモジうつむいて、

「あたい、健坊が好きさ」

ぶっきらぼうに言ってみたかと思えば、妙に可愛い上目遣いで、

「健ちゃん、お礼にこれあげる」

なんつって金平糖《こんぺいとう》の包みなんかよこすとかさ。

今思えば……あくまで今ンなって思えばだけど、当時からもう、あの子にとって男なんてものは、掌《たなごころ》の上でころころと退屈しのぎに転がすだけの相手だったんだろうな、なんてさ。考えたりもするわけだよ、うん。

俺は、あの時、俺にできることを全部やった。一人の女のためにあんなに一生懸命になったのは後にも先にもあの時きりだった。だけど、何がまずかったんだろうな。四年に上がってすぐ、おサァちゃんが別の奴を好きンなっちまったんだわ。

それがもし俺よりか腕っ節の強い奴だったら、悔しいなりに納得もできたと思うんだけども、そいつ、春之助《はるのすけ》っつって仕立屋の息子でさ。級長やってて勉強はそりゃよくできたけど、あんま喋ンねえし、ナヨナヨしてやがるし、日陰のモヤシみたいな奴だったんだ。女の級長の雪ちゃんと好い仲だって聞いて、まあ似合いの組み合わせじゃねえか？　くらいに思ってた。

それなのによ……。

どうせもう、あれだろ？　そのへんの事情も聞いたんだろ？

そう、その通りさ。おサァちゃんは俺を振って、わざわざ鉛筆と雑記帖の貢ぎ物まで携えて、春之助へ鞍替《くらが》えしたわけさ。それがまあ両方とも、前の日にうちの店で買ってったもンだってのがまた笑っちまうじゃあねえか、なあ？

とにかく俺は傷ついたさ。どんな理由があったんだか知らねえけど、いきなりそりゃあねえよ。あんまりだよ。おまけにおサァちゃんが、

「健坊と雪ちゃん、あぶれたもん同士でくっつけばいいのよ」

とか言ってると聞いて、ますます腹が煮えた。人の気持ちを何だと思ってやがんだ、ってね。けど、俺だって威張れやしねえんだわ。面と向かっておサァちゃんにどうこう言うだけの意《い》気地《くじ》はねえもんだから、ついつい憂さ晴らしの矛先《ほこさき》をおとなしい春之助に向けちまう。おサァちゃんの見てねえところで、泥ん中に突っ転ばしたり、帽子を隠したり、よく泣かせたなあ。こんなことでメソメソ泣くような男を、なんでわざわざ選ぶんだと納得いかなかったよ。強い男が好きなんじゃなかったのかよ、って。

そんな矢先だった。休みの日の昼間に、銭湯へ行ったんだわ。俺んちはあのころまだ風呂がなかったもんで、ふだんから近所の連中と連れだってよく行ってた。お目付役の大人なんかい

ないほうが羽目を外せて楽しかったからな。

早い時間だったもんで男湯に客はいなくて、俺らが競うみたいに裸ンなってわらわら駆け込んでった、その時だよ。板壁一枚隔てた女湯のほうから、はっきり声が聞こえたんだ。お仙ちゃんの声だった。

「あら、おサァちゃんじゃないの。めずらしいわね、銭湯にくるなんて」

こっち側で湯をはね散らかしてた他の連中の手が、いっせいに止まってさ。俺のほうを窺ってるのがわかった。

「おサァちゃんち、お風呂あるんじゃなかったの？」

「あるわよ」

おサァちゃんが言った。そうやって壁越しに声だけ聞くと、けっこうドスのきいた声だった。

「まあ、どうして？」

「あるけど、時々は銭湯にも来るのよ」

「だって今日は小僧が先に入っちまったんだもの。あたい、家の風呂は口開けでないと入らないことにしてるの。一人でも先に入ったら、なんだか汚いような気がするじゃない。そんな時はここへ来るの」

「ずいぶん贅沢《ぜいたく》ねえ」

呆れたように返事をしたのは、どうやらお仙ちゃんの姉さんだった。

俺は、呆れるより何よりむかむかしていた。お嬢様よりか先に一番風呂に浸かった間抜けな小僧の肩を持つわけじゃねえが、そうした端々《はしばし》に顕《あらわ》れるおサァちゃんの、こう、何てぇのかな……ひとを見下すみたいな偉そうな態度に腹が立ってならなかったんだ。汚いって言われた小僧のほうに自分を重ねてたのかもしんねえな。

で、ついつい、さ。湯桶に溜めた水をこう、間を隔てる板壁の向こう側へ、エイヤァッとばかりに思いっきりぶっかけちまったのさ。

や、言うほどの量じゃねえよ？　けどまあ、いきなり頭の上から水が降ってくりゃあ、びっくりもするわな。

悲鳴をあげたのはお仙ちゃんと、たぶんその姉さんだった。おサァちゃんの声はしなかった。可愛くねえったらありゃしねえ。

こっち側でなんとなく固まってた連中も、その叫び声で金縛りが解けたみたいンなってさ。はやし立てたり、自分も水しぶきを引っかけてみたり、いっぺんに手がつけらンなくなった。

そしたら、おサァちゃんがあのドスのきいた声で怒鳴ってよこしたんだ。

「いいかげんにおしよ、あんたたち！　姿が見えないからってやりたい放題するなんて卑怯《ひきょう》じゃないか。それでもキンタマついてんのかい！」

おおおっ、と仲間が色めき立った。

もちろん俺は言い返したさ。

「てやがんでぇ！　女なんか、いくら威張ったって男のほうに入るこたぁできめえ！」

そうだそうだ、やぁいやぁい、とみんなが加勢する。単純なもんだ。

「あんた、健坊ね？」

おサァちゃんが言った。怒りで目尻が吊り上がってンのが見えるみたいだった。それから、ひときわデカい声で叫んでよこした。

「じゃあ、入ったらどうするッ！」

こうなっちまったら後には引けねえよ。

「手ぇついて謝ってみせらあ！」

「きっとか！」

「きっとだとも！　ついでにしゃぼんの水を飲んでみせらあ！」

「ようし、きっとだね！」

そのとたん、板壁の端っこについてる潜《くぐ》り戸《ど》が、ガタガタ揺れて音を立て始めた。

思わず目ン玉ひん剝いたさ。ふだんはそんなとこ、誰も開けやしねえ。閂《かんぬき》までは掛かってねえけど暗黙の了解ってぇのか、客の誰かがそれに触ってンのを見たことなんか一度もなかった。さすがに向こう側でもお仙ちゃんや姉さんが必死ンなって止めてる。とうとう番台の小母さんまでが慌てて飛んでってやめさせようとしてんのが聞こえるのに、

「ほっといてよ小母さん、こういうのは思い知らせてやらないとクセになるんだから！」

とたんに、いきなりバーンと潜り戸が開いてさ。おサァちゃんが男湯へ飛び込んできたのさ。俺を含めて五、六人が茫然《ぼうぜん》と突っ立っている目の前へ、もちろん素っ裸でね。前を隠そうともしなかった。

俺の口は、ポカンとあいてたと思う。見蕩れてたんだ。細い肩をそびやかして、蒼い顔に頰っぺただけが異様に紅潮してて……荒い息でこっちを睨みつけてるおサァちゃんは、それまで見たこともないくらい綺麗だった。

「どうだい健坊、入ったよ」

一糸まとわぬ仁王立ちでおサァちゃんは言った。

「さあ、約束を守ってもらおうじゃないか。そこへ手ぇついて謝っとくれ。しゃぼん水も飲み

干しとくれよ」

　ああなると、男なんか情けねえもんだねえ。みんな棒立ちだったさ。息を呑むっていうよりか、おサァちゃんの迫力に呑まれちまってた。

　で、それからどうしたかって？

　そこはまあ、ご想像にお任せするよ。

　結局、おサァちゃんとはそれっきりになっちまったなあ。逃がした魚、とも言えねえくらい一方的な別れ方だったけど、すぐ近所だからしょっちゅう顔は合わすわけでさ。

　十一になり、十二になり、同じ年ごろの他の子がまだほとんどお下げかお稚児髷《ちごまげ》の時分に、おサァちゃんだけは艶のあるたっぷりした髪を桃割れに結い上げて、ちりめんの上等な着物に足もとは木履《ぼっくり》なんか履いてさ。

　そんな後ろ姿を見送る時は俺もきっと、以前は見下してた若い連中とおんなじ物欲しそうな目つきをしてたんだろうな。あんなに酷《ひど》い目に遭わされたってのに、なんでだろう、どうやっても憎めなかったんだよ。

　だから、それからしばらく後ンなって、あんな噂が流れた時はかわいそうだった。

　相手は、慶應大の学生だっけ？　十四の小娘相手に、ひでえことしやがるよな。てか、なんでそんな男と二人きりになんかなっちまったんだろう。もしかしたらそン時の出来事も、おサァちゃんがいずれああいう事件を起こす原因の一つだったのかもしんねえよな。わかんねえけどさ。

　こんなこと、人に話した例しはねえけど、正直今でもちょっと思ったりすンだよ。俺がずっとそばにいたら守ってやれたのに……俺といたらおサァちゃんはあんなふうにならなかったのに、なんてさ。

　ま、どれだけ惚れ合ってたとしたって、大事なムスコをちょん切られるのだけは勘弁だけどな。

# 第三章

いくら阿部定事件や〈お定さん〉本人に興味を惹かれようと、それはそれだ。いつ映画にできるか、いやそもそもできるかどうかもわからない脇道にうつつを抜かして、進行中の企画をふいにするわけにはいかない。さしものRにもそれくらいはわかっているとみえ、夏が過ぎると頭を切り替えて本筋のほうに集中し始めた。

金子文子——それが、Rにとっての今作のミューズだった。大正時代を駆け抜けた、薄幸の、と呼ぶには気性の激しすぎる女性アナキストだ。

「阿部定といい金子文子といい、なんだってきみはそう厄介な女にばかり惹きつけられるんだろうな」

僕がぼやくと、

「いい女ってのは必ず厄介なもんだよ」

Rは、しれっと悟ったようなことを言った。

家庭環境にも両親の愛にも恵まれなかった金子文子は、子供時代を過ごした朝鮮においても厳格な祖母に疎《うと》まれ、幼いながらに日々自殺を考えるほどだったらしい。十七歳で上京して働きながら独り暮らしをはじめると、やがて出会った朝鮮人のアナキスト・朴烈の思想に共鳴し、ほとんど押しかけるようにして内縁の妻となる。

しかし幸福な時間はごくわずかだった。同棲を始めた翌年、大正十二年九月には関東大震災が発生、朝鮮人による大暴動が起きているとの流言蜚語《りゅうげんひご》が飛び交うなか予防検束《けんそく》の名目で検挙された二人は、なんと自ら進んで天皇暗殺計画をほのめかしたことにより大逆罪で起訴され、有罪判決を受けるのだ。思想犯とはいえ、大逆罪は極刑に値する。後には天皇の恩赦により無期懲役へと減刑されたが、朴烈と違って文子はそれを受け容れることを潔《いさぎよ》しとせず、獄中で首をくった。わずか二十三年と六カ月の壮絶な生涯だった。

キャスティングに関しては、はじめから難航していた。朴烈役は朝鮮人の俳優が演じることになったが、金子文子がなかなか決まらなかった。

何しろRがウンと言わないのだ。僕を含めたスタッフがどれだけ演技派女優の名を挙げ、あるいは無名の劇団の公演にまで引っぱっていっても、めったと首を縦に振らない。気乗り薄ながらようやく声をかけたと思えば先方からアナキストの役など嫌だと断られ、逆に向こうが乗り気だというので会ってみればイメージと違うといった具合で、期待と落胆の行ったり来たりに僕らを含めてスタッフ全員が疲弊し始めていた。


十年ばかり前の一九五〇年代終わりごろ、この国の映画界は〈六社協定〉によって支えられ、一方で縛られていた。「東映」「東宝」「松竹」「大映」「新東宝」「日活」——その六社の間に相互不可侵条約のようなものがあって、もとは互いに監督や俳優の引き抜き合戦になるのを防止するために結ばれたものだったようだ。封切館は系列別に棲《す》み分けられ、製作から配給まですべてをそれぞれの映画会社が一本化しておこなった。スタッフは各社に雇われ、スター俳優もお抱えで互いに貸し借りされることはなかった。監督などは一社を辞めたら五年もの間、他の五社では仕事ができない決まりだった。

企業である以上、利潤を追求するのは当然だ。儲けるならやはり娯楽大作、ということで、笑いと涙の果てに感動を与えるわかりやすい作品は次々に量産されたが、もっと芸術的かつ挑戦的な作品を撮りたいなどという野望は、とくに雇われ映画人には許されなかった。例外として溝口健二《みぞぐちけんじ》や黒澤明《くろさわあきら》、小津安二郎《おづやすじろう》といった大物監督はいたけれども、その他大勢が自分の好きなものを作りたいと思えば、会社を辞め、独立プロを興して貧しくやっていくしかなかった。

その六社協定の硬直がゆるんだのは、大きく言えば戦後の高度経済成長の影響だった。端的に言い換えるとテレビのせいだった。

これまでテレビなんてものはよほど金持ちの家にしかなく、子供らは町の電器店や散髪屋などの窓に貼りついては追い払われていたものだが、だんだんと各家庭にまでテレビが普及し始めるにつれて映画館の観客動員数はごっそりと減り、とうとう「新東宝」が倒産した。それが今から六年前、昭和三十六年のことで、当時二十九歳だったRが「新東宝」の助監督として製作に加わっていた映画は未完成のまま日の目を見なかったらしい。

「あの時に大手を離れておいてかえって良かったんだよ」とRは言う。「それでしんどい思いをした連中もいるし俺だって楽じゃなかったけど、それを考え合わせてもタイミングとしては良かった」

確かに、「新東宝」からほうり出された時に思いきって独立し、ありとあらゆるところから金を借りたおして最初の作品を撮りおおせたからこそ、今のRがある。

最近ではスターの貸し借りや監督の行き来もめずらしくなくなったし、潰れた「新東宝」とちょうど入れかわるように「ATG」すなわち「日本アート・シアター・ギルド」が発足して、他の大きな映画会社ならまず金を出すはずのない作品にも機会が与えられるようになった。若手の監督たちがそれぞれに工夫を凝らし、実験的で斬新な映画を作れる環境が徐々に整ってきたのだ。

処女作ながらいくつもの賞を獲ったRの映画『翠《みどり》の海域』の題材は、〈翠川秋子《みどりかわあきこ》〉の情死事件だった。夫とは死別、我が子らの成人を見届けた上で失踪し、はるか年下の愛人とともに海へ身を投げた日本初の女性アナウンサーをモデルにした作品だ。

翠川秋子が亡くなった昭和十年といえば、阿部定事件のすぐ前の年ということになる。しかし、あれほど強烈なエログロ殺人を犯したお定さんに対して熱狂と同情を惜しみなく寄せた世評が、秋子には、なぜか最初から冷たかった。後藤新平《ごとうしんぺい》の紹介で愛宕山《あたごやま》のアナウンサーになった時も、そしてわりあいすぐに辞めざるを得なくなった時も、新聞は常にいささかの揶揄や皮肉とともに彼女を紹介した。女手ひとつで育て上げた子らに向けて遺書をしたためてから家を出たとわかった際には、それこそ鬼の首を取ったかのように書き立てた。

〈母性から女性に転落〉

もとより、世をはばかる不倫ではない。くり返すが夫とははるか昔に死別し、母親としての役目を立派に果たし終えた後の出奔《しゆつぽん》であったのだ。

「何なんだろうな、そのへんの差は」

と、今になってRも首をかしげるのだった。

「秋子の場合、もとは武士、それも維新前は与力っていう裕福な家に生まれてさ。目立つほどの美人でさ。アナウンサーをしてた頃から断髪に洋装、化粧も派手だった。そのせいもあるのかねえ。仕事の関係で誰かと自動車に乗るだけで、いつも相手が違うだの、有名ホテルから出てくるところを見ただの、自分の利になると思えば秋波《しゆうは》をおくるだのさんざんに言われたわけだよ。三十年たった今の世の中だって、女っていうだけで生きづらいようだけど、俺が見たところどうやらその女たちの中にも階層みたいなものがあるらしくてさ。とくに〈母親〉が羽目を外すことに対して世間はまったく冷たいんだよな。たとえ寡婦《かふ》であっても子が成人していても、ただただ〈母親〉というだけで貞節を押しつけて逃げ場を与えない」

「確かにな」と僕は唸った。「ということは、もし、仮にだよ。あのお定さんに子があったとしたら……世間の反応は違っていたんだろうか」

Rが、にやりとした。

「だから好きだぜ、吉弥」


秋口になって、Rの〈金子文子〉は突然現れた。撮影助手を務める彦田《ひこだ》というスタッフのガールフレンドで、たまたま現場見学についてきたのだった。

一時期アングラの劇団にいたこともあるらしいが、聞けば結構なお嬢様のようで、今は芝居をやめて父親の会社で受付嬢をしているという。育ちの良さは態度や物言いの端々にも滲み出ていたものの、佇まいから俊敏さが窺え、目の奥には強く仄暗《ほのぐら》い炎が燃えていた。肌の色は浅黒く、誰もが認める美人というのではないがファッションモデルのような個性的な顔立ちで、一度見ると目を離せない何かがあった。女にしては低い声もいい。そう通る声ではないから、舞台よりもむしろ映画向きかもしれない。

ほんのしばらく立ち話をする間に、Rがどんどんその気になってゆくのがわかった。長い付き合いだ、いちいち確かめずとも気配で伝わる。

「きみ、名前は？」

「水沢 粧子《みずさわしようこ》です」

「よし、決まりだな。主役はきみでいく」

「待て待て待て」

と、僕は急いで割って入った。ここは〈猛獣使い〉の出番だろう。

「またきみは、すぐそうやって勝手に決める」

「悪いか。監督は俺だぞ」

「知ってるさ、威張るなよ。だからってきみ一人で映画が撮れるわけじゃないだろ。だいたいこの人にも都合ってものがあるんだし、彦ちゃんだって……なあ？」

彼女を連れてきた彦田を見やると、

「や、まだその、そういうあれじゃないんですけど……」

などと言いつつ浮かない顔だ。願わくばこれから自分の恋人にと望む相手が、演技とはいえ男の俳優と激しい恋に落ち、抱き合ったりキスを交わしたりするのを間近に見るのは拷問《ごうもん》に等しい。

「そもそもきみ、どうして芝居をやめたのさ」

Rが、彦田になど頓着せずに訊く。

「ずっと父から反対されてたんです。無視して勝手にやってたんですけど、あんまり言われ続けるうちにだんだん疲れてきてしまって」

「反対っていうのは、どういう？」

「『役者なんかまともな人間のやることじゃない、芝居も映画も暇人のくだらない道楽だ』って」

「なるほど。そりゃ父上が正しいな」

Rは笑った。

剣呑《けんのん》な笑顔のまま言った。

「よくわかった。俺が説得に伺おうじゃないか」

＊

阿部定が、これまでの人生のどこかで子を産んだという確かな証言はない。神奈川や富山、長野に大阪、名古屋、兵庫……彼女が勤めたどの芸者置屋、どの遊郭を訪ねて行っても、そうした話は聞かれなかった。

ただ、秋葉正武――定を十七で芸妓屋に売った後も折にふれて彼女の一番近くにいた例の男だが、その秋葉家のあった東京下谷《したや》のあたりで尋ねてまわると、何人かの住人が自信ありげに同じことを言った。正武氏が昭和九年に養女に迎えた〈久美子《くみこ》〉という少女こそ、じつは定が二十歳の頃に産んだ娘だろうというのだ。

〈顔立ちのことを言ったら、お定さんとはべつだん似ちゃいなかったよ。正武さんとは瓜二つだったけど。ただ、歳の頃がちょうどあれだしね〉

〈久美ちゃんはさ、あとでアメリカさんに嫁いで向こうへ渡ったでしょお。そんな思いきった真似をやってのけるとこなんかは、やっぱり「お母さん」譲りってことなんじゃないのって、このへんじゃみんな言ってたわねえ。ええもう、周知の事実よお〉

定本人も、娼妓仲間や客などに「東京に娘を置いてきている」と話すことが幾度かあったようだ。例の名古屋の野々宮校長にも同じように身の上を打ち明け、金を受け取ったりしている。

が、吉蔵を殺害した後の取り調べでは自らそれらが嘘であったと告白しているし、戦後、カストリ本に対して名誉毀損《きそん》の訴えを起こした際にも、新聞の取材に応えてきっぱりと否定している。

〈子供があるというのは間違いで、事件の時、私がうそに「子供がある」といったのが、誤り伝えられたのでしょう〉

真相は、だから「わからない」というしかない。今になってお定さん本人に確かめたところでほんとうのことを話してくれるとは限らない。言い方はよくないが、ああいった仕事を長く続けていたことを考えれば妊娠しなかったほうがむしろ不思議なほどで、若い頃に子宮内膜炎を患ったり、その後も性病に罹《かか》ったりしていたようだから、たとえ身ごもったとしても出産にまでは辿《たど》り着かなかったのかもしれない。

いずれにせよ、彼女は身一つで娼館を転々とし、そのつど大きな借金を背負い込んで、それでも折々の節目に秋葉正武の家を扶《たす》けた。そうしていよいよ自身の生活を見つめ直そうと心を入れ替え、真面目に奉公に上がった先の『吉田屋』で、運命の男・吉蔵と出会ってしまったわけだ。

新作映画の撮影のためにRは着々と準備を進めていたが、脚本を手渡してしまった僕はとりあえずしばらく自由がきいたから、中野の家で引き続き阿部定事件の資料整理に没頭することができた。書斎の本棚から取り出し、畳いっぱいに広げてはまた戻すのを、母は横目で見ながらもう何も言わなかったが、かといって自分だけが知っている吉さんの思い出なんかは、たとえあったとしても僕に話してくれる気はなさそうだった。

処分する資料などはほとんどなく、むしろ取材の足りない部分にばかり目が向いた。Rが見やすいように綴じる順番を変えたり書き込みを加えたりしながら、僕は、

〈お定さんにもしも子があったとしたら〉

という問いかけを何度も胸の裡《うち》で反芻《はんすう》していた。あんな軽口でRにおだてられたからではもちろんなく、ただ喉に刺さった小骨のように気にかかって仕方なかったのだ。

翠川秋子の恋の場合、不実な夫とは死に別れて久しく、子らが全員巣立って生活も落ち着いてからのことであったから、本来ならば死ぬ必要などなかったはずだ。たまたま厭世《えんせい》の虫に襲われ、書き置きを残して家を出たものの、旅先で一人になるかあるいは恋人とともに笑って過ごしたひと月ほどのうちには、もう一度人生を仕切り直そうという気持ちになった瞬間だってあったかもしれない。

だが、新聞は彼女をほうっておかなかった。世論を代表するかのように冷ややかな見出しが躍り、その母としての不品行をあげつらう記事ばかりが載る。連日の欠席裁判だ。

秋子が家に戻らず死出の旅を選んだのは、彼女自身の気分というよりも〈世間〉がそうやって崖から背中を押したせいではなかったか……。Rが世に問うた『翠の海域』のラストは、淡々とその可能性を示唆していた。

おそらく翠川秋子は、人生の最後に絶望したのだ。あるいは何もかもどうでもよくなったのかもしれない。その二つはよく似ている。

僕は、阿部定にとっての人生で最初の〈絶望〉を思った。

＊

## §　証言４　森本健《もりもとたける》（旧名・桜井健《さくらい》）　四八歳

――元慶應大学学生（当時一九歳）、現在は中学校教員

１９４８・11・12

よくもまあ、ここがわかりましたね。

え、実家の母から？　……そうでしたか。

しっかりして見えたでしょうが、じつのところあの人は最近ちょっと惚《ぼ》けてしまっていましてね。誰かに訊かれると、自分の財布の中身どころか隠してある金庫の番号まで得々として教えちゃうんです。僕の居場所もそうだったんでしょう、目に浮かぶなあ。

ああ、いえ、かまいませんよ。いったいどうして今頃になってとはまあ思うけれども、そちらにも何か事情がおありなんでしょうしね。

ええと、お時間はありますか。今日はちょうど僕が宿直だから、生徒たちが帰った夕方頃にもう一度訪ねてきてもらえれば、人の目も時間も気にせずゆっくり話すことができると思うんですが。

そうですか、きみもそのほうがいいでしょう。はい、じゃあ後ほど。


陽が落ちるととたんに冷えますね。そこ、寒くありませんか。こっちへ来てストーブにあたるといい。番茶くらいしか出せなくて申し訳ないね。

この中学校で、僕の過去を知っている人は誰もいないです。学校だけじゃなく、隣近所でもね。うん、わかってますよ。きみが言いふらすなんて思ってないし、そういう人じゃないなと判断したからここへ呼んだんです。

〈森本〉という今の名前ですか？　母の旧姓です。数年前にこっちへ越してきた最初からそう名乗っています。

順番に話しますと、お定ちゃんが十四かそこらの時に僕との間であああいうことがあったあと、実家の近所じゃ噂に尾ひれも背びれもついて、ちょっと表を歩きにくいような感じになっちゃいましてね。それもこれも、彼女のお母さんやガラのよくないお兄さんが連日押しかけてきて騒いだからなんです。

こっちにはこっちの言い分もあるのに、あんまり聞き分けがないもので厭気がさして中へ通さずにいると、門を激しく叩いたり、垣根の外から大声を張りあげて「うちの娘を疵物《きずもの》にしておいてしらばっくれる気かい」とか「そっちがそういう態度ならこっちにも考えがあるがそれでいいんだな」とか、まるで筋者《すじもの》よろしく凄《すご》んでね。問題を解決したいのか騒ぎを大きくしたいのかわからなくて、代理人を間に立ててできるだけ話し合いを続けてみたんですがやっぱりよくわかりませんでした。

とはいえ、あの時点ではよそへまで広く知れ渡るほどじゃなかった。僕は〈桜井健〉として大学を卒業し、数学の教員になりました。兵隊にとられた後はルソンへ送られ、酷いことや酷い人間を沢山《たくさん》見てきましたよ。あたりまえのことですが、戦争は誰も幸せにしません。あんなものは強者の道楽でしかない。

ええと……失礼を承知で伺いますが、きみのその目は？　なるほど、それはいろいろと辛かったでしょう。戦争に行って人殺しができないからって肩身の狭い思いを強いられる、そんなのはどう考えてもおかしいですよ。生徒たちには絶対に同じ思いをさせたくないですね。

でも、なんだか羨ましいな。だってほら、素晴らしい母上をお持ちじゃないですか。

うちの母親は心弱い人でね。あのお定ちゃんとのことがあってからは決して僕と目を合わせなくなりました。去年亡くなった父親もそうでしたね。僕は男ばっかり五人兄弟の末っ子ですけど兄たちはみんな帝大へ進みましたから、父はたぶん僕のことなんぞ視界に入ってなかったんじゃないかな。僕なりの申し開きも聞いてくれなかったし、桜井家の面汚し、恥さらし、ごくつぶし、とさんざんでね。

それでもまあ、事態は曲がりなりにも落ち着くところに落ち着いたんです。たしか向こうに言われるまま、うちがお金を渡したんじゃなかったかな。お定ちゃん本人が望んだことだったかどうかは知りません。

で、それっきりでした。僕はとうとう、自分では責任を引き受けないまま逃げてしまった。することだけはしておいて卑怯な話ですが、要するに、怖かったんですよ。あのまま彼女に蛇みたいに絡みつかれて一生が定まってしまうことがね。

我ながら薄情で呆れますが、働き始めてからはもう、お定ちゃんを思い出すことなんてほとんどなかったし、たまにふっと記憶が蘇《よみがえ》ることはあっても顔さえはっきり浮かばないほどでした。

だから正直なことを言うと、逮捕の時に新聞にでかでかと載った彼女の写真と名前を見ても、それがあのお定ちゃんだとは考えつきもしなかったんですよ。

そんなものかって？　だって、結びつくわけがないじゃありませんか、十七年もたってたんですからね。縁先でお人形遊びなんかしていた〈畳屋のお定ちゃん〉と、帯の間に愛人の一物をはさんだ〈稀代の妖女阿部さだ〉が、まさか同じ人物だなんて思いもしませんでした。世の中には怖ろしい女がいるものだと……違うな、女というものはやはり怖ろしいものだと、ただゾッとしただけでした。だからその後のことは僕にとって、寝耳に水どころか、まるで鉄砲水に押し流されるかのような成りゆきだったんです。

ご存じのようにあの事件の調書は、誰かがこっそり写したものが闇で出回って多くの人が目にするところとなりました。題して『艶恨録』ね。——ほら、ここにありますよ。僕にだって人並みの好奇心はあるわけで。

いや、さすがにふだんからこんなもの学校に置いときゃしませんよ。午前中にきみが訪ねてきた後、昼の休み時間に下宿へ戻って取ってきたんです。

なぜそこまでって……そうだな、なんでだろう。自分でも不思議です。一度はきちんと人に話しておきたかったせいかもしれない。今日の今日まで、僕の話をまともに聞いてくれる人なんかいなかったから。そう、親兄弟でさえね。

そんなわけで……〈阿部定〉があのお定ちゃんだとようやく思い当たったのは、この調書の初めの数頁を読み進んだ時でした。生まれが神田新銀町で、兄の名は新太郎、そして家業は畳屋……。ちょっと待て、待ってくれ、と思いながらも目がつるつると滑っちゃって、書いてあることが頭に入ってこない。

と、そのすぐ後に、ほらこの箇所です。

問　被告は其頃から漸次《ぜんじ》不良の仲間入りをしたか。

答　左様ではありません。其頃は何方《どちら》かと云えば堅過ぎる位真面目な考えを持って居ったのですが、十五歳の時お友達の家で学生に姦淫《かんいん》されてからカラリと気持が変って、不良となり浅草で遊び暮す様になったのです。

脳の血管が破れるような思いで、急いで先へと目を走らせたのを覚えてます。嫌な予感は当たっていて、そこには僕の名前がありました。

〈桜井健と云う慶應の学生と知合い〉
〈巫山戯《ふざけ》て居る内其学生に関係されてしまいました〉

まさかこんなところで自分が、自分の名前が、彼女の純潔を奪った張本人として晒されようとはね。本を持つ手がぶるぶる震えましたよ。

なんだって彼女は、今さら僕の名前まで赤裸々に語ったりしたんでしょう。調書が表へ出てしまうとは想像もしなかったか、それともこんなに時間が経ってもまだ、心の奥には僕に対する恨みがあったんでしょうか。

とにかく、彼女もここで語っているように、僕はあの頃しばしば友人の奥田《おくだ》の家に出入りしていました。

奥田は気のいいやつで大勢との付き合いがありましたが、僕にとって友と呼べるのは奥田くらいのものでした。ナミちゃんという五つ離れた妹がいて、お地蔵さまみたいな地味な顔立ちの子でしたけど、兄貴に対してだけじゃなく僕にまでおしゃまな口をきくのが可愛らしくて、自分にも妹がいたらよかったのにと奥田をずいぶん羨ましく思ったものです。

そのナミちゃんのところへ毎日のように遊びに来ていたのが同い年のお定ちゃんでした。

男ばかりの家に育った僕には女の子同士の遊びが物珍しくてね。男だってごっこ遊びはするけど、せいぜい棒きれを振り回してのお侍さんごっこや戦争ごっこで、いかにも頭の悪そうな感じでしょ。それに比べて彼女たちのは、人形をありったけ持ち出して即興のお芝居を演じさせたり、庭の花や石ころや、あるいは部屋の調度品を何かに見立てたりと、非常に頭脳的、創造的なんだなあ。

　僕はこう、部屋の奥の柱にもたれて足を投げ出してね、奥田が誰かから借りてきた流行りの本なんかをおこぼれで又借りして読みながら、彼女たちの遊びをちらちら眺めるのが楽しみでしたねえ。新鮮で、眩しくて、いくら見ていても見飽きませんでした。

　今、つい「眩しくて」と言いましたけど、当時僕が眩しく思っていたのは、二人の少女の間に流れる時間であると同時にやはりお定ちゃん自身であったと思います。ナミちゃんのおとなしい佇まいに比べると月のすぐ隣で太陽が輝いているかのようでした。着物や髪飾りはいちいち上等だったけれどもそのせいなんかではなくて、あれは内側からの光、彼女自身の発する熱だった。

　でも同時に、何と言えばいいのかな……どこかしら怖いようなものも感じました。

　ナミちゃんと笑い転げている時にはまるで無邪気な、まだお尻におたまじゃくしのしっぽが残っているような小娘が、ふとこちらをふり向くと、僕と視線が合うまで待った上でわずかに微笑んでよこすんです。

〈あんたの考えてることなんか何もかもお見通しなんだから〉

　とでもいったふうにね。この子はいったい今生《こんじょう》で何巡目なのだろうと思わせるような、ひどく老成した目つきに感じました。

　そういえば、お定ちゃんが発表した手記、きみは……？　はは、そりゃそうか。だったらあそこに、僕が彼女を口説こうとして「結婚する時のお稽古」と言った、というふうに書いてあったのは覚えていますか？

僕ね、あれを読んだ時、ちょっと声も出ませんでしたよ。そんな気の利いたことがひょいと口から出てくる男だったら、今頃あたりまえのように所帯を持っていただろうと思います。ええ、この歳までずっと独り身です。

お恥ずかしい話ですけど僕、あれ以来、女の人にまるで興味が持てませんでね。お定ちゃんからすれば、不実な男に騙されてお嫁に行けない身体になった、それで自棄《やけ》を起こして不良の仲間になった、というような理屈なんだろうけど、こっちはこっちでね、その後の家同士のぎすぎすしたやり取りのせいもあって、もう女性は懲《こ》りごりというか、恋愛や結婚生活といったものにまったく幻想を抱けなくなってしまいました。

世間の人たちみんな、よくまあ見合い結婚なんかできるもんだと感心します。よほど相手に逆上《のぼ》せあがりでもしなければ、赤の他人と同じ布団で寝るなんてことできませんよ。気持ち悪くて、怖くて。

ましてや、この間の太宰《だざい》の心中事件ね。あれは、何と言いますか、自分で自分のことがたまらなく好きだったんでしょうね。相手の女にではなくて自分自身にとことん酔っぱらって逆上せあがらない限り、心中なんて馬鹿げたことは、ねえ？

改めてこれだけははっきり告白しておきますが、あの日、僕らの他は留守だった奥田の家の二階で、十四歳のお定ちゃんと結ばれたのは事実です。それについては言い訳のしようもありません。彼女も初めての経験だったでしょうが僕のほうも童貞でしたから、そりゃあ興奮もしたし、柔らかくて形のいい彼女の唇や舌に触れたとたん頭がぼうっとなって、わけがわからなくなって……後はもう歯止めがきかなかった。それについては確かに、僕の男としての落ち度です。

ただ、これだけは言わせてもらえるならば——。

「結婚する時のお稽古」

そばへ寄ってきて耳もとでそうささやいたのは、僕ではなくて、お定ちゃんのほうでした。

＊

## § 証言5　小島波子《こじまなみこ》（旧姓・奥田）四三歳
——定の幼なじみ。現在は主婦、二児の母（事件当時三一歳）

1948・11・25

え、桜井健さんに会ってみえたんですか？　ご本人に？

今どこにお住まいなんです？　ずっと消息がわからずにいたんですよ、あんなふうに、忘れた頃にまた噂が立ってしまったせいで教員もお辞めになって、知らないうちにどこかへ引っ越されていて。今どうしてらっしゃいました？　そこでも数学の先生を続けてらっしゃるんでしょうか。そうだわ、奥さまは？　おもらいになったのかしら。

ああ、ごめんなさい私ったら、お恥ずかしいわ。あんまりびっくりしたものですから、つい……。とにかくお元気でいらしたのなら良うございました。ええ、ほんとうに。

いえね、もしいつか桜井さんにいま一度お目にかかることが叶ったなら、私、お詫び申し上げたいことがあるんですの。あの方のことですからきっと、「ナミちゃん、そんなこと気にしてたの？　ばかだなあ」なんて笑って許して下さるに違いないのですけど、それでも私にとってはずっと心の片隅に刺さっている鋭い棘《とげ》なのです。

それであなたは、彼にお会いになってどう思われました？　穏やかで優しくて、とても知的な方でしたでしょう？

そうなんです。そういう方なんです。お定ちゃんと桜井さんのことで新銀町界隈の誰も彼もが噂話に花を咲かせていたあの時、ほんとうなら私はどこまでも桜井さんを信じてさしあげなければいけなかったんです。他の誰が何を言おうと、この世で私だけは彼を信じなければいけなかった。

少し考えればわかるはずのことでした。ふだんからあんなに柔和で、兄のところへ遊びにみえるたびに私をわざと子供扱いしてみせて、お饅頭《まんじゆう》やら千菓子やら千代紙やら何やかや小さなお土産を持ってきて下さるようなあの方が、どうして私と同い年のお定ちゃんを手籠《てご》めにできるはずがありましょう。畳を這っている蜘蛛《くも》や蟋蟀《こおろぎ》でさえ、わざわざ学帽にのせて庭へ逃がしてやるようなひとなんです。嫌がる少女と無理やり関係するなんてこと、どう考えたってあり得ません。今、同じくらいの年頃の娘を二人持ってみてもなお、あのひとがそんなことをするはずはないと断言できます。それなのにあの時、私は……。

波多野さん、とおっしゃいましたかしら。

あなたは、誰かを好きになったことがおありでしょうか。ちょっとやそっとの好きではなくて、心と身体の奥底からあふれて迫《せ》り上がってくるような、そしてそれをどうにもこうにも持て余して息もできなくなる、そんな苦しい気持ちを抱えこんだ経験がおありですか。

ひとを好きになると、嫉妬が生まれますわね。少なくとも未熟な私はそうでした。

生まれつき美しさとは縁のない私でしたし、そのことをたいして何とも思っておりませんでしたけれど、桜井さんの前でお定ちゃんと並んでいる時だけは別でした。比べられているような気がいたしました。それどころか引き立て役にしかなっていないように思えましたし、げんにそうでした。

殿方の側に明確な意識がなくとも、目を見ればわかります。私の上をまったく淀むことなく滑っていった視線が、お定ちゃんのところで必ずふっと留まる、それは兄も同じでしたけれども、私が胸を掻きむしられたのは桜井さんがお定ちゃんを見る頻度《ひんど》、また見つめるまなざしの強さに気づいた時でした。彼女の隣で私は、部屋の柱や障子と同じ、ただの背景の一部にでもなったようでした。

「ねえ、見て」

お人形遊びの最中、お定ちゃんはこっそり私に言いました。そうして内緒話をしていることに桜井さんが気づいているのをわかっていて、かえって思わせぶりにささやくのです。「あのひと、また私たちのこと見てるわね」

――私たち。その言葉に私がどれほど傷ついているか気づきもしないお定ちゃん。

「あたいさ、ナミちゃんの兄さんがどうしてあのひととお友だちづきあいをしてるんだかさっぱりわかんないわ。だって、面白い冗談ひとつ言えないし、本ばっかり読んでるし、今だってこっちを見てにやにやしているだけじゃない。気色悪いと思わない？」

「そんなことないわよ」

私は慌てて言いました。もしも話の内容が彼に聞こえていて、こちらまで同じ意見だと思われたらたまりません。

お定ちゃんは何しろ綺麗でしたから、町を歩けばすれ違う人がふり向きますし、職人や小僧や不良もみんな彼女には一目《いちもく》置いています。

きっと、だからわからないのだと思いました。ちやほやされるのがあたりまえのひとにはわからないのだ。桜井さんをそんじょそこいらのつまらない男性と一緒にするだなんて、お定ちゃんときたらほんとうに物事がわかってない。

義憤のような気持ちに駆り立てられた私は、外から戻ってきた兄が桜井さんと連れ立って出かけてしまうのを待って、一所懸命に彼の優れたところをお定ちゃんに説いて聞かせたのでした。

波多野さんはこれまでも、お定ちゃんの事件について色々と調べていらっしゃるのでしたわね。お仙ちゃんとはもうお会いになりました？

そう、だったらもうおわかりでしょう。私はあの時、お定ちゃん相手にいちばんしてはいけないことをしてしまったのでした。お仙ちゃんの博多人形をつかんだが最後、スッポンみたいにくらいついて意地でも放さなかった彼女ですもの、私の桜井さんへの思慕に気づいたらどう出るか、それくらいのことは容易に予想できたはずですのに……。

問題のあの日、桜井さんは本を返しにみえて、でも兄はまだ帰っておらず、いつものように二階の部屋に上がって待っていらっしゃったようです。私もまたお裁縫のお稽古があって留守にしておりました。そこへ、お定ちゃんが遊びに来たのです。

毎週その曜日は私が不在だとわかっているのに、どうして来たものかわかりません。もしかすると桜井さんが兄に本を返すと約束した日を覚えていて、わざわざ訪ねて来たのかもしれません。

どちらが誘惑したかなんて考えたくもありませんけれど、桜井さんがそんな器用なひとでないのは明らかです。それなのに私は、醜い嫉妬に駆られ、後になって我が家へ頭を下げに来たあの方に口もききませんでした。顔を見るのも嫌で自室に引きこもっておりました。ただただ悲しくてたまらず、そういう自分の感情にふりまわされて、今いちばん苦境に立たされているのは誰なのかということを考えてあげられなかったのです。

このことは、これまで誰にも、兄にさえ申しませんでしたけれども……私、いまだにお定ちゃんを疑っています。男と女、初めての好奇心もあったでしょうし、ひょいとしたきっかけで過《あやま》ちが起きてしまうこともあるでしょうから、事実そのものまで否定はしませんけれど、少なくとも無理やり関係を迫られたとか、二日もひどい出血が止まらなかったなんていうのは、あれはお定ちゃんの狂言だったんじゃないでしょうか。

どうしてそんな嘘をつく必要があったのかって？　さあ、それは……私にもうまくは言えません。ただひとつだけはっきり言えるとしたら、お定ちゃんの自尊心は当時の浅草十二階よりも高かった、ということでしょうか。

ずいぶん思いきった誘惑をして処女まで捧げたのに、予想していたようには自分に溺れなかった。結婚の約束もしてくれなかった。不当に軽く扱われたと思ったその時、彼女の胸の裡にどれほどの悔しさと憤《いきどお》ろしさが渦巻いたか、私には簡単に想像がつきますよ。

そう――お定ちゃんはかつて、私のたいせつなお友だちでした。

一時はずいぶん恨んだものですけれど、今はただ、かわいそうなひとなのだと思うようにしています。

あんな冴えない学生のことなんか何とも思ってやしなかったのだけど、ナミちゃんがぞっこんなのを知ったら急に魅力的に思えてきたのだった。

＊

本来の好みから言えば、あたしが惹かれるのは筋肉のぴんと張りつめた逞しい男性だ。立ち姿がしゅっと鯔背《いなせ》で、剝き出しの腕なんかは陽に灼けていても服の下は色白で、剃り上げた衿足にどこか剣呑《けんのん》な刃物の気配を感じるようなのが望ましい。そう、石田吉蔵がまさにそれだった。あのひとは、逢った瞬間からあたしの目と心を捉えて離さなかった。

それはいい。桜井健の話だ。

今度はわざとナミちゃんのいない日に出かけていって二人きりで話をしよう。そんなことを考えていたら不思議と胸がどきどきしてきて、まるでずっと恋い焦がれている相手を想うかのように息が乱れた。

こういう気持ちの果てに結ばれて〈あれ〉をしたなら、きっと天にも昇る心地がするんだろう。大人たちが〈愉しみごと〉とか〈いいこと〉とかもったいぶって禁断の果実のように話す〈あれ〉……。うちには職人たちが大勢いたからしぜん色々の話が耳に入ってきて、あたしは歳のわりにはませているつもりでいたし、もうとっくに大人の秘密を知ったような気になっていた。

でも実際には、大切なことは何もわかっていなかった。今から思うとあまりに無邪気で笑ってしまうほどだけど、あの頃のあたしは、自分の身体のどこに、男の人の何がどう入ってくるのか、具体的には何も知らなかった。初潮すらもまだだったのだ。

十四の、あれは夏の夕方だった。奥田家の前庭に植えられた山梔子《くちなし》がふりまく甘ったるい匂いと、その日母に着せてもらった浴衣の柄を覚えている。紺色の地に百合の柄が白く染め抜かれた綿紅梅。似合うとよく褒められる、お気に入りの一枚だった。

踏み石をたどって薄暗い玄関を覗くと、三和土《たたき》に大きな革靴が一足だけ脱いであって、見るなり心臓が跳ねた。ナミちゃんのお兄さんならいつも下駄履きだ。そしてこのひとは、家人が留守の時でも勝手に上がって待つことを許されている。

慎みのある女はここで引き返すのだと思ったら、指の先がしんと冷たくなった。

「ごめんください」

あたしは奥へ呼びかけた。ナミちゃんはもとより、おじさんとおばさんは別のところに店を出しているから昼間はずっと留守だ。ぜんぶわかっていたけれど、もう一度声を張った。

「ごめんください」

少しして、二階から靴の主が下りてくると、あたしを見て目を細めた。

「やあ、こんにちは」

このひと、こんなに髪が長かったかしらん、と初めて思った。白い開衿シャツが野暮くさかった。

「ナミちゃんだったら今日はお稽古のようだよ」

「あら、いやだ。うっかり曜日を間違えちゃったわ」

残念がるあたしに、桜井さんは言った。

「上がって待ってるといい。そのうち奥田も帰ってくるだろうし、そうだ、饅頭もあるよ」

踵を返した彼の長い衿足が汗で貼りついているのを見上げながら、あたしはお饅頭につられた子供のふりで、後をついて階段を上がっていった。

かわり映えのしない手土産のお饅頭は、彼が時々そこの屋台で買ってくるものだ。とくだん美味しくはないけど、安いし、とりあえず甘い。勝手知ったる他人の家、井戸水で冷やしてあるヤカンから麦茶を注いで出してやったらずいぶん喜ばれた。

「ありがとう。お定ちゃんはきっといいお嫁さんになるんだろうね」

こんな歯の浮くようなことを言う人だなんて意外だった。ナミちゃんがいないと、間に張っていた膜が取り払われたようでふだんより距離が近い。相手も同じように感じているのが伝わってくる。あんまり顔ばかり見ているのも変だから、あたしは目を落とし、臙脂色《えんじいろ》の畳縁《たたみべり》を指でなぞった。

「話したことあったかしら、うちが畳屋だって」

「ああ、前に奥田から聞いたかな」

「『相模屋』っていってね、江戸時代から続く老舗なのよ。お父つぁんを頭《かしら》に職人が何人もいて、年の暮れのかき入れ時にはもう、日がな一日怒鳴り声が飛び交ったりしてさ。そりゃあ忙しいし騒がしいの」

「繁昌するのはいいことじゃないか」

「でもあたい、うるさいのは苦手。こうして静かにしていられるとほっとするわ」

「そうか。大人なんだな、お定ちゃんは」

桜井さんはお饅頭を二口で食べ終わると再び柱に寄りかかって本を開いたものの、あぐらをかいた脚の奥をあたしがちらちら見ているのに気づいてか、ちょっと居心地悪そうに座り直した。

「ごめんなさい」

「え」

「あたい、お勉強のお邪魔をしていない？」

「あ、いや、大丈夫だよ。これは勉強の本じゃない」

「だったら、相談に乗ってくれる？」

桜井さんはきょとんとした顔であたしを見た。男兄弟ばかりだと言っていたから、女の子から相談を持ちかけられるなんて初めてなのかもしれない。

「いいよ。僕なんかでよければ」

あたしは夏座布団を持って立ち上がり、桜井さんの傍らへ移動してそこに横座りになった。狼狽を押し隠そうと咳払いなんかする彼を見たら、どんどん愉しい気持ちになってきた。

相談というのがまるきりでまかせというわけじゃない。実際、この当時の我が家はどこから手をつけていいかわからないくらいゴテクサしていた。

長兄の新太郎は放蕩者《ほうとうもの》で、所帯を持ってからもしょっちゅう店の金を遣い込んで遊び散らしてはお父つぁんとやり合っていたが、兵隊から戻ったばかりのこの頃、八年も連れ添った堅気のムメ義姉さんを追い出してしまい、かわりにそれまで外に囲っていた水商売の女を家に入れた。浅草十二階下のいわゆる矢場女《やばおんな》で、あたしはこの下品な女が大嫌いだった。

ちょうど同じ頃、まだ片付いていなかったお照姉さんが婿養子を取った。それがまた、お父つぁんがにとくべつ目をかけられている若い職人だったものだからいけない。新太郎兄さんは、お父つぁんがお照姉さん夫婦に家督を継がせようとしているんじゃないかと疑心暗鬼になり、新しい嫁と一緒になって若夫婦を追い出そうと虐《いじ》め倒し、おっ母さんはといえばお照姉さんたちに味方する……といったような具合で、とうてい人には聞かせられないような汚い言葉のやり取りが日に何度もくり返されていた。

「あたいがこうやって友だちのところにばかり寄りついて家へ帰らないのは、お父つぁんやおっ母さんが『よそで遊んでこい』って言うからなの。あたいに家の中の揉め事を見せたくないのね」

そうやって外へ外へと追い払うくせに、ちょっと仲良くなった魚屋のせがれの鉄《てつ》とたまたま「デキている」との噂が立っただけでお父つぁんは逆上し、問答無用であたしをさんざん折檻《せっかん》した末に、十日ほどにもわたって家の二階に閉じ込めて表へ出してくれなかった。

当然、学校にも行けない。後で聞けば周囲には、「お定は親戚の家へ行っている」などと適当なことを言っていたらしい。ようやく監禁が解けた後、あたしは結局、高等小学校を中途で辞めてしまった。全部が馬鹿らしかった。

「疚《やま》しいことなんか、ほんとに何もなかったのよ」

思い出すといまだに生《き》のままの悔しさがこみ上げてきて、あたしはほんものの涙をこらえながら桜井さんに訴えた。

「それなのに、お父つぁんばかりじゃなくおっ母さんや学校の先生までがあたいを疑ってかかって、鉄公と絶対何かあったんだろうって……いくら違うってあたいが言っても、嘘をつくんじゃない、身体つきを見りゃすぐわかるだなんていやらしいこと言って、てーんで信じてくんないの。ほんとに何にもしてないのに。鉄公はそりゃ、ちょっと様子のいい男だったから、あたいにしたらめずらしく一緒に活動を観に行ったりお蕎麦《そば》屋へ行ったりしたけど、でもそれだけなのよ。どうしてお蕎麦屋へ行ったくらいで身体つきなんか変わるのよ、馬鹿ばかしいったら」

「そうか……。うん、それは大変だったね」

桜井さんは言った。じつに彼らしい、気の利かない返事だった。

「だからね、あたい、友だちのお仙ちゃんにも言ったの。どうせ信じてもらえないんだったらいっそ本当にそんなことしてやろうかしら、って。しようと思ったらすぐにでもできるわよ。鉄公とだって、誰とだって」

「いや、いやいやいや、それはいけないよ。もっと自分を大事にしなくちゃ」

喉がからんで、桜井さんはまた咳払いをした。じっとしているのになぜだかさっきまでより汗をかいている。

「そ……それにしてもその、若いお姉さんたち夫婦は気の毒だね。せっかく所帯を持ったのに家の中がそんなふうじゃ」

あたしは肩をすくめてみせた。

「まあね、でも言わせてもらえばお照姉さんだって相当なもんなのよ。あたいの姉さんだけあってけっこう綺麗な顔してんのに、見る目がないもんだからこれまでにもさんざん男の人で失敗してんの」

「お、お定ちゃん」

「なあに？」

「きみ、ほんとにまだ十四かい？」

「あら、どうして？」

「いや……妙に大人みたいなことを言うからさ」

「だってもう大人だもの」

微笑みかけると、彼はどぎまぎと目を逸らした。

「お父つぁんもおっ母さんも気の毒よね、息子や娘の尻拭いばっかさせられてさ。育て方を間違ったんだから自業自得だけど」

「親御さんをそんなふうに言うもんじゃないよ」

「だってほんとのことだもの。見ればわかるでしょ、あたいだってこんなに甘やかされて育っちゃって」

「きみは……」ふいに桜井さんが、今までと違う顔であたしを見た。「ずいぶん自分のことを俯瞰してるんだな」

フカンの意味はうっすらとしかわからなかったけれど、

「そうよ」あたしは言った。「大人だもの」

思いきって彼の目をじっと見つめ、浮かべていた笑みを消す。彼の顔からも笑みが消えてゆく。ナミちゃんの顔が脳裏をよぎった。いつもいつも、困ったような薄笑いを浮かべている奥田波子ちゃん。彼女が今のあたしたちを目にしたらどんな顔をするだろう。ちょっと見てみたい。

そういえばいつ頃帰ってくるのだったかと思って、

「お稽古……」

呟いたとたん、

「えっ」

桜井さんの声がみっともないほど裏返った。

彼の身体の中でそこだけ逞しい喉仏が、ごくり、と上下する。胡桃《くるみ》の殻が仕込まれているかのようなその突起を、あたしは見つめた。いつのまにかお互いの息がかかるくらい近くに顔がある。どちらの鼻のあたまにも汗の粒が浮いている。

大丈夫、きっとまだしばらく帰ってこない。お裁縫のお稽古は、始めたらきりのいいところまでやってしまうから長くかかる。だから、もうちょっとくらい——そう、口づけの真似事くらいならかまわない。たとえ途中で誰か帰ってきたとしてもすぐに離れられる。

そっと息を吸い込み、ささやいた。

「お稽古……してみない？　あたいたちも」

「な、何の」

「そうねえ。結婚の？」

「け、結婚？」

「そう。結婚する時のお稽古よ」

——馬鹿を見た。

大人たちの言うことなんかうっかり真に受けたからだと思ったら、本当に、ほんとうに腹が立った。あんなにも期待していた禁断の秘めごとが実際はただギシギシとこすれて引き攣《つ》れて痛いだけのしろものだったことに、あたしは驚愕《きょうがく》し、落胆し、憤慨していた。

いっぽうで、怖くて仕方なかった。そんなにたいした出血ではなかったけど湯文字《ゆもじ》は汚れるし、このまま二度と血が止まらなかったらどうしよう死んでしまう、とおろおろした。

いくら穏やかな人であろうと、いざ自制心の糸が切れてしまえばふだんの性格なんか関係ない。あたしの裾をはだけて膝を割った桜井が、自分のズボンを押し下げ、下帯《したおび》をずらしてがむしゃらにおチンコを突っ込んでくると、濡れてもいないあそこが軋んで、引き裂かれるように痛くて、もうやめてと言いたかったのに上の口は彼の口でべったりふさがれていたし、そもそもあたしが何を言おうがまるで聞こえていない様子だった。

あたしは悲鳴をこらえながら薄目を開け、まるで壊れたおもちゃみたいにカクカクと腰を振る男を見上げた。向こうは目をつぶっていたから遠慮なく観察できたのだけど、鼻腔がふくらみ、こめかみ

ったく美しくなくて許せなかった。

動運復反な除夜の鐘撞《かねつ》きみたいな反復運動

はぴくぴくして口なんか半開きだし、ものすごく滑稽だった。こんな除夜の鐘撞《かねつ》きみたいな反復運動のどこが気持ちいいのやら、痛いのより苦しいのよりあまりにも醜悪な行為に耐えきれず、とにかく早く解放してほしさに苛々した。そのお粗末さに加担している自分がまったく美しくなくて許せなかった。

ひととおり終わった後、はだけて汗まみれの胸もとや、乱れた裾や、背中で潰れてしまった帯をととのえてから、

（そうか、このひとと結婚することになるんだ）

と、ぼんやり考えた。

お見合いで一緒になる人も、それどころか式を挙げる当日になって初めて顔を合わせる人もあるくらいで、それでもどの夫婦もおおかた別れずに続いているのだからたぶん大丈夫なんだろう。彼のほうはさっそく気持ちよかったようだけど、あたしも何度かしているうちにはよくなっていくのだろうか。

いずれにせよ、こういうことは誰とでもしていいことじゃない。子供の頃からそう教わってきたので、

「こうなったからには親に打ち明けなくちゃなりませんから、あなたも帰ったら親御さんにちゃんと話して下さいね」

そう頼んだらひどく困った顔をされて、連絡が取れなくなった。代理人なんてものが間に挟まり、本人は出てこなくなった。

掌返しの不実さにも傷ついたけれど、そんなことよりいっとう嫌だったのは、おっ母さんや新太郎兄さんがこの一件を利用して桜井家からお金をむしり取ろうとしたことだ。

「ふざけやがって、これが黙ってられるか。大事な妹を疵物にされたんだぞ。見てやがれ、この落とし前は高くつくぜ」

新太郎兄さんの鼻息はやけに荒かったけど、あたしは兄さんに〈大事〉にしてもらったことなんかただのいっぺんもなかったし、おっ母さんはおっ母さんでひたすらあたしのご機嫌を取り結び、前々から欲しかった大正琴をぽんと買ってくれたりもした。

「心配することたぁないよ。どうせ黙ってりゃバレやしないんだからお嫁にだっていけるし、お前の知らないことを男が勝手にしただけなんだ、お前はちっとも悪くない」

まるで、鉄公とあたしの仲を疑ったことなどなかったかのようだった。

どれだけ慰められようが、何を買ってもらおうが、少しも嬉しくなかった。機嫌をとられるとよけいに癇《かん》に障った。お金なんかせびらないでほしかった。それじゃまるで、あたしの処女をお金に換算するみたいじゃないか。あたしは身体を売った覚えはない。

当時、うちの隣は駄菓子屋で、子供から若衆までがしょっちゅうたむろしていた。もともと鉄公もその一人だった。どこから事情を知ったのか、その連中があたしをじろじろ見たり、通り過ぎる後ろで何やらささやき交わしたり、あるいは近所のおばさんたちがあからさまな同情の目を向けてきたりするのが厭《いと》わしくてしょうがなかった。可哀想にねえ、なんて言われた日には、見下された気がして皮膚を掻きむしりたくなった。

とっくに棄《す》ててやった雑貨屋の健坊までが、そうとう思いきったように声をかけてくる。

「大丈夫か、おサァちゃん。俺にできることがあったら何でも言えよ」

カアッと頭に血がのぼって、

「へんな目で見ないでよ、誰があんたなんかに！」

言い捨てて背中を向けてやったのに、健坊は何も言い返してこなかった。あたしの剣幕だけが宙に浮いたみたいになった。

誰にもあたしを馬鹿になんかさせない。無言で奥歯を噛みしめるいっぽうで、だけど自分はもう〈疵物〉なのだと思うと目の前が暗くなった。身体も気分もじめじめと重たくて、湿気を吸うだけ吸いこんだ布団のようだ。

どうしてあたしがこんな思いをしなくてはならないんだろう。あんなことまで許した覚えはなかった。してもいいなんて一度も言ってない。そもそも、あれほど味気ないものだとわかっていたら絶対試したりしなかったのに。

こちらにも隙があったのは事実だし、お互い知らない世界を覗き見たいという好奇心に引きずられただけの話だから今さら愛情なんか求めないけれど、せめて誠意は見せて然《しか》るべきだろう。それすら必要ない、おっ母さんがいくら出かけていこうが顔も出さないという男の態度に、あたしは自分で思う以上に傷ついていた。

生まれて初めて、自分を価値のないものだと感じた。十四年もの間、親からさんざん甘やかされて育ってきたけれど、親が子を可愛がるのは当然のことだ。でもあたしは、男に背を向けられた。あたしの純潔を蹂躙《じゅうりん》した最初の男に。信じていた世界が、端のほうからがらがらと音を立てて崩れていった。

どうせ、と思ってみる。どうせひびの入ったこの身体、後生《ごしょう》大事に抱えてたってしょうがない。

帳場に人がいなくなった隙を狙って忍び込み、銭箱の金をわしづかみにして外へ出た。まだ昼過ぎで、路地には夏の終わりの眩し過ぎる陽射しがあふれていた。

隣の駄菓子屋の前には今日も若い不良たちが四、五人たむろし、てんでにイカや酢こんぶなどしゃぶっている。市場の仕事が済んだのか鉄公もいて、瓶の中のビー玉をころころ鳴らしながら冷たいラムネを飲んでいる。

「ねえ」

ふだんはちょっかいをかけられても無視するあたしの側から声をかけたせいで、全員の視線が注がれた。

「あたい、今日は気分が悪いのよ」

「じゃあ家で寝てりゃいいだろ」

と一人がいい、皆が笑う。笑わないのは鉄だけだ。

あたしは、彼を見て言った。

「どこか面白いところへ連れて行ってくれない？　全部おごるからさ」

# 第四章

まだテストだけだが、水沢粧子はなかなか堂々としたものだった。素《す》のままでいると地味なのに、結髪や美粧が付き、衣装を身にまとい、まばゆい照明をあてられた上でキャメラの前に立つと別人のように映える。

いくつかのセリフを与えて、Rは貴重なフィルムをあえて回した。「スタート!」の声とカチンコの音が響くなり粧子の目の色ががらりと変わるのを、僕はキャメラの後ろでRと並んで見つめた。浜の真砂から一粒の黄金を見出す彼の慧眼《けいがん》に舌を巻きつつ、褒めるとまた図に乗るので黙っていた。

新宿から揺られてきた路面電車を水道橋で降りるつもりが、ぼんやりしていて乗り過ごしてしまった。御茶ノ水で慌てて飛び降り、長い坂道を南へ下ってゆく。

ふいに大きな音でニコライ堂の鐘が鳴りだした。弔いの鐘らしい。毎週日曜の朝にキンコンガランガランと鳴りわたるあの騒がしい音色とは異なり、一つ、また一つ、間を置いて厳《おごそ》かに響く鐘の音が秋空高く昇ってゆく。見上げれば、光に透ける街路樹の葉はごくわずかだが色を変え始めていた。

阿部定が裕福な畳屋の末娘として生まれ育った神田新銀町は、ここから目と鼻の先だ。坂の下を左へ、つまり東へ折れて十分も歩けば行き当たる。

何度も足を運んだその道を見やりながら、僕は、駿河台下《するがだいした》の交差点を向かいへ渡った。平日の午後、立ち並ぶ古書店のほとんどは店を開け、いささか退屈そうな風情で客を待っている。

九月も終わりにさしかかり、Rの新作の準備はゆっくりとだが進んでいた。今日あたり、たしかキャメラマンともども軽いロケハンに出かけているはずだ。

脚本担当の僕も、いざ読み合わせを経て撮影ともなれば現場に詰める必要があるし、そうなったらしばらくの間はよけいなことを頭から追い出して金子文子と朴烈に一点集中しなくてはならない。自分の道楽にかまけていられるのもせいぜいこの月末くらいまでかと、とくに目的もなく出かけてきたのだった。

神田神保町が古書店街として発展したのは、もとをたどれば明治十年代、この周辺に法律学校が──今でいう法政・専修・中央・明治といった各大学の前身が次々と創立されたことがきっかけだったようだ。九十年余りも昔、本は今とは比べものにならないほど貴重で、学生らは一年間大切に使い終わった教科書や参考書や辞書などを売り、それをまた下級生が買って大事に使うといった慣習が生まれた。その文化を支えたのがこの地に店を出した多くの古書店だったわけだ。

大正二年の大火──などと知ったふうなことを言っても僕自身はまだ影も形もない、ちょうどあのお定さんが尋常小学校でガキ大将の健坊を相手に恋人ごっこを始めようかという頃じゃなかろうかと思うのだが、とにかく、その年の火事で神田一帯は一旦焼け野原になり、そののち復興して、さきの戦争では幸運にもほぼ被害を免れた。東京じゅうが空襲を受けた中、米軍側が貴重な古書を守るためにこの界隈を空爆の目標からはずしたなどとも言われているようだが、本当かどうかはわからない。たまたま風向きが幸いして焼け残っただけかもしれない。運・不運の分かれ目などその程度のものだということは、あの戦争を生き延びた者なら嫌というほど知っている。

靖国通り沿いに立ち並ぶ店を物色していると、こんなによく晴れた午後でもだんだん身体が芯から冷えてくる。本が灼けて傷むのを防ぐため、多くの店が北向きに建てられているせいだ。

いくつかの馴染みの店で主人と話し込んだりしながら、時間をかけて書架を眺め、やがて僕は来た道を戻ってすずらん通りへと折れた。傾きかけた陽が斜めに射し、石畳の道や、古くから変わらない看板や張り出した庇、それに名前のもととなった花のかたちの街灯を山吹色に輝かせている。

軒下に出ていたワゴンの中身に目を惹かれ、いつもは素通りする店に何となく入ってみる気になった。がたぴしと軋むガラス戸を引き開けると、たちまち古い紙の匂いに包まれる。わずかに酸っぱくてキナ臭い、乾いているのに湿っているような、夏の夕立に濡れ始めた地面にもどこか通じる心落ち着く匂いだ。

このへんに多い法律書専門の書店だとばかり勝手に思いこんでいたけれど、見れば文学書や近年の小説なども あって品揃えは軟らかい。天井までの書架に本がぎっしり詰めこまれ、積み上げられた全集などが山脈となっているのは他と変わらないが、ざっと見渡して気づくのはそれなりに整理と分類がなされていることだった。国内外の映画関連の書籍もなかなか充実しているようだ。

これは一丁、腰を据えて掘り出し物を探すか……胸の裡で揉み手をしながら見まわした僕は、思わず目を戻した。

手が届くところの平台に、見慣れた石神書店刊の『昭和好色一代女　お定色ざんげ』が置かれている。古くてごく薄い本だけに透明なビニールでくるんである。表紙が青いから再版のほうか。僕の持っているのは自慢じゃないが桃色の表紙の初版本だ。

同じ平台付近にはいわゆる〈あの事件の真相〉的な書物が集めてあるようで、すぐ隣には縦に細長い文庫の『どてら裁判』があり、さらにその奥には派手な唐草模様のカバーがかかった角背《かくぜ》の『おとこごろし』があった。

　ふ、と苦笑いがもれる。なるほど、そうくるか。

　木村一郎《きむらいちろう》による『お定色ざんげ』こそは、あのお定さんが名誉毀損の訴えを起こすもととなった例の一冊だ。戦後すぐの昭和二十二年六月、世に出るなり大売れし、すぐ翌月にはもう再版となっている。巷に出回った事件調書の写しを下敷きにしてあるから僕などからすれば既視感たっぷりで面白みはないのだが、情事にまつわる部分だけは勝手に少しずつ膨らませてあり、そのぶん瑞々しくもあるかわり、当時の感覚からすればまあ扇情的で下世話と言えなくもない。

　刑期を終えた後、夫にも素性を隠して穏やかな結婚生活を営んでいたお定さんが、他にも数多《あまた》出版された愚にもつかないカストリ本には黙っていたのにどうしてこの本にだけ牙をむいたのか、気持ちは正直よくわからない。ただ、そうするように彼女をそそのかした人物には見当が付いている。

　手をのばし、隣の『どてら裁判』を手に取ってみる。家にもあるがしばらく読んでいなかったので、記憶にあるよりだいぶ小さく感じられた。

　これを記した細谷啓次郎《ほそやけいじろう》とは他でもない、阿部定事件を担当した裁判官だ。この人が最後に申し述べた判決理由や定自身へ向ける情のこもった戒告の言葉は、我が国の裁判史上まれに見ると言っていいほど素晴らしいもので、もちろん僕は全文を読んで感激したのだけれど、そうした厳粛な雰囲気はこの本ではなりをひそめ、洒脱《しゃだつ》な筆致で過去のいくつもの裁判にまつわる思い出をふり返っている。とりわけ阿部定に対しては思い入れも強かったのか、事件から二十年もたって書かれたこの本の中でも彼女の幸福を祈るくだりにはいまだに深い情けが感じられる。

　そして、高橋鐵《たかはしてつ》の『おとこごろし』だ。小説家であり性風俗研究家でもある彼の著作は評判が高い。どちらかといえば読者の好色な好奇心が売れ行きを倍増させているようで、そのへんの古書店をちょっと巡ればたちまち十作やそこらは手もとに揃うだろう。この本にはタイトル通り、男を取り殺してきた古今東西の妖婦たちを評する論考がずらりと並んでおり、阿部定に対しても彼なりの精神分析に一章を割いていた。これまた中野の実家の書斎を探せばどこかにあるはずだが、はっきり言ってたいした内容のものではない。

とはいえ、後者二作ともに別の事件も多く取りあげているにもかかわらず、わざわざ『お定色ざんげ』と同じ台に並べようというあたり、ここの主人はなかなかわかっているようだ。奥を見やったが、積み上げられた本、本、本の山に阻まれて何も見えない。

他に何か面白いものはないだろうかと、手もとの青い『お定色ざんげ』をひょいとどかしたその瞬間――。

息を呑んだ。同じくビニールにくるまれた薄っぺらい一冊の表紙を、食い入るように見おろす。少し黄ばんだ左上の隅に「㊙」とあり、中央にはタイトルが縦書きの活字で二行――さらに左下には「鑑定人　医学博士　村松常雄《むらまつつねお》」の名が記されている。

口の中がからからに干上がってゆく。耳の奥がざくざくと脈打ってうるさい。

ひったくるようにその一冊を取り、そそり立つ本の迷路をどうにか奥まで辿り着くと、レジスターの横で、河童《かっぱ》に似た親父が新聞を広げていた。

「こ……これの、中を見せてもらえませんか」

店主はかけている眼鏡の上から額に皺寄せてこちらを見上げ、おもむろに受け取った。はらはらするほど無造作な手つきでビニールから取り出し、黙って僕に返してよこす。

指の先が自分でもおかしいほど震えている。脆《もろ》くなっている表紙を破らないように気をつけながらめくってゆく。全部で三十三頁、暴れ騒ぐ心臓をなだめながら最後までざっと目を通し、落丁や汚損がないことを確かめてから再び表紙に戻る。

殺人及死体損壊事件被告人
阿部定精神状態鑑定書

間違いなかった。これこそは僕がずっと探し求めていた一冊だった。

昭和十一年九月の鑑定書の写しが、そのすぐ後か翌年にほんの百部ばかり刷られたもののすぐ発禁回収となったようだから、実際に世に出回っているのはその半分、いや三分の一にも満たないかもしれない。どこかに一冊くらいないものかと古書店や骨董屋を巡っている間は手がかりすら得られなかったのに、ほとんど諦めていた今になって予期せず出くわそうとは……。

「お客さん、研究者さんか何かかね？」

目を上げると、店主がまた眼鏡の上からじっと僕を見ていた。おこがましいようだけれども他に説明のしようもない。

「まあ、そんなようなものです」

ぎこちなく答えた。

「ちなみにこれは如何《いか》ほどでしょうか」

店主は先ほどのビニール包みを裏返し、ぺたりと貼られた値札シールを僕に示してよこした。どこまで値打ちをわかってのことか強気な値段がついてはいるものの、出そうと思って出せない金額ではない。何より、これから先どれだけ探し続けても同じものに出合える気がしない。

「頂きます」

「他には？」

「いえ。資金が尽きました」

黙って笑った店主が、僕の差し出した数枚の札を軽く押し戴《いただ》き、レジスターにしまった。

こういう時にすぐさま話したい相手を一人しか考えつかないあたりが、僕の寂しき人生を象徴しているのだろう。

Rが住んでいる亀戸《かめいど》は、ここからなら国電の駅で五つほど。中野へ帰るよりはるかに近い、だから寄るだけだ、と自分に言い訳をしながら訪ってみれば、彼はあいにくまだ帰っていなかったが、よく見知った家主の老夫婦はいつもRが寝起きしている庭の離れに僕を通してくれた。

ひと頃に比べれば日はずいぶん短くなり、虫の音のすだく庭先は午後七時にもなれば暗い。部屋の明かりが縁側へこぼれ、誘われて飛んできた甲虫《こうちゅう》が網戸に貼りつくがすでに力はない。

卓袱台の上に、初めて落ち着いて「鑑定書」を広げてみた。蛍光灯の下でじっくり見ると傷みも目立つが、発行から三十年たっていることを思えば綺麗なほうだろう。

文語調の重々しい文体で、「公訴事実」に続いて阿部定自身の身の上が、

（イ）胎生期より小学校時代迄
（ロ）不良少女時代
（ハ）芸妓時代（十八歳より二十一歳迄）
（ニ）娼妓時代（二十一歳より二十七歳迄）
（ホ）私娼及妾時代（二十七歳より三十一歳迄）

といった具合に順を追って克明に記されてゆく。

（へ）本年二月以降犯行前後の事情
の項では全三十三頁のうちおよそ九頁を費やして、『吉田屋』に住み込んでから主人の石田吉蔵と日に日に抜き差しならなくなってゆき、やがて犯行に至るまでの様子が詳しく記録されている。待合『満佐喜』で五月十一日から十八日まで流連《いつづけ》した間のあれこれ、二人が飲んだ酒やビールの各日ごとの本数から、いつ芸者をあげて遊んだかに至るまで詳細にだ。

事件調書からの引用や継《つ》ぎ接《は》ぎも多く、期待したほど新しい内容でないのにはがっかりしたものの、それでも、鑑定の参考とするために呼び寄せた定の実姉や吉蔵の女房（どちらも名をトクという）の証言や、秋葉正武の話なども挿入されていて、そのつど僕の脈は逸《はや》った。これまで自分の足と耳で集めた証言以外には阿部定自身の事件調書と手記、あとはせいぜい例の幼なじみ母娘による「畳屋のお定ちゃん」くらいしか手がかりがなかったのが、同じ物事でも見る人間によって感想がこうも変わるものかと目をひらかれる思いだった。

終盤三分の一ほどは専門的な鑑定とその判断理由に紙幅《しふく》が割かれている。

結論としては、精神的にも身体的にもヒステリー性の特徴を呈しており、また著しい性的過敏症（淫乱症）を有してはいるけれども、性格異常の程度としてはそれほどのものではなく、従って犯行当時の心神喪失や心神耗弱《こうじやく》は認められない、とのことだった。

耳もとに寄ってくる名残《なごり》の蚊を追い払いながら、ふと、会ったこともないこの村松という医師――東京帝国大学の医学部講師だそうだ――を妙に近しく感じた。十七日間も阿部定と対峙《たいじ》する間に、彼は何を思ったのだろうか。淡々と紡がれる〈事実〉の連なりの中に、ほんの時折、鑑定人である筆者の体温のようなものが立ちのぼってくる気配がある。それとも僕の思い入れが過ぎるための勘違いだろうか。

表の木戸が軋んだのは小一時間ほどたった頃だった。足音が近付いてきて、玄関の引戸が開いた。

三和土の靴を見たのだろう、

「あれ、吉弥、いつ来たんだ？」

いつもと変わらない声に誘われて出迎えに立った僕は、Rの顔を見たとたん立ちすくんだ。

「どうしたんだ、それ！」

左の頬の高いところが赤黒く腫れ、唇の端も少し切れている。

「どうもこうも、困ったもんだよ」

へっ、とRが悪ぶった笑いを浮かべる。まるで似合っていない。

「喧嘩か？」

「ま、意に反してな」

「どうせまた、きみが相手を煽《あお》るようなこと言ったんだろう」

「なんでそうなる」

「違うのか？」

それには答えず、痛てて、と頬を押さえながら奥の洗面所へ向かう。胸ぐらでもつかまれたのか仕立てのいいシャツのボタンが飛び、ジャケットの衿や背中には泥がついていた。

僕は、勝手知ったる台所へ行って冷蔵庫を開け、上のほうの仕切りから製氷皿を取り出した。

「氷嚢《ひょうのう》は」

「ないさ、そんなもの」

奥からいささか辛そうな声が応える。

「弱ったな。母屋に訊けばあるかな」

「あっても要らないって。心配されても面倒くさい」

確かに、善良を絵に描いたようなあの老夫婦が押入の行李《こうり》や戸棚をひっくり返して氷嚢や水枕を探すところを想像すると、よけいな話はしないでおくほうが無難に思える。仕方なく、たらいに氷を浮かべ、近所の米屋の屋号が入った手ぬぐいを浸したところへRが戻ってきた。

「ウイスキーのために作っといたのにさ」

「何を」

「氷」

「駄目にきまってるだろう、酒なんか」

固く絞った手ぬぐいを渡してやると、めずらしく素直に受け取って顔に当てた。座って壁にもたれかかり、ああ、つべたくって気持ちがいいや、と吐息をもらす。

「しばらくそうしてろ」

「ふふ」

「何だよ」

「女房なんか要らないな。吉弥がいてくれりゃ、たいていのことは面倒見てもらえる」

軽口を黙殺し、ひとつゆっくり深呼吸をしてから、僕は言った。

「で？　誰とやらかしたんだ」

Rは、ぬるくなった手ぬぐいを僕に押しつけてよこした。

「……李友珍《りゆうちん》」

思わず、はあ？　と声が裏返ってしまった。

この夏三十になったばかりの李は、金子文子の恋人であるアナキスト・朴烈を演じることになっている。これまではエキストラかチョイ役で使われるくらいだったのを、Rがその面構えと佇まいを見込んで抜擢《ばってき》したのだった。

戦時中に日本に来て（あるいは連れてこられて）定住した朝鮮人は多いが、李の場合はほんの二年ばかり前、親戚を頼るかたちで渡ってきたらしい。僕も会ったもののまだほとんど言葉を交わしていないのは、日常会話くらいなら通じるけれどちょっと複雑な話となると通訳の力を借りなくてはならないからだ。半面、役の上では嘘のない朝鮮語を話してもらえるという強みがある。

再び絞った手ぬぐいを渡すと、Rが顔をしかめながら頬に当てた。

「だけど、今日は別に彼が来るような日じゃなかったろ？」

「うん。キャメラの辺見《へんみ》さんとロケハン行って、事務所へ戻ってみたら李がひょっこり顔を見せたんだよ。通訳がいなかったんで今ひとつ要領を得なかったけど、ちょうど昨日が彼の祖国の祝日だったとかで、みんなで墓を掃除するとか言ってたからお盆みたいな感じなのかな」

口をあまり大きく開けたくないのか、言葉がくぐもって聞こえる。

「で、祝いの蒸し餅やら団子やら果物やら、いろいろ差し入れてくれてさ」

「それでどうして喧嘩になるんだよ」

そこだよな、とRは渋い顔で言った。

「そうかそうかめでたいめでたいって、その場にいた五、六人を呼び集めて親睦の会を始めたわけさ。酒の席じゃ、話なんか通じても通じなくてもどっちでもいいし。そうだろ？　だけど、そこで彦田がさ」

出た、と思った。

「初めは俺に絡み始めて、それから李にもな」

今日事務所へ行かなかったことを、僕は思いきり後悔し始めていた。そんなことになるのなら同席しておくのだった。

撮影助手の彦田、通称〈彦ちゃん〉は、ふだんは人が好くて気の小さい男だが、酒が入るとひどく癖が悪い。ついでに言うとたまたま連れてきたガールフレンドの水沢粧子がこれまた監督の鶴の一声で主役の金子文子を演じることになってからというもの、Rに対する目つきがどこか昏い。

「それで？」

「で、まあ……片言の李が言い返せないでいる間に、彦田が二言、三言とかぶせるようにこう、何ていうのかな……」

「侮辱したわけか」

「ああ。李個人と、彼の民族の両方を貶《おとし》めるようなことをね。聞くに堪《た》えなかった。何なんだよ、あいつ」

「それで間に入って殴られたのか」

「俺はあくまでその場を無難に収めようとしたんだがなあ」

「めずらしいこともあるもんだ」

「うるさいな。辺見さんや他のスタッフが慌てて羽交《はが》い締めにして止めてくれたけど、当の李はものすごい形相で、その場に唾を吐き捨てて帰っちまうし……」

痛そうに顔を歪め、濡れた手ぬぐいで唇の端を押さえると、うっすらと血の色がにじんだ。温もったそれを氷の溶けかけた水に浸しても前ほど冷たくはならない。付いた血を揉み洗いして絞り、とりあえずまた手渡してやる。

「笑っちまうだろ、あんまり情けなくて」

三たび頬に押し当てた彼は、頭の後ろを壁につけ、天井を仰いだ。

「今日の経緯を電話で伝えたら、通訳が言ってたよ。李のやつはこっちへ来てからずっと境遇に恵まれなくて、鬱屈したものが相当溜まってた。それでも今回が初めての大きな役だから、喜んでみんなとも仲良くやる気でいたって。だからこそ今日だって祝いの餅まで持って寄ったんだろうに、彦田の暴言を誰も積極的には止めなかった。それどころか薄笑いを浮かべてる者さえいた」

「きみは止めたじゃないか」

「そうだな。本人には重ねての謝罪を伝えてもらったし、みんなからも改めて詫びを入れさせると約束したよ。でも、もう結構だとさ」

「結構？」

「降りるそうだ」

とっさに意味がわからず、Rの横顔をまじまじと見てしまった。

「この役を降りるってさ」

「ばかな」

「つまり、ふりだしに戻るってわけだ。この期に及んで」

ようやく、脳が理解した。いくらなんでも今さらそれはない。

なかなか決まらずにいた金子文子役が見つかり、長く頓挫《とんざ》していたプロジェクトがようやくまた動き出すというので、皆がいよいよエンジンを暖め始めた。そこへいきなり前輪の片方がはずれて、どこかへ転がっていってしまったというのか。当たり前のことながら、両輪が揃わなければ車は走らない。

　これからどうするつもりだ——と、訊くのも憚《はばか》られた。どうすればいいか少しでも案があったなら、Rがこんな顔をしているはずがないのだ。

　完全に水だけになったたらいを見おろす。李友珍の胸に凝《こご》った氷は、容易には溶けないだろう。彼をそのようにさせてしまったのが我々の側だと思うと、どこまでも気が滅入ってゆく。

「なあ、吉弥」

「うん？」

「一杯付き合えよ」

　僕は目を上げた。

「馬鹿言うな。酒はやめとけって」

「小言なんか今は聞きたくないね。来るのか、来ないのか」

　強引なことを言うわりにぎこちなく柱をつかんで立ち上がったRが、いつもよりしんどそうに玄関へ向かう。言い出したら聞くやつではない。一人で行かせるわけにもいかず、仕方なく僕も従った。

　例の冊子を入れた書店の紙袋を小脇にはさんで靴を履いていると、今ごろ思い出したように彼が言った。

「そういえば、吉弥の話を聞いてなかったな」

「いいよ別に」

「いいわけあるか。何かあったから来たんだろ？」

　使いこまれた靴べらを、元どおり下駄箱の横に掛ける。

「後でいい。店に落ち着いたら話すよ」

＊

## §　証言6　秋葉正武　六九歳
――阿部家の遠縁。木彫師・芸妓斡旋《あっせん》業（事件当時五六歳）
１９４９・１・22

や、そりゃあもう酒はいくらあったってありがたいやね。どうも悪いネ、おにいさん。おまけにこんな心遣いまで、若いのにてぇしたもんだ。

あんた幾つになりなさる？　二十三……へえ、ずいぶん落ち着いて見えるね。昔の俺は男だろうが女だろうが顔を見りゃあ歳をピタリと当てられたもんだが、いつのまにかそんな感覚も鈍っちまったな。

で、なんだ……定と俺ら夫婦の話が聞きたいって言ったね。

あの子は今、芝居の一座を組んであちこち巡業してるよ。阿部定が阿部定を演じるってんだからこれほど間違いのねえ芝居もありゃしねえわ、なあ？

それと去年の春に初めての手記を出したんだが、あんたはその取材をしにきたってわけじゃねえんだな？

そうかい。まあいいや。

俺んとこは一応、神田の定の実家とは縁続きってことになってるけど、そのへんはちょいと事情が複雑なんだわ。俺の今の女房のハル、これまた事情があって籍は入れてねえんだが、このハルの妹のムメってのが、前は阿部家の長男の新太郎んとこへ嫁いでたんだな。新太郎は何しろとんでもねえ放蕩者で、浅草十二階下の女を引っ張り込むためにムメを離縁しちまった。弱ったのは両親よ。俺らンとこへもきっちり詫びを入れに来て、まあまあれだ、あっちが筋を通したんならこっちもとやかく言う必要はねえし、ムメはまたすぐによそへ片付いたしさ。そんなわけで以来、書類の上の縁は切れても何とはなし親戚づきあいを続けてきたってわけだよ。

お内儀《かみ》さんのカツさんから急な相談を受けたのは、ありゃ確か震災の前の年のことだった。そう、大正十一年、定が十七の時だ。

や、驚いたねえ。あんなに繁昌してた畳屋が、あれだけ可愛がってた末の娘を芸妓屋に売ろうってんだから。どうやら新太郎の遊蕩三昧がじわじわ祟《たた》って、店が昔みたいな勢いを保てなくなってたようなんだな。おまけに定までが不良の仲間に入っちまって親の手に余るってんで、いよいよ頼ってきたのが〈遠縁〉の俺というわけだったのよ。

その頃には俺んとこはもう、木彫り業の看板の隣に「芸妓斡旋」の札も提げてた。若い娘を、まあ時には若くねえ時もあるけども、芸者置屋に斡旋して紹介料をもらうわけだ。

一応芸妓とうたっちゃいるが、ほんとはそんなお上品なもんじゃねえ。三味線でも上手に弾けりゃともかく、ろくに芸がなけりゃあっというまに不見転《みずてん》芸者ンなって相手選ばず寝るか、あるいは端から堕《お》ちるとこまで堕ちて娼妓になるか……ま、俺らの世界じゃそういうのを「肚を決める」ってンだけどな。

娘を売るってのはつまりそういうことなのよ。それを口先だけでも「芸妓」とうたうのは、親の側にも一応は体裁ってもんが必要だからでね。そりゃそうだろう、どんな親だって人の心がありゃあ「娘を女郎屋に売り飛ばしてくれ」とは言えやしねえわな。

俺の仕事は、そうして連れてこられた娘たちに話をして……もちろん上だけじゃねえ、下の口ともきっちり話をつけて、事の次第を噛んで含めた上で置屋へ連れていくことだった。こっちはあくまで娘たちの前借金《ぜんしゃくきん》の一部を紹介料として頂いて暮らしてるわけだから、すぐさま泣いて逃げ帰って来られたんじゃ信用に関わるんだよ。

え？　木彫り業のほうはどうなってるんだってか？　なかなか痛いところを衝いてくれるね。そうさな。この歳になった今だから言うが、じつのところ俺は、そっちで立派に身を立てていくつもりだったのよ。名前を出せばあんたもきっと知ってると思うが、彫刻家で詩人のあの――ああそうさ、あいつの父親が俺の師匠だった。これでも筋が良くて将来を嘱望《しょくぼう》されちゃってたんだぜ。

だけども、若気の至りでね。酒の上のつまらん喧嘩で与太者に切りつけられて、右手の指の腱《けん》が二本も駄目になっちまった。なにせ、利き手だもんな。それまでは生きて動き出しそうな熊やら猿やら、たまに頼まれて仏像なんかも彫ってたのに、それっきりどれだけやってもうまくいかねえ。食ってかなきゃならねえから代わりに看板だの表札だのを請け負ったものの、以前は確かにこの手の中にあったものに指の先さえ届かねえってのはこう、苛々の虫が溜まるもんでね。いつのまにか斡旋業のほうが本職になっちまったという次第よ。

それにしても定は、最初《はな》っから他の娘とは変わってたな。どういうとこがって口で言えりゃあ苦労はねえが、とにかくあの日、親が自分を置いて帰っちまっても一粒の涙もこぼしゃしなかった。

たいていの娘は泣くんだよ。泣いたってどうにもなりゃしねえってことが骨の髄まで染みわたるまでは、しくしくさめざめ、畳が腐るんじゃねえかってくらいに泣く。泣かないのがいるとすりゃ、この先に待ち受けてる運命がまださっぱりわかっていない余程のおぼこか、おつむのちょっと足りねえ娘くらいのもんだ。

定にはもちろん、ちゃんと全部わかってた。わかった上で、どっちかってぇと好奇心のほうが勝ってるみたいだった。

や、いま思うと怒ってはいたかな。これからは心を入れ替えるからとさんざん詫びを入れたのに、お父つぁんがどうしても許してくれなかったと言って、その話をするときは目尻が吊り上がってたのを覚えてるよ。

だけどそれも、あくまで〈怒り〉なんだよな、〈恨み〉じゃなくて。

あの子には、じめっとした陰湿なものがなかった。誰かにそうやって腹を立てようが、癇癪起こして地団駄踏もうが、あるいは他人様のものを盗もうが、なんでだか乾いてあっけらかんとしてる。寝間の中でさえそうだったさ。たぶん石田吉蔵のアレをちょん切るときも、あっけらかんとちょん切ったんじゃないかと俺は思うね。

これまた不思議なんだが、定って女はああ見えて、馬鹿みてぇに生真面目なとこがあンだよ。上手に隠してりゃわからねえようなことでも、自分からつらつら喋っちまう。気が咎《とが》めて黙ってられねえんだ。

生真面目なのは性格だけじゃねえ。学生に無理やり女にされて自棄んなってた間も、十何人かの不良仲間のほとんどは若い男だったのに、軀《からだ》の関係はなかったらしい。嘘だろう？　と訊いても本当だと真顔で言う。遊ぶ金は要るだけ出してやってもそれだけだったたって。なんでも、夏に鎌倉かどっかで海遊びをした時に、若い男二人といっぺんだけ関係したらしいが、そんなものぁ数のうちにも入らねえや。

だから俺はあの晩、俺なりにずいぶんと気をつけて定を導いたもんだった。

処女を奪われたとこから無理やりだったんじゃ、男とこんなことをするのはまだ怖いかしンねえ。ましてや、何がどう気持ちいいかなんて少しもわかっちゃいねえだろう。

男にとってどういう女が抱いててつまらねえかってぇと、そりゃ反応の薄い女だ。丸太ん棒相手に腰を振ったって面白くも何ともねえもんな。

俺は、我ながら可笑しくなるくらい優しく話しかけたり、冗談を言ったりしながら、定の緊張を徐々にほぐしてやった。一晩かけてあっちこっち舐めたりしゃぶったりして、軀のこわばりもほぐしてやったさ。

いまだに思い出すよ。いいかげんくたくたンなって、障子の向こうがだんだん明るんできた頃、あいつのほうから俺に乗っかってきたあの瞬間をさ。

これが十七の娘かと疑いたくなるほど大人びた顔でこっちを見おろして、自分から俺を迎え入れると、定は気持ちよさそうに目をつぶって腰を振り始めた。俺っていう馬を駆り立てるみたいな勢いだった。一晩かけてじっくりほぐしてやったから痛みはないはずだが、それにしたってここまで変わるかってくらい、ゆんべの定とは別人のようだった。

どう思ったかって？

こりゃあ高く売れると思ったさ。

義理堅いかと思えばあっけにとられるほど移り気で、淡泊かと思えばとんでもなく情が濃い。

長い付き合いになるが、いまだにあの女がよく摑めねえ。今抱いてても腕の中にいねえような、逃げ水みてぇな女なんだよ。

男ってのはどうしようもねえ生きもので、捕まえたと思ったらその女に興味をなくす。その点、定は何べん軀をつなごうが、なぜだか自分のものにはならねえ感じがしてな。あそこの具合が図抜けて素晴らしいとか、そういうことじゃねえんだ。や、充分イイものは持ってるんだが、そのせいじゃねえ。

正直、俺にとってもあいつは特別だった。最初の晩から今に至るまで、二十七年ものあいだ離れてはまたヨリを戻してきたのがいい証拠さ。ハルもそのへんのことにはうすうす感づいてるだろうが、あいつも立派な女衒の女房だからなあ。少なくとも面と向かっては、俺にも定にも何も言ったことはねえよ。

ああ、訴訟のことかい。

あの下世話な小説に定が怒り狂って、俺ンとこへ泣いて駆け込んできた時はそりゃたまげたさ。

たぶん誰だって同じこと考えるだろ。なんで他のはよくてこれだけが駄目なんだ、って。雨後の筍《たけのこ》みてぇに次々と出版されたカストリ本に比べりゃ、小説としてはむしろこれがいちばんマシな出来なんじゃねえのか、ってさ。

ところが定に言わせりゃその、マシな出来ってとこがよけいに業腹《ごうはら》だったんだと。

エログロナンセンスの読み捨て本なら、誰も本気にしない。初めから眉に唾して読む。だけどもあれは、定が事件のすぐ後で判事さんだけに喋った真実を丸ごと拝借した上に、閨《ねや》のあれこれやら、何より大事な吉蔵への気持ちやら、とにかく二人にしかわからないはずの部分を勝手に脚色して、世間の誰もが刺激と興奮を愉しめる娯楽小説に仕立て上げてある。それこそが許せない、と定のやつは身を揉むようにして泣いてたよ。自分と吉蔵の間にあったのは、こんな手垢の付いた、そのへんのどこにでも転がってるような不倫の関係じゃなかったと。

——じゃあ、こいつらを許えるか？

そう水を向けてみたらすっかりその気になったもんで、俺もちょっとは協力してやったさ。長く生きてりゃ、いろいろと智恵は付くし顔も広くなるもんでね。

そのかわり、定はおかげで素性がばれて、真面目なだけが取り柄の亭主はどこかへ逃げちまった。

と言っても、本人はまるで堪えてねえみてぇだからあれでよかったんじゃねえか？　実際、俺とハルにとっても邪魔なだけの亭主だったしな。なんでって、きまってるだろう。〈吉井昌子〉なんて偽名は知ったこっちゃねえ、定に貞淑な妻なんか似合わねえ。あいつが〈阿部定〉のまんま稼いでくれねえと、俺らはおこぼれに与《あずか》れねえんだものよ。

ひどい言い草に聞こえるかね。傍目《はため》には、俺らがあいつを食い物にしてるように映るんだろうな。

や、否定はしねえよ。この歳ンなって他の仕事なんか出来ねえし、このまま定の稼ぎに依存して生きてくほかはねえんだし。

だけどな。俺とハルの待つこの家こそは、定にとって、いつでも帰れる唯一の自分の家なんだよ。畳屋のおっ母さんもお父つぁんも死んじまって、今や家族と呼べるのは俺らだけなんだ。

持ちつ持たれつ、って言うだろ？　俺らがあいつに依存してるって言うなら、あいつだって俺らに依存してる。

それは、責められるようなことなのかねえ？

＊

もしあたしが、今となっちゃあ夢で抱き合うのは秋葉とのほうが多いと正直に言ったら、吉さんはどんな顔をするだろう。半分怒ったような顔で笑いながらあたしの脇腹を抓《つね》りあげるだろうか。

処女はとうに奪われてしまってたものの、本当の意味であたしを〈娘〉から〈女〉にしたのは秋葉正武だった。今気づいたけど、娘という字から〈良〉を取り去ったのが女だ。良い子にしているうちは娘で、過ちを犯すと女になるってことかもしれない。

あたしは、娘のうちから良い子じゃなかった。店の銭箱からお金をつかみ取るなんて、最初こそ罪悪感で胸が痛かったし、一度など外へ出てから勘定したら六十円もあって膝が震えたけど、そんな刺激もすぐに失《う》せて日常茶飯事になっちまった。おっ母さんがあまりうるさく言わなかったのは、お金がなくなるのを新太郎兄さんのしわざと思ってたせいかもしれない。

不良仲間と遊ぶのは面白かった。危ないことがあれば魚屋の鉄公がさりげなく守ってくれたし、がま口を握っているのはあたしだから誰も逆らわない。定ちゃん、定ちゃんとついてくる皆を引き連れて浅草や上野を遊び回り、晩も遅くならないと家に帰らなかった。ちょっと叱られると、「兄さんだって」とか「姉さんだって」と言えば事は済んだ。あの頃の我が家ときたらほんとうに酷いものだった。老舗の畳屋としての体裁はまだかろうじて保っていたものの、みんながてんでに好き勝手してるせいで、家として、家族としてはすっかり壊れてしまっていた。

一度、奉公に出されたことがある。芝区聖坂《ひじりざか》の聖心女学院の前に建つお屋敷で、そこのお嬢さん付きの女中になったのが十六歳になる年の四月だ。

窮屈な上に退屈で、腹立たしくて情けなくて、何より寂しくて寂しくてたまらなかった。遊び回って家へ帰らないのと、帰りたいのに帰れないのとでは違う。時間の流れ方からして全然違う。

ほんのついこの間までは、どれだけ遣ってもなかなか減らないお金を持って自由に遊び回ってたのに……浅草十二階のエレベーターに乗りこんだら八階で降り、狭苦しい螺旋《らせん》階段を上がってゆくといきなり眺望がひらける、あの感じがたまらなく好きだったのに。

それが今はどうだろう。生意気なお嬢様に顎で使われ、食事は他の召使いと一緒にお勝手で済まさなくちゃならない。家のお風呂はいつだって口開けでなければ入らなかったあたしが、どうしてこんな惨めな思いをしなけりゃならないのか。こんな愚鈍なお嬢様より、あたしのほうが何倍も賢くて綺麗なのに……!

ひと月が我慢の限界だった。どうしても浅草で遊びたかったあたしは、後で返せばいいやと軽く考えて、お嬢様の晴着や帯や指環《ゆびわ》の中でもいっとう気に入っていたのを身につけて出かけると、久しぶりの浅草金龍館に入った。おっ母さんの選んでくれる着物とは趣味が違うけど、お嬢様よりあたしのほうが断然似合う。いい気分だった。

でもどうやらすぐに手配が回ったらしい。せっかく気持ちよく活動写真を観ていたところへ、狙いすまして捜しにきた姉に捕まったばかりか、お屋敷の御主人の命令で生まれて初めて警察へ連れていかれた。盗んだのじゃなく後ですぐ返すつもりだったのだと言っているのに絞られて、ほとほとくたびれた。奉公をクビになったのだけは良かった。

お父つぁんは例によって怒り狂ったけど、あたしなんか新太郎兄さんに比べたらなんて善良だったんだろうと思う。翌年の春、長兄夫婦は店の金をごっそり持って家出してしまったのだ。ここへ来ていよいよこれから先のことが心配になった両親は、四代続いた畳屋をたたんで神田の家を売り払い、埼玉県の坂戸町へ引っ越すことに決めた。

トク姉さんがその町に嫁いでいるというほかはまったく馴染みのない土地で、あたしは何をしていいかわからなかった。田舎は、クビになったお屋敷以上に窮屈だった。ちょっと一人で出歩いたり、そのへんの洋食屋でごはんを食べる程度のことでも人目についてひそひそと陰口をたたかれる。いっぺんでも男と並んで歩こうものなら、ひそひそでは済まない。

あんまりうるさいから、腹いせと退屈しのぎを兼ねて近所の男と関係してやった。

男ってのはどうして、一回軀をつなげたくらいのことで自分の所有物扱いしたがるんだろう。しつこくつきまとわれるようになり、それがまた噂になった末に、

「そんなに男が好きなら娼妓に売ってやる！」

お父つぁんに言われてとうとう秋葉の営む斡旋屋に連れて行かれたというわけだった。あたしは誠心誠意謝ったつもりだし、おっ母さんもトク姉さんも一生懸命止めてくれたけれど、お父つぁんの怒りは解けなかった。

うんと後になってトク姉さんから聞かされたことだけど、あの時お父つぁんは、きかないあたしを戒《いまし》めるためにわざとキツいお灸《きゅう》を据えたつもりだったらしい。置屋へ売るのが目的じゃなく、厳しい環境で少しは芸事やお行儀を身につけて、自分の欲望を律する稽古をするといいと、そう考えたそうだ。後付けの理由じゃないかとも思ったけど、いくら迷惑をかけようがあのお父つぁんがあたしを憎く思うはずはないわけで、だからこそ曲がりなりにも遠縁の秋葉のもとへ預ける算段をしたのだと姉さんに言われれば納得するよりなかった。

でも、秋葉にはそんなふうには伝わっていなかったはずだし、あたし自身、あの時点では思いもよ

らなかった。もっと早く知りたかった。許されて家に戻れる目があるとわかっていたら、そこから先、選ぶ道はことごとく変わっていたかもしれない。

神奈川の秋葉の家には、当初の予想を超えて長くいた。初めのうちは行く店が決まるまで三日四日と聞かされていたのに、一週間になり、半月になり、ひと月がたっても秋葉はあたしを手放さなかった。

奥の間にハルおばさんが布団を二つ敷く。夫婦が並んで寝るのじゃなく、それは秋葉とあたしの分で、おばさんは別の部屋で休む。

それを奇妙に感じたのは最初の一晩だけで、すぐに慣れた。秋葉が夜中にどれだけあたしに声をあげさせようが、翌朝はあたりまえのように炊きたてのごはんが出てきて、あたしはハルおばさんを手伝って味噌汁を運んだり、洗いものをしたりすればいいのだった。

「安心して任せとけばいいんだからね」と、おばさんは言った。「あのひとは絶対に、女の身体を傷つけるような真似はしないから。あんたはここで、自分から気持ちよくなる方法を覚えていけばいいの。ここへ来るみんなが覚えていくことだから、何も心配しないで、ね」

「……みんな?」

あまりいい気持ちがしなくて訊き返すと、おばさんは笑った。

「そうだよ、誰でもみんなだよ。あのひとは先生で、あんたたちは生徒。そう考えたらわかりやすいだろ? 大丈夫、後のことはあたしとあのひとに任せておけばきっと悪いようにはしないから」

喋っている間、おばさんはずっとにこにこしていたけれど、目だけはつるりぴかりとして少し怖かった。

先生と生徒、と言うよりも、まるで仏師が特別な観音像を彫りあげるかのように、秋葉はあたしを抱いた。何の変哲もない硬い木の中から、滑らかで柔らかな腕や肩、顔や首が現れてくる――そんなふうに、秋葉によってあたしは知らなかった官能を徐々に彫り出され、自分のかたちみたいなものを知っていくこととなった。

こうしてみると、初体験を含めてこれまでの男たちは皆、なんとまあ沢山の工程をすっ飛ばして自分の欲望だけを遂げてきたことだろう。誰もあたしのホトを舐めたりさすったりしなかったし、充分に濡れて先端や襞《ひだ》の間まで潤いが行き渡るまで待つこともしなかったし、闇雲に腰を前後に動かすのじゃなく円を描いたり角度を変えたり休みを挟んだりすればもっと気持ちよくなれることも知らないようだった。

秋葉があんまり気持ちいい刺激だけを与えてくれるので、訊いてみたことがある。

「ねえ、あたい、おじさんを好きになってもいい?」

「駄目だ」

即答だった。

「なんで?　ハルおばさんがいるから?」

「そうじゃない。俺はお前の相手じゃないからさ」

「あたいの相手って、じゃあどんな人だったらいいの?」

秋葉は寝返りを打ち、それまで自分の下に組み敷いていたあたしを腹の上にまたがらせた。

「まず、太い客だな」

「太ってる人がいいの?」

「いや、金を持ってる客って意味さ。お前はこれから前借金をもらって、代わりにその店のものになる。せっせと働いて返しゃ自由になれるが、そんなに甘いものでもねえ。手っ取り早いのは、太い客を見つけて惚れさせて、落籍《ひか》してもらうことさ。こっちからも惚れられるような男だったらなおいい」

「そんな……」あたしは口ごもった。「知らない誰かをそんなに簡単に好きになったりしないよ」

「わかんねえぞ。そんなふうに思ってたって、雷に打たれたみたいに出会っちまう場合もあるからな。軀ごと気持ちよくさしてくれる男に、うっかり惚れちまうこともある。絶対はねえよ」

黙っているあたしの中を、秋葉は思わせぶりに突き上げた。眉間に寄ってしまった皺を、人差し指が優しく撫でる。昔のようには動かなくなったと言うけれど、あたしには充分な指だ。

「なあ、お定ちゃん。妾ほど楽な人生はねえぞ。太くて好い男つかまえて、月々たんまりお手当もらって、早いとこ俺らに楽をさしてくれよ」

「そうしたらおじさんは、ここへ来る〈誰でもみんな〉の相手をしないで済むようになる?」

不思議な感じの間があった後、ハハハハ、と可笑しそうに秋葉は笑いだし、お腹の上であたしはゆらゆら揺れた。

やがて笑いを収めると、彼は言った。

「そうだな。そうなったら、妾が板に付いたお前と外で逢って、たまに内緒でこんなことするのもいいかもな」

あれから何年がたつだろう。十七歳から指折り数えて、四十五年と知る。

数々の料理屋や茶屋、女郎屋を転々とし、借金を踏み倒して店から逃げたこともあれば私娼も妾も経験したけれど、〈雷に打たれた〉相手は石田吉蔵だけだった。軀ごとうっかり惚れちまったのも吉さんひとりだった。知り合ってほんの三カ月、軀をつなげてからはもののひと月ほどで終わった仲なのに、後にも先にもあたしにとって心底惚れたと言えるのはあのひとだけだ。

いっぽうで、秋葉正武との腐れ縁はつい十年ほど前、彼が亡くなるまで続いた。いろんな事情で途切れたり、あたしからきっぱり関係を断とうとしたことはあっても、結局のところまたヨリが戻って、ほとんど最後のほうまで男女の仲だった。

縁とは不思議なものだ。濃い縁が長続きするわけでも、薄い縁がすぐに途切れるわけでもないらしい。

「お定さん、同じものもう一杯」

はっとなって、あたしは顔を振り向けた。

「水割りね。あいよ、ただいま」

夜の八時を過ぎて、カウンターに客は三人。三味線弾きの松子《まつこ》さんは今日は休みだから、あたしが一人で店を回さなくてはならない。

他の客の手もとを見て、おかわりを作ったり、おでん種を盛ってやったりしていたところへ、引戸が開いた。屋号を白く染め抜いた暖簾が夜風にふくらみ、また凹《へこ》む。

「いらっしゃいませ」

疲れを覚られまいと声を張り、入ってきた客の顔を見る。

「あら」

「こんばんは。二人なんだけど大丈夫ですか」

あたしは、平静を装って土間を指さした。

「どうぞ。そっちのお席へ」

一つきりのテーブル席に、〈彼〉と、その友人らしき年若な色男が腰掛ける。三十代半ばくらいだろうか、片方の頬骨のあたりが痣《あざ》になって腫れているのが痛々しい。

水のグラスを二つ運んでゆき、あたしは〈彼〉を——波多野吉弥を見おろした。左目の義眼を勘定に入れてもいれなくても、やっぱりどこかに面影がある。夏、最初に会った時よりもその印象が強いのは、あらかじめそうとわかって探そうとしてしまうからだろうか。

「間が空いてしまってすみません」

と、彼は言った。

「謝ることないでしょうよ。こっちはかえって、もう来ないと思ってせいせいしてたのに」

ぷ、と色男が噴き出し、痛そうに唇の端を押さえる。吉弥が向かいを睨みながら続けた。

「二度と来るなとは言われませんでしたけど、いつでもおいでと言ってもらったわけでもなかったんで……あれから何となくこう、腰が引けていたというか」

ああやっぱり、と思った。声がいちばん似ている。その次に似ているのは、

「そういう気の弱いところ、受け継いじゃったようね」

「……そう、ですか。そうかもしれません」吉弥が困ったように笑んだ。「とりあえず、僕はビールで」

「あら、お酒はもうひとつって言ってなかった？」

「ビールの一杯くらいでしたらなんとか。彼には水割りを」

「そちらの方も、飲んだりして大丈夫なの？」

見やると、色男が頷いた。

「アルコール消毒ですよ」

若いのに古くさい冗談を言う。

「あとは、おすすめのものを何か見繕《みつくろ》って出してもらえますか」こちらを見上げた吉弥が、片方の目を眇めて言った。「今日はもう、よけいなこと訊いたりしませんから」

どことなく、連れへの牽制《けんせい》のように聞こえた。

＊

つかまえたタクシーの運転手に向かって、

「三ノ輪まで。千束稲荷のとこね」

Rがそう告げた時、僕は初めまったくぴんと来なかった。それがおにぎり屋『若竹』の向かいの神社だと思い出した時は思わず隣の横顔を見やった。

お定さんが基本的に有名人嫌いの取材嫌いということはRもよく知っていて、だからこそ最初に会いに行くのは顔の売れている自分ではないほうがいいと、さんざん僕の尻を叩いてくれたのだ。それなのにいったいどういう心境の変化なのかと訊いても、車の中では答えてくれなかった。

「いつもそうだよ、きみは」

さすがに腹が立って僕は言った。

「うん？」

「大事なことを訊こうとするといつもはぐらかす」

「そうかな。答えてるじゃないか」

「いいや。ちっとも答えになってない」

「そうか？　おかしいな」

やがて車は暗い路地に停まった。夏の日中にここを訪れた時、照りつける陽射しにだらりとうなだれていた暖簾が、今は店内からの明かりに透けて緑色というより灰色に近く見える。何も遠慮することはないのだと自分を奮い立たせながら入口を引き開けると、お定さんはこちらを見て一瞬だけ意表を突かれたようだったが、すぐさま商売の顔に戻って「あら」と言った。Rの顔は、見ても誰だかわからない様子だった。よく考えてみればそれも当然、お定さんの部屋にテレビなんてものはない。

「自分で思うほどには売れていないようだな」

揶揄《からか》ってやると、Rは苦笑混じりに腰を下ろした。

最初に彼の水割りと僕のビールが来て、それからめいめいに焼きとりの串と、おでんが数種類運ばれてきた。品書きを見たRが小松菜の和え物と烏賊《いか》焼きを頼み、とりあえず乾杯をする。

「二人きりで飲むの、久しぶりだな」

〈二人キリ〉との響きに耳がつい過剰反応してしまうが、確かに最近は映画のスタッフたちと大勢で飲むことが多いし、Rだけがうちへ来た時でも母が何やかや世話を焼いてくれる。最初の頃はあの事件を深掘りすることに抵抗していた母も、いいかげん根負けしたのか彼を敬遠しなくなった。

「で、それは何なんだよ」

僕が後生大事に抱えている古書店の包みへと、彼が顎をしゃくってよこす。

「や……うん、まあ今度でもよくて」

「おいおい、勿体《もったい》ぶるなって。店に落ち着いたら話すって言ったろ？」

言ったが、まさか〈この〉店に落ち着くとは思わなかった。他のどこで出せても、ここでだけは絶対に取り出すわけにいかないしろものだ。

Rが不審げにこちらを見ている。僕は、お定さんがカウンターの客と話し込んでいるのを目の端で捉えながら、

「頼むから、今は袋から出すなよ。覗くだけにしてくれ」

低く言って彼に手渡した。怪訝《けげん》な面持ちで受け取ったRが、鼻の下を伸ばすようにして下目遣いで袋を覗く。

と、その目が見開かれた。

「おい、これ……!」

シッと遮ると、彼の喉仏が上下した。

「よく見つけたな」

どれだけ探していたか、彼はよく知っている。

「いったいどこで」

「神保町。大枚《たいまい》はたいたけど後悔はないね」

お定さんのほうを見たりするなよ、と念じるまでもなく、Rがそんな下手を打つわけはないのだった。袋をそっと僕に返しながらささやく。

「後でじっくり読ませてもらう。でかしたな、吉弥」

「自分でもそう思うよ」

僕らは、水割りとビールのグラスを小さく触れ合わせた。袋の中身の性質を考えれば乾杯はふさわしくないのかもしれないが、昂揚《こうよう》を抑えきれなかった。

もう二十年ほども前に会いに行った秋葉正武氏の話しぶりや仕草を、まるで昨日のことのように思い出す。それが記憶にあるおかげで、ここに文字で書かれている彼の証言にも肉声や佇まいのような

ものが加わり、よけいに厚みを持って立ち上がってくる気がする。興奮するなというほうが無理だ。

お定さんが、ちらりとこっちに視線をよこす。冷めないうちに食えと言われているかのようで、慌てておでんの大根に箸を入れたらほぼ抵抗なくめり込んでいった。味がよく染みていて旨い。黄色い辛子をつけて口へ運ぶと、鼻がつんとしてくしゃみが出そうになる。お定さんが自分で作っているのだろうか。小料理を出すおにぎり屋まで開いていても、彼女からは家庭的な匂いがまるでしない。

「あのな、吉弥」

奥歯に挟まった烏賊焼きを爪楊枝でつつきながら、Rが低くひそめた声で言った。

「俺、じつはさ……。今日のあれこれを踏まえて、ひとつ考えたことがあるんだ」

僕は箸を置いた。

「言えよ」

「いや、あくまでも一つのアイディアなんだけどさ」

痛まない右側で頬杖をついた彼が、テーブルにできた小さい水たまりを思案げに見つめる。切り出しあぐねているようだ。

「言えってば」僕はくり返した。「どうせ、そのためにわざわざこの店を選んで来たんだろう？」

Rが目を上げる。いつもならこのタイミングで〈だから愛してるぜ吉弥〉とか何とか軽口を叩くはずなのに、何も言わない。彼にはめずらしく、なおも二、三度口をひらきかけてはつぐむことをくり返した後で、そうとう思いきったように言った。

「率直な意見を聞かせてほしいんだ。きみは——水沢粧子に、金子文子じゃなく阿部定が演《や》れると思うかい？」

# 第五章

クランクインの瀬戸際で、撮る映画を変える――？

僕の知る限り、そんな暴挙に出る監督など聞いたことがなかった。大手の雇われであったならあり得なかったろうし、大がかりなセットを全部組み上げた後であっても無理だったろう。

もともと京都の太秦《うずまさ》で撮影するほどの予算はないので、ひと月ばかり先の冬の入口、埼玉は川越《かわごえ》にある鄙《ひな》びた旅館を借り切ることにしていた。まさしく大正の初めに建てられた大きな旅館だった。金子文子と朴烈の人生が交叉《こうさ》する大正時代後半の雰囲気がほしいのはもちろんだが、それでなくとも過激なアナキストたちを描くのに、途中でいかなる雑音も入れたくない。完成までは東京を少し離れ、できるだけ極秘裡に撮り進めたかったのだ。

「もってこいだったぜ」

まるですべてが計画通りであったかのように、Ｒは得意げに言った。

「阿部定事件が昭和十一年。大正期後半とそう変わりゃしない。吉蔵とのやり取りなんか、ほとんどは密室劇だしな」

なるほど、と僕は言った。

「じゃあどうぞ、その理屈で頑張ってみてくれ」

本人にももう何度も言っているが、映画は監督ひとりで撮れるものではない。ただし、Rを信じて、あるいは彼の才能に惚れこんでついてきてくれるスタッフが全員その言い分に納得するのなら、僕も肚を括って脚本を書くしかなかった。

最初にRが話をしたのは、製作プロデューサーを依頼した高杉秀和《たかすぎひでかず》と、キャメラマンの辺見日出男《ひでお》、それにチーフ助監督の保坂肇《ほさかはじめ》、その三人だった。

騒がしい酒場の片隅ではまとまった相談もできないし、誰の耳があるかわからない。自分が暮らす亀戸の離れでもかまわないが、皆の便のいい新宿からなら中野のきみの家のほうがだいぶ近いだろう、とRが例によって勝手なことを宣《のたま》ったので、日曜の午後、我が家に皆が集まり、うちの母の出してくれる老舗の生菓子とお茶に恐縮してからの本題と相成った。

当然ながら、三人は絶句した。

「一旦保留にする？　何を言いだすんだ」

高杉が気色《けしき》ばむ。ふだんは飲み仲間であり、自身も数々の映画作品を監督する高杉は、Rに対して僕の次くらいにズケズケとものを言う。

「そりゃ、〈朴烈〉に去られたのは痛かったけどさあ」

「痛かったのはこの俺だって」

とRがぼやき、李友珍に殴られた左の頰骨をさする。あれから何日か経ってようやく痣が薄れてきたところだった。

「聞いたよ。災難だったたな。だからって全部ほうり出すことはないだろうが」

そうですよ、いったいどうしたんですか、と、いちばん若い保坂も言った。

「俳優の交代くらいめずらしくもないじゃないですか。自分、急いで他を当たりますよ。朝鮮語を話せる俳優は李だけじゃないんだし、何ならいっそ日本人の俳優に指導して演じさせるやり方だって、」

「いや、違うんだ。そういうことを言ってるんじゃなくてだな」

Rは再び遮った。隣に座る僕をちらりと見てから、長方形の卓袱台を囲む三人の顔を順繰りに見やる。

「あんたがたがここまで、撮影の実現のためにどれだけ力を尽くしてくれたかはよくわかってる。感謝してるし、俺にしたってあきらめるつもりはないさ。金子文子と朴烈については、もう一度仕切り直して必ず撮ってみせる。ただ……要するに、優先順位の問題なんだ。どうしても今のうちに撮っておきたい素材に出くわしてしまったものでね」

あらかじめRとさんざん話し合った僕の耳にさえ、とんでもなく勝手な言い草に聞こえた。

「ちょっと待って下さいや」

割って入ったのはキャメラマンの辺見氏だった。ずんぐりとした身体つきと丸い顔、頭には常にハンチング帽。僕らの中ではいちばん年長の五十二歳だが、一度たりとも我々への敬語を崩したことはない。

「『どうしても今のうち』ってのはその、本当のほんとうに今じゃなきゃいかんのですか。ようやく主演女優が決まりスタッフの士気も高まって、さあいよいよここからってとこだったじゃあないですか。あんたと波多野さん、わざわざ父上を説得に行ってまで水沢粧子くんを口説き落としたんでしょ？　本人だってすっかりやる気で役作りに精出してるってのに……」

「いや、おっしゃる通りです」Rが目を落とし、頭を下げる。「よりによってこんなタイミングで我《わが》儘《まま》を言ってほんとうに申し訳ありません」

残る二人が目を剥いた。この男が本心から詫びるところなど、たぶん彼らは見たことがなかったのだろう。かくいう僕もだ。

「水沢くんには、今度も主演をオファーするつもりでいます。組のスタッフを入れ替えることもまったく考えていません。いやもちろん、みんなさえウンと言ってくれるならの話ですけどね」

「あ……そう。だったらまだ、理解を得られる余地もありましょうかな、うん」

辺見氏がちょっと安堵《あんど》した顔を見せる。彼に限らず皆、それぞれ身体を空けて待っているのだ。仕事がなくなるのは困る。

ちなみに、正確に言うと水沢粧子の父親は説得には応じてくれなかった。世田谷の一等地にある自宅を訪ね、事を分けて説明に努めたのだが、一人娘の演じる役がアナキストとわかった瞬間もう駄目だった。ついでに言えば、Rが最近ちょくちょくテレビ番組などに出演していることもお気に召さなかったらしい。口を極めて〈助平根性まるだしの下世話な番組〉を罵り、映画や演劇の世界の〈くだらない自己顕示欲〉をあげつらい、こちらを〈姑息《こそく》な若造〉と呼んで、〈世間知らずの娘をたぶらかす女衒〉扱いした。

とうとう、そばで聞いていた粧子が堪えきれずに言った。

〈いいかげんにしてよ、お父さま。いくらなんでもこの方たちに失礼でしょう。お父さまこそ今の世の中の動きなんてまるで知ろうとなさらないくせに、よくも世間知らずだなんて言えたものだわ。そんなに私のすることがお気に召さないのなら、いっそきれいさっぱり勘当なさったらいいのよ〉

言葉つきこそ上品でも啖呵《たんか》は啖呵だ。引っ込みのつかなくなった父親は、

〈何だ、親に向かってその口のきき方は！　とっとと出ていけ、二度とうちの敷居をまたぐな！〉

今どき芝居の台本にすら書けないほど紋切り型のセリフを連発し、娘を僕らともども家から追い出したというわけだった。

おかげで粧子は今、女友だちのアパートに身を寄せている。幸い母親がこっそり味方してくれているようだし、家を出る前より生き生きとして見えるが、それでも、Rの強いこだわりが人ひとりの人生を変えてしまった格好ではあった。

「水沢粧子には、いわゆるサムシングがあると思うんです」と、Rは言った。「ただ――はたして彼女が、今度の難役を引き受けてくれるかどうか。金子文子とはまったく違った意味で、大きな覚悟の要る役なのでね。彼女だけじゃなく相手役の男優に対しても、それこそ相当に腰を据えた説得が必要になるかもしれません。さて、見つかるかどうか」

ここへきて、三人の顔つきが変わった。互いに目と目を見合わせる。

「いったい、何を撮ろうっていうんだ？」

高杉の問いに、Rは涼しい顔で言った。

「ポルノグラフィーだよ」

「なんだって？」

「日本一純情な悪女を主人公に、とことんアナーキーな猥褻《わいせつ》映画を撮るのさ」

だんだん身を乗り出し始めた三人を相手に、三十年前の阿部定事件と今現在の〈お定さん〉について知ることの多くを話しながらも、Rは、僕と母の立ち位置についてきっちり配慮をしてくれた。僕としては口止めをした覚えなどないのに、とうとう最後まで、殺された石田吉蔵と僕ら母子の関係を明かすことはなかった。

まだ日も暮れきらないうちに酒へとなだれ込み、仕出しの折詰をつまみに飲み、出前の蕎麦まですすって皆が帰っていった後――Rは、僕の書斎に大の字になった。

夜気がすっかり秋めいている。畳の面《おもて》が冷たい。

赤らんだ顔で天井を見上げながら、

「うんと急いでくれよ、吉弥。きみの脚本さえ仕上がったらすぐにでも撮影にかかれるんだから」

これまた、とうに決まっていたことのように言う。

「何だよ。勝手な奴だな」

「百も承知だろ？　とにかく超特急で頼む。ああ、言っとくが『女の一生』や『放浪記』みたいなのは要らんぜ」

「え？」

「俺はべつに〈お定さんの一代記〉がやりたいわけじゃない。子役に彼女の少女時代を演じさせる気もさらさらないしな」

「じゃあ、何をどう……」

訊き返しかけて、さっきのRの言葉が浮かんだ。

――とことんアナーキーな猥褻映画。

本気でそんなものを撮影して公開したなら、否、撮り進めているのがわかっただけでも、いきなり逮捕なんてことも起こりかねない。そう思いながら、身体の奥底から恐れとは違った慄《おのの》きが湧いてくる。

武智鉄二《たけちてつじ》監督の『黒い雪』が、映倫の審査を通過していたにもかかわらず猥褻であるとして起訴されたのはつい最近のことで、この夏、一審の東京地裁では無罪を勝ち取ったものの、検察側から控訴されている。二審の東京高裁の結果がどう出るかはわからない。

「なあ」

ふいにRが言った。

「うん？」

「阿部定が『吉田屋』へ奉公に上がってから、あの事件に至るまで、どれぐらいの日にちがかかった？」

「三月《みつき》と十七日だけど」

「じゃあ、駆け落ちみたいにして二人で家を出てからは？」

「二十五日だな」

「最後に『満佐喜』で流連《いつづけ》をした期間は？」

「七日間。正確には七泊八日」

いずれも即答した僕を、Rは満足げに眺めてよこした。「さすがだな、吉弥」

「何を今さら。何年あの二人を追いかけてきたと思ってるんだ」

それもそうか、と彼が苦笑する。

「じつのところ、俺がフィルムに焼きつけたいのはさ。その、煮しめたような日々の濃密さなんだ。だから吉弥も、あの二人について自分のいちばん知りたいことだけに照準を絞って書いてくれればいい」

Rは、壁際の本棚にぎっしり詰まったファイルへと目を移した。

「きみがこうやってあらゆる相手から証言を集めてきたのは、要するに、わからなかったからだろう？　事件直後の阿部定の調書を読んでもなお、わからないことがあった。お定さん自身が異常なほど事細かに語り尽くしたあの調書にも書かれていなかったこと、それをどうしても知りたかった。そうだよな？」

「……まあ、うん」

「それでもまだ追いつかなくて、しまいには〈あれ〉を書くに至った。子供の頃に失われてしまったもの、それきりずっと自分に欠けたままのものを埋めるために」

僕は黙っていた。つくづく、Rに読まれたのは失敗だった。

「なあ、吉弥。この世にはさ、事実なんかより真実に近いものがあるとは思わないか？」

「あったら何なんだ」

「脚本を仕上げたら、その勢いを借りて〈あれ〉の続きも書いちまったらどうだ」

「簡単に言うなよ！」

思わず大きな声が出た。

「おいおい、お袋さんが起きてくるぞ」

ぐっと詰まる。

Rは畳に手をついて起きあがり、こちらに向き直った。左頰の上、わずかに青みの残っている痣がやはりまだ痛々しい。

「いいか。吉蔵さんとお定さんのことは、これまでは吉弥の中にだけあって誰の目にも触れない物語だった。しかしこの先は違うぞ。きみの書きあげた脚本を、キャメラの回る前で、俺たちが息を殺して見つめる目の前で、生身の男と女が演じていく。生まれたまんまの姿でもつれ合う二人をじぃーっと観察してるうちには、〈あれ〉の続きだって浮かんでくるさ。ああ、絶対だね」

根拠もないのにうっかり丸め込まれそうだ。

「……出たよ、きみの〈絶対〉が」

苦しまぎれに僕は言った。ふだんは存在すら忘れている左の義眼がごろんとしてやけに重たく、今すぐ外して綺麗に洗いたかった。

＊

§　証言7

鈴木美代子《すずきみよこ》　四四歳
――『徳栄楼《とくえいろう》』における定の同僚。源氏名《げんじな》〈おみよ〉（当時二二歳）
落籍《らくせき》されたのち結婚、大阪在住。

1950・9・16

お貞《さだ》ちゃん……。なんとまぁ久しい名前でっしゃろ。
そら、忘れまっかいな。ずいぶん助けてもろたんですよ、あの人には。
あんな事件起こさはった時はびっくり仰天してもてから、うちの旦那さんに、ほんまにぁの
お貞ちゃんだっしゃろか、ほんまに？　よう似てる別人とちゃいまんの？　て何べんも何べん
も確かめたもんです。なんし、名前の字ぃも違いましたよってな。ほんまは〈定〉やそやけど、
うちが一緒におった頃は〈貞子〉て源氏名を名乗ってはりました。
あのほっそい身体で大の男はんの首絞めて死なすことがでけたなんて、今でも信じられまへ
ん。おまけに……ねえ？
けど、たとえそれがほんまのことでも、お貞ちゃんはうちにはずーっと恩人です。誰が何と
言うたかて変わらしまへん。
うちは大阪船場の生まれやけど、父親の商いがわやンなってもて、大正十四年に十九で滋賀

の八日市《ようかいち》新地へ売られたんですわ。そこで初めて娼妓になりました。

知ったはる？　あっこにはそらもう、えげつない儀式があるのんよ。

娼妓になるいうのんは、言うたら人間でなくなることやねんわ。せやから「別れ風呂」いうてね、生きてるうちから死んだ人とおんなじように湯灌《ゆかん》をされて、そのあと素っ裸で土間へ蹴り転がされたら、そのかっこのまんま味噌汁ぶっかけた麦飯を四つん這いで犬食いせぇ言われるんです。お前はこれから人間界を離れて畜生道に落ちンねや、ちゅうことを軀に叩き込まれるわけだす。おまけに「入根の儀式」たらいうて、木の棒を無理やりあっこへ突っ込まれてやね……その棒があんた、何ちゅうかご存じある？　「男根神」と書いて「おとこさん」でっせ。なんと、アレが神さんやねんて。アホらしてかなんわ。

さすがにこのごろはもう、そんなことおまへんやろなあ。今とは時代がだいぶんちゃいますな。

八日市の次に二十一でうちが移った先が、そう、名古屋は中村遊郭の『徳栄楼』です。移るて聞いた時は、誰やろ、どこの大旦那さんが落籍《ひか》してくらはってんやろ思たけど、何のこたぁない、紹介屋が誰やらと相談して、うちを安《こ》う買うて高《たこ》う売りつけただけやった。

それでも、前のとこと比べたら天国みたいでしたで。抱主《かかえぬし》は吝《しわ》かったけど、ごりょんさんはええ人やったし、客筋も悪ないしでね。何より、絹のべべ着て待っとったら白いおまんまが食べられる。娘時代、家があんじょう回っとった時分はそれが当たり前やったのに、もう二度とあの頃へは戻られへんのやなぁ思たら泣けて泣けて、ね。

中村遊郭は、名古屋でいちばん大きな郭町《くるわまち》でした。東京の新吉原より広いとか言われて、貸座敷が百数十軒、うちらみたいな娼妓が二千人、そこへお客さんが毎日毎晩、何千人何万人と通てきはるわけですから汚水なんかも半端な量やあらしまへん。春先から夏の間は特に、窓を閉めててもドブのにおいが二階までむわぁーっと上がってきて、布団の包布から着物から髪にまでにおいがしゅんでくるような気ぃして、あれだけはほんま、かなんかったなあ。

そない言うてもあの頃はまだ郭全体が新しぃてね。大須《おおす》の観音さんの近くにあった旭郭《あさひ》が廃止ンなって、大正十二年の春に移転する格好ででけたとこやったから、ようやっと四年経ったかいなぁいう頃で、建物はどこもかしこもぴっかぴかに綺麗《きれ》かったんです。貸座敷へ上がる朱塗りの階段も黒光りする廊下も、男衆《おとこし》が毎日大勢で磨き上げるもんやさかい、まるで鏡に顔が映るようやった。

東西にのびる通りは北から順番に日吉《ひよし》町、寿《ことぶき》町、大門《おおもん》町、羽衣《はごろも》町、賑《にぎわい》町……『徳栄楼』は羽衣町筋にあって、他と比べても立派な構えや。色ガラスのはまった窓の桟なんか見事に凝った意匠があしらわれて、屋根瓦はぴぃんと反り返っとって、名のあるお寺さんみたいでしたわ。お貞ちゃんはそこへ、うちの後ふた月ほどたってからかなあ、大阪の『朝日席』から住替えで移って来はったんだす。

その前にはなんと『御園楼《みそのろう》』にもいたはって、『御園楼』いうたら一流の有名どころやのに、その店でいつでも三枚を下らん売れっ子やったちゅうてね。それだけに『徳栄楼』への前借金が、なんと二千六百円やったたて聞きました。他の娘の、倍から三倍ですわ。確かにね、人目を惹くほど綺麗な人やったもの。鼻筋がシュッと通って、目もとは涼しげで。

せやけど、抱主ははじめ気に入らんかったようだんね。もともと丸ぽちゃの可愛らしい娘を望んでたのに、お貞ちゃんはあのとおり面長やし、気もきっついですやろ。紹介屋からどうしてもて頼まれたから仕様事《しようこと》なしに抱えたけど、源氏名なんか何ぞ名乗ろうがどうでもええ――

ごりょんさんにそない言うんをたまたま聞いて、お貞ちゃん、えらい悔しかったみたい。気に入らんねやったら気に入らせてみせよやないの。そんなこて張り切りはって、そらもうあっちゅう間に売れっ子にならはったんです。

それからは抱主にもえらい可愛がられて、〈セキセイ〉なんて綽名《あだな》つけられてね。ええ、セキセイインコのセキセイですわ。

なんでってあんた、お貞ちゃんいう人は緑色がめちゃめちゃ好きやったんです。着物も持ちものも、選べるもんは何でも緑色。そんで、抱主は酔っぱらうと「おい、セキセイを呼べ！」ちゅうてそばへ呼びつけてはお説教みたいなん始めるねんけど、いっつもお貞ちゃんにぽんぽん言い返されて、逆にやり込められてましたね。なんとのう、どっちも冗談半分でそれを愉しんではるみたいなとこがありましてん。

お貞ちゃんとうち、歳はそう変わらんかったんです。ええ、向こうが一コだけ上。

それやのにあの人、うちなんかよりたいがいしっかりしとりました。ああいうのんを伝法肌《でんぽうはだ》ていうねやろか、江戸っ子のちゃきちゃきを絵に描いたような人で、気に入らんことがあったらお客のお偉いさんかて平気で袖にしてしまうんです。それで抱主にきつう叱られても、堪えるどころかちぃとも負けてへんのです。

ほんま、あんな人知らんわ。うちはどっちか言うたらおとなしほうやさかい、どんどんお貞ちゃんが好きに、ちゅうか、ファンになってしまいました。

はじめのうちはちょっとコワモテいうか、無駄に笑わん人やなぁ、いう印象でしたけど、いっぺん仲良うなったらそんなことものうて、たまに見せる笑い顔がまた何とも愛嬌《あいきよう》あってね。言うたら悪いけど、ちょっと出っ歯いうか反っ歯なんですわ。ふだん澄まし返ってたら近寄りがたいようなべっぴんさんやのに、笑《わろ》た時にニィ～と歯茎まで現れるのんが、見ようによったらえらい可愛らしかったんを覚えとります。

「おみよちゃんがここにいてくれて、ほんとに良かった」

お貞ちゃん、嬉しそうに言うてくれました。

「女同士こんなふうに話せる相手なんて、もう長いこといなかったのよ。最後は十四の頃だった。ナミちゃんっていう、あなたみたいに地味な感じの子とけっこう仲良しだったんだけど……。あれからもう、十年近くにもなるのねえ」

お客さんがおらん間、うちらはお互いの部屋を行き来しては、縫い物してみたり、相手の髪を梳《す》いてみたりして、そのうちに自分がここへ流れ着くまでのいきさつを打ち明けたりもする仲になりました。うちなんかはお定まりの道筋ですから何の面白いこともないねんけど、お貞ちゃんのほうは、あれですわ、えらいドラマチックでね。

十四、十五の頃からえらいことグレてしもたさかい、怒ったお父さんから「そんなに男が好きなら娼妓にでもなってしまえ！」ちゅうて売り飛ばされたとか、芸妓斡旋しとった遠縁のおじさんと軀ごと馴染んでもて、そのことは奥さんかて重々承知やったのに何も言わんと、そのまんまつい最近までお貞ちゃんがその夫婦を養《やしの》うてたとか、それがために富山にいてた頃には芸者仲間の三味線やら煙管《キセル》やらを盗んで質に入れ、警察に捕まってしもてそこにはおれんようなった……とかね。

それから、前の『御園楼』ではせっかく身請けしてもらえることが決まっとったのに、その人の部下までがお貞ちゃんの客やったてわかったもんやから話が皆アカンようなってもて、「堪忍してくれ」ちゅうて、はした金だけもろた、て……これはえらいふくれっ面で言うとりましたわ。

他にもいろいろ、いろいろ。聞いとったら、それ全部作りごとやないの、思いたなるくらい劇的な半生を歩んできはった人でした。

けど、一つだけ……十四の時から何でそないにグレてしもたんか、その理由だけは打ち明けてくれへんかったなぁ。誰にも話したないねんなぁて思たから、うちも深くは聞かなんだし。

あ、そうそう、いっぺんお母さんが『徳栄楼』を訪ねて来やったことがありましたわ。「急に会いたくなったもんだから」たら言うて。

お貞ちゃん、あの時は十日くらい店休んで、お母さんに美味しい鰻取って食べさしたげたり、抱主の許しをもろて景色のええとこ連れてったげたり、おまけにいざ帰らはる段になったらお小遣い渡したげるわ、親戚の子ら全員分のお土産どっさり買うて持たしたげるわ……。

なんでやの？　て思いました。なんで、そこまでしたげなあかんの？　て。

うちやったら、よう真似でけん。親なんか顔も見たないわ。娘を売り飛ばした親でっせ？それもお貞ちゃんとこは、そないせな家族がどないもこないも暮らしていかれへん、いうのんとちゃうかったはずやのに。

……ええ、そうです。あの人には、なんし、そないなとこがありましてんわ。自分を娼妓に売った親にも、その世話を焼いた女衒の夫婦にも、いざ頼られてしもたら冷たくでけん。一肌も二肌も脱いで、できることの限界を超えてまで無理を、ちゅうか無茶をしてまう。

尽くす女、いうのんともちゃうように思いますわ。どっちかいうたらその反対で、姐御肌《あねごはだ》の親分肌やねん、ね。女に生まれたんが間違いやったかもしらん。

えらそうなこと言えまへん。あの人のあの気性のおかげで、うちは、短くても一生にいっぺんの夢を見ることができたんやもの。

あの頃、うちには〈好い人〉が居てました。栄町の乾物屋の三男坊で、気の弱い、頼《たよ》ンない、優しい優しい、いい、あのしと。次男や三男は使用人と変わりませんから、もちろんお金に余裕ものうて、うちとこへ通いとうてもせいぜいがとこ月にいっぺん、他の日は逢われしまへん。

そうこうするうちに、お互いどないもこないも辛抱たまらんようなってもて、お貞ちゃんにだけ打ち明けました。こっから逃げよと思てる、て。

「逃げるって、いったいどうやって？」

お貞ちゃんは目を瞠りました。そらそうですわ、店の表の鍵はいつでも厳重に締めたぁりますもん、見張りも付き添いもなしに玄関から出ていくことなどできしまへんし、一階の窓には鉄格子がはまってます。

せやけど、何とかなる。してみせる。とにかくどないかしてこっから抜け出せたら大門までは目と鼻の先や、その外へ出てからのことはあのしとが助けてくれる。二人でどこへなと駆け落ちして、二度と再びここへは戻らへん。

あの時のうち、きっと熱に浮かされたみたいやったろう思います。ほんま、夢みたいなアホなこと……そんなん、どない考えたかてあんじょういくわけあらへん。どうせすぐ捕まって連れ戻されて、往生すんのは知れきったぁる。……そう、初めからわかってたことですわ。

けど、お貞ちゃんはそんなこと、なーんも言わへん。ただ、うちの目ぇを見て言いました。

「おみよちゃん、あたし、あんたが羨ましいわ。そこまで損得抜きで男に惚れるなんてさ。そういう相手と出会えたってだけで、あんたはどんなにか幸せ者だよ。それだけでもう上出来の人生だよ」

あんまりしみじみと言うもんやから、思わず訊き返しましたわ。

「お貞ちゃんは、好きな男の人いてないのん？　これまで誰かに惚れぬいたこと、いっぺんもないのん？」

「あるもんか。男なんかに気持ちを預けたって辛いばっかりだもの。あんたの〈好い人〉はどうか知れないけどね、ほとんどの男はどうせ自分のことっきり考えてやしないんだ。期待するだけ損さ」

口ではそんなこと言いもって、お貞ちゃんはうちを自分の部屋の窓のとこへ呼び寄せ、声を低めたんですわ。

「ここから逃げな。後のことは何とでもごまかしてあげるから」

楼の二階、四畳半の並ぶうちらの部屋の中でも、いちばんはじっこにあったお貞ちゃんの部屋の窓だけは他より大きゅう仕立てたぁって、しかもまたいで屋根へ出たら鼠小僧よろしく瓦伝いに裏手の物干し場へ行ける。そっからは雨樋《あまどい》でもつとて地面へ降りたらええ、裏やから夜の夜中やったら人目にもつかん。

夢に見てたことが、ほんまになってまうやもしれん。

うちはもうハラハラしながら待って、やっと通てきてくれた相手の男と相談をして、逃げ出す日取りと時間、落ち合う場所まで示し合わして、とうとう決行しましてんわ。

どないなったか、て？

いよいよお貞ちゃんの部屋の窓からそうっと外へ出て、冷たい瓦を踏んだとこでツルリと足が滑りよってね。抱えとった化粧箱が地面に落ちてもて、がっしゃーん、て……。それで見つかってまいました。漫画みたいな話だっけど、あの時のあの音だけは今も忘れまへん。心臓止まるか思いました。

お貞ちゃんは、抱主の前でうちをかぼうてくれよりました。

「おみよちゃんみたいな蚊も殺せないようなコが、本気で男と駆け落ちなんて思いつくはずがないじゃないさ。あたしよ。あたしが面白がってそそのかしたのよ。細かい計画を立てたのもそう。だって退屈だったんだもの」

懲らしめるんやったらおみよちゃんやのうて自分を、とまで言うてくれはったんやけど、抱主は〈セキセイ〉に毒気でも抜かれとんのか、そん時はあんまり本気で叱らへんかったように思います。

ええ、あくまでも〈そん時は〉でっせ。

のちに、お貞ちゃんはチフスを患って、その頃からだんだん商売に厭気がさして、うちなんかの百倍も堂々と無断で店を出て、自分を『徳栄楼』に世話した紹介屋を大阪まで訪ねてったことがあったんだすわ。どっかもっと条件のええとこか暇なとこへ住替えよとでも思たんやろね。もちろん、そう簡単にはいきまへん。驚いた先方からたちまち連絡が来て、抱主が使いをやってお貞ちゃんを連れ戻したんでっけど……その時の抱主は、うちのあの時とはまるで違いました。

「逃げたきゃ、好きに逃げりゃええ」

背筋がぞーっとするほど静かな物言いでした。

「いっそのこと、おみゃーが逃げてくれりゃ俺は嬉しいぐりゃーだでな。稼ぎ高で借金をぼちぼち返してもらうより、おみゃーの親の家作《かさく》を差し押さえて一度に取るほうが、なあ？　ずうっと得だと思わんか？」

それからしばらくたつうちに、お貞ちゃんはきっちり相談ずくの宿替えで、大阪の松島へ移っていきました。

うち、だすか。

うちはそのあと、あの三男坊を亡くしてしもてね。ええ、胸ですわ。死に目にも会えなんだ。目が溶けるほど泣いて泣いて、せやからいうて今さらどっかよそへ移る気力もあらへんし、何もかももうどうでもええわ、そのうち気が向いたら首でもくくったろかいな、くらいに思てたんですけど……ご縁ってあるもんやね。なんやかんやで今の旦那さんにえらい気に入ってもろて、今は穏やかに暮らさしてもろとります。

考えたらそれもこれも、お貞ちゃんのおかげやった思てまんね。ええ、ほんまに。

あの時お貞ちゃんに言われたことはよう忘れへん。あないに綺麗な、誰より華やかな人が、うちのこと「羨ましい」て言うたんですよ。そこまで好きになれる男と出会えただけで幸せ者や、て。

お貞ちゃん、今どこでどないしたはんねやろ。……いえ、ほんまに知りたいわけやないんです。いっぺん会《お》うてみたいなあ思たりもしまんねけど、そういうのんは想像にとどめといたほうがええんです。

今の旦那さんのことは、もちろん大事に想てます。感謝してもしきれんほどありがたいお人です。

せやけど、うちが、ほんまに心の底から惚れ抜いたんはただ一人、あのしとだけでした。

なんも後悔なんかしてまへん。ただただ恋い焦がれて、他になんも見えんようなるほど阿呆になれた——そんだけでもう、上出来の人生や思てますよって。

＊

生まれつき辛抱のきかない性分で、人から何かを無理強いされるような職場からはすぐに全部ほっぽりだして逃げてしまう。

辛い思いをするぶんだけ実入りがいいなら別だけど、そうでもないのに何だってあたしが我慢しなきゃいけないのかと思うと、もうそれだけで虫唾《むしず》が走るくらい嫌で嫌でたまらなくなる。あとになって改めて数えてみたら、関東から北陸、信州、東海から関西と合わせて九つの置屋や貸座敷を転々としていて、我ながらあまりの堪え性のなさにちょっとあきれてしまった。

小さい頃からそのための修業を積んできたような芸妓と違って、あたしなんかは三味線を習ってたといったってどうにかベベンベンと音を出せる程度だし、踊りは苦手、歌に至ってはからきし音痴ときてる。秋葉正武に紹介され、初めて横浜住吉《すみよし》町の芸妓屋『春新美濃《はじみの》』に前借金三百円で抱えられたあの時点ですでに十七――いいかげん歳のいった中年芸者の行く末なんぞ、はなから決まりきってたってことなんだろう。

〈みやこ〉という源氏名で働いた『春新美濃』は、芸者置屋としては一流どころだけに行儀作法から芸の稽古から万事に厳しかった。あたしはすぐ嫌になり、秋葉に頼んで神奈川区春木町の『川茂中《かわもなか》』へ住替えさせてもらって、前借金は倍の六百円になった。まだおおかた残っていた『春新美濃』への借金を全額支払った上で、秋葉には紹介の手数料を払わなくちゃならないし、自分の衣装の仕度だってしなきゃいけない。そうなるとどうしたってそれだけの大金を借りなくてはならなかったのだ。

「大丈夫、お前ならその気になりゃすぐに返せるさ」

秋葉に言われれば、あの頃のあたしは簡単にその気になった。

大震災に遭ったのは、ちょうどこの年のことだ。当時はしょっちゅう芸者の仕事をさぼって、近いのをいいことに横浜の秋葉の家へ遊びに寄っていた。

ほんの三年ばかし前までさんざん通っては遊んだ浅草十二階が、八階のところからポッキリ折れて崩れ、東京も神奈川も一面焼け野原となり、何千何万という人が押しつぶされたり炎に巻かれたり、竜巻に飛ばされたりして死んだ。それなのにあたしは、あろうことか途中まで地震に気がつかなかった。例によって秋葉の上に乗って激しく腰を振っていたものだから、グラグラと揺れるのも眩暈みたいに天井が回るのもぜんぶ自分のせいだと思いこんで、まさか揺れているのが地面だなんて考えつきもしなかった。

めぼしい家財道具の多くは二階にあったけれど運び出せるはずもなく、まるで風にひるがえる手ぬぐいみたいに波打つ階段をどうやって秋葉と下りたか覚えていない。這々《ほうほう》の体《てい》で飛び出すと、先に外へ逃れていたハルおばさんは、衿の合わせも裾も乱れたままのあたしたちをチラと見ると何とも言えない顔をした。三人で、骨組みさえ残さずきれいに丸焼けになってゆく家から逃れて走った。

『川茂中』ももちろん全焼したものの、だからって前借金の残りがチャラにはならないから、実家へ帰ってしまうこともできないし、秋葉夫婦を見捨てるわけにもいかない。翌十月——あたしは秋葉夫婦とその縁者ともども富山へ行き、〈春子《はるこ》〉という源氏名で清水町の『平安楼』に住替えをした。今度の前借金は千円で、そこから『川茂中』に金を返し、秋葉へは三百円ほどを渡してやった。

「ありがとよ、お定ちゃん。恩に着るぜ」

よく動かない指でいつものようにあたしの頰を撫ぜると、秋葉はその金で『平安楼』の近所に家を借りた。おかげであたしも、客のない時はいつでもその家へ行って秋葉と抱き合えるという寸法だった。

勤め先での嫌な客、腹の立つ出来事、待遇への不満……。そうしたことをあたしがグチグチとこぼすたび、秋葉は「よし来た」とばかりに別の芸妓屋を探してきて、あっという間に住替えの話をつけてくれた。つまるところ、あたしがワガママを言うたびに、秋葉ばかりが仲介手数料で儲けていたわけだ。

もしかして自分は秋葉夫婦に食いものにされているんじゃないか……？

鈍いあたしがようやくそう感じ始めたのは、彼らに渡す生活費を捻出しきれなくなってきてからのことだ。『平安楼』の朋輩《ほうばい》の持ちものをちょっと借りるだけのつもりで質に入れたら警察沙汰になり、富山にいられなくなって、みんなで東京へ舞い戻った。

するとある日、ハルおばさんの従妹だという人が秋葉宅に転がり込んできた。大陸の大連《だいれん》で芸者をしていたそうで、もういい歳だし美人じゃないけど、腰のあたりがむっちりしていて男好きのする女だった。

あたしはまだ働かずにフラフラしている時期だったものだから、見たくもないのにそこからの一部始終を見届けることになってしまった。秋葉はその女に芸妓斡旋を頼まれたとたん、あっという間に布団に引っ張り込み、あたしにしたのとおんなじ方法で手なずけ、さっそく見つけてきた芸妓屋に送り込んで仲介手数料を受け取った。そうかと思えばほんのひと月ばかりで住替えさせて、またまた手数料を懐《ふところ》へ入れた。そしてハルおばさんはといえば今度もまた、全部を承知していながらだんまりを決め込んでいるのだった。

――この人たちとは縁を切る。

初めてそう思った。

秋葉たちはあたしのことを銭箱だと思って、今のうちに搾れるだけ搾り取ろうとしているのだ。きっぱり切り捨てない限り、あたしは死ぬまでまともな生活なんかできない。

いや、時すでに遅かったのかもしれない。のしかかる前借金は倍また倍にふくれあがり、もはやどう転んだって普通に働いて返しきることなどできない額になっていた。

だからといって泣きつく先もない。もちろん親は論外だ。畳屋の商売をたたんだお父つぁんたちは今や、家を貸すことで入る少しの賃料をあてにして老後を細々と暮らしている。

となると、考えられる方法は一つだけ。娼妓になるしかなかった。

芸妓と名乗っていれば体裁はいいけれど、ろくな芸とてないあたしなんか、呼ばれて待合へ行けばどうせ客と寝るように言われる。性病に罹っていないか調べるため、あの屈辱的な検黴《けんばい》を受けさせられるのだって娼妓と変わらない。やることが同じなら、いっそのこと自分から遊郭に入って軀で稼ぎまくるほうがまだましだ。

あたしは、信州飯田の『三河屋』に住替えし、秋葉とは別の、横浜の紹介屋を頼んで、埼玉は坂戸の実家からおっ母さんをそこまで連れてきてもらった。そうしてこれまでの秋葉とのあれこれを洗いざらい打ち明け、連判の印を返してもらった上で、次の契約書の連判はお父つぁんに頼みたいのだと話した。

途中から、おっ母さんは畳に突っ伏して泣きだした。あたしも堪えきれなくなって泣いた。女二人でわあわあ泣きながら、もうどうしたってここから引き返せないことを我と我が身に染みこませていた。

『平安楼』から〈静香《しずか》〉の名で『三河屋』へ住替える時の前借金は千五百円だったけど、今度は二千八百円で大阪飛田《とびた》新地の『御園楼』へ移った。源氏名は〈園丸《そのまる》〉、あたしにとって初めての遊郭だった。

契約書は自分と父親の名前だけの連判にしてもらい、これで秋葉と縁が切れたと思うとほっとした。受け取った二千八百円から『三河屋』へ金を返し、紹介屋に仲介料を払い、残った中からおっ母さんに三百円ほど小遣いを渡した。あたしが親に小遣いをくれたのはこれが初めてだった。

「お父つぁんに伝えて」

帰ってゆくおっ母さんに、あたしは言った。

「前は恨んでたけど、もう何とも思ってないって。あたしはこのとおり丈夫に産んでもらったし、まだまだ稼げるから大丈夫。ただ、もう堕ちるところまで堕ちてしまったわけだから、今さら心を入れ替えたところでどうなるものでもないでしょ。この先のことは全部あたしのわがままだと思って、どうか諦めて堪忍してちょうだい」


〈あの男と出会いさえしなければ――〉

あたしの人生はいつだってそんなふうだ。

ただひとりの男と心に誓った石田吉蔵とは、料亭『吉田屋』へ奉公に上がったりしなければ出会うことはなかった。見習い奉公をなぜ思い立ったかといえば、ある男性があたしに小料理屋を持たせてくれると約束してくれたからだった。さらに言えばその男性と知り合ってすぐ深い仲になったのはあたしがそういうことにすっかり慣れきっていたからで、となると、あたしがそこまで身を堕とす最初のきっかけを作ったのはやはり秋葉正武ということになるのだった。

つまるところ、十七の時に秋葉とさえ出会っていなければ、あたしはのちに石田吉蔵を殺すことにならなかったかもしれない。きっとそうだ。もしも別の紹介屋に託されていたとして、その男もあたしを味見して仕込んだかもしれないけど、決して秋葉のようには抱かなかったろうし、そうであればあたしもあんなにずるずると関係を続けたりしなかったろう。

一旦断ち切ったはずの付き合いはいつしかまた元に戻り、結局のところ関係は足かけ三十五年も続いた。

秋葉との間にあったものが何だったのか、あたしにはいまだにわからない。わからないけれど、とにかくそれは、「腐れ縁」とたったひとことで切り捨てるにはほんの少しだけ惜しいものだった。

〈園丸〉として『御園楼』に一年ばかりいた後、同じく大阪の『朝日席』、そこから名古屋の『徳栄楼』へ移って〈貞子〉と名乗った。名古屋の言葉は何を聞いても、にゃーにゃーみゃーみゃー、猫が鳴いているようで耳に愉しかった。

予想に反して、仕事はそんなに悪くなかった。このころにはあたしも女の快感を得られるようになっていたから、よほど変な客でなければ寝るのは嫌じゃなくなっていた。

一所懸命働き、お客に尽くしてやれば人気も出る。たくさん稼げば抱主も可愛がってくれて居心地が良くなる。

飛田新地も中村遊郭も、娼妓をどこかの待合へ派遣する〈送り込み〉は一切なく、あくまで楼で客を待つ〈居稼《てらし》〉専門だった。知らない相手と知らない場所で布団に入るより、曲がりなりにも自分の部屋でお客を取ることができるという安心感は大きかった。

一人一部屋、床の間つきの四畳半か六畳。年に一度の表替えをする畳は上等な藺草《いぐさ》の匂いがして、縁は錦糸を織り込んだ派手なものだった。聚楽《じゅらく》土塗りの壁際には蒔絵《まきえ》の施された漆の鏡台があり、着物や帯をしまえる飾り金具のついた箪笥があり、座卓か卓袱台、ふかふかの寝具も用意されている。

建具や柱はどこもかしこも米ぬかで磨かれて曇りひとつなく、広い廊下なんかまるで打ち水をした後のように光って天井の明かりを映している。

夜ともなればあちこちから三味線の音色や誰かの浮かれ騒ぐ声が聞こえ、三度の食事以外にお腹がすいたら、客にねだって寿司や天ぷらを食べさせてもらうことだってできた。とりわけあたしは、芸妓だった頃より物のいい襦袢や長着を着られるのが嬉しかった。

出入りの呉服屋が抱えてくる絹の反物の中からお内儀《かみ》さんが、

「あんたにはこれが似合うんじゃにゃーの？」

と選んでくれるのを次から次へ肩に当てていると、わくわくと気持ちが浮き立つ半面、昔々の神田新銀町での暮らしがよみがえってきて、肋骨の背中側あたりが鈍く痛む感じがした。

わかっている。華やかなのは上っ面だけだ。

こっちへ流れて来た頃、花代《はなだい》の取り分は抱主と娼妓とで〈四・六〉だと言われ、吉原なんかに比べたら破格の好待遇だからびっくりしたし嬉しかったけど、所詮《しょせん》そんなのは建前に過ぎなかった。

娼妓は、只《ただ》で抱えてもらえるわけじゃない。食べさせてもらい、客を呼び寄せてもらい、商売をする場所を借り、布団を借り、衣装を借り、客がいない間も外界から守ってもらっているのだから、そのぶんの費用や手間賃はいちいち楼に納めなくちゃならない。自分がどれだけ稼いでどれくらい返せたのか、前借金は差し引きいくらくらい残っているのか、きっちり書きつけられた帳面なんかないし、訊いても抱主は教えてくれない。

自分の働きで借金を返し終わって廃業できた娼妓の話なんか、ただのひとつも聞いたことがなかった。この泥沼から抜け出そうと思ったら、方法は三つだけ。運良く太い客を見つけて身請けしてもらうか、折檻覚悟の命がけで逃亡するか、あるいはもういっそ全部終わらせて楽になるか、のどれかしかないのだった。

だからこそ――朋輩のおみよちゃんが「逃げたい」と言った時、あたしは力を貸す気になったのだ。好いた男ができて、男もおみよちゃんに惚れていて、何ごともなけりゃ一緒になれるはずなのに事情が許さない。自分ひとりの身の上ならば雨風凌《しの》げておまんまが食べられるってだけで辛抱もできようけれど、本気で好いた相手がいるのに次から次へ別の男に抱かれ続ける毎日がどれだけ辛いか、男に惚れ抜いた経験のないあたしにだってさすがに想像はできる。

どうしても思い出してしまうのは、ここのふたつ前、飛田の『御園楼』で、抱えられるすぐ前年の夏に起こった心中事件のことだった。

「ここやわ。この部屋で死んどったんよ」

先輩の娼妓に教えられた時は、部屋の空気がふいに血なまぐさく感じられて首筋がぞくりとした。

静岡の料理屋の息子某《なにがし》が、二人の娼妓を揚げて遊んだ明け方、それぞれにモルヒネを打ったあと彼女らの喉に匕首《あいくち》を突き立てて即死させ、自分も心臓を突いたものの死に損なって病院へ……という事件だった。息子某は、死んだ二人の娼妓の片方と長いこと恋仲だったそうだ。親に結婚を反対され、将来を悲観しての心中に、妹分だったもう片方の娼妓までが同情して三人一緒に死のうということになったらしい。

死にきれなかった男はバカだけど、もしもその女に真実惚れていたのなら、ひとりだけ残されてどんなにか苦しいだろう。殺された娼妓たちよりも生き残った男のほうが、あたしにはむしろ憐れに思われた。心中なんか阿呆のすることだ。恋の道行きと言えば聞こえはいいけど、結局は負け犬の末路に過ぎない。生きてこそ、いつの日か一緒になれることだってあるかもしれないし、そうでなくたって死んでしまったらおしまいだ。しかも相手を死なせておいて自分だけ生き残るなんて、それほど間の抜けた恥があるだろうか。

おみよちゃんには、そんな末路を辿ってほしくなかった。久しぶりに仲良くなれた女友だちに、あたしは何とかして幸せになってほしかった。

飛田新地は郭の周りを高い塀で囲われていたけれど、ここはそこまで厳重じゃない。大門に見張りはいるけど、隙をついて逃げようと思えば不可能じゃないはずだ――。

脱出計画は、けれど夜露に濡れた屋根瓦を踏んだおみよちゃんが足を滑らせたために失敗、というか未遂に終わった。それっきり、おみよちゃんのお相手の三男坊は『徳栄楼』に出入り禁止になってしまった。しばらくたってから、肺を病んで寝付いていると聞いた。

それからあとのことはよく知らない。あたしは腸チフスを患って二カ月も入院してしまい、おみよちゃんとはろくに話もできないままだった。おまけに花柳病まで伝染《うつ》されたっていうのに、働けずにいるあたしに対して抱主はてのひら返したように冷淡で、それであたしはすっかり厭気がさしてしまった。『徳栄楼』に、というより、すっかり馴染んでいたつもりのこの商売そのものにいつしかうんざりしていた。

毎日毎晩、知らない男たちに乗っかられ、突っ込まれ、乾ききったあそこが擦《す》りむけて引き攣れて痛んでも、お客の機嫌を損ねたら次から来てもらえないので無理にでも我慢するしかない。身体をこわして入院が必要な時でさえ、休めば休むだけ借金は増えるばかりでろくな養生もできやしない。

だからといって、芸もないあたしにできることなどこの商売の他にないのだ。よそへ住替えたところで何がどう変わるわけでもなかろうけど、せめて気分を変えたくて、お風呂へ出かけるみたいな顔で抜け出して電車に乗り、前に世話してくれた大阪の紹介屋を訪ねたところ、またたく間に連れ戻された。本気で逃げたんじゃないのに親のことまで持ち出して脅され、あたしはすっかり怖くなってしまった。

このぶんならおみよちゃんも、あの時もし大門の外へ出られてたとしたって、二人落ち合う頃には見つかっていたに違いない。未遂に終わってよかったんだろう。おみよちゃんの借金は返せないような額じゃないし、あと何年か辛抱して年季を勤めあげるまで、三男坊だって待っていてくれるかもしれない。

だけど、あたしは違う。千円あれば家が一軒買えるところ、その倍以上もの借金がこの身一つにのしかかっているのだから。

そういえば入院していた時は、考えれば考えるだけ気が塞ぐのと、他にすることもないので、看護婦に言って本や雑誌を借りては手当たり次第に読んだ。『婦女界』という雑誌が面白く、新しいのからちょっと古いのまでかまわず端から読み耽った。

たぶん病院側は中身なんか気にしていなかったのだと思う。そうでなかったら、あんな記事が載っている雑誌をわざわざ娼妓の目に触れるところに置くはずがない。

――『郭を脱出して白蓮《びゃくれん》夫人に救わるるまで』

そう題された寄稿文を、あたしは夢中になって何度も読んだ。書いたのは森光子《もりみつこ》という人で、彼女も元は吉原の娼妓だった。

梅毒のほか肺や心臓まで患ったその人は、あたしと同じで長い入院生活を送るしかなく、おまけにようやく退院できたと思ったら母親が亡くなってしまった。その何日か後、彼女は通院のためといって郭を出ると、その足で逃げて柳原《やなぎわら》白蓮のもとに駆け込み、多くの人の協力を得てとうとう自由廃業を勝ち取るのだ。あたしが信州飯田の『三河屋』にいた頃だから、そんなに前のことじゃなかった。

わけのわからない感情がこみあげてきて、声をあげて泣きたくなった。こんな人も世の中にはいる。

こういうやり方で生き延びることを、助けてくれる人もいる。すぐに同じ行動を取るのは難しくても、ここから逃れる道が絶対にないわけではないのだと、たった一筋の光明が胸の裡に射し込んできただけで、わずかだけれど生きていく気力が湧いた。

やがて退院したあたしは、今度は抱主ときっちり相談ずくで大阪に舞い戻り、松島の『都楼《みやころう》』に前借金二千円で住替えて〈東《あずま》〉と名乗った。

心機一転のつもりだったのに、ここは前とは比べものにならないほど格の落ちる店だった。『御園楼』や『徳栄楼』ではいちばんの売れっ子になってやろうと頑張れたものが、こんなところではそんな気もさらさら起きず、早く辞めてしまいたいとばかり思うものだから客と寝ていてもさっぱり身が入らない。客筋そのものも酷くて、妾を囲えるほど金のある男をつかまえられるとはとうてい思えなかった。

半月で逃げ、また捕まった。連れ戻されるとすぐ、こんな逃げ癖のある女は願い下げとばかりに、兵庫は丹波篠山《たんばささやま》の『大正楼』へ売り飛ばされた。どうしてそんな辺鄙《へんぴ》な山奥に郭があるのかと思ったら、もとは城下町として栄えていたこの町に、明治の末ごろ陸軍の駐屯地が作られたためらしい。兵隊のいるところに女郎宿がないわけがないのだ。

訪れるのは荒っぽいばかりの兵隊か、ろくに風呂に入ったこともないような野良着《のらぎ》姿の男たちばかりで、その粗暴さがあたしにはどうしても耐えられなかった。これまででいちばん辛くて、そのへんの井戸へ逆さに飛び込んだほうがまだましだと思った。

朝が来て泊まった客が帰ってゆくのを見送ると、汲《く》み置《お》きの水であそこを奥まで洗いながら泣けてきた。いったいどこで間違えたんだろう。芸妓から娼妓になると決めた時でも、まさかここまで身を持ち崩す羽目になるだなんて想像もしていなかった。どうせ同じことをするならたくさん稼げるほうがいいと考えただけなのに、いったいなんだってあたしはこんなところで薄汚れた男どもを相手に股を広げているんだろう。

ろくな装飾もない殺風景な部屋で、煎餅布団か時には座布団を並べ、お腹に男をのっけて揺さぶられていると、閉じたまぶたの裏に何の関係もない景色が浮かんでくることがあった。今は跡形もなくなった浅草十二階の展望台から見渡す風景だとか、昔みた活動写真の名場面、健坊やお仙ちゃんたちと行ったお祭りのにぎわい、軽やかな音をたててくるくる回る風車……。

なかでもよく思い出すのは、あの頃とくべつ気に入っていた浴衣の柄だった。紺色の地に百合の花が染め抜かれた自慢の浴衣。

それを着て奥田ナミちゃんの家の庭を横切り、あの大学生のあとについて二階へ上がってゆく自分の姿を、なんとかして呼び止めたいのにかなわない。薄い肩や白いうなじがゆらゆらと滲んで溶けて、あの時のあたしはまだあんなにも子供だったんだと思ったら、きつくつぶった目尻から煮えるような涙がこぼれた。一晩じゅう広げっぱなしのせいで脚の付け根の蝶番《ちょうつがい》がばかになってしまって、ただ寝ているだけでもぎりぎりと痛んだ。

半年後、逃げようとしてまたしても捕まった。客を踏み台に駆け落ちを企てたあたしは、生まれ変わって性根を入れ替えるようにとキツく折檻され、源氏名を〈おかる〉から〈育代《いくよ》〉に変えられた。それでも懲りずに今度は別の客の財布から逃走資金にと百円をかすめ取ったらバレて、警察へ突き出された。

『大正楼』の男衆は、これまででいちばん容赦がなかった。

「お前は、ほんまもんのアホか？　頭のネジでもゆるんどるんか？」

さんざんあたしをひっぱたき、蹴り転がしては竹箒《たけぼうき》で背中を打ち据えながら、番頭の中年男は言った。子供を叱るような呆れ声だった。

「なんぼ逃げたかて無駄や、女の足でどこまで行けるっちゅうねん。もうええかげんあきらめぇ。あきらめてぎょうさん稼いだら俺らも可愛がったるわ」

それっきり、あたしはすっかりおとなしくなった。廊下ですれ違う時はいちばん下っ端の小僧にさえ頭を下げ、これまでの不心得を取り戻すように毎日勤めに励んだ。そうしながら虎視眈々《こしたんたん》と機会を窺った。誰があきらめたりするものか。頭のネジのゆるい阿呆で結構、こんなところにいたら身体がぼろぼろになって本当に殺されてしまう。

ある日の夜更け、客を送り出そうとしてハッとなった。

表の大扉の鍵がかかっていなかった。閂《かんぬき》は下りているものの施錠されていないのだ。

心臓の暴れる音が周りに聞こえやしないかと身がすくんだ。何食わぬ顔で客を送り出した後、うっかり鍵がかかってしまわないよう気をつけながら、わざと音をさせて閂を下ろす。部屋に戻り、わずかな全財産を前帯の奥へぎゅっと押し込んでからとって返すと、そうっと扉を細く開け、猫みたいにすり抜けて外へ出た。

冷気が針のように肌を刺した。夜明け前の闇がひときわ深かった。

明かりひとつない真冬の田舎道が、沈みかけの半月にかろうじて照らされて白っぽく浮かびあがっている。勘だけを頼りに駆けに駆け、辿り着いた駅舎の裏で一番列車が来るのを凍えながら待った。

ようやく乗りこんでからも駅が近付くたび追っ手がいるように思えて、座席の下や便所などに隠れてやり過ごした。もう、このこと紹介屋を訪ねたりしない。実家にも手がのびるかもしれない。今度捕まって連れ戻されたらどんな目に遭わされるかと思うと怖くてたまらず、あたしはそのまま列車を乗り継いで神戸へ辿り着き、身につけていたものを質屋で総取っ替えしてから街の雑踏に紛れた。

秋葉正武の顔が浮かんだ。金儲けしか頭にないあの男のことだから、もし会えばあたしがどれだけ泣いて頼んだって迷わず『大正楼』に連絡するだろうに、わざわざ思いだす自分が情けなかった。

# 第六章

予定していた映画のヒロインが〈アナキスト・金子文子〉から〈稀代の悪女・阿部定〉に変わったからといって、撮影チームに僕が危惧したほどの激震は走らなかった。

緊急招集の報を受け、池袋のはずれにある事務所の会議室に集まったスタッフたちは、監督のRからそのことを切りだされた際もまあ驚かなかったといえば嘘になるが割合すぐに落ち着きを取り戻し、さらに詳しい説明を聞いたのちはさっさと現実的な相談に移った。全員がそれぞれ有能なのはもちろんだが、プロデューサーの高杉とキャメラマンの辺見という、撮影の核となるベテランがすでに納得しているのが大きかったと思う。Rの根回しは順序としても正しかったわけだ。

「しかしまあ、瓢箪《ひょうたん》から駒とはこのことだな」

質疑応答や議論がひととおり落ち着くと、高杉はRと僕を見ながら何本目かの煙草に火をつけた。

「李友珍のやつが全部投げ出してトンズラこいた時はどうなるかと思ったけどさ、おかげで我らが監督の創作意欲にますます火がついたわけだから」

皆がそれぞれ仕方なさそうに笑う。Rの気まぐれにいちいち本気で腹を立てていたら身が持たない、そのことをすでにいやというほど知っているのだ。

「だけどそれは、単なる結果論じゃないですか」

横合いから口を挟んだのはチーフ助監督の保坂だった。

おや、と思った。彼もまた最初にRから計画変更を打ち明けられていたわりに、この成りゆきにはまだいささか不服そうだ。

「企画を全部バラさずに済んだのは、たまったま別のテーマがすぐに見つかって、たまったま主演女優が阿部定の役でもいいって言ってくれたおかげでしょ？　無駄になるものだって、時代考証の面から言えばこれもたまったま少なくて済みそうですけど、だからってゼロじゃないんですから」

「わかってるよ、保坂。そのへんはまことに相済まん」

Rが手刀を切るようにして彼を拝む。軽い仕草だが、目はふざけていない。

「また苦労をかけるけど、なんとか頼む」

「や、自分が言いたいのはそういうことじゃないんです」保坂が憮然《ぶぜん》として続けた。「苦労なんかどうだっていいんですよ。撮る映画が何に変わったって、そのこと自体はかまわない。監督が撮りたいものを撮るのが、作品のためにはいちばんいいに決まってます」

「ありがたいな、そう言ってもらえると」

「や、だからそうじゃなくってですね。自分は正直、どうしても腑《ふ》に落ちないんですよ。李の野郎のやらかしたことを、ほんとにこのまま不問に付していいんですか？　そこんとこを問いただしたいんです。こういうことは、はっきりさせとくべきだ」

スタッフの幾人かが真顔で頷いている。とくに若手に、同じ不満を抱えていた者が複数いるらしい。意を強くした保坂は、なおも言いつのった。

「ちょっと不愉快なことを言われたからって、ああも簡単に役をほっぽり出すなんてどうかしてますよ。責任感ってもんはないんでしょうかね。やっぱりあいつら、頭おかしいんだ。契約不履行で訴えてやったらどうですか」

「――そんなことはしないよ」

Rが静かに、しかしきっぱりと言った。

「なんでです？　なんでそんな弱腰なんですか。監督なんか、あんなにひどく殴られたってのに、文句はないんですか」

「ないね」

「だからなんで」

「非は全面的にこっちにあるからさ」

保坂がぐっと詰まり、目を走らせる。彼だけではない、皆が横目や上目遣いに、辺見キャメラマンの隣に座る彦田を見やる。

「俺は、この件で責任の在処《ありか》を云々《うんぬん》するつもりはない」Rが言った。「誰が李に暴言を吐いたかとか、誰が一緒になって笑ったかなんてことは、言葉は悪いがどうだっていい。とにかく、李に対して契約違反を行ったのはこっちだということだけは言っておく」

「そんな！　何が違反なんですか」

「ここに、一つの了解事項があるとしよう。彼の民族に対して……いや違うな、彼と俺ら、お互いの属する民族に対して、共に仕事をする上で双方がどういう態度で臨むべきかについての根本的な了解事項だ。それに反することをしたのはどっちだ？　確かに紙の契約書は交わしていないかもしれない。だけど、それ以前の問題だろ？　一つの映画を一緒に作っていく仕事仲間として、彼とその祖国をあたりまえに尊重することができない俺たちって、いったい何なんだ？」

保坂も、他の誰も答えない。

「考えてもみろよ。きみらだってこの国を離れて暮らさざるを得なくなった時、日本人だというだけで見下されて、理屈の通らん罵声を浴びせられたとしたらどうする？　黙っていられるか？　李には、怒るだけの理由があったし権利もあった。当然だろ？　自分を見下すような相手と組んでまともに仕事なんかできるわけがない。彼に対して役者としての責任がどうのこうの言う前に、俺らのほうこそ人としてまるで駄目だろ。頭がおかしいとしたら俺らだろ。違うか」

座が、完全に静まりかえっている。高杉プロデューサーも、辺見キャメラマンも、もちろんその隣の彦田も、視線を落として黙ったままだ。

「いい機会だから、これだけは言っとくぞ」Rは、会議室の椅子を埋める皆の顔をひとわたり見まわした。「映画という手段を使って俺が何をしようとしてるかわからないやつは、今すぐここを出ていってくれ」

さすがにスタッフたちがざわめく。

「最初に撮った『翠の海域』の翠川秋子にせよ、今回撮るはずだった金子文子や朴烈にせよ、好むと好まざるとにかかわらず体制から逸脱せざるを得なかった人間たちだ。俺が撮りたいのは、彼ら自身であると同時に、そういう彼らをはみ出し者にしてしまう世間であり社会であり、政治であり国家なんだ。もっと言うなら、〈彼ら〉とはつまるところ〈きみら〉であり、この俺なんだ。〈彼ら〉を見下す時、きみらは同時に自分自身を蔑《さげす》み、貶めているに等しい。くり返すが、そんな情けない人間はこの組に必要ない。そのことだけはしっかり覚えておいてもらいたい」

激した口調ではなかった。むしろ、怖ろしいほど落ち着き払った物言いだった。

誰も口をひらかない。ほとんどは顔を伏せている。

ややしばらくあってから、まず、保坂が口をひらいた。

「すみませんでした、監督。おっしゃる通りです。自分の考えが浅はかでした」

低い声で言い、ぺこりと頭を下げる。後を追うように、あちこちでぺこり、ぺこりが続く。それぞれ、気まずそうではあるが不満や反発は感じられない。

――と、ほっとしかけたところへ、ぎぎ、と椅子が床にこすれる音がした。立ち上がったのは彦田だった。

黙りこくったまま表情のない顔で一礼すると、彼は踵を返し、ドアを開けて会議室を出ていった。

弟子の背中を呼び止めようとした辺見が、結局は口をつぐみ、かわりに深い溜め息をもらした。


午後二時から始まった会議は、途中で何度か脱線しながらも長く続いた。

いちばんの焦点は、石田吉蔵を誰が演るかだった。水沢粧子がほとんど新人であるだけに、吉蔵役はある程度ベテランが望ましいのではないかという意見と、いっそのこと吉蔵も無名の新人を起用してはという意見が交錯し、脇を固める女優たちに至ってはピンク映画から引っぱってくるのがいいとか、野々宮校長役がじつは大事なんじゃないかなど、一回目にしてはなかなか活発な議論が交わされた。

とりあえず高杉プロデューサーが水面下で吉蔵役の候補を探すことになり、ようやく解散した時には五時を回っていた。帰ってゆく皆を見送ってから、僕は給湯室でコーヒーを淹《い》れ、Rに手渡してやった。

「お、ありがとう。ちょうど飲みたかった」

首をぐるぐると回して肩をほぐす仕草をする。

「ずいぶんと肩の凝る演説をぶってたもんな」

僕の皮肉に、Rは疲れた顔で少し笑った。

「そう言わんでくれよ、俺だって反省してるんだ」

「反省？」

「つい青臭いことを喋っちまったなと思ってさ」

「今さら何を言うか。映画《シャシン》なんか生業《なりわい》にする人間が、青臭くなくなったらおしまいだぞ」

「はっ。これだから脚本家は」

「何だよ」

「うまいこと言いやがって」

「けど真面目な話、そうじゃないか」

Rが、ふ、と頰をゆるめる。「だから好きだぜ、吉弥」

「わかったわかった」

いつものとおり軽くいなしてやったのだが、Rはめずらしく真顔で続けた。

「結局さ。俺のことを丸ごとわかってくれてるのは、この世に吉弥だけなんじゃないかな」

コーヒーをこぼしそうになった。

「そんなこと言ったら皆が泣くぞ」

「みんなには言わないさ」

「保坂だって、話せばああして納得してくれたじゃないか」

「そうだな」

それきり口をつぐむ。

窓から秋の夕陽が斜めに射し込んで、Rの無駄に端整な横顔を照らしている。事務所の建物は工事現場のバラックと大差ない安普請《やすぶしん》だが、二階からの眺めだけはいい。すぐ外が雑司ヶ谷《ぞうしがや》の墓地だけに、視界を遮るものがないのだ。

「誰だってそうだろうけどさ」Rがふいに呟いた。「自分を一個の人間として見ない相手と、まともに話そうとは思わないもんだろ」

「……李のことか？」

「まあ、彼に限らずさ。たとえば、これまで吉弥がお定さんのことを知りたくて会ってきた人たちが、ちゃんと向き合って話を聞かせてくれたのだって、要するにそういうことだろうと思うんだよ。きみがどれだけ真剣にその人の言葉を受けとめようとしてるかを感じ取ったから、だから話してくれたんじゃないかって」

まあ確かに、と僕は言った。

実際には、いろんな人間がいた。いきなり怒りだして追い返されたことだってあるし、引き換えに金を要求されたこともある。それでも多くの人は、僕の頼みを無償で受け容れてくれた。何の得にもなりはしないのに、自分の大事な時間を削って記憶を掘り起こしてくれたのだ。

「人に話すことで自分の中身が整理されるってこと、あるだろ」

言いながらRがコーヒーをすする。

「あるな。こないだ手に入れたあの本じゃないが、それこそ自分で自分の精神分析をするみたいな効果も」

「そう、それだよ。さっきみんなと話してて、ふと思ったんだ。お定さんはいったい、捕まる前は誰に話ができたんだろうか」

「――――え？」

「実家がもとは裕福な畳屋で、お嬢様として甘やかされて育ったわけだろ？　膨れあがったプライドを、いざ堕ちるとこまで堕ちてからはどうやって宥《なだ》めたんだろうな。昔と違って誰一人として自分を肯定してくれない。男がチヤホヤしてくれるのは布団の上でだけ。行く先々の置屋ではモノみたいに扱われ、誰かの妾になればなったで籠の鳥。あのプライドの高いお定さんが、そういう人生を、といかそういうふうにしか生きられない自分を、どうやって納得させてきたのか――俺はさ、そのへんに興味があるんだよ」

Rが、コーヒーカップ越しにこちらを見て目を細める。

僕は言った。「すまん、もうひと声」

「ふむ。――〈阿部定事件〉っていうとすぐ、淫乱だの変態だのって男との肉体関係ばかりが取り沙汰される。あるいは〈チン切り〉ただ一点か。だけど、案外と肝になるのは、俺が今言ったあたりのことだったりしないかな」

少しの間、僕は彼の言葉を胸の裡で咀嚼《そしやく》した。転がし、味わい、ようやく呑み込んでから口をひらく。

「なるほど、当たってるかもしれない」

「うん？」

「秋葉正武。名古屋の野々宮校長。それに石田吉蔵。そうやって並べてみると確かに、お定さんが惚れた相手はみんな、彼女の話をまともに聞こうとしてくれた男ばっかりだ」

Rが、ニヤリとした。

「だから好きだぜ、吉弥」

まだ仕事が残っているという彼を置いて、一足先に事務所を後にした。

秋の夕暮れは気ぜわしい。墓地の向こうの空が見事なまでに赤く染まるのを見ると、胃の底が炙《あぶ》られる心地がする。本日をもって我々の計画は再スタートを切ったわけだから、これから僕は監督殿の仰せに従い、「うんと急いで」脚本を書かなくてはならないのだ。悠長に構えている時間はない。

国電の池袋駅を目指して歩きだしたものの、ふと気が変わって引き返し、雑司ヶ谷から都電に乗った。乗客は六割といったところだろうか。車やバスと一緒の路面を、がたぴしチンチンと、車両は不器用に進む。

揺れに身を任せながら僕は、窓の外を行き過ぎる火点し頃の街並みを眺めた。この目には世界の半分しか見えていないとしても、滲む光は充分に美しい。

〈俺が何をしようとしてるかわからないやつは〉

Rの声が耳の底で響いている。

〈今すぐここを出ていってくれ〉

おそらく他の誰も気づかなかったろう。あの時、彼の声はいつもよりほんの少しだけ低く張りつめていた。

はたして、と思ってみる。Rはさっきああ言ってくれたけれど、この僕に、彼のもとにとどまる資格は本当にあるのだろうか。彼が〈何をしようとしてるか〉を正しく判断し、受け止め、張られたその帆に良い風を送ることができているのだろうか。

そしてふと、今日のRの抑えた激情を、その怒りの中心を思った。

どうして我々は、李友珍に代表される〈彼ら〉に対してこうも構えてしまうのだろう。僕の中にも、ある種の引っかかりやざらつきのようなものはある。そんなものはないといくら言い張ってみたところでやはりあるし、同じざらつきはさっきあれほど堂々と演説をぶったRの中にさえあるだろう。

それがいったいいつの時点から、どのようにして植え付けられた感覚なのかわからないまでも、とりあえずあからさまにしないだけの思慮分別は持っているつもりだが、それすら偽善だと言われれば返す言葉はない。けれどむしろそこに深い疑問や怒りがあるからこそ、Rは〈体制のはみ出し者〉にこだわって映画を作っている。

人間を属性から捉えるのは愚かなことだ。僕らはまず個人と個人として関わり合うべきだし、百歩ゆずってそれぞれの背景を考えに入れたとしたって、ある民族が別の民族より優れていたり劣っていたりするわけがない。

たぶん、僕らは、怖いのだ。自分たちが長いこと見下し蔑み、つい先頃まで奴隷のようにこき使ってきた相手から、いつか仕返しされるのではという恐怖が、心と身体の奥にいまだ根強くある。

大正十二年、今からたったの四十四年前、関東大震災の際に巷を駆け巡ったデマのおおもとも、そうした恐怖から生まれた疑心暗鬼だった。

——この混乱に乗じて朝鮮人が井戸に毒を投げ入れている。

——裏で糸を引いているのは国家を転覆させせんと企《たくら》む「主義者」たちだ。

そんな根も葉もない噂のせいで、何千という朝鮮人が市井《しせい》の人々に竹槍や鉈《なた》でなぶり殺しにされた。中には間違われた日本人もたくさん混じっていたし、男のくせに髪が長いというだけで「主義者」扱いされ殺された者もいた。地方出身で言葉に特徴があったり、刀を突きつけられた怖ろしさで歴代天皇の名前が出てこなかったりしても問答無用で殺されたし、あるいは捕まえてみたら日本人だとわかったけれどもこんな機会はまたとないからついでに殺してやった、と平気で言ってのける者もいた。志賀直哉や島崎藤村、芥川に鏡花に谷崎など、多くの作家が日記や手記に書き残している。

もし金子文子と朴烈の映画を撮っていたらRは、そうした経緯を一切の誇張なく、また斟酌《しんしゃく》もなしに描写したことだろう。なぜなら、今も何ひとつ変わっていないからだ。僕らの心の奥底には、過去の罪の上にまた新たな罪を塗り重ねてしまった後ろめたさと、それを認めたくないがゆえの屈折した選民意識が澱《おり》のように凝《こご》っている。ふだんは水底に沈殿したように見えていても、ふとした拍子にかき回されるとまたたく間に全体が濁ってしまうのだ。

僕は日本人として生まれ、せいぜいこの左目のこと以外では差別された経験がない。そんな僕に、自ら役を降りた李友珍の民族的な怒りと哀しみを理解することはかなわない。ただ、彼の無骨ながら味わい深い演技、時折覗かせた人なつこい笑顔を思うと、申し訳なさと恥ずかしさで胸が軋む。いい役者だった。朴烈を演じるのに彼以上の男はいなかった。じつにもって今さらだけれど。

窓の外はいつのまにかとっぷりと暮れている。車両の真ん中へんに黒革の鞄《かばん》を斜めがけにした車掌が立ち、仕事にも景色にもすっかり飽《あ》いた様子で、手の中の鋏《はさみ》をもてあそんでいる。

王子で乗り換え、尾久を過ぎ、終点の三ノ輪橋で僕は都電を降りた。

歩きだせば、おにぎり屋『若竹』はすぐだった。この前はRとタクシーで乗りつけた店の前に立ち、ガラス戸を横へ滑らせる。

しっとり湿った煮物の匂いに、鼻が勝手にひくついた。先客は一人。中にいたお定さんは、僕を見ても今度は眉ひとつ動かさず、

「あら、いらっしゃい」

狎《な》れた様子で言うと、目の前の席を顎で指した。

カウンターに落ち着くのは初めてだった。奥の小上がりは、今はきっちりと障子が閉《た》てられて中が見えない。

「おにいさん、何にしましょ？」

訊いてくれたのは、お定さんの向こうで鍋を覗いているぽっちゃりした女性だった。割烹着姿《かっぽうぎ》だが衿ぐりから覗く絣《かすり》の着物はちょっとこなれた感じで、見れば厨房の片隅には紫紺のちりめんにくるまれた楽器らしきものが置かれている。どうやらこの人が、前に聞いた〈三味線弾きのおばさん〉のようだ。

五十は過ぎているかもしれないが、それでも自分より十ほども下であろう女を、〈おばさん〉呼ばわりするあたりが非常にお定さんらしいと思った。嫉妬や揶揄ではなく、ごくあたりまえに口から出たのだろう。自分の年齢など棚に上げて、ほんとうに年上のように感じているのかもしれない。

「じゃあ、ぬる燗《かん》を一本つけて下さい」

僕は言った。通りを歩いてくるわずかな間に身体が冷えていた。あとそれから、と言いかけると、

「いいよ、松子さん。この人のことはあたしがやるから」

お定さんが割って入った。手を動かしながら、めずらしい生きものでも観察するかのようにこちらをじーっと見ている。

「ええと、煮物は何ですか」

気まずくなって僕は言った。

「南瓜《かぼちゃ》に鶏挽肉《とりひきにく》のあんかけ」

「いいな、それ。すっかり秋だ」

「お刺身だったら、戻り鰹《がつお》のたたきが美味しいわよ」

「それもいい。両方お願いします」

満足げに頷いたお定さんが、松子さんと呼ばれた女性をひょいと躱《かわ》し、後ろの棚から器を取り出す。

むこう向きに伸びあがるたび、大きく抜いた衿から艶《なま》めいた白い肌が覗く。

どうして今夜ここへ来たくなったものか、自分でも定かでなかった。脚本を書くのに急いで話を聞きたかったとかそういうわけではなくて、ただ単にこの店の空気に包まれたくなったのだ。お定さんの作る料理――素晴らしく旨いとは言えないまでもどこか胸に残る料理をまた食べたくなった。

カウンターの並び、椅子二つぶん左奥に座った客は、でっぷり太った中年男だった。どうやらこの店は初めてのようだ。たまたま人づてに『若竹』の噂を聞いたので寄ってみたということらしく、すでにかなりできあがった様子で、松子さんを相手につまらない下《しも》の話をしながらもお定さんのほうを露骨にじろじろ窺っている。

そうこうするうち、勝手に椅子を一つぶんこちらへ詰めてきた。僕の前に置かれた刺身の皿を覗きこみ、自分のよりも盛りが多いの何のと、半ば冗談めかしてはいるがしつこく絡んでくる。

適当にあしらいつつも早く帰ってくれないかなと思っていたら、

「なあ、女将《おかみ》さん。いや、お定さんか。あんた、樫原喜之助《かしはらきのすけ》を覚えてるかな」

いきなりの爆弾に、杯を持つ手が宙で止まってしまった。

恐るおそるお定さんを見やる。やはり無言で頬を強《こわ》ばらせている。

樫原喜之助といえば、かつて阿部定を妾として囲っていた男……というより、囲っていた阿部定に逃げられた男だ。本人の言い分では百円を持ち逃げされたとのことで、なんと彼女を結婚詐欺で訴えた。妻子ある男が妾の裏切りを訴え出れば、警察もそれを受けて動いたのだ。

当時の樫原は立憲政友会の院外団横浜支部の書記長で、僕が会いに行った十数年前にはすでに七十代半ば。隠居はしていたが立ち居ふるまいやヤクザめいた喋り方は往年の政治ゴロっぷりを彷彿《ほうふつ》とさせ、しかし一種の愛嬌めいたものも、まあ、あると言えばあった。が、事件後の調書でお定さんは、彼を糞味噌にこきおろしている。

「なあってば、覚えてるよねえ？」酔っぱらい親父がなおも絡む。「忘れるわけないよ、いっときはそりゃあ親しかったはずだもんねえ」

弛緩した上半身ごとカウンターに乗りあげるせいで、ゆるめたネクタイの先が小皿の醤油に浸かっている。

「……そう言うお客さんは、いったいどんなご関係だい」

お定さんが、手にしていた包丁を俎板《まないた》に置く。置いてくれてよかった。

「俺かい？　俺は、長男の同級生」

こっちを見て、へへっ、と意味なく笑う。酒臭い息が寄せてくる。

「横浜の関東学院時代に、わりあい親しくしてたんだよ。ちょうど二十歳の頃だったたっけな。そこへあんたがあの事件を起こして、樫原の親父さんまで参考人だか証人だかに呼ばれちまったもんだから、そりゃあもう学院じゅう大騒ぎよ」

お定さんは黙っている。隣でおろおろし始めた松子さんを見やりながら、男がなお調子に乗る。

「俺、アレ読んだのよ、あの事件調書をまとめた『艶恨録』ってやつ。当時はほら、地下で出回ったでしょ、つってもあんたは牢屋の中か。いやあ、びっくりしたねえ、よくあれだけ詳しく喋ったもんだ。大の男一人くびり殺して、チンチンまでちょん切って捕まったすぐ後だってのに、どうしたらここまで落ち着き払った受け答えができるもんかって、回し読みした当時の仲間は一人残らず感服してたね。つまりほら、みんなあんたのファンだったわけよ。恥ずかしながらこの俺もさ。と、いうわけで……」

徳利の首をつまんだ男は、振ってみて中身が空なのに気づくと、「もう一本」と松子さんのほうへ突きだした。

「いやあ、嬉しいねえ。こうして本物の阿部定に会えるなんて。ささ、乾杯しましょうや、チン切りのお定さん！」

しん、となった。

ご機嫌の男が一人でにこにこしているそばで、こちらは誰も口をきかない。狭い厨房の土間に置かれた火鉢の中で、熾火《おきび》の炭が割れて崩れる。

と、細くて白い指がのびてきて、男の手から徳利を受け取った。

「……帰ってちょうだいよ、お客さん」

噂と違い、僕の予想より何倍も静かに彼女は言った。客商売もこれだけ長くなれば、そんなにいちいち取り乱しはしないということか。

「……へ？」

男が赤らんだ顔を上げ、きょとんとする。自分に言われたとはわかっていないようだ。

「聞こえなかったかい。とっとと出ていけってんだ」

声の冷淡さに、僕は思わず彼女を振り仰いだ。前言撤回、頰は血の気が引き、目尻がきりきりと音をたてんばかりに吊り上がっている。般若《はんにゃ》だ。僕が子供の頃、中野駅の改札で見たあの顔だ。

「いやいやいや、そんな冷たいこと言わないでよー」愚鈍な男がへらへら笑う。「今日はね、カメラも持ってきたんだ。あとで一緒に写真を撮ってもらおうと思ってさ。何ならいくらか払うよ。みんなに自慢できると思えばそれくらい安いもんだ」

その瞬間、お定さんの手を離れた徳利が男の頭をかすめて飛び、後ろの土間に落ちて割れた。

「出てけって言ってんだろ、この豚野郎！」

「ちょっ……」

ようやく事態を覚った男が、

「な、何すんだこのババア」

慌てふためいて立ちあがろうとした拍子に大きくよろけ、僕との間の椅子もろとも後ろへ倒れて尻餅をついた。その上へ、お定さんは手元のボウルの中身、溶いたばかりの天ぷらの衣をまるで打ち水のようにぶちまけた。松子さんが慌てて横から手を伸ばし、包丁をつかんで後ろに隠す。

「ババアとは何だ、このスットコドッコイ！」

一度火のついたお定さんは止まるものではなかった。

「イカレポンチのアンポンタン！　お前なんかおチンコの先から腐っちまえ！」

呆気にとられた。なんと子供じみた悪態か。娘時代に〈健坊〉とやり合っていた頃のまま時が止まっている。

ひっくり返った亀よろしく手脚をばたつかせて起きあがった男が、胸や腹にかかったドロリとした液体を見おろして呻《うめ》く。僕がとりあえず手近なおしぼりを差し出してやると、礼も言わずに拭い、それをカウンターに叩きつけた。

「お……覚えてろよ、クソババア」

「すぐ忘れてやるよ、オタンコナス！」

男が憤然と、椅子に置いてあった鞄を取る。重そうなのは中にカメラが入っているからか。千鳥足でガラス戸を引き開け、その戸に肩をぶつけながら出てゆく後ろ姿へ、

「お勘定は要らないよ！」

お定さんが嫌味ったらしく怒鳴った。

「塩だよ、松子さん、塩まいとくれ!」

開けっぱなしの戸口から、すうっと秋風が入ってくる。ほろ酔いだった酒もすっかり醒《さ》めて、やけに肌寒い。

本当に塩をまくべきかどうか迷っている松子さんを目顔で押しとどめ、僕はガラス戸を閉めようと立っていった。吹き込む風のせいで、暖簾の布端が戸当りに挟まる。かがみこんで、押し出すのにちょっと難儀していた時だ。

いきなりガラスが弾《はじ》け散り、こめかみに焼けるような痛みが走った。女たちの悲鳴が響く。石だ。外から投げつけられたのだ。

無惨に割れた戸を引き開け、外の暗がりへ目をこらすと、もたもたと走って遠ざかってゆく靴音が聞こえた。かっとなって追いかけようとした僕を、

「いいから!」

ぴしりとお定さんが引き留める。

「しかしこれ、弁償させないと」

「いいよもう、あんなのとは関わりたくもない。それよりあんた、目の横」

言われて手をやった指の先がぬるりとして、見るとびっくりするほど鮮やかな赤に染まっていた。右の目尻のすぐ脇だ。

お定さんが新しいおしぼりを持ってきて僕のこめかみにあてる。

「大丈夫ですよ、このくらい」

「だめ、目に黴菌《ばいきん》が入ったらどうするの。片っぽしか残ってないんだから大事にしないと」

他の誰かならともかく、彼女に言われると腹も立たない。事実、破片の飛んだ軌道があとわずかで

もずれていたら、右目までつぶれて完全に失明していたかもしれないのだ。今になって嫌な汗が滲み出す。

結局、早じまいすることになった。割れたガラス戸に応急措置として厚紙を貼りつけ、お定さんに言われた松子さんは三味線を抱えて帰っていった。

暖簾を中にしまい、戸締まりとも呼べないがとりあえず鍵をかける。最後に店の灯《あか》りを落としてから、お定さんは僕を通した奥の間へ上がってきて、押入から救急箱を出した。

「赤チンは勘弁して下さい」

僕の軽口に苦笑して、だったらよく洗いなさいと、部屋の奥の流しの水を出し、新しいタオルも手渡してくれる。彼女が身じろぎするたび、甘ったるい鬢《びん》付け油の匂いがふわりと立ちのぼる。

「よかった。縫うほどのことはないようだよ」

ごく小さな破片も残っていないか間近に矯《た》めつ眇めつした後で、彼女は僕に四角く畳んだガーゼを渡し、血が止まるまで強く押し当てているように言った。その間に、厨房の火鉢の上で沸いていた鉄瓶を持ってくると、二人ぶんのお茶を淹れ、湯呑みを僕の前に置く。

「ねえ、吉弥さん」

下の名を呼ばれたのは初めてで、思わず顔を見た。

「こんなお願いをして悪いんだけどさ、今夜はここに泊まっておくれじゃないかしら」

「えっ」

「さっきのオタンチンがまた戻ってこないとも限らないでしょ。あんな薄いガラス一枚でも、あるはずのものがないんじゃ心細くてね」

気持ちはよくわかる。頷いてみせると、

「ああ、よかった」

彼女は大きく息を吐き、ようやく笑みをこぼした。

「ただしですね、代わりと言っちゃ何ですけど、僕のお願いも一つ聞いてくれませんか」

「おや。なんだい？」

押さえていたこめかみからガーゼを離し、血がほとんど止まったことを確認しながら、僕は言った。

「店に来る客と、あんまり事を荒立てないでほしいんです。危ないから」

お定さんが、無言でじっと見る。

「ああいうこと言われて腹が立つのはわかりますけど、たぶん彼らに、悪意ってほどのものはないんですよ。人の気持ちを考える想像力が足りないだけで」

お定さんが、ふっと鼻から息を吐いた。

「あたしだってわかっちゃいるんだけどね。どうしても我慢ならないんだよ。昔っからそうなんだ。カーッと頭に血がのぼってヒスを起こしちゃあ、置屋の襖を蹴り破ったり、鏡を割ったり、せっかくの螺鈿《らでん》の櫛をへし折ったり布団を引き裂いたりしちまって、抱主に医者まで呼ばれてさ。注射なんかされてさ。でも治んなかった。その時だけは落ち着いても、また何かあるとカッと来ちまう。この気性ばかりはしょうがないものと思って、自分でももうあきらめてるんだよ。悪いけど、あんたもそうしとくれな」

狭い六畳間に、しっとり湿ったお定さんの吐息が満ちてゆく。蝉時雨に押し潰されそうだったあの夏の午後とは比べものにもならないほど、互いの距離が近く感じられる。今が夜で、ここが彼女の私的な空間だからというだけではないようだった。今夜の出来事が僕らの間の、というよりお定さんの中にあった見えないガラス戸をぶち割ってくれたのかもしれない。

ややあって、彼女がふと口をひらいた。

「あんた、樫原とも会ったのかい？」

ぎくりとした僕を見て、また鼻を鳴らす。

「ふん、やっぱりね」

隠すほどのことでもないが、完全に不意打ちを食らった形だった。

「なんで……」

「そりゃわかるってば。さっきのぽんつくが樫原の名前を出した時の、あんたの顔を見ればね。知らない人間の話を聞く顔じゃなかったもの」

あの一瞬に、それこそ〈カーッと〉頭に血をのぼらせながらも、僕の反応は見て取っていたわけだ。恐れ入る。

「ほうぼうで、証言だか何だか集めてるって言ってたもんねえ」

立ちあがって奥の流しで手を洗ってから戻ってくると、人差し指にとった軟膏を僕のこめかみに塗り込む。

「目に入るといけないからちょっとつぶってて」

そう言われた時、躊躇《ちゅうちょ》した。何か色っぽいことが始まってしまう気配というか、懸念というか妄想というかとにかく落ち着かず、見えない左目を見ひらいたまま右目だけつぶってみせる。野戦病院の看護婦かと思うほど荒っぽい手つきだ。痛みに顔を引き攣らせていると、

「そこまで大層な怪我なら布団針で縫ってやろうか」

「いえ、結構です」

くすっと笑われた。指を拭きふき、お定さんが言う。

「あのケチな樫原なんかが、あたしの悪口をどれだけ並べようがどうだっていいけどさ、あんたがあたしをモデルに書いてるって小説とやらには、ちょいと興味がでてきたよ」

これまた不意打ちだ。

「どう、進んでんのかい？」

まったくもって進んではいない。かわりに今は、あなたの映画を作る話が着々と……。

言い出せずに黙っていると、彼女は妙に優しい顔で笑った。

「いいんだよ、そんなこた。それよりか、もっと通ってきなさいよ」

「……え？」

「え、じゃないよ、ここへさ。深草《ふかくさ》の少将みたいに百日続けて通えとは言わないけど、それなりの誠意を見せてくれりゃあ、あたしだって吉さんとの内緒の話を聞かせてやろうって気にもなるかもしれないじゃないの」

言葉がうまく出てこなかった。ごく控えめに言って、僕は仰天していた。初対面で小説や映画の企画を打ち明けた時、あれほど怒り狂って暴れた彼女が、ここまで態度を軟化させるなどにわかには信じがたい。

「なんて顔してるのさ」

「いえ……」

「そんなに意外かい」

「そう、ですね。よっぽど当時のことには触れられたくないんだと思ってたので」

「自分もドロドロのメリケン粉まみれで追い出されるんじゃないかって？」

「ええ」

真顔で頷くと、お定さんはちょっと笑ってから、いいんだよ、とくり返した。

「考えてみたらさ。あたしの話をまともに聞いてくれる男なんか、今となっちゃあ吉弥さん――あんたしかいないんだものねえ」

＊

## § 証言8　樫原喜之助　七四歳
## ――元・立憲政友会院外団横浜支部書記長（事件当時五六歳）

1954・11・25

おいこら、てめえ。正直に言えよ？　なんだって今頃んなって、あんな女の話なんか聞きに来やがった。

言っとくがな、俺ぁあの事件が起きた時にゃもうお定とは何の関わりもなかったし、そのだいぶ前に別れたっきりいっさいのやり取りがねえ。それをわかった上でのことなんだろうな。そうか。なら、いい。度胸だけは買ってやる。

自分で言うのも情けねえが、俺はさんざん政治の周りにいたわりに頭のほうはたいして良かぁねえ。けどな、人を見抜くことにかけちゃあちょいと自信があってな。てめえのその、一つっきりの目はなかなか悪くねえや。若いに似合わず、てめえを大きく見せようとしねえところがいいじゃねえか。

なに、若くない？　てめえ幾つだよ。二十九だ？　馬鹿言ってんじゃねえ、二十九なんざまだまだヒヨッコだろうが。前途洋々、俺が現役だったら首根っこ摑んででもこっちの世界へ引っ張り込んでるところだぜ……なんてな。

冗談はさておき――何から聞きたいんだ。いや、言わなくてもわかってるさ、どうせ、あっち方面のこったろ？　あの女との夜がどんだけ激しかったか、どんだけ淫乱で変態だったか……。

違う？　なんで阿部定を妾にしようと思ったかって？　今さらそんなこと聞いてどうすんだよ。そんなの俺にもわかんねえよ。

……わからねえことを話そうと思や、やっぱ最初っから喋る以外にねえんだろうな。

てめえは、院外団ってのがどういうもんか知ってんのかい。一応？　一応って何だそりゃ。今でこそ各政党の院外団は外郭団体っつうか政治家の後援会員みてぇな扱いを受けてるが、もとはといやぁ壮士《そうし》の流れをくむ連中だからな、議論よりかとにかく力で勝負よ。暴力団ってぇほどじゃないが、腕力団くれぇのものではあったかな。昭和の世に入ってからはまだしも、昔は人死にが出たくれぇのもんだった。

立憲政友会はな、もともとは伊藤博文《いとうひろぶみ》先生がでっかい理想のもとに作りあげられた一大政党だったんだよ。原敬《はらたかし》、高橋是清、犬養毅《いぬかいつよし》、みんな政友会だ。残念ながら、お定のチン切り事件の何年か後に、政党自体が消えてなくなっちまったけどな。

とにかく俺があの女と知り合った当時は、たとえば東京府だけで千と数百人を超すような院外団の、横浜支部の書記長をしてたわけだ。人から政治ゴロなんぞと呼ばれようが屁でもなかったね。昔も今も、俺には俺のやり方があるってだけの話よ。

そう、あれはちょうど今ぐらいの季節だったか。あの女の身柄を、警察まで引き取りに行ったのはさ。

あのアマ、横浜は中区にあった高等淫売屋で手入れを食らって引っぱられてたんだ。そこの山田って野郎が、顔の利く俺に女郎たちの貰い下げを頼んで来やがって、まあ、うまくコトを運んでやりゃあそれなりの金にもなるしな。それで伊勢佐木《いせざき》署まで出かけてったってわけよ。チン切り事件の二年ばかし前のことで、俺は五十四、あいつは二十九だった。はは、今のてめえと同じじってことか。

女郎にしちゃぁちょいと年増だが、いっぺん見たら目を離せなくなる女だったよ。美人なんだが微妙に出っ歯なもんで、笑った顔に愛嬌があってな。それに身体つきもいい。柳腰で肩が薄くて首が長くってさ。夢二の絵から抜け出てきたみたいな女よ。ああいう女はあっちの具合もすこぶるいいんだ、覚えときな。

で、まあ、惜しくなっちまってさ。山田の野郎に訊いたら前借金もねえってんでこれ幸い、俺の二号にしたってわけさ。おう、お定だって納得ずくのことよ。

しかし、自慢じゃねえが俺ぁお大尽じゃねえ。それどころかあの頃の収入つったら月に八十円がいいとこで、家には明治の頃から連れ添って三十年近くになる女房もいるし、学生の息子は何だかんだと金食い虫だ。やれ教科書だ参考書だ辞書だ、やれ友だちと旅行だってな。どうせ辞書なんか買うわけがねえ、全部遊びの金に化けちまってたに違いねえや。なんでわかるかって、俺だったらきっとそうするだろうからよ。あいつは女房より俺に似ちまったんだ。

ま、そんなわけだったから、妾を囲うったってそれほどたいしたこたぁしてやれねえ。せいぜい女房に内緒で家を一軒借りて、二百円くらいかけて所帯道具を買いそろえてやってさ。それだっていっぺんには渡さなかったよ。お定って女は、伝法肌なのはいいが、金の遣い方も荒くってな。だから何を買うにも俺が一緒にくっついてって、買ったら店から直接その別宅へ送らせた。生活に必要な小遣いも、逢うたんびに三円とか五円とかやって、米や野菜は俺が買って届けさせるようにした。家賃もそうさ。

そうでもしねえと、渡したら渡しただけ遣っちまう。自分のもんを買うならまだしも、俺の渡した金で間男なんかに貢がれちゃかなわねえ。だろ、そうじゃねえか？

最初のうちは愉しかったさ。俺もはしゃいでたし、あいつも喜んでた。一日置きか、空いてても二日、別宅へ行っては飯食って、風呂入って、泊まってさ。大人のままごとみてぇなもんだ、愉しくねえわけがねえ。

だけど俺にだって都合ってもんがある。俺に用事で訪ねてくる人間はあたりまえだが本宅のほうへ来るし、そうそう毎日お定のとこへ入り浸ってるわけにゃいかねえ。仕事もあれば頼まれごとも、それに一応、亭主としての顔もある。当たり前のこったよな？　な、わかるだろ？

お定は、わかっちゃくれなかった。とにかくちょっと顔見せねえだけで、次行った時はひでえ目に遭わされるんだ。どんなって、あれよ。寝かしちゃもらえねえんだよ。

笑いごとじゃねんだぞ。寝かせねえったら本当に一睡もさせてくれねえんだ。モーレツってのか淫乱ってのか、とにかく俺の知ってた情交とはまるきり違ってた。盛りのついた雌猫みてぇなもんで、女を抱くってよりか、まるでこっちが無理やり犯されてるみてぇなんだよ。終わる頃にはへとへとで口もきけやしねえ。

で、いっぺん終わったら男は休みてえもんだろ。いくら絶倫だろうとさ、機械じゃねえんだから休憩は要るよ。

だけどあいつは許しちゃくんねえ。自分が気を遣《や》ったあと三十分ぐらいは死んだみてぇにぐったりしてるんだが、そのうちに起きあがって枕元に用意してある水を飲んだら、みるみる回復しやがってよ。せっかく余韻を味わってるこっちの股ぐらへ顔突っ込んで、自分の汁で汚れてる俺の道具をひっつかんでべろべろ舐めやがるのさ。何の遠慮も躊躇《ためら》いもありゃしねえ。

これがまあ、巧《うま》いような巧くもねえような微妙なふうでよ。技巧の面じゃ一応、娼妓をやってた頃に培《つちか》ったもんがあるんだろうが、お定の場合はどうやら男を気持ちよくさせてやろうとしてやっててんじゃねえんだな。ただ自分がそうしたいから舐めたりしゃぶったりする。子供が飴玉舐めるみてえなもんかもしれねえし、もしかすっと男の一物で口ん中を刺激すんのが気持ちよかったのかもしれねえ。あすこン中みてえによ。

おっと。若いもんには刺激が過ぎたかな。

じゃあ、せっかくだからもっと刺激の強《つえ》え話をしてやろうか。

俺ぁ知り合いの婦人科の医者から聞いたんだが、女には〈オルガスムス〉ってのがあってな。どんな状態かってぇと、性交の興奮の極まった時にほれ、女が達するだろう。あの状態を言うんだとよ。

……なんだてめえ、知ってんのか。知識だけは？　たわけた野郎だ。

お定はよ、その〈オルガスムス〉の異常に深くて長い女だった。自分も上ンなって腰振ったりと積極的なんだが、やっぱ男にあれやこれや尽くしてもらうのが好きでよ。しょうがねえ、こっちがまるで馬に鞭《むち》と拍車くれるみてぇに必死んなってっと、そのうちに何が何やら、頭がへんになっちまったかと思うほど乱れに乱れやがって、そうなっちまったら後はもう、軀のどこ触ったって悲鳴みたいな声をあげやがる。肩やらうなじやら触っただけで泣きだすし、おっぱい揉みながら乳首つねりあげりゃ絶叫だぜ。海を越えてサンフランシスコまで届くかってくれぇの大騒ぎだ。

そんでもって最後には、ほとんど気絶するわけよ。それを一晩に何べんも何べんもくり返すんだ、付き合ってるこっちがくたくただぁな。

けど、ちょっとでも無視してほっとくとあいつは、

「だって寂しいんだよう」

しょっちゅう鼻に掛かった泣き声で言ったよ。

「あんたがここへ来てずっと触っててくんないと、あすこが寂しくって寂しくってたまんないんだよう」

てめえで触ってりゃいいじゃねえかと言ってやっても、男の手じゃなきゃ駄目だって駄々こねやがる。自分の指だと気持ちのいいとこはよくわかっても、触る時にゃもう、今からそこに触るぞォってのがわかっちまってるぶんだけつまんねえんだと。知ったことかよ、なあ?

「明日の朝早いんだから俺はもう寝るぞ」

いくらそう言い聞かせても、ちょうどウトウトしかけたとこへ、耳もとで「寂しいよう」が始まりやがる。しょうがねえから半分寝ながら股ぐらをいじってやるんだが、ふーっと意識が遠のいてこっちの手が止まるたんびに、あのアマ、思いっきり耳に嚙みつきやがるのさ。がぶっと歯を立ててな。

もちろん頭にきてひっぱたいてやったさ。けど、あいつも負けちゃいねえ、本気で飛びかかって来やがる。その衿首つかんで組み伏せて、髪なんかわしづかみにして引きずって……そうやってもつれ合ってるうちに、何だかこう、へんに興奮しちまってな。結局、気がつけばあいつの股ぁひらかせて突っ込んでる。まんまとあの女の思う壺ってわけよ。

——あいつに家を持たせてやったのが、暮れの十二月二十日。たったの半月ばかり経つ頃にゃぐったり疲れちまってな。ついつい足が向かなくなって、別宅に泊まるのは中五日と間遠ンなったんだが、これが逆効果だった。お定の要求はなおさら強くなって、そのうちに、女房を追い出してくれだの、自分と結婚して毎晩満足させてくれだの無理難題を言い出しやがって……。馬鹿野郎、そんなことができるわけねえだろうと断ったら、今度は開き直ったように言いやがったのよ。

「だったら、あんたが来ない間、慰めてくれるひとを作ってもかまわないね」

耳を疑ったさ。

どういう理屈だよ。家も生活も米粒一つまでも俺の世話ンなっときながら、毎日来てくれねえから間男を作るだと？　どこの旦那がそんな馬鹿げた話を許すってんだ。

ふざけんな！　と怒鳴って思いっきり横っ面をしばきあげてやったんだが……どうやらちょいとばかし加減を間違えたようでな。お定のやつ、その晩には俺の財布から百円抜き取ってトンズラこきやがった。それが一月の末のこった。あの家でお定と暮らしたのは結局、年末から年明けにかけてのたったひと月だけだったのさ。

こっちもずいぶん探したし、一度は見つけて脅したりすかしたり、しまいにゃあんまり頭にきたもんで警察へ訴えたりもしてみたんだがね。とうとう逃げられちまったな。持ち逃げされた百円も、別宅にかかった費用も、一銭たりとも返っちゃこなかった。

後ンなって、短い手紙が一度だけ届いたっけ。浜松の消印で、東海道線の汽車ン中から出したらしい。何て書いてあったかって？

〈貴方様には散々ご迷惑をかけましたが、考えてみましたら奥様との三角関係は良くないこと

ですから、私はお暇を頂いて関西へでも行って働くことにしますので、どうぞあきらめてください。お達者で〉

達筆なんだか下手くそなんだかよくわからねえ、へなへなした字で書いてあったよ。

どうだい。馬鹿げてると思わねえか？　奥様との三角関係が良いか悪いかなんざ、今頃考えてみなくたって端っからわかりきってらあ。妾になるのは俺と相談ずく、自分も納得ずくのことだったくせしやがって……ああちきしょう、今思い返しても腹の立つ。ま、俺もな、探し出そうと思やぁ方法がねえわけじゃなかったが、これ以上の後追いも女々しいだけだ。せいぜい俠気《おとこぎ》を発揮して見逃してやったわけだよ。

チン切り事件が起きたのは、翌年の五月だったたっけな。俺まで参考人に呼ばれて、痛くもねえ肚ぁ探られてよ。女房には口もきいてもらえねえし、往生したよ。

後ンなってあの『艶恨録』が出回って——ああ、もちろん読んださ——あの中で、あいつが俺についてとんでもねえ嘘八百を並べ立ててるのを知った時は、怒りで目の前が黄色くなったね。よくもまあ、事実をああもねじ曲げてシレッとしてられるもんだよ。女ってのぁ怖ろしいや。

恨んだな。だいぶ長いこと。

けど、不思議なもんで今じゃもう、どうとも思っちゃいねえ。まだ生きてるらしいってことは知ってるが、顔なんざ見たくもねぇね。

何でって……だから、そこんとこは俺にもよくわかんねえんだよ。

あんな女、そばに置こうとすりゃこっちの身がもたねえ。金の面でも男としても、俺にはどだい無理だったんだってことが今じゃよくわかる。いや、あの頃だって最初からわかってた気もするんだが、それでもいっぺんはああいうのを囲ってみたかったのさ。男好きのするイイ女だと思ったら、とんでもなく男好きな女だったわけだけどよ、ははははは、笑えよ、はははははは。別れ際にしつこくしちまったのだけは、お定の供述の通りだよ。あれはかっこ悪かった。もっと潔く別れてやるんだった。

持ち逃げされた百円や、別宅を借りるのにかかった金が本気で惜しかったわけじゃないんだ。

……ちきしょう、もういいだろ？　それ以上訊くんじゃねえよ。

# 第七章

あくる日、昼前に帰宅すると、ちょうど玄関先を掃いていた母は僕のこめかみの傷痕を見るなり眉をひそめた。

「どうしたんだい、それ」

「たいしたことないよ。たまたま窓ガラスが割れて、その破片でちょっと」

「いやだよ。一つっきり残ってないんだから気をつけないと」

お定さんと同じことを言うのに驚く。そばをすり抜けようとしたら、

「ちょいとお待ち」

僕の上着をつかんで、くん、と鼻を近づけた。慌てて身体を引いた僕を見上げ、意味ありげな薄笑いを浮かべてよこす。

「何」

「べつに？」

「『べつに？』ってなんだよ。ゆうべ電話したろ、仕事で徹夜だって」

「はいはいそうでしたわね」

「ったく、変に勘ぐらないでくれよな」

「あたしゃなぁんにも言ってないよ。朝ごはんは？」

「……食べてきた」

「そう。お風呂沸いてるよ」

いつ帰るかもわからないのに、わざわざ沸かしておいてくれたらしい。洗剤の匂いも清《すが》しい手拭いを渡され、風呂場へ向かう。身の回りのたいがいのことは自分でできるつもりだが、母はこうして何やかやと世話を焼いてくれる。黙って焼かれているのは、あの歳にもなれば好きなようにさせておくのも親孝行のうちだろうと思うからだ。

立ちのぼる湯気、小窓から射し込む光の束、濡れた檜《ひのき》の清潔な匂い。湯船に浸かると、溜め息が思わず声になった。この時間に湯浴《ゆあ》みというのが贅沢過ぎて、いささか後ろめたい気分になる。

昨夜どこに泊まったかを、母には言えなかった。息子が生身の〈阿部定〉とそこそこ頻繁に会い、あまつさえ彼女の部屋で朝まで一緒に過ごしたなどと聞けば、やはり心穏やかではいられないだろう。たとえ昨夜の僕の役割が万一に備えた用心棒でしかなくとも、母にとってはいまだに、愛する男を奪って殺した誰より憎い女のままなのだから。

長い夜だった。あの狭い部屋に客用の布団などあるはずもなくて、座布団四枚をお定さんの床の隣に並べ、残りの一枚を折って枕にして横になったのだが、ろくすっぽ眠れなかったのはそのせいではない。一つきり点した豆電球の下、お定さんがひたすら喋って、口が渇いても喋り続けて止まらなかったからだ。

店を叩き出された酔客に同情する気はさらさらなかった。しかしあの男の言った中で一点だけ、僕自身もかねてから疑問に思っていたことがある。

〈大の男一人くびり殺して、チンチンまでちょん切って捕まったすぐ後だってのに、どうしたらここ

まで落ち着き払った受け答えができるもんかって……〉

僕としてはむしろ捕まったすぐ後だったからこその昂揚が彼女を喋らせたんじゃないかと想像していたのだが、はたして昨夜本人に訊いてみると、答えはあっさりとしたものだった。

「どうせすぐ死刑になるもんだと思ってたから」

仰向けになって天井を見上げ、布団を喉元まで引っ張り上げながらお定さんは言った。

「そうなって欲しかった。吉さんのところへ早く行きたかった。だから何も隠さずに洗いざらい喋ったのにさ」

死刑には、ならなかった。たった六年の懲役刑、しかも恩赦によって実際には五年で済んでしまった。

「やっぱりあの時、さっさと後を追えばよかったんだ」

「あの時」

「吉さんが死んじゃった夜のうちにさ」

首を絞めて殺したのは自分のくせに、まるで勝手に死んだかのような口ぶりだった。

「下手を打ったよ。あんな時に、律儀に筋なんか通そうとしたばっかりについ死に損なっちまって」

「筋、とは？」

「ちょいとね、し残したことがあって気がかりだったのさ。それはそうと……」

お定さんは寝返りを打って僕のほうを向いた。

「樫原喜之助にはいつごろ会ったんだい？」

う、と詰まったが、今さら隠しても仕方がない。

「たしか、十二、三年前でしたかね。あなたが『星菊水』にいた頃です」

ああ、あの時分……とお定さんは呟いた。思い出すのもずいぶん久しぶりといったふうだった。

昭和二十九年、四十九歳の彼女を、料亭『星菊水』の社長が前金十万円という大金で雇った。言葉は悪いが、〈阿部定〉を客寄せの看板に使ったわけだ。そしてその目論見は大当たりした。

「樫原はまだ横浜に？」

「とりあえずその時は、はい」

当時七十四歳。すでに隠居していたが顔色はよさそうだったと言うと、お定さんは仕方なさそうに鼻の先で笑った。

「どうせあたしのこと、けちょんけちょんに言ってたんだろう」

「や、そんなことは」

「隠さなくていいよ」

「……まあ、そうですね」

「居所を訊かれたかい？」

「いいえ。もう会いたくないそうです」

「はん。こっちだって願い下げさ、あんなケツの穴のちっちゃいドケチ虫」

けちょんけちょんはどっちなのか。

薄灯りの中、お互いが黙ってしまうと、低い天井がのしかかってくる心地がした。路地裏のどこかで猫の鳴き交わす声がしていた。春ほどではないが秋もまた恋の季節なのだろう。ふと、お定さんは吉さんの子供を宿したいと願ったことはなかったのかなと思ったりした。

「樫原さんのことは、一度も好きじゃなかったんですか」

僕が訊くと、お定さんはしばらく黙っていた。寝たのかなと思う頃になって、吐息をもらした。

「考えたこともなかったよ」

小さな声だった。

「こうしてあんたに言われてみれば確かに、妾になるかどうかは自分で選んで決めたはずなんだけど、あれかねえ、娼妓をしてた頃の癖なのかねえ。あり得なかったんだよ、好きかどうかで男を選ぶなんて。だから樫原に請われた時も、断るなんて考えは頭に浮かびもしなかった。ずっとこの身ひとつを商売道具にしてきたんだもの、あたしの軀に金を払うって男が目の前にいる以上……、ねえ？」

なるほど、と答えるよりほかはなかった。

「もう一つ、わからないことがあるんですが」

「……何さ」

「予審調書を読むと樫原は、逃げたあなたを探しに来た時に、所帯を持った費用を全部返せとか、殺すぞと迫ったとあります。それと同時にたしか、『秋葉にお前が俺の妾になっていることを話す』とも言ったんでしたよね」

「あきれた。よくもまあそんな細かいことまで覚えてるもんだ」

「ありがとうございます」

「ほめてないよ」

「僕がわからないのは、樫原はどうしてそれがあなたへの脅しになると思ったのかってことなんです。だってその時点で、秋葉正武はべつにあなたの恋人でも何でもなかったわけでしょ」

お定さんは、また黙ってしまった。

今度の沈黙は長かった。猫の声はもう聞こえなかった。奥の流しの上、小さいガラス窓を風が揺らし、少し遅れて、あの酔っぱらいに割られた玄関の引戸もガタガタと鳴った。

さすがに眠ってしまったんだろうと思いながら息遣いに耳を澄ませ、そのうちにこちらも眠気に引きずられ、けだるい沼地にいよいよ沈んでいきそうになった時、

「結局、この軀がいけないんだよ」

気がつけば、お定さんが話し始めていた。少ししゃがれた声が畳を這うように耳に届き、間もなく僕は起きあがると鴨居《かもい》にかけてあった上着の懐から手帖とペンを取り出すこととなったのだ。


風呂から出ると、温もった身体に秋風の冷たさが沁《し》みた。書斎の文机に向かい、新しい帳面を広げる。

「お昼はどうしようか」

と、母が覗きに来る。

「そうだな。うどんでも取ろうよ」

「いいね」

「あと、悪いけどここから何日かはかかりきりになるから」

慣れたもので夕方になると母は、盆に握り飯と出汁巻き卵と沢庵《たくあん》、茶の用意と魔法瓶を載せて文机のそばに置き、自分は友人との集まりに出かけていった。

静まりかえった家の中、万年筆のペン先が紙の上を滑る音だけが響く。昨夜、橙色の薄灯りを頼りに書きつけた手帖の文字は自分でも判読に苦労するほどだが、僕はそのメモを横に置き、いちいち確認しながら帳面にペンを走らせた。

耳もとには再び、お定さんの語る声が聞こえていた。手の遅さがもどかしかった。

＊

## §　証言9　阿部定　六二歳
### ――「阿部定事件」被告（事件当時三一歳）

１９６７・10・8

今頃になって樫原喜之助の名前を耳にすることになろうとはねえ。じつのところ、あの男と知り合うことになる数年前から、あたしはずーっとくさくさしてたのさ。女郎屋をいくつも転々として、そのたんびに前借金が膨れあがってってね。最後が丹波篠山の『大正楼』ってとこで、あそこはほんとうにひどかった。あのままいたら死ぬところだった。

命からがら逃げだしてたどりついた先が神戸で、一度は〈吉井信子《のぶこ》〉って名前でカフェーの女給なんかもしてみたんだよ。だけど、性に合わなくてさ。カフェーってあんた、知ってるかい？　二階に部屋があって、客と話が折り合えばそこへ上がって寝るわけ。

やってることは女郎とおんなじくせして、他の女給たちがいかにも自分は自由な女でございって感じで澄まし返ってやがんの見たら、なんだか生ぬるくてイライラしちゃってさ。それで、たまたま知り合った客引きの男に誘われるまま、そいつの家に住み込んで高等淫売をするようになったの。そっちのほうがあたしには何て言うかこう、わかりやすかったんだ。まわりくどいことが嫌いなんだよ。

だけど、その男があんまり金に汚いもんだから、ほんの三月《みつき》かそこらで辞めちまって、それから大阪へ移っておんなじ商売をしたけどやっぱり辞めて……今度は妾をやるようになってさ。

そういえば昔、秋葉正武に言われたことがあったっけ。「妾ほど楽な人生はねえぞ」って。「太くて好い男つかまえて、月々たんまりお手当もらって、早いとこ俺らに楽をさしてくれよ」なんてね。

だから、芸妓の頃だって娼妓になってからだって、誰でもいいから早くあたしを落籍《ひか》してくれないかしらって、そればっかり祈ってた。毎日毎晩、男に望まれたら嫌と言えない商売なんぞ、早く辞めてしまいたい。こっちからも惚れるほどの旦那さんなら願ったりだけど、そうじゃなくたってかまわない、とにかく乱暴しないでくれる人ならそれで充分だった。一晩に何人も何人も、入れ替わり立ち替わり知らない男を乗っけるよりかずっとまし。怖いといったら暴力だけじゃない、病気だって妊娠だって怖いもの。そうだろ?

旦那さんは三人くらい代わったけど、毎月のお手当はあの頃で五十円から百円くらいはもらってたから生活に困ることはなかった。ただ、ひとりになると背中がスースー薄ら寒くてさ。誰かにあったためてもらいたいのに、肝腎の旦那は週に一回か二回くらいしか来てくれやしない。だから、淫売をやってた頃のそこそこマシな客に連絡しては、時々内緒で逢って関係してたっけ。

バレなかったのかって? バレたって別にかまやしないよ。妾をクビになったら、また高等淫売をやればいい。それしかできないんだからしょうがない。開き直ったら何にも怖くなかったさ。

それに、旦那にだって女房がいるんだからお互い様だろ?

〈だって寂しいんだよう〉

〈旦那が本宅へ帰ってる間じゅう、今時分は女房といいことしてやがんのかと思ったら悋気《りんき》が燃えてたまらないんだよう〉

〈寂しくって悔しくって、つい仕返ししてやりたくなっちゃうんだよう〉

空涙を流してすがりついてやったら、たいがいの男はまあ、苦虫嚙みつぶしながらでも満更じゃなさそうにするんだからねえ。あきれちまうよ。

そうやって、嘘泣きに騙される男を見るたんびに、あたしはお父つぁんを思い出したもんだった。

もう、ずっとずっと昔のことだけどね。十四で男を知って、どうせ疵物になっちまったんだからと自棄になって遊び回ってたあたしを、お父つぁんは家の二階に監禁して、どれだけ泣きわめいてもどこへも出してくれなかった。十七の頃、そんなに男が好きなら娼妓に売っちまうぞと言いだした時だって、あたしがどれだけ本気で泣いて謝っても頑として許しちゃくれなかった。

これまで生きてきた中で涙が通じなかった男といったら、娼妓屋の見張りを別にすればお父つぁんだけだったなあって思ってさ。娼妓屋はほら、女郎に逃げられたら何千円もふいになるから当然だけど、お父つぁんがあたしを許さなかったのはお金のためじゃない。あの人なりに娘のことを本気で心配してくれてたんだ。遅ればせながらにそれがわかって、初めて心から申し訳ない気持ちになったよ。

わかったと言えば、もう一つわかったことがあったの。男だけじゃなく女だって、アレをしたくなるものなんだってこと。あたしがこんなに寂しいのは男に抱いてもらえないからなんだ。

週に幾度かだけじゃ全然足りない、アレをしない日があると気が立っちまってたまらない。……頭がどうかしたかと思ったよ。前はこんなことなかったのに、どんなに面白い本を読んでも評判の活動を観ても、ちっとも集中できやしない。ただただアレのことで、もっとはっきり言えば男のおチンコのことで頭の中がいっぱいなんだもの。考えるとあそこがウズウズして、じっと座ってられないんだもの。

金も暇もあるもんだから、今日は宝塚、明日は道頓堀と遊び回ったり、徹夜で麻雀をしたりして気を紛らわせようとして——麻雀賭博がばれて警察にとっつかまったこともあったっけね。さすがのあたしもちょっとは身を慎もうかって気になったけど、男から遠ざかれば遠ざかるだけイライラするのよ。気分の浮き沈みも身体もあんまりしんどいもんだから、思いきってとうとうお医者に診てもらったの。もういっそのこと、お前は淫乱で頭がおかしいから隔離するって言われたほうが楽になれるかと思ってさ。

そしたらお医者のやつ、こうよ。

「別に異常なことやない。あんたの言うようなことは、人間として当然あることやから、そないに気にせんでええ。独身でいてるよりも真面目な夫婦生活を考えはったらよろし」

はあ、そうですか、真面目な夫婦生活を送ると何がどう変わるんでしょうかと訊いたら、ますますしかつめらしい顔をして、

「女の幸せっちゅうもんは、一人の男から充分可愛がってもらうことや。相手を取っ替え引っ替えしとったんでは、身も心もなかなか満足できんで当たり前や。気ィがイライラする時こそ、男と簡単に同衾《どうきん》するのはぐっと我慢して、かわりに難しい精神修養の本でも読んで気分を転換しなはれ」

エラそうにふんぞり返って、腕組みなんかしちゃってさ。頭おかしいのはこいつのほうじゃないかと思ったね。だってそうだろ、こちとら面白い本にさえ集中できないって言ってんのに、小難しい本なんか読んで気の紛れるはずがないじゃないか。だいいち、あたしみたいな身上《しんじょう》の女にとって真面目な夫婦生活なんざ何より遠いものだってことぐらい、お偉いお医者様ならわかるだろうにさ。

ま、頭や健康に異常がないってんならとりあえず安心だし、こうなったら好きにするまでだと思って、それこそ「気分を転換」にぷらぷら遊びに出かけては、麻雀にうつつを抜かしたり、ちょいと好きになった男にやっぱりうつつを抜かしたりしてたところへ、秋頃だったかしらん、古い知り合いにばったり会ってね。お父つぁんとおっ母さんがあたしのことを心配してるって言うじゃないの。そんなこと聞いたら急に里心ついちまって、まだ坂戸の田舎にいた両親のもとへ久々に帰ったのよ。

二人ともそりゃあびっくりして、お前今までどこでどうしてたんだって訊くから、

「大阪でとってもいい人の世話になってて、今は幸せに暮らしてるの。お金のことも何にも気にしなくていいんだからね」

って嘘を言って安心させてやったの。

それまでもその後も、あたしゃさんざん色んな人に嘘をついてきたけど、このとき親についた嘘ばかりは勘弁してもらいたいよ。

たしか冬頃までいたっけか。おっ母さんの代わりにおさんどんや洗濯をして、お父つぁんには新聞を読んでやったり肩を揉んでやったり、これまでできなかった親孝行をまとめてしたら、えらく喜んじまってね。とくにおっ母さんなんか、

「ああもう満足だ、これで明日死んだっていいよ」

なんて泣くもんだから、こっちまで鼻の奥が水っぽくなっちまって……。

「何言ってんだい、元気で長生きしてもらわないとね。これからはちょくちょく帰ってくるからさ」

実際、それでもいい、何なら本当に坂戸へ帰ってきたっていいと思ってたのにさ。

暮れもだいぶ押しつまったある日、あたしが晩のおかずの買物に出かけて戻ってきたら、男が三人、両親の家へ入っていくのが見えたの。遠目にだって見間違えるもんか。『大正楼』にいた時あたしにひどい折檻をした、あの男たちだった。

前借金を踏み倒して逃げてきたんだから、今度捕まったらどんな目に遭わされるか知れやしない。見張りの目が厳しくなったらもう二度と逃げられないだろうし、また毎日毎晩、けだものみたいな客ばかり次々に取らされて死ぬまでこき使われるにきまってる。

逃げるしかなかった。まさか老いた両親にまで乱暴はしないだろうからと、あたしは回れ右をしてそのまま大阪へ帰ったんだけどね……。

後から考えりゃ、あの時の里帰りそのものが虫の知らせだったのかねえ。昭和八年が明けてすぐの一月だった。おっ母さんが突然倒れて死んじまったのさ。

姉さんが報《しら》せてきたんだけど、あたしゃちょうど麻雀に出かけてて留守で、慌てた姉さんときたら合わせて三通も電報をよこしてさ、最後のなんかずいぶん恨みがましい文句でさ。今さら急いだっておっ母さんが生き返るわけでもあるまいに。

こんな時に帰ったら叱られるだけだと思って、あたし、お香典だけ送ってすぐには帰らなかった。今さら仕方のないことでグチグチ嫌味を言われるのはまっぴらだし、なまじおっ母さんの死に顔なんて見てこれまでのことを後悔したくなかったから、結局、初七日に帰って墓参りしたんだった。大阪を引き払ったのはこの時。

つくづく思ったよ。暮れにかけて親孝行しといてよかったって。「明日死んだっていい」とまで言ってほんとに死んでったんだから、そこそこ上等の人生だったってことじゃないの。そう思いたかった。

お父つぁん、すっかり気が弱くなっちゃって、このまま家にいたらどうだなんて言ったけど、『大正楼』からまたあの連中が探しに来たらと思うと怖くて夜も寝られないし、坂戸ではあたしの昔の行状をまだ覚えてる人がいる気がして外を歩いてても窮屈でね。それで東京へ出てきたの。三ノ輪でね、そう、結局また高等淫売の〈吉井昌子〉よ。

源氏名はどう選んでたのかって？　自分で好きに名乗るか、芸妓や娼妓だった頃は抱主が決めたりもしたけどね。

十七で初めて勤めた横浜の『春新美濃』と、その次の『川茂中』では〈みやこ〉だった。富山の『平安楼』では〈春子〉、信州は飯田の『三河屋』では〈静香〉、大阪飛田新地の『御園楼』では〈園丸〉、『朝日席』は何だったかしら。名古屋の『徳栄楼』は〈貞子〉、また大阪へ舞い戻って松島遊郭の『都楼』では〈東〉、そして丹波篠山の『大正楼』へは〈おかる〉として入ったけど、一度逃げて捕まった後は〈育代〉と名乗らされた。神戸へ逃げてからこっちは〈吉井信子〉か〈吉井昌子〉を名乗ることが多かったわね。

ねえ、あんたの名前――〈吉弥〉ってのは、やっぱり吉さんが付けたの？

え、あら、そう。てことは、吉さんは最初、あんたが生まれたことを知らされてなかったってわけ？　……へえ、たいした母上じゃないのさ。

名前って不思議なもんだと思わない？　ほら、たとえば男の子を「龍之介！」って呼び捨てにして育てるのと、「薫ちゃん」なんて優しく呼びかけて育てるのじゃ、性格もだんだん違っていくんじゃないかと思うのよ。

あたしもこれまでずいぶん色々と名乗ってきたけど、なんとなく、それぞれちょっとずつ違う人間を生き分けたみたいな気がするの。〈みやこ〉の時は、まだ初心《うぶ》だった。〈園丸〉や〈貞子〉の頃は、やる気満々で毎日きりきり働いた。〈育代〉ともなるともう最低よ、生きる気力もありゃしない。

そうやって考えるとさ、あたしの本当の名前はいったい何なんだろうね。

吉さんは、あたしのことを〈加代〉だと思ってた。『吉田屋』へ女中として入った時にそう名乗ったから、あのひとには〈お加代〉としか呼ばれたことがなかったの。

あたしの人生最大のあの事件を起こした時に、あたしは〈お加代〉だったのよ。それなのに、新聞に出た名前は〈阿部定〉でしょう？　自分でもおかしな具合なんだけど、なんだか別の人間の罪を代わりにかぶったみたいな、そんな気さえする——って言ったら、反省がないって叱られるかしらね。

反省は、してんのよ、これでも。ただ、あんたには悪いようだけど後悔はしてないの。だってあれは、あたしじゃなくて吉さんが望んだことだった。信じなくてもかまわないけど。

——話がそれちまったね。

お父つぁんが死んだのは、おっ母さんの翌年のことだった。

あたしはその頃、日本橋の袋物商の妾をしていてね。いい男だったのよ、この人はとっても。三十七、八の男盛りで、中山朝次郎《なかやまあさじろう》っていってね、ほら、名前からして涼やかだろ？　あたしも好きだった。

毎日来てくれるっていうから喜んで、神田新銀町の……そう、生まれたあの町のおでん屋の二階を出て、日本橋本石町《ほんごくちょう》の生け花のお師匠さんちの二階へ間借りしてさ。毎月六十円くらいはもらえたから悠々自適、毎日お風呂へ行って、小綺麗にして旦那さんを待ってりゃいいんだもの、そりゃ楽ちんだった。二階の窓から往来を見おろして、旦那さんがやってくるのが見えたらニコニコ手を振ったりなんかしてさ。それこそ、あの大阪の医者が言ってた「真面目な夫婦生活」ってこういうもんかと思ったほどよ。

そしたら、またしても正月に、姉さんから報せが来てね。田舎のお父つぁんが病気で、もう枕から頭も上がらないっていうじゃないの。

最後の親孝行を、これは誠心誠意努めたつもり。脇目もふらずに看病してやったら、お父つぁん、死ぬ間際に「お前の世話になるとは思わなかった」なんて涙を流して喜んでくれてさ。昔は親を恨んだし、あたしのほうもさんざん心配かけたけど、これでお互い貸し借りなしだろうから清々しく見送ったよ。

きょうだいで形見分けをしてさ、あたしは三百円もらって東京へ戻ったら、朝次郎さんがねぎらってくれて……。

案外、この時分が人生でいちばん幸せだったか知れないねえ。毎日が穏やかで落ち着いていて、あたしは朝次郎さんが好きだったけど、奥方には焼き餅のヤの字も焼かなかった。ずっとあのまんまいられたら、まったく違った人生があったんだろうにね。

たまたま用事があって横浜へ行ったのよ。そしたら「おサァちゃんじゃないの」って呼び止められて、見ると昔の女友達じゃないの。懐かしくって道の端っこへ寄って立ち話してたら、ひょいと秋葉の名前が出たの。娘さんが死んだと聞いたけど知ってた？　ってね。

びっくりしたよ。ハルおばさんじゃなく別れた前の女房との間の娘だけど、父親ンとこにはちょくちょく出入りしててさ。あたしはけっこう仲良し友達だったから、せめてお墓参りはさせてもらいたくて、その足で秋葉を訪ねたわけ。

そうさ、久しぶりだったさ。指折り数えてみたら、『御園楼』の時に縁を切って以来、八年も会ってなかったんだもの。

暮らしぶりは良くなくて、秋葉もハルおばさんも五十前後にしちゃあずいぶん疲れて老けて見えてね。ああ、これまで考えたことなかったけど、あたしも同じだけ歳を重ねてもうすぐ三十なんだなと思ったら、以前のことなんか急に何もかもどうでもよくなっちゃって……。だって、あたしにはもう二親《ふたおや》ともいないんだしさ。持ち合わせがなかったから、ちょうどはめてた翡翠《ひすい》の指環を質に入れて百五十円作って、二人にくれてやったの。

朝次郎さんにもらった大事な指環だったから怒られるだろうと思ったのに、帰ってから正直に、昔々世話ンなった夫婦に会って娘さんの香典代わりに渡したんだって言ったら、それでいい、役に立って何よりだって喜んでくれてさ。ね、ほんとにいい人だろう？

だけど、秋頃になって、その朝次郎さんが病気になっちゃった。いっときはずいぶん痩せて、このまま いけなくなっちまうんじゃないかって気が揉めたくらいだったよ。自分がそんなふうなのに、あのひと、あたしのこの先の色々を心配してくれてさ。だから、あたしのほうから言い出して相談ずくでお別れしたわけ。

なんでって、当然じゃないか。奥方みたいに看病してあげられるならともかく、何にも手伝えない、もちろんアレだってできない、それなのにただ囲ってもらって月々のお手当だけ頂くなんて申し訳なくって。いや、義理堅くなんかないよ、こっちの気が済まないってだけだよ。とはいえ、家をなくした妾なんざ、殻をなくしたカタツムリくらい情けないもんでさ。このまんまじゃ生きていけないし、行くとこっていったら秋葉のとこっきりなかった。

今になって思えば、朝次郎さんと別れるのをあんまり迷わなかったのは、秋葉との付き合いが元に戻ってたおかげじゃないかって気もするんだよ。男と女のヨリがすぐに戻ったわけじゃなかったものの、かつて軀ごと馴染んだ相手がとりあえずそばにいるってだけで、生きてく怖さみたいなもんはいくらか和らいだの。男にはわかんない感覚かもしれないね。

いくばくかの貯えはあったけど、あたしのことだからどうせすぐに遣っちまうか人にやっちまうだろ。ぷらぷらしててもしょうがないし、独り寝はやっぱり寂しいしで、横浜は富士見《ふじみ》町《ちょう》の、山田っていう淫売屋の世話ンなることになってね。

そう、ここでやっと例の樫原喜之助が登場するってわけよ。長い回り道に付き合わせて悪かったね。

あの男は、山田のとこでちょいとややこしいことが持ちあがった時に、警察署まであたしたち女郎の身柄を引き受けに来たんだった。あんたも会ったならわかるだろうけど、ふるまいや物言いがあんなふうだから、最初はてっきりヤクザかと思ったさ。ある意味、間違っちゃいなかったけどね。政治ゴロなんざ、いや、いくらご立派な政治家の大先生だって、一皮剝きゃあヤクザと変わりゃしない。どいつもこいつもろくなもんじゃないんだから。

でも、当時はなかなか頼れる男に見えたんだ。困った場面だったからよけいにさ。

それに、他にも何人かいた女郎たちの中で、樫原が店主に掛け合ってまで自分のものにしたがったのはあたし一人だったんだもの、そりゃあちょいといい気分にもなろうってもんでしょうよ。

「俺の妾になれよ。可愛がってやるぜ」

エラそうに言うからどれほどのもんかと思ったら、これがまぁシケた野郎でね。そもそも月々八十円程度の稼ぎしかない男がいっちょまえに妾を囲おうだなんて、料簡《りようけん》からして間違ってんだ。おまけに根っからのケチで、自分が書記長をしてる院外団の事務所に使用人が五、六人いるからって、その食費まで安くあげようとしてさ、あたしに買物や炊事をしろだなんて言うんだよ。それじゃ妾じゃなくて女中じゃないか。

さすがに嫌だって断ったし、早くも樫原の吝嗇《りんしよく》ぶりに厭気がさしてたけど、それでもまあ、淫売生活よりはまだしもマシだったからできるだけ尽くしたさ。お内儀《かみ》さんには絶対してもらえないようなことをしては悦ばしてやってさ。

なのにあの野郎、会えばこっちを犬畜生みたいに扱って、優しくしたら損みたいな態度でいやがる。そのくせあたしが別れたいって言うと、てのひら返したようにぺこぺこ謝って、どうか機嫌を直してくれ、特別に小遣いをやるからなんて……それで渡してよこすのが三円五円だよ。みみっちくて涙も出やしないよ。

あんまり情けなくなっちゃってさ。とうとう馴染みの朝次郎さんを電話で呼び出して、浅草で一晩泊まったことがあったっけねえ。病気のほうはまだ全快とはいかなくて、おチンコの勃ち具合は今ひとつだったけど、久しぶりに男からたっぷり優しくされて、泣けるほど嬉しかった。あたしが寂しかったのは、軀もだけど、何より気持ちのほうだったんだってことがじんわりわかったよ。

「そんな男のそばにいちゃいけない」

朝次郎さんは親身に言ってくれた。

「そいつは疫病神だよ。早く縁を切ったほうがいい。頼るところがなかったら言っておくれ、いつでも面倒を見るからね」

言葉だけで充分だった。

別れてくれないなら逃げるしかない。荷物をまとめて家を出たら、あの野郎、なんと坂戸まで探しに行ってさ、近所の人から聞き出したのか、いきなり押しかけてきて、あたしを脅したの。殺すぞ。それが嫌なら妾宅の仕度や生活に遣った三百円ほどの金を全額返せ、でなきゃお前を結婚詐欺で警察に訴えてやる、って。結婚も何もあたしゃ妾だったし、自分こそ結婚してるくせに馬鹿じゃないかって思うでしょ。

そう、お前が俺の妾だってことを秋葉にバラす、と言いだしたのもその時よ。どうやら、あたしと秋葉がデキちゃったせいで自分のもとを去ったんだと思いこんでたみたい。どこまでも馬鹿よねえ。

馬鹿はね、おっかないよ。馬鹿だけに何をしでかすかわからない。だからあたし、樫原には手紙で関西って嘘をついて名古屋へ逃げることにしたの。大阪だとこの前までいたところだからすぐ見つかりそうだし、名古屋だったらいくらかは土地勘もあったからね。身一つで商売をしてると、そういう時に身軽なのが楽よ。

一月の終わりで、その日はとくに風が冷たくってさ。東海道線の汽車に乗るために駅へ向かう間ずっと、衿巻きに鼻の先を埋《うず》めていたのを覚えてる。

それが、切符を買おうと顔を上げた拍子に、ふっといい匂いが漂ってきてね。鼻でまさぐるみたいに探したら、駅の入口に紅梅の木が植わってて、何を間違えたか気の早い幾輪かがもうほころんでたの。

おっ母さんの好きな花だった。昔、新銀町の畳屋の庭にひょろっとした紅梅の木があってさ。一つ、二つと蕾《つぼみ》がほころぶたび、柄にもなく嬉しそうにしてたっけ。

あの頃のことを思い起こしたとたん、いきなり涙があふれてきて、びっくりしたらよけいに止まらなくて往生したよ。そばを通り過ぎる人がじろじろふり返って見るんだもの、恥ずかしくって。

おっ母さんが死んだのが昭和八年の一月。

お父つぁんを看取ったのが翌年の一月。

さらに翌年、この昭和十年の一月に、あたしは男から逃げて名古屋へ行き、そこで——あの校長先生と出会うことになるんだ。あたしを真人間にしようと本気で力を貸してくれて、結果的に吉さんに巡り合わせちまったあの先生と、ね。

＊

陣中見舞いと称し、一升瓶をぶら下げたRが我が家を訪れたのは翌々日の晩のことだった。撮影スタッフ全員を招集しての企画会議から三日が経っていた。

母親は出かけていて家に僕しかいないとわかると、Rはたちまち行儀が悪くなった。文机に広げてあった帳面をてっきり脚本の下書きだと思ったらしく、

「おっ、たいしたもんだ。もうそんなに進んでるのか」

畳に大の字になっていた僕を遠慮なくまたぎ越す。覗きこんで数行読み進むなり、やつは息を呑ん

だ。

「え、これは……まさか、ええ？」

手に取り、急《せ》いた様子でページをめくる。

「もっと丁寧に読んでくれよ」寝転がったまま、僕は言った。「そこまで形にするのに丸二日かかったんだぞ」

「ちょっと待て、これは何だ。きみの創作の続きか？」

「いや。いつものやつだけど」

「いつもの？」

「これまでさんざん読んできただろ。僕が集めた証言の一つだよ」

「しかしこいつは……」Rが再び帳面をまじまじと見る。「まさか、本人がこれだけのことを全部喋ったのか？　前に見せてくれた〈あれ〉みたいに、吉弥が細部を補った創作ではなくて」

「違うよ」

答える端から、思わず舌打ちがもれた。

「言っとくけど、あれだって見せるつもりはなかったんだぞ」

その点だけははっきりさせておかなくてはならない。僕は畳の上に起きあがった。

「そもそも、誰にも見られたくないからこそあんな奥のほうに隠しておいたのに、きみが勝手に引っぱりだして読んだんだ。留守を狙って、泥棒猫みたいに」

「人聞きの悪いこと言うなよ。他人のものならともかく、吉弥のものだったら俺には見る権利がある」

輪をかけて勝手なことを宣うRの顔は、相変わらず役者のように端整で、今は頬が紅潮し、瞳は強い光を放ってきらめいている。まるで特大のクワガタでも見つけた子供みたいだ。

文机の前の座布団にあぐらをかいた彼が、あとはものも言わずに最初から読み始めるのを見て、僕は再びごろりと仰向けに寝転がり、頭の下で腕を組んだ。

あの晩のメモをもとにまずは下書きをまとめ、推敲《すいこう》してから清書までをこの二日間で済ませたら、骨と内臓を抜かれた烏賊《いか》のようにぐったりして、ものを食う気力もない。お定さんの〈語り〉にはそれほどに、こちらを引きずり込んで翻弄《ほんろう》する力があった。これまでに証言してくれた人々の話にも、その人にしか語れない何ものかは必ず備わっていたのだが、張本人による語りの引力は桁違いだった。

いちばん初め、『満佐喜』の女中である佐藤もとを巣鴨の下宿まで訪ねて行った時のことを思い出す。事件から五年がたち、僕は旧制中学の四年生だった。

〈あたしなんかのところへ来るより、本人を訪ねてったほうが手っ取り早いんじゃないの？〉

彼女にそう言われて何と答えたかも覚えている。

〈あの女に会う気はありません。犯人は、嘘をつくものだから〉

子供じみた気負いから賢《さか》しらなことを言ってみせたが、今になって思えば、僕はただ意気地がなかっただけだった。あの頃だけじゃない、その後もずっとだ。事件に関わった人、あるいは〈あの女〉をじかに知る人を苦労して探しあてては話を聞くことによって、当人さえ知らない真実を掘り起こしている気でいたし、それはそれで必要なことだったとも思う。だが今回、お定さんの話を聞いてみて初めてわかったことがある。

僕は、ほんとうはこんなにも、本人の言葉を聞きたかったのだ。僕から父親を、母からただ一人の愛《いと》しい人を奪ったばかりか、世間の人々が彼のことを語る時、必ずその痛ましくも滑稽な全裸を思い浮かべてしまう呪いをかけた上で立ち去った女。本人に言い分があるのなら、父親のかわりに聞かせてもらいたかった。

あの〈阿部定〉自身の声で、表情で、語られる物語。いったいなぜ吉さんを殺さなくてはならなかったのか、あまつさえ男の象徴をわざわざ切り取って持ち去らなくてはならなかったのか、彼女自身の選ぶ言葉でつぶさに語ってもらいたかった。犯人は必ず嘘をつくものだとしても、〈あの女〉が僕だけに語ってくれる言葉ならそれだけで意味があったはずなのに――三十年もたった今になるまで尻込みし続けていたことが惜しまれてならない。

たっぷり時間をかけて読み終えたRが、低い声で唸りながら、前屈みになっていた身体を起こす。

「吉弥」

「や、わかってる、すまん。脚本を急がなきゃいけないのに」

「それはまあそうなんだが、なあ吉弥」

「明日から、いや今夜からでもすぐ書くよ」

「いいから聞けって」

「……何だよ」

Rが首をねじってふり返り、寝転がったままの僕を見おろす。

「これで終わりか？」

「ここからがいちばん知りたいところじゃないか。なんでこの先を聞いてこないんだよ」

「え」

「だって、夜が明けちゃったもんだから」

「はあ？」

ようやくあの夜の経緯を説明し、一晩限りの用心棒として『若竹』に泊まることになったのだと話したところ、Rは、彼にはめずらしくぽかんと口をあけて僕を凝視した。

「とすると俺は、誰か酔っぱらいを雇えばいいのか？」

「……話が見えないんだが」

「きみが『若竹』に泊まらせてもらうためには、酔っぱらいが狼藉《ろうぜき》を働けばいいんだろ？　何なら俺が行って暴れようか」

「ふざけないでくれよ。疲れてるんだ」

「誰がふざけてるって？」

見ると、Rは完全に真顔だった。

「なあ、どう思う。お定さん、この続きも喋ってくれそうか？」

「それは……どうだろう」

——どうだろう。僕が、それこそ深草の少将のように『若竹』へ通いつめる誠意を見せたなら、あのひとは誰にも語らなかった話を聞かせてくれるのだろうか。予審調書を作成した判事にさえ語らなかったような〈内緒の話〉を。

「いいか、吉弥。きみはこの際、何でもしろ」

嫌な予感がした。

「何でもって何だよ」

「前から思ってたんだ。きみは、見たところ母上にはあまり似てないよな」

「何の話だ」

「ってことは、父親似だな」

「おい、待て。何を考えてる」

「きみがたった今考えたことと同じだよ」と、Rは言った。「賭けてもいい。きみは、お定さんの好みのタイプだ。タイプどころかド真ん中だ」

「ふざけるなよ」

「だからふざけてないって。大真面目だ」

睨み上げる。まるで動じずにこちらの視線を受け止めたRが、今度は身体ごとねじって畳に手をつくと、仰向けの僕の上へ覆い被さるようにして覗きこんできた。息がかかるほどの近さで、ニヤリと笑う。

「たしか『クイーン』とかいったっけ。『若竹』の前にお定さんがやってたっていう浅草の店は」

「それがどうした」

「閉めたのは、若い従業員に金を持ち逃げされたせいだったよな。客の証言じゃ、お定さんの恋人だったらしいとか」

「……だからそれがどうしたんだよ」

「俺はさ、吉弥。自分の映画のためなら、映画を良くするためなら、何だってする。そう、何だってね」

Rの、色素の薄い瞳が間近に見おろしてくる。眼球を透かして脳味噌まで覗かれているようだ。

「吉弥はどうだ？　俺のためにどこまでしてくれる？」

おかしい。〈映画のため〉が〈俺のため〉にすり替わっている。でも、その二つに違いがあるのかどうか、僕にはわからない。同じような気もする。

口の中が渇いてたまらず、なけなしの唾液を集めて飲み下すと、その喉仏の動きに目をやったRが再び微笑した。女衒もかくやと思わせる笑みだった。

「俺や、俺の映画のためだけじゃない。ねえ吉弥、きみの中にも棲んでるんだろ？　創作の鬼か魔物か、何か得体の知れない化けものがさ。そいつはしょっちゅう腹を空かせて啼《な》く。餌を投げてやったところでちっとも満足せずに、もっとくれ、もっとよこせと要求がどんどん大きくなる。お定さんはさ──俺らの中に棲む化けものにとって、格好の餌なんだよ」

「そ……その言い方は、」

「酷すぎるってかい？　だけど俺はさ、こうも思うんだ。あの人にとってのいちばんの不幸は、これまで誰一人として、〈阿部定〉という最高の餌を正しく嚙み砕いて吞み込んでくれる相手がいなかったことなんじゃないかって。柔らかな肉、脈打つ内臓に熱い血潮、小さな骨の一つひとつから髪の毛の一本までも余さず、咀嚼して、味わって、一旦胃袋におさめる。その上で、再び吐き出す時には彼女の真実だけが神々しく立ち現れるような、文字通りの換骨奪胎、メタモルフォーゼ……そういう鮮やかな変化のために手を貸してくれる誰かと出会うことがなかった。だから〈阿部定〉はもう三十年にわたって世間に誤解され続け、生身のあの人は今も苦しいまんまなんだよ」

「……つまり」

声がかすれてしまった。咳払いをして絞り出す。

「つまり、きみがそれをやってのけようって？」

「俺だけじゃ難しいだろうな。吉弥も手を貸してくれないと」

Rが少し身体を起こしたので、ようやく息が吸えるようになる。

懐から取り出した青い箱を揺するようにして、Rが一本くわえた。しゅっと擦って火をつけながら、文机の端にほぼ彼のためだけに用意してあるガラスの灰皿を引き寄せ、燐《りん》のにおい漂う燐寸《マッチ》を捨てる。ハイライトの煙はきついが、彼が吸うのを不快に感じたことはない。

ふと、Rが言った。

「今、急に思いついたんだけど……誤解のないように聞いてくれるか」

僕は、起きあがってあぐらをかいた。

「どうぞ」

「今回の映画、吉蔵と定の最後の数日間だけを集中的に描くって話はしたよな」

「聞いた」

「イメージとしては舞台劇のようなというか……台詞はかなり少なく、説明的な場面もできる限り省いて削ぎ落として、行為や表情だけで二人の道行きを見せる、そういうものにしたいと思ってる」

「たぶん、共有できてると思うよ」

「そうか」

Rが、口をつぐんだ。

それから言った。

「俺が書いてみようかと思う」

僕は黙っていた。言葉が出なかったというほうが近い。

こちらの仕事が遅いからだろうか。急げと言われていたのに、自分の興味のほうを優先してしまった、だから今回は馘首《クビ》、ということか。

「何だよ、その顔は」Rが頬を歪めて苦笑する。「言ったろ、誤解するなって。吉弥の仕事ぶりや能力には何の不満もない。そうじゃなくてむしろ逆だ、吉弥の書く小説に心の底から期待すればこそ、こっちを形にしてもらいたいんだよ」

細い指先が、文机の上の帳面をとんとんと叩く。

「言ったろ、前に。いつか阿部定の映画を撮れる時が来たら、吉弥の書いた小説も一緒に世に問うって。そのほうが話題になる、それは絶対だ。だろ？」

「……そんなに簡単な話では」

「そうさ、簡単な仕事じゃないはずだ。小説は小説で、構成からして考え直さなきゃいけない。きみがこれまで四半世紀かけて集めてきた証言はどれも貴重だが、まだ断片の形でここにある。それをどの順で並べ、間をどんな糸でかがってゆくかによって、全体の出来は大きく変わる。吉弥、きみ、それを脚本と同時に進められると思うか？」

「それは、」

「無理だろ絶対」

「絶対、絶対って言うなよ！」思わず大きい声が出た。「きみの悪い癖だぞ」

「や、悪かった。すまん、気をつける」

妙に殊勝なRの物言いに、後が続かない。

「もちろん、吉弥が脚本を書いてくれるなら、凄いものになるのはわかりきってるんだ。それこそ絶対にね。ただ俺は、一つの選択肢を言っただけだから」

宥めるような、慰めるような、説得の匂いのする言葉に苛立ち、虚しくなる。けれど同時に、諦めとはまた違う諒解《りようかい》がゆっくり胸の裡に下りてきたのも事実だった。

Rはこう言うけれど、じつは書きたいのだ。自分なりの阿部定と石田吉蔵、その最後の濃密な数日間を自らの筆で描き出してみたくなったに違いないのだ。

脚本から書き起こす映画監督は大勢いる。デビュー作の『翠の海域』だってRが書いた。いい脚本《ほん》だった。

「……こっちこそ、悪かったよ」僕は言った。「そうだよな。意地を張ってみても、同時に二つは無理だもんな」

「吉弥」

「いや、きみの言う通りかもしれない。僕の時間はかなり限られてる。お定さんにこの話の続きを聞きたかったら、間を置かずにせっせと通わないとたぶんヘソを曲げる」

Rがちょっと笑う。「だろうな」

「ちなみにさ。その、さっきのは本気……なのかな」

「何のことだ?」

「つまり、僕の書くものに、期待してるとか何とかいう」

「……馬鹿なのか、吉弥」

あきれ返ったように、Rは目玉をぐるりと回した。

「そうでなかったら、なんで俺がわざわざ脚本なんか買って出なきゃならない?」

「いや、それはまた別の話でさ。僕としては小説なんか初めてだから」

「わかった、聞けよ」大きな嘆息とともにRは言った。「きみは俺の才能を信じてるよな」

「そりゃまあ、うん」

「つまり俺の目を信じてるってことだよな」

「そう、なるかな」

「ちょっとやそっとじゃその信頼は揺らがないよな」

「要点を言ってくれ」

するとは、ふっと鼻から息を吐いた。

「俺はさ、吉弥。それこそ泥棒猫よろしく書棚を漁ってたまたまあの帳面の束を見つけた時は、正直なところ揶揄《からか》い半分だったんだ。文学青年なら誰でも一度は通り過ぎる、青臭い小説モドキのしろものなんだろうと思ってさ。それでなくてもプライドの高い吉弥のことだ、俺に読まれたと知ったら恥ずかしさで憤死するだろうから、」

「ちょっと待て」

「だから内緒にしとかなきゃいけない。ちょっとだけつまみ食いみたいに読んだら、元通り棚の奥へ戻してあとは素知らぬ顔をしといてやろう。そう思ってた。それが——とうてい黙っていられなかった。なぜだかわかるか」

「……わ、」

「わからないなんて言わせないぞ。あの時、俺、訊いたろ？　ほんとうはこういうものを書きたかったんじゃないのか、って。きみはこれをどうでも形にしなきゃいけない。これは他の誰にも書けない、この世でただひとり石田吉蔵の息子にしか書けない小説なんだ。と同時に、自分を愛して守り育ててくれるはずの存在を、突然ふりかかった災厄によって奪われた少年の物語でもある。つまりは特殊でありながら普遍なんだ。俺が今まで何度もこれを仕上げろって焚きつけたのは冗談や思いつきじゃない。俺は、書き手としての波多野吉弥に惚れたんだ。才能にぞっこん惚れたんだよ」

Rが言葉を荒らげることはなかった。口調はずっと静かで、ゆったりとしていて、そのぶんだけ深く沁みてきた。

「なあ吉弥、俺の目を信じるって言ったよな。武士に二言はないよな」

わずかに笑みを含んだ、けれど真剣きわまりない声で彼が言う。

「……誰が武士だ、ばか」

泣きそうだ。

「っていうか、いいかげん自覚しろよ。俺が映画を撮らずには生きていけないのと同じで、きみは、波多野吉弥は、書かなきゃ死んじまう種類の人間なんだ。ああ、絶対だね」

# 第八章

用心のため泊まってくれた波多野吉弥に朝餉《あさげ》を食べさせて帰したあの日――あたしはめずらしく二度寝をした。

いくら明け方まで眠らなかったからといって、せっかく天気もよかったのだし、店の裏手に布団を干すか掃除をするか、何より一刻も早く業者に頼んで前の晩に割られた入口のガラスを取っ換えてもらわなくちゃいけなかったのに、どうにもこうにも起きあがる気力すら湧かなかった。

なんでまたあんなに洗いざらい、バケツをひっくり返すみたいにして喋ってしまったものか……相手があの吉さんの息子だからというのが大きな理由ではあったけど、そんなのはべつに今さらわかった話でもない。判事さんに訊かれて喋った予審調書と、じつは代筆屋を立てて出版した『阿部定手記』のほかには、周りの人間にいくら訊かれてもこの歳になるまで黙り通してきたことを、どうしてあの晩は話さずにいられなかったのかわからない。

ただ、口からこぼれてしまったのだ。どんどんどん言葉があふれて、黒い石油が噴き出すみたいに止まらなかった。薄灯りの中、彼が起きあがり、あおむけに寝ているあたしの横顔を食い入るように見つめながら手帖に書きつけている、そのペン先が紙を擦《こす》る音を聞けばよけいに止まらなくなった。正直言って、全部吐き出すのは気持ちよかった。外で遊びほうけていた娘時代、ぎりぎりまで我慢した末に草むらへ飛び込んで着物の裾をまくり思う存分お小水《しょうすい》を放出した、あの時みたいな解放感だった。

波多野吉弥はあのあとまた一人でやってきた。黙ってカウンターの隅っこに座り、ほとんど飲めないくせに義理堅くお銚子を一本だけ注文し、その日の煮物や天ぷらなんかをつまみながら控えめに飲んで、客も手伝いの松子さんもみんな帰ってしまうと暖簾を取り入れたりなんかしてくれて、それから伏し目がちに訊いた。

「このあと、付き合ってもらっていいですか」

言葉だけ聞いたらまるで年上の女郎に入れあげているおぼこな坊やみたいだった。

この前と同じく奥の小上がりに一つきりの布団を敷き、隣に座布団を並べようとしたら止められた。

「今夜は帰ります」

あぐらをかいた彼は、持ってきた重そうな紙袋からごそごそと帳面を何冊も取り出すと畳にひろげてみせた。けっこうな量だった。

「とりあえず、現時点でまとまっているものの一部だけ持ってきました」

前にあたしが、あんたの書いてる小説とやらには興味がでてきたと言ったのを覚えていたらしい。

「見ていいの」

「どこからでもご自由に。……あ、」

「なにさ」

「ことわっておくと、これはまだ小説ではなくてその断片というか、僕が今まで会ってきた人たちの証言をまとめたものなんです」

「どう違うんだい」

「僕自身による創作部分はまだ入っていないということです」

――創作。

警戒の赤ランプが点った。

「いずれ、そういうのも入れていくつもり?」

「……そのつもりです」

「どうしてそんなのが必要なのさ」

「そうですね……。ある人物について事実を調べて書くのが評伝だとすると、僕が書きたいのはそれじゃない。僕は、あなたから全部を聞いた上で、あくまで小説にしたいんです」

「なるほどね」あたしは言った。「つまり、あんたもやっぱり同じってことかい」

「同じ、とは?」

「あの『色ざんげ』を書いた奴みたいに、事実と違うことをそれらしく書き散らして名声が欲しいってわけかい」

つい気色ばむあたしを、波多野吉弥は一つっきりの目でまっすぐに見据えた。

「いいえ。僕が欲しいのは、あなたと吉蔵の真実だけです。前にもそう言ったでしょう、覚えてませんか」

「覚えてるともさ。あの時はえらそうに、あたしたちの名誉のためだとか言ったっけね」

「ええ」

「じゃあ、あれかい。あたしと吉さんの間にあったことを、近松《ちかまつ》の道行《みちゆき》ばりのお涙頂戴に仕立ててあげてくれるとでも?」

彼は、ただ真顔で黙っていた。

やがて言った。

「あなたが過去に関わってきたいろんな人たちの話については、時間をかけて居場所を探しあて、訪ねていって頼み込めば何とか聞くことができました。今はこうしてあなたも自分のことを話してくれるようになった。感謝しています。だけど、吉さんの――僕の父親の証言だけは、もうどうやっても聞けない」

「それは……」

「僕と母にとっては、優しくて頼もしい父でしたよ。でも、本宅では必ずしもそうじゃなかったらしい。少なくとも奥方のおトクさんの話ではね。それに、あのひとが死ぬ時いったい何を思っていたのか、どうしてあなたに首を絞められても抵抗しなかったのか、それより何より本当はあなたのことをどう思っていたのか……。予審調書の中であなたは、四分六分で自分のほうが多く好いていたと言ってましたけど、ほんとにそうだったかどうかさえ、彼に直接確かめることはできません」

責めているのかと思ったけど、そうではなさそうだった。まなざしは、ただただ静かだった。

「長い年月をかけて集めてきたこの証言の山だって、一つひとつが本当のことかどうか証明する手立てはほぼないと言っていい。例の樫原喜之助氏の証言があなたの記憶と食い違っている場合だって大いにあり得るし、同じことが秋葉正武氏や、あの桜井健氏にも言えるわけです」

「ちょっとまさか……嘘だろう？　あいつにまで会ったってのかい」

あたしの人生を狂わせた張本人。あの男が今さら何を喋ったというんだろう。

「他に、あなたの幼なじみの〈健坊〉や〈ナミちゃん〉にも話を聞きました。『徳栄楼』で一緒だった〈おみよちゃん〉にも」

「……あきれた。よくもまあ……どうやって探しあてたの」

たまらなく懐かしくなってしまって、あの子どうしてた、と訊くと、彼はようやく微笑した。

「大阪で所帯を持ったそうで、幸せそうに見えましたよ。全部、その中にあります。それ以外にももっとね」

畳に広げられた帳面を、あたしは茫然と見おろした。自分の与《あずか》り知らないところで少しずつ過去を暴かれていたことへの嫌悪や怒りはもう、不思議なほど湧かなかった。いったいどれほどの時間と労力を、この人はここに費やしたのだろう。

でも――と、彼が言葉を継ぐ。

「証言なんてものは所詮、その人が話したい物語に過ぎません。どうしたって事実と虚構とが入り交じってしまう。あなたが当時、判事さんに話した予審調書だってそうじゃないですか」

「それはつまり、あたしの話が信じられないってことかい？」

「そうじゃありません。……いや、突きつめればそういうことになるのかな。あなた自身はほんとうのことしか話していなくても、物事は見る角度によっていくらでも変わるわけだから、その意味で言えば僕は誰の話も信じていないのかもしれません。要するに、評伝じゃなくて小説を書きたいのはそのためなんです」

「小説だったら何が違ってくるっていうのさ」

「小説なら――いいえ、言い直します。すぐれた小説なら、事実の軛《くびき》を振り払って、真実に迫ることができる」

……真実。

波多野吉弥が残していった帳面の山に目を落とす。

そんなご大層なものが、はたしてこの世にあるんだろうか。彼の言う通り、〈ほんとうのこと〉は人の数だけあって、少しずつ食い違っている。確かなものなんてない。

最初に波多野吉弥がここを訪ねてきた時のことを思ってみる。あの時、ろくに話も聞かずに怒り狂ったあたしに、彼は〈信じて下さい〉と言った。それがどうだろう。今となってはあたしのほうが、あのひとに自分の話を信じてもらいたがっている。

〈僕程度の筆力でそれが成し遂げられるかどうかは正直わかりません。それでも、精いっぱい、死にものぐるいで努めます〉

火鉢の上で、鉄瓶がしゅんしゅんと音を立てている。

あたしはやがて、一冊を手に取ってページをめくった。クセの強い、それでいて几帳面《きちょうめん》な文字が整然と並んでいる。

＊

## § 証言10　石田トク　五六歳
## ――吉蔵の妻　（事件当時四四歳）

１９４８・７・12

そうでしたか。あなた、あの小春さんの……。

いいえ、何も謝って頂くようなことじゃございません。お母上のことはよく覚えていますとも。今でも高円寺近くのあのお宅に暮らしておいでなんですか。そうですか。

亭主がそっちに入り浸ってあんまり帰ってこないもんだから頭にきて、いつだったかいっぺん、乗り込んでいったことがあるんですよ。そんな私に、お母上はきっちり畳に手をついて仁義を通そうとなさった。うちの人はおろおろと言い訳ばっかりしてましたけどね。なんであんなつまらない男に、お母上ほどの方が親身に尽くしたりなさったんだか。……ああ、ごめんなさい、あなたにとってはあれでも父親ですのにね。

いい時においでになったんじゃないですか。これがもし十二年前だったら、いえ六年前でも、私は誰に何を話す気にもならなかったでしょうよ。あの通り、常軌《じょうき》を逸した事件でしたしね。亭主をあんな……一部が欠けちまったまんまで見送ることになるなんて思いもよらなかったから、正気を持ちこたえるだけで必死でしたもの。

当時、上の息子は十七、下の娘が十三、どちらも多感な年頃でしょう？　商売のほうも何とか続けていかなきゃいけない。ま、それまでだって『吉田屋』を実質支えてきたのはこの私ですから、うちの人なんかいようがいまいがたいして変わりゃしなかったんですが、世間の噂はかまびすしくて、そりゃあ苦労しましたよ。あんなことさえなけりゃ今でも充分にやっていられたはずです。上の息子が生きて帰ってりゃ継がすか、下の娘に婿でも取ってね。

婿と言えば、うちの人もそうでした。『吉田屋』は私の祖父の代からの老舗で、はじめ板前見習いとして入ってきてやがて私と一緒になったのが二つ年下の吉蔵でした。若いに似合わず真面目に励むところを父に気に入られ、私もまあ憎からず思ってその気になったんですが、あの女あしらいの巧さは天性のものでしたわねえ。

お加代の証言じゃまるで水も滴《したた》る色男みたいに言われてましたけど、それほどのもんじゃございません。ただ、着物の着こなしが堂に入っていて、歩く姿に風情のある人ではありました。

あとは目つきでしょうか。ちょっとばかり藪睨《やぶにら》みで、その目でこちらを見て苦笑いなぞ浮かべると、三割増し好い男に見えたかもしれません。得な人でしたよ。

大正十一年――うちの人が二十八、私が三十の時に『吉田屋』は建て増しをして商売を広げたんです。震災も持ちこたえましたし、それから五年十年とたって代替わりする間には雇い人も七人ほどに増えて、お加代が入った頃はかなり繁昌してました。鰻をやったのが当たりましてね、毎日のように芸者さんが大勢あがって、お上《かみ》にも御贔屓《ごひいき》にして頂いて。

うちの人は途中から板場には立たなくなり、一応は経営者然として新井三業組合の組合長なんか務めてましたけど、そんなもの、あくまで『吉田屋』の看板があってこそでね。だって、人前だと臆しちまって大きな声も出せやしないんですから。閨《ねや》での女には口が巧くたって男衆の前に出ると意見も言えないんじゃ、そりゃあ軽く見られて当然でしょう。大事な決め事は皆さん、陰でこっそり私に相談なさるくらいでした。

本人はそれを知ってたかって？

知ってたんじゃないですか。だからいじけて、妾をこしらえたり、遊び人を気取って着るものに凝ってみたり。あんまりひどい時は私も腹が立って悋気《りんき》を起こしたりしましたけど、だいたいはあきらめて好きなようにさせてましたよ。ヘタが商売によけいなくちばしを挟んでくるのに比べたら、ぶらぶら遊んでてくれたほうがよっぽどましですから。

お加代が初めてうちにやって来たのは二月。あの事件の起こる三月《みつき》ほど前の、何だかどんより薄暗い夕方のことでした。たしか小雨もぱらついてたんじゃなかったかしら。私が調理場で板前たちに指図していると、うちの人がひょいと顔を覗かせて、「ちょっと」って手招きするんです。何かと思ったら、頼んでおいた紹介所から新しい女中が来てるって。

その時の目がやけにぴかぴかしてたもので、さてはと思いながら座敷へ行ってみると、やっぱりでした。なで肩で面長、まるで浮世絵から抜け出してきたみたいな女が座ってましてね。そういえば、うちの人はふだん、誰か来たってめったに玄関へ出ていくような人じゃなかったんですよ。あの時はたまたまだったんでしょうねえ。あの女は私より先に、うちの人と出会ってしまった。

歳は三十一だとか言ってましたっけ。そう言われればそのようだし、二十六と言われても四十二と言われてもそのように見える女でした。どうして奉公する気になったのか訊いてみますと、畳に目を落として、

「じつは亭主が事業でしくじりまして、このままでは生活が立ちゆかないので私も働かなければなりません。一所懸命に勤めますからこちらに置いて頂けないでしょうか」

鼻にかかったような声でしおらしく言うんです。

そうして座ってるところは案外きちんとして見えました。紹介業の『日の出屋』の話によれば、なんでも当人は「儲けは少なくてもよいからどうぞ真面目なところへ世話して下さい」などと殊勝なことを言っていたそうですし、何よりこれだけ様子がよければお客さんはきっと喜ぶだろうと思って決めました。給料は三十円、その他にチップがあるだろうから月々の手取りが七十円くらいにはなるはずで、それだけあれば充分でしょうと言ってやると、お加代は嬉しそうでした。

「じゃあ、住み込みで今夜から働いてもらうってことでいいね」

隣にいたうちの人に一応確かめましたら、鹿爪《しかつめ》らしい顔で頷いてましたよ。なぜその時点で亭主がちょっかい出すことを心配しなかったか？　そんなことあなた、いちいち気にしていた

ら商売は立ちゆきませんでしょ。

実際、私の目に狂いはありませんでした。お加代が女中として使えることはその晩からわかりました。

細やかに気働きができて、身ごなしや言葉づかいはちゃんとしているし、わからないことがあっても何を誰に訊けばいいのか心得ているから板場の連中の手を無駄に止めさせることもない。学があるわけではなさそうでしたが、もともとのオツムの出来がいいとでもいうんでしょうか、とりわけ客あしらいにかけては素人離れしてました。事件の後になって、お加代の隠していた来《こ》し方をいろいろと知って合点《がてん》がいきましたけど、当初はびっくりしましてね。これは良い拾いものをしたと思ったほどです。

驚いたことに、料理人らしく無口で頑固者ぞろいの板前たちも、はなからお加代のことは気に入ったようでした。

今でも強烈に覚えていますのは、うちで働くようになってほんの幾日かたった昼下がり、私が板場をひょいと覗いた時のことです。昔からいる五十過ぎの板長と、もう一人の若い板前が両側から覗きこむ中、なんと、お加代が鰻をさばいてみせていたんです。

ふだんはもちろん板前しか触りません。ぬるぬるとした粘膜や血には毒があって、手に傷でもあれば酷く痛みますし、そもそも鰻はうちの大事な商品です。それなのにいったいどんな成りゆきだったかわかりませんが、めったと笑わない板長が目尻に皺を寄せてお加代の手元を眺めているのです。どういうことかしらと、私は戸の陰からそっと見ていました。

鰻を盥《たらい》からつかみ出したお加代が、その頭に千枚通しを突き刺し、出刃包丁の背でコンコンとやって俎板《まないた》の右端にしっかり打ちつけます。氷水につけられて仮死状態になっているとはいえ、ゆっくりうねうねと動く鰻の長い体を尾の先まで伸ばしながら、胸びれのすぐ下から背中の側に包丁の先を入れて、中骨すれすれに左側へとさばいていきます。つながっている腹の側を中心にして開くと、赤い肝を剝がして取り、中骨を削ぐように外し、血合いもこそげ取ったら全体を半分に切って、あとは串打ちを待つだけの状態に……。

三分もかかりゃしませんでした。もちろん長年修業を積んだ者には及びませんから、俎板は真っ赤な血でだいぶ汚れていましたが、それでも素人にしてはたいしたものでした。

「いったいどこで覚えたんだい」

感心した板長が訊きますと、お加代は鼻高々といったふうに顎を上げ、血にまみれた手を流しで洗いながら言いました。

「昔々の遊び友達に、魚屋の倅《せがれ》がいましてね。その人に教えてもらったんですよ」

「なんだい、イロかい」

「さあ、どうかしら」

人情の機微みたいなものを心得ているというのか、相手の懐へスッと入り込むことにじつに長《た》けた女でした。それも、下からおもねって媚《こ》びるというのではなくて、男とも対等に、言いたいことをぽんぽんぶつけながらいつのまにか気に入られている。かく言う私もご多分にもれず、女同士の内緒の話までずいぶんお加代に打ち明けたものです。

正直なところ、私とうちの人との間はずいぶんと前から冷えていて、夫婦のこともとんとご無沙汰でした。店が忙しく、晩になるとくたくたに疲れていたので私もその気になりませんでしたけど、あちらだって今さら古女房を喜ばせるつもりなんかなかったでしょう。

ただ、それに関しては恥ずかしながら、私の側にとやかく言えない事情がありました。だいぶ前のこと、まだ子供たちが小さかった頃に、うちの常連だったお客とわりない仲になってしまって家出をしたことがあるんです。置いて出た子供らの面倒は当時まだ元気だった両親が見てくれていましたから、それに甘えてしばらく帰らずにおりましたが、そのうちに父が寝付くようになり、母からは涙ながらに諭されて、とうとう男と別れ、うちの人に詫びを入れるかたちで戻ることにいたしました。あの人はよそで、「腹は煮えくり返るが子供が不憫《ふびん》だから忍び難きを忍んで連れ戻してやったんだ」などと嘯《うそぶ》いていたようですが、とんでもない。私は、母の願いを聞き、自分の考えで戻ったんです。

店の者の手前、なくした信用をちょっとずつでも取り戻さなくてはと、朝はいちばんに起き夜は最後に寝て、身を粉《こ》にして働きましたよ。

今さら言い訳になりますけれども、あの頃は私もまだ若く、亭主がこちらの目を盗んではあっちこっちの女に手をつけるのが耐えられなかった。いくら『吉田屋』の暖簾を守るための婿とはいえ、ほんとうに嫌いだったら一緒になんかなってやしません。女中たちに向かって始終、あの男は薄情だの女好きだのろくでなしだのと悪口ばかり聞かせていたのだって、できる限り吉蔵のそばに近づけまいと思えばこそでした。

でも、お加代には逆効果だったのかもしれませんね。

春先に何日か、私が風邪で寝込んだことがありました。女房がそんなだってのに、うちの人ときたら離れで芸者をあげて酒を飲んでましてね。自分ちの店で芸者遊びだなんて粋と言えば粋でしょうけど、私はあんまり情けなくなっちまって、枕元で看病してくれていたお加代についつい愚痴をこぼしたんです。

「あの調子だもの、頼みにならないったらありゃしない。こんな時くらい自分が陣頭指揮をとって店を切り盛りしようって気にはならないもんかねえ、不甲斐《ふがい》ない」

するとそばの火鉢で薬湯を煎じてくれていたお加代は、丈夫そうな前歯を見せてにっこり笑いました。

「お内儀《かみ》さんがふだんから雇い人をきっちり仕込んでおいでだから、こんな時でもお店は何の障りもなく回るんです。旦那さんだってそのことをよくご存じなんでしょうよ」

「そうかしら」

「そうですよ。お内儀さんを信頼しているからこそ、かえって自分が手を出したりしちゃ邪魔になると思っておいでなんですよ」

「そうかしら」

「そうですよ」

私を立ててくれてるんだと感じて、その時は何だかいい気分でした。だけど後から考えたらそんなはずはなかった。お加代が立てて庇《かば》っていたのはうちの人のことだったんです。その時点で、たぶんもうデキていたんでしょうねえ。

そうとも知らず、寝付いている間ずいぶんと明け透けに夫婦の事情を話しましたよ。父と母はすでに亡く、女中たちの中に話の通じるような者はいませんでしたし、他は男ばっかりでしょう。お加代は自分の身の上をあまり喋りたがりませんでしたが、男と女のことについては酸いも甘いもかみ分けた感じがあって、私はやっと胸の裡が明かせる相手ができたと思って嬉しかったんです。

うちの人が外に妾を囲っていることも打ち明けました。私が乗り込んでいった時の話もね。ええ、そうです、あなたのお母上のことですよ。

あのお宅がお母上の持ちもので、もともとうちの人が用意してやったわけじゃないってことは、あの時お母上から初めて伺ったんです。知らなかったとはいえ、なんだか申し訳ないことをいろいろ言ってしまった気がします。これも今さらですけど、謝っておいて下さいましね。でも、お母上ばかりじゃなく、その他にだって、うちのひとに女が切れた例しはありませんでした。ある時は、

「待合にいるが払う金がないんだ、迎えに来てくれ」

などと電話をよこすので百円ほども抱えて行ってみれば、得体の知れない女と愁嘆場《しゅうたんば》の真っ最中でした。別れるの別れないのと泣き叫んでいる女の洗い髪をひっつかみ、その背中を踏んづけて、部屋の中だってのに蛇の目までさして歌舞伎役者ばりに見得なんか切ってみせてね。あの猿芝居はいったい何のつもりだったんだか……私にまたしぼられるのが嫌で、目くらましのつもりだったんでしょうか。

ともあれ、そんな話のあれこれを私がぽつぽつと打ち明ける間、お加代はさも同情めいた顔で頷いておりましたが、やがて言いました。

「ねえ、お内儀さん。夫婦っていったい何なんでしょうかねえ。好き合った男と女、いくら約束事を交わしたってどっちかが反故《ほご》にしちまえばそれでおしまいなのに、何だってわざわざ一緒になったりするんだろう」

やけに悟ったような口ぶりです。

「お内儀さんは、旦那さんと別れようと思ったことはないんですか」

真顔で訊かれて私は答えました。

「ないねえ」

「どうしてです？　そんなに遊ばれて嫌にならないんですか。お店のほうはそれこそ旦那さんがいなくたって困りゃしないでしょうに」

内情がたとえそうであっても、老舗には老舗の面子《メンツ》というものがあります。悔しいけれど、表に出る顔はやはり男のほうがおさまりが良いようなのです。

「お前のところこそ旦那さんとはどんな具合なのさ」

そう訊いてやると、

「うちの夫はまるでお地蔵さんみたいな人で、女遊びはしないんですが、それでもたまに嘘なんか吐《つ》かれたらアタマにきますでしょ。そういう時はしっぱたいてやります」

お加代はそんなことを淡々と言って私を笑わせるのでした。

当時、うちには女中がほかに四人、だいぶ年かさの者も一人おりましてね。さしものお加代も、その者とだけはちょっと折り合いが悪かったようでした。致し方ありません。うちに来て間もないお加代を、女中頭に据えたのは私です。年下の新参者にあれこれ指図されるのが業腹な時もあったんでしょう、うちの人とお加代がデキている、と私に耳打ちしてくれたのもその女中でした。

たしか、四月の半ばを過ぎた頃でしたか。大きな宴会が入っており、店じゅうの誰もがてんやわんやで立ち働いているさなかに、あの二人はあろうことか応接間に隠れてコトに及ぼうとしたのでした。くだんの女中は座布団を取りに行って応接間の灯りが消えているのに気づき、訝しく思って電気をつけたとたん、うちの人とお加代が飛び出してきたので腰が抜けるほど仰天したとのことでした。

その晩は、うちの人をそれはもうコッテリとしぼってやりましたともさ。私も脛《すね》に傷もつ身、些末《さまつ》なことなら見て見ぬふりもしましょうが、だからってナメてもらっちゃ困ります。手綱《たづな》を締めるべきところは締めておかないといけない。

「わかった、わかったからもう堪忍してくれ」

だいぶ酔っているせいもあったのでしょう、あの人は最初、少しも取り合いませんでした。

「ほんの出来心だ。お前が気にするようなことじゃねえ。今夜だって具体的に何をしたわけでもねえんだ。お加代がどうも生意気なもんで、ちょいとお灸を据えてやろうと思ったところへ電気がついて、心臓が止まるかと思ったよ。いやはや、悪いことはできんもんだなあ」

ほれほれこの通り、許せ許せ、勘弁だ。

ふざけたように手を合わせ、笑いながら私を拝む姿を見ていたら、何ともいえず虚しくなってきました。

女房が心の底から嫌だと言い、本気で腹を立てて真剣に訴えていることを、この人はわかってもくれない。ただの焼きもち扱いして適当にあしらおうとする。それはつまり、私を丸ごと軽んじているのと同じことです。

こちらが黙り込んでしまったのを不思議に思ったようで、あの人は拝むのをやめ、顔を上げて私を見ました。その顔からようやく薄笑いが消えていきました。

「……あなたはいったい、何をしたいんですか」

思うより低い声が出てしまい、自分でも驚きましたが今さら引っこめるわけにもいきません。

「何をってお前……」

「組合の会合に出る以外、家のことはほとんど何もしないで遊び暮らしてばっかりじゃないですか。あっちこっち手当たり次第に女をこさえては妾宅や待合に入り浸る。成田《なりた》のお不動さんに禁酒の誓いを立ててはまたすぐに破る。そんなに情弱で男として恥ずかしいとは思わないのですか」

「おいおい、何を今さら」

「ええ、なるほど今さらですけどね、最近は子供たちだっていいかげん呆れてますよ。父親らしいことなんかちっともしてやらないくせに、たまに顔を合わせたからって取って付けたように勉強しろだの何だの説教されても、誰がまともに聞くもんですか」

「うるさい。もうそれ以上言うな」

「いいえ、今夜ばかりは皆まできっちり言わせてもらいます。あなたはね、意気地がないんです。今だから言いますけど、父が陰で私にこぼしてましたよ。『板前としては仕事ぶりが真面目だと見込んで婿にしたが、お前にはかわいそうなことをしてしまった。俺の見込み違いでお前に苦労をかけてすまない』って」

「おい、トク」

「『あいつが板場に立たなくなったのは、自分が包丁を握らなくても充分商売が立ちゆくと思ってのことだろうが、男の仕事というものは本来そんなものじゃないだろう。代わりに女遊びばっかりするのだって、男相手では言うことを聞かせられる自信がないからじゃないのか。まったくあいつは期待はずれだったな。ここ一番で自分を強く押し出してゆこうとする根性がまるでな……い……』」

皆までは、言えませんでした。あの人が獣みたいな唸り声をあげながら私を張り倒し、背中を蹴りつけたからです。

およそ力加減もなく打ち据えられ、髪をつかんで引き起こされながら、私は、どこかで喜んでいました。あの人にそうされるのが嬉しかったのじゃ断じてありません。やっと、ほんとうにようやっと、私の言葉が矢のように届いてあの人の痛いところに突き刺さったのがはっきりわかったからです。

翌《あく》る日は顔が腫れあがってお客さんの前には出られず、奥で女中たちに差配する私に、あの人はご機嫌を取るような上目遣いで謝ってきました。昨夜の自分は自分ではなかった、お酒を過ごしたせいで見境がなくなったのだ、申し訳なかった、許してほしい。そういうことにしたいようでした。

どう考えたってお酒のせいなんかじゃありませんでしたけど、私は黙って言葉を呑み込み、こちらも言い過ぎたんです、許して頂戴と謝ってみせました。むろん、心などない、かたちだけの謝罪です。主人とお内儀がいつまでも角突き合わせていたのでは使用人たちによけいな気を遣わせてしまいますし、そうすると表の商売にも響きますからね。

その翌々日の朝早く、うちの人は懐に分厚い財布をしのばせて出かけていきました。今よりモノのいい鰻を扱う業者と、とりあえず会う約束を取り付けた、というのは前の晩に聞かされていました。話の流れによってはそのまま浜松まで視察に行くかもしれぬと言うので、金庫から出した三百円を渡してやりました。それだけあれば、男同士が集まって飲むような席でも恥をかかずに済むでしょう。

こないだの諍《いさか》いがきっかけで、少しはまともな仕事をする気になってくれたのかしら。もしそうだったら、まだ痛む頬の痣もまるきり無駄ではなかった。そう思いながら、私は子供たちや使用人たちと一緒に、小雨そぼ降る店の前に並んで見送りました。ええ、お加代もいましたよ。何食わぬ顔をしながらも気まずそうで、なかなか私と目を合わせようとしませんでした。

ですが、晩になると奥へやってきて、頭を下げて言いました。

「じつはゆうべ連絡があり、夫の母親がどうも良くないそうなのです。もう歳も歳ですし、一日二日お暇を頂いて様子を見に行かせてもらってはいけないでしょうか」

いま思えば、この時ぴんと来なかったのが不思議でなりません。もしこれが、「夫が病気で」とか何とか言われていたならすぐに、ははぁん、そんな出鱈目《でたらめ》を言って、本当はうちの人と示し合わせて外で逢うつもりだなと見破ったかもしれませんが、「夫の母親が良くない」と聞いたらつい、ごまかされてしまいました。亡くした私の母の顔を思い浮かべてしまったせいです。

「もちろんじゃないか。早く帰っておあげ」

私は言いました。

ただ、三日後の四月二十五日には『吉田屋』に八十人もの宴会が入っていましたので、どうかそれまでにはいっぺん戻ってきて欲しい、お前がいてくれないと店が回らないからと、そう頼んだところ、お加代は私に許されたように思ったようです。ほっとしたように大きな歯を見せて笑い、

「わかりました、必ず戻ってまいりますとも。いろいろとご迷惑をおかけして大変申し訳ございませんです」

もういっぺん三つ指をつき、深くふかく頭を下げて出ていきました。

……ね、どうです？　お人好しもここに極まれりでしょう？

それっきり、お加代は『吉田屋』へは帰ってきませんでした。私は、自分で思っているよりずっと、人を見る目がなかったんですよ。そこから月をまたいで五月の十八日まで、あの女は

うちの人と待合をさんざん梯子して、男の精をとことん貪《むさぼ》り尽くして、そうしてとうとう……。

ねえ、教えてくれませんか。

なんだってうちの人は死ななきゃならなかったんでしょう。

逃げようと思えばいつだって逃げられたろうし、あの晩私を打ち据えたほどの力があれば、女の細腕なんかいくらでも振りほどけたはずなんです。それなのに、なんでおとなしく絞め殺されたりしたものか。

事件の現場となった尾久の待合は、畳を総取っ替えした後は評判が評判を呼んでかえって繁昌したようなのに、こっちは今ひとつでした。私もそれこそ女の細腕でずいぶん頑張ったつもりでしたが、ああいう客商売はやっぱり、〈顔〉になるような男がいないと難しいところもありましてね。そのうちに戦争が始まってしまい、新井の三業地あたりは空襲こそ免れましたけど、頼みの息子は戦地から戻ってこられませんで、結局のところ『吉田屋』は畳むしかなかったのでした。

ええ、痛恨の極みですよ。あの世で父に会ったらどうやって詫びましょうか。

お加代は――いえ、〈阿部定〉はね。あの牛刀で、吉蔵の身体だけじゃなく、うちの看板までずたずたに傷つけていきやがったんですよ。

*

全部に目を通したら連絡してほしい、と波多野吉弥は言っていた。

あたしは、彼が置いていった幾つもの記録を毎日少しずつ読んだ。約束したわけじゃないのだから読むだけ読んでほったらかしにしたってかまわないのだけど、いずれにせよ読み終えてしまうのがなんとなく怖くて、ゆっくりゆっくり読んだ。

何も吉弥が初めてというわけじゃない。あんなことをしでかしたあたしの話を真剣に聞こうとしてくれた人はこれまでにもいた。

もう二十年も前になるけど、大きな出版社が出している雑誌の企画対談で、有名な先生が訪ねてみえたことがある。名刺を差し出されてびっくりした。獄中でも娑婆《しゃば》へ出てきてからも幾度か読んだことのある、作家の坂口安吾先生だった。

昭和二十二年の秋口——と、なぜ覚えているかといえば、四年あまり連れ添った夫にあたしの正体がバレてしまい、去って行かれたすぐ後のことだったからだ。

石田吉蔵の死から五年後の昭和十六年に恩赦で獄を出てからのあたしは、所長さんが按配《あんばい》して下さったおかげで配給米をもらうにも〈吉井昌子〉だった。出会った当初からその名前で生きていたあたしを、夫が疑う理由などあるはずもない。

無口で仕事一徹で頑固なまでに融通の利かない、でも優しい人だった。割烹の仲居と客として知り合って男女の関係が始まり、ほんとのことを言い出せないまま同棲をして、籍は入れないまでも夫婦になった。空襲で東京谷中《やなか》の借家を焼け出されてからは、茨城の片田舎へ疎開した。互いの間に熱く激しいものはなく、夫婦というより兄妹みたいなおとなしい関係だったけど、いろいろのことに疲れきっていたあたしにはその平熱な感じが心地よかった。

茨城での暮らしは退屈で穏やかだった。誰もあたしのことを知る者がいない、誰の視線も気にしないで済む、そんな生活がどれだけ久しぶりだったか。起きて、食べて、働いて、眠る。看守の号令に従うのではなく一つひとつ自分の意思で決められるのと、何より毎日知らない男と寝なくていいのが嬉しかった。

近所の農家の人に畑作りを教わろうとしたら、「東京の奥さんに土いじりなんかできるもんかね」と笑われたけど、あたしが真剣に頼んだら渋々聞き入れてくれて、そのうちには「たいしたもんだ、よくやんなさる」と感心されたりもした。そんな一つひとつが張り合いになり、いろんな菜っ葉や、芋や、胡瓜《きゅうり》なんかを教わっては作った。鍬《くわ》をふり上げふり下ろし、猛烈に臭う肥《こえ》を運び、ようやく太った大根を引っこ抜いて料理する時など、しっぽのひげを切り落とすのさえもったいない心地がした。

夏の朝まだき、手に棘が刺さるほどみずみずしい胡瓜をまだ薄暗い土間の片隅でポキンと折って口に運んだ瞬間のあの感動は、ちょっと忘れられない。茄子《なす》もそうだ。もいだばかりのそれをお尻のほうから生でかじると、熟す前の林檎《りんご》みたいな青臭さの中にかすかな甘味があって、表皮に前歯がめり込んでゆく際の硬さと脆さはどこか吉さんのあれに似ていてどきどきした。もちろんまだ身体に付いていた時の、元気いっぱいに勃起した状態のあれだ。

手指の芯まで凍るような井戸水で夏野菜を洗いながら、いけない、あたしがこんなにも生きることに充実を覚えたりしたら死んだ人に申し訳ない、そう自分を戒めた。あたしの残りの人生は、あのひとを供養するための余生なのだ。

そのままずっと茨城にいたっていいと思っていたのに、日本が負けて戦争が終わると、夫は東京に戻りたがった。戦時中も毎朝五時には家を出て汽車に乗り、東京まで勤めに通う姿を見ていたので、彼に強く望まれるとあたしもあまり無理は言えなかった。

はじめの半月ばかりは、あたしの〈義兄〉と偽った秋葉正武の家へ身を寄せ、その後移ったのは東京を少しはずれた埼玉県の川口だった。二階家の一間という狭い所帯で、大家には家を焼け出されたと嘘をついての入居だったけど、秋葉のところにいた間はあたしの顔を知っている誰彼に何を暴露されるかと気が気じゃなかったので、ここへ来てようやくほっとした。近所の人たちもよくしてくれて、川口での暮らしはだんだん居心地良くなっていった。

「あと二年も働けば、いくらかは貯えができる」と夫は言った。「そうしたら東京のどこかに新居を構えよう」

――二年。もう二年もすれば、事件から数えて干支《えと》がひとめぐりする。世間だっていいかげんあの事件のことなんか忘れるんじゃないか。

〈阿部定？　誰だっけ、それ。ああ、そういえばそんな事件もあったかねえ〉

その程度の反応であってくれたらどんなに助かるだろう。きっとその頃にはあたしの容貌も変化して、当時の写真と並べても同じ人間だとはわからなくなるかもしれない。想像するとなんだか行く手の空が晴れあがるようで、嬉しくってお腹のあたりがむずむずした。

ところが、翌年の春先。作家の織田作之助先生が、あの事件の予審調書を下敷きにした『妖婦』という短編を発表した。それがきっかけにでもなったのか、ここへきて〈第二次・阿部定ブーム〉みたいなものが再燃し、他にも露骨でいやらしいエロ本が次々に出版されてラジオなんかでもあれこれと言われ始めた。

そういうものが目に入り耳に届くたび、〈吉井昌子〉の暮らしがおびやかされる思いだった。ほうっておいてもらいたかった。確かにあたしは過去にとんでもないことをしでかしたけど、今はもうあの頃のあたしじゃない。真面目にきちんと刑期を務めあげて更生もしたのだ。

今はただ、女房の正体なぞ知らない夫と静かに倹《つま》しく暮らしていきたい。そうして心の奥で吉さんを供養していきたい。望みと言えばただそれだけなのに、どうして世間はそっとしておいてくれないのだろう。人の古傷を暴くのがそんなに愉しいか。こっちだって切れば血が出る人間なのがわからないのか。

そして、七月のあの日がやってきた。

日本橋人形町の洋服店へ行った帰りにひょいと本屋を覗いたら、店頭にやたらと派手派手しく並べられている本があった。また例によって例のごとくのカストリ本か、と逸らしかけた目をぎょっとなって戻したとたん、あたしは棒を呑み込んだみたいに動けなくなった。

『昭和好色一代女　お定色ざんげ』——表紙に、丸鏡に映る湯上がりふうの女の顔が描かれている。男を誘うかのようなおちょぼ口、むき出しのふくよかな肩、裸をそのまま描いていないところがかえって妄想をかき立てていやらしい。おまけに本の下のほうには腰巻みたいな赤い帯が巻かれ、〈新聞で問題の　アベ定の愛欲情艶秘史〉などとある。

〈十万部突破！〉の煽り文句に後ろへ倒れそうになりながらも、ぶるぶる震える手で一冊取ってめくってみると、中にはまるであたし自身の告白を聞き書きしたような体裁の文章が延々と連なっていた。

嘘だ。出鱈目だ。ざんげどころか、あたしは著者の木村一郎なんて人に会ったこともないし名前を聞いたことさえなかった。それなのに厚かましくも冒頭には、まるであたし自身と相対して話を聞いたかのごとく、容貌や佇まいに関する美辞麗句が書き連ねてあるのだ。

読めば読むほど、なんとまあ下手くそでしかも下品な文章だろうとあきれ果てた。美々しい褒め言葉に見せかけながら、要するにあたしが幾千人の男と寝て愛欲に耽り、それを愉しんできたと仄めかしているのだ。ああいやだ、許せない、虫唾が走る。

怒りと嫌悪で息が詰まりそうだった。皮膚に鱗《うろこ》が生えるかと思った。一度でも罪を犯した者は、正しくてご立派な世間様から何を言われようと一生我慢して堪えていかなくてはいけないのか。言い返すことさえできないのか。お国の法が許しても、世間だけは永遠にあたしを許してくれないというのか。

あまりの憤《いきどお》ろしさに、もういっそ死んでしまいたいとまで思いつめ、かといって何も知らない夫の前では泣くわけにもいかなくて、気がつけば秋葉正武のところへ駆け込んでいた。

あたしの持っていった例の本をめくった秋葉はやがて、

「おい、定」唸るように言った。「おめえ、覚悟はあるか」

「覚悟って?」

「〈阿部定〉に戻る覚悟だよ」

泣くのも忘れて茫然と見やれば、秋葉はこめかみに青筋を立てていた。『色ざんげ』には秋葉のことも書かれている。中でもとりわけ、十七だったあたしを騙すようにして芸妓屋に売り、その後も食いものにし続けたといったあたりの描写が彼には業腹だったらしい。人間、本当のことを指摘されれば腹が立つようにできている。

「どうなんだよ、おい」

――〈阿部定〉に、戻る……。

あたしは夫の顔を思い浮かべた。もうすでに、ぼんやり遠い気がした。戦争の間もずっと一緒に暮らし、知り合ってから五年にもわたって毎日見ていたはずの顔なのに、なんだかうまく思い出せない。

「人の噂も七十五日、適当に受け流しておきゃあそのうちおさまると思って我慢してきたがな。こうまで雨後の筍みてえにあっちからもこっちからもおんなじようなものが出てくれたんでは、そろそろ黙ってるわけにゃいかねえ」

握った拳を腿に打ちつけながら、秋葉は言った。

「どうだよ、お定。そう思わねえか」

「思うよ。思うけど、」

「いいか。これはおめえ一人の問題じゃねえ。おんなじように刑を務めあげて出てきて、おんなじように辛い思いを味わってる弱い者たちのためにも、今おめえが断固立ち上がって闘わなきゃ先はねえんだ」

「……うん」

「何だよ。気が乗らねえのか。コケにされたままでいいってのか」

「そんなことは、ないけど」

「よし、じゃあ任しとけ。俺にはこういう時に頼れる奴がいくらだっているんだ」

顔の広い秋葉が知り合いの弁護士に相談し、東京地裁に名誉毀損の訴えを起こしたのはその年の九月のことだ。『お定色ざんげ』の著者・木村一郎と版元「石神書店」の社長を相手取り、〈阿部定〉と〈秋葉正武〉の連名で訴えてやった。あの阿部定が告訴に踏み切った、というのは格好の話題だったとみえ、記者たちは嬉々として飛びついた。ここまでの経緯について詳しく質問され、その模様が新聞に載った。

たぶん夫は、川口の家か会社でそれを見たのだろうと思う。何日かたって帰宅してみると、身辺の荷物ごと姿が消えていた。

そうなることは、どこかでわかっていた。無理もないと思った。女房の写真がいきなり新聞に載る――それだけでもびっくりしたろうに、その女が自分の知っている〈吉井昌子〉ではなく、あのチン切り事件の〈阿部定〉とわかった時の衝撃はどれほどのものだったろう。それより何より、夫婦として暮らしながらずっと嘘をつかれていたとよそから知らされる虚しさは……。

たとえどんなことがあったって、あの人が勤めを休むはずはない。東京の会社へ行けば会えるとわかっていたけれど、あたしは訪ねていくのを止《よ》した。

案の定、世間ではこのことも面白おかしく取り沙汰され、自分の一物までちょん切られると震えあがった亭主が股間を押さえてスタコラ逃げ出した、みたいに書かれたりしたけど、断じてそんなんじゃない。あの人は、そんな人じゃなかった。ただ頑固なくらい生真面目で、曲がったことが大嫌いで、だけどほんとに優しい人だった。


例の雑誌の対談は、あたし一人が残されることとなった川口の家で行われた。

黒縁の丸眼鏡をかけた坂口安吾先生は終始、炬燵《こたつ》の上に覆い被さるみたいに身を乗り出して話された。東京からは思ったより距離があったのだろう、一行が着いた時にはもう夜も遅く、ガスが出なくてお茶も淹れられず、かわりに葡萄《ぶどう》をすすめたけど召し上がらなかった。先生は、このあたしと話すのに夢中だった。

さすがは有名な作家先生と言うべきか、安吾先生の言うことはいっぷう変わっていた。手元に雑誌がないからうろ覚えだけれど、十年以上も前にあたしの起こした事件のことを〈阿部さんのこの前の事件〉と呼び、あの時は誰もあたしのことを悪く思ったりしなかった、あれは明るい意味で人々の印象に残った事件であって、今もこんなにたびたび世間の話題になるということはやはりどこかしら世の人々の救いになっているからだろうというようなことを言った。

「今回、告訴なさったのはいい機会ですよ」

喋るたび落ちてくる眼鏡を押さえながら、先生は続けた。

「この際だから、阿部さんのお考えやご心境を世間に包み隠さず話されたほうが、きっといい結果に繋がると思いますよ」

「……はあ」

と、かろうじて答えた。

「文学という観点で見ますとね、人間はみな必ず弱いところを持っているが、ふだんはどうにか建前を保って生きている。ところが阿部さんはあの時、自分に正直に、率直に、やりたいことをおやりになった。だからみんな共感して救われたような心地になったんじゃないかと思うのです。人間は身勝手な生きものですから、ほんとうに自分にとって不利益なことだったら騒いだりしないで黙ってますよ。そういう意味において、阿部さんの名前がこうして何度も何度も話題に上るのは、非常に名誉なことだと思うんだな」

黙って聞いていたけど、胸の裡では正直、いったい何を言ってるんだろうこの人はと思い始めていた。大作家先生もこんなものか。何が〈明るい意味で人々の印象に残った〉だ。何が〈非常に名誉なこと〉だ。なんだってあたしが、吉さんとのことを蒸し返しては騒ぎ立てる連中の〈救い〉なんかになってやらなきゃいけないんだ。

告訴だって、しないで済むならそうしたかった。でも、それより前の段階ですでにこの家は探りあてられていた。秋葉正武に相談に行ったあの日、帰ってみたら一階の大家さんがあたしを呼び止めて、さっきナントカ新聞の記者だとかいう男がお宅のことをいろいろ訊いていったよ、と教えてくれた。もう隠し通せない、夫にわかってしまうのも時間の問題だった。

〈ご心境〉なんか本当は話したくもない。何度も言うけどあたしはただただそっとしておいてもらいたいだけなのに、ことあるごとに新聞やラジオや雑誌で特集が組まれ、そのたび新たに騒がれる。どれもこれも嘘八百の出鱈目三昧《ざんまい》、あろうことか吉さんはマゾであたしはサドだったとか、淫虐《いんぎゃく》の限りを尽くした危険な遊戯の果てに快感が極まり、片や思わず絞め殺した、片やうっかり死んでしまった、なんてことがまことしやかに書きたてられる。これだけいいかげんな話を勝手に書き散らして恥じないところを見ると、あたしのことなんて空襲で焼け死んだとでも思っているのかもしれず、だけど読んだ人たちの多くはそこに書いてあることを信じてしまうだろう。

秋葉正武の言う通りかもしれなかった。あたしは闘わなければならないのだった。他の同じような境遇にいる人々のためなんかじゃない。あたしは〈阿部定〉と、〈吉井昌子〉と、そして〈お加代〉のために闘わなくちゃいけない、そう思った。

「世の中の評判なんか、気にする必要はありませんよ」安吾先生は続けた。「だってあなた、あの事件を後悔してますか？　僕は、悪い事件だとは思わないんだけど」

何だかとても無責任な言い草に響くけど、それも当然だった。この人は事件に何の関係もない。何の関係もない人たちが、みんなして好きなことを言う。

そりゃあね、とあたしは仕方なく言った。

「死んだ人には悪いけども、後悔はしてませんね。あんなことしなきゃよかったかしらんと時々は思ったりもするけども、後悔まではしてません。それが自分でも不思議なんだけど」

「いや、不思議じゃない。あなたはそういうことをこそ世間に向けてはっきりおっしゃるべきですよ。へんな言い訳はなさらんほうがよろしい」

思わずカチンときて言い返した。

「言い訳なんかちっともしてませんよ。あのひとをああいうふうにしたことについて、あたしが自分を庇うための言い訳をした例しはないんです。あれはあれでよくって、あたしは今だって何の後悔も不満もないんです。だけど、世間の人はあたしがただ肉欲に溺れて、それだけでしたことのように言うでしょ。そうじゃないから、言うべきことだけ言ってるんです。こうやって話してたってそうです、これを読んだ人はきっと、人を殺しておいて悪いとも思ってないのかってまた誤解するでしょう？　そういうのとは違うんだってこと、先生みたいな人だったらわかって下さるだろうけど、世間にはそんな人ばかりじゃないから」

よくわかりますよ、と安吾先生は頷いた。

「あたしはね、今とってても心が穏やかなんですよ。安心してるんです。あのひとがいないから……自分ですることをしちゃったからね」

秋の長夜も更けてきて、それまで記録係に徹していた編集者が先生に控えめな目配せを送り、皆が腰を上げた。

どんな記事になるのだか、と思った。あたしに無断でいろいろ書かれたものと比べて、少しは違うものになるといいのだけど、期待はできなかった。失望した例ししかないのだから。

「強く生きればいいんです」

最後に安吾先生はそんなふうに言った。やっと少しばかり無頼派らしい感じが覗いた。

「阿部定を隠して生きるなんて、よくないですよ」

あたしは、初めて素直に頷いた。

よいも悪いもない。実名で告訴にまで踏み切ったからにはもう後戻りできない。今後は否応なく〈阿部定〉の名前で生きていくしかない。そのくらいのこと、誰に言われなくとも知っていた。

偉い先生だからだいぶ年上だとばかり思っていたのに、亡くなった時にわかった。安吾先生はあたしの一つ下だった。享年四十八、あの対談から八年後のことだった。

新聞には脳出血とあったけど、ヒロポンやアドルムを常用していたせいで薬物中毒になり、時々おかしなことを口走ったりもして病院を出たり入ったりしていたらしい。ヒロポンはあたしにも馴染みの薬だったから、読んだら怖くなった。一度しか会ったことはなかったけど、一度でも会ったというだけで他人事には思われなかった。

たとえば「物書き」あるいは「文章を生業《なりわい》にする人」という意味で比べるのなら、坂口安吾と波多野吉弥の間にはどれくらいのひらきがあるものだろう。あたしは賢くないからよくわからないけど、もし当の吉弥に話したら、比べることそのものが先方に失礼だと笑われるんじゃないかとは思う。でも、一見《いちげん》の客に店のガラスを割られたあの晩、質問をほとんど差し挟まない吉弥に向かってひたすら話している間、あたしは自分でもびっくりするほど寛《くつろ》いで正直だった。安吾先生どころか他のどんな大人物に聞いてもらうよりも気持ちが楽ちんだった。

不思議なもので、あたしを肯定しようとする人ほど、あたしを否定する。あたしが黙っていれば話したほうがよいと言い、何か説明しようとすれば言い訳などせぬほうがよいと言い、隠れて静かに暮らしたいと言えばそんなごまかしはよろしくないと言う。

あたしをモデルにしたという『妖婦』を書いた後すぐに亡くなってしまった作家の織田作之助先生にせよ、のちに今の店『若竹』へ時々顔を見せるようになった舞踏家の土方巽先生にせよ、こちらを祭り上げて憧れのまなざしで見る人たちはみんな、このあたしがあくまで〈阿部定〉でいなければ承知しないのだ。他の名前であったあたしには何の興味もない。〈吉井昌子〉だったり〈お加代〉だったり、ましてや〈みやこ〉や〈春子〉や〈静香〉や〈育代〉だったあたしなんか紙くずも同然、それらの名前は〈イの二番〉とか〈ロの五番〉といった記号や数字くらいにしか思っていない。

波多野吉弥だけが違っていた。

彼だけは、あたしのこれまで歩んできた道筋、関わった人たち、口にした言葉、抱いた感情の全部に同じだけ興味を持ってくれた。もちろん自分の父親のことがあるから事件前後の経緯については特別だろうけど、そこに至るすべて、そこから後のすべてを一つとして軽んじたりはしない。あたしにはそれが沁みるほど嬉しかった。

旧制中学校に通っていた時分から集め始めたという証言の記録、そのうちの主だったいくつかを、吉弥が置いて帰ってから今夜で五日——。

彼が名前を挙げた人々の語る言葉はだいたい読み終えた。あたしを犯した桜井健による独りよがりの欺瞞《ぎまん》に満ちた証言も、彼ばかりを庇おうとして偏ったナミちゃんの証言も読んだ。物事は見る角度によって全然違ってくると吉弥は言ったけど、事実は事実、嘘は嘘。あたしにとっての〈真実〉は一つきりだ。

あとは、肝腎の人の証言記録がまだ残っている。『吉田屋』へ奉公に上がることになる、その道筋を作った人。あたしの大恩人であると同時に、地獄へ突き落としてもくれた人。

いつ、読もう。今夜か。明日か。

今ごろ吉弥は、家の電話機の前であたしからの連絡を待っているかもしれない。背中を丸めたその姿を思い浮かべると、つい笑みがこぼれてしまう。

辛抱強さはやはり父親に似たんだろうか。催促の電話をかけてこない吉弥が、あたしには好もしかった。

# 第九章

待つのは慣れているはずだった。

脚本の書き直しに備えて撮影に立ち会う時など、朝から晩まで――場合によってはさらに夜半から明け方までもぶっ通しで待機する。俳優の演技の巧拙《こうせつ》、機材の調子、雨や風や光の具合……太陽待ちで一日ふいにすることなどざらだし、監督の気分次第で諸々の段取りが変更になったり白紙に戻ったりする。それがRともなればなおさらだ。

それなのに、お定さんからの電話をただ待つのがこれほどしんどいとは思わなかった。

焦りがあるせいかもしれない。Rに言われて映画の脚本から外れ、小説のほうに専念すると肚を括ったはいいが、ここでへたを打って当のお定さんの気分を害したりすればすべて台無しだ。そこから先は、ない。

〈全部に目を通したら、連絡してもらえますか〉

僕がそう頼んだ時、お定さんはじろりとこちらを見ると、唇の左端を下げ、右端をわずかに上げた。

〈いつになるかわかんないよ。あたしゃふだん、字なんてろくに読みゃしないし〉

嘘だ、とすぐにわかった。獄中でも、出てきてからも、彼女が本をよく読むという話は耳にしている。それも婦人向け雑誌の類いばかりじゃなく、けっこう難しい精神分析の本や文学書も嗜《たしな》むし、女にはめずらしく探偵小説なんかも好んで読んでいる——というのは誰から聞いたのだったか。通りすがりの立ち話程度の短い証言も逐一書き留めてあって、この書斎の棚に収まった山ほどの帳面を片端から開いてゆけば必ずあるはずだが、僕が今回お定さんのもとに置いてきたのは彼女の人生に特別深く関わった人物らの証言だけだった。

とりあえず、と僕は自分を宥めた。〈いつになるかわかんないよ〉であって、〈まっぴらごめんだよ〉とは言われなかった。そこだけをとっても、初めて会ったあの夏の日から考えれば格段の進歩ではないか。

〈誰のものから読んでくれてもかまいません。それこそ小説じゃないんですから、気の向いたところからでいいんです。あなたが出会った順番でも、あるいは証言そのものの日付順でも〉

そう伝えた時は黙っていたが、実際はどうするだろう。彼女が人生を踏み誤る最初のきっかけを作った男・桜井健の言いぶんから読む可能性が高い気がするが、腐れ縁のように男女の仲が続いた秋葉正武という線もあり得る。あるいは懐かしそうにしていた娼妓仲間の〈おみよちゃん〉の証言か、もっと昔懐かしい〈健坊〉か、それともやはり自身が命を奪った吉蔵の本妻・おトクさんこそがいっとう先か……。

最初に『満佐喜』の女中・佐藤もとを訪ねてからこれまで、誰からどんな話を聞き出すにも、楽だった例しはなかった。事件から時が経てば経つほど、さらに戦争が間に挟まったせいでなおさら行方知れずの者が増え、どのように調べてもなかなか尋ね当てることがかなわなくなった。すぐにぷっつり切れてしまう糸の端に別の糸を結び合わせてはまたその先をたぐり寄せ、やっとのことで見つけて会いに行っても、阿部定と深い関わりのあった人ほど口の重い傾向がある。無理もない。

中でも居場所をつきとめるのに最も手間と時間を要したのは、事件当時、阿部定と並んで新聞に大きく名前や顔が載ってしまった名古屋の有名商業学校の校長先生だ。

その人の佇まいを思い起こすと、僕はいまだにいたたまれなくなる。

物静かな人だった。背筋がしゃんと伸びていた。知識階級の人にありがちな尊大なところは微塵もなくて、むき出しのお国言葉に人情味があふれていた。お定さんのことを話す時の、恨みがましさと懐かしさが綯《な》い交《ま》ぜになった口調や声をよく覚えている。

あれはほぼ二十年前、すなわち昭和二十三年――戦後のエログロナンセンスブームに乗って数々の「お定本」が発売され、それに怒ったお定さんが自ら書いた（という触れ込みの）『阿部定手記』が出版されて、大きな話題を巻き起こしている真っ最中のことだった。

＊

§　証言11　野々宮五郎　六一歳
――元・名古屋市会議員、中京商業学校校長
阿部定の愛人（事件当時四九歳）

1948・4・24

あんたさん、いったいどうやってここを……？

いや、おそらくあんたさんが訪ねて行かれた相手は、きっとみいんな同じことをおっしゃったんでしょうな。まったく、よう探しあてられたもんです。

わしがここにおるということを、いったいどこから聞いておいでになったかわからんが……

どうか、これだけはお願いします。この寺のことは、よそへは言わんだってちょう。ここが世間にまでわかってまったら、わしは、まあいかん、どこへも行くとこがなくなってまうで。絶対に黙っとると約束してちょう。

ほんとうに？

絶対に？

ほうですか、ありがとうございます。

……南無妙法蓮華経。(瞑目《めいもく》・合掌)

そう――あのことがあった後ほとんどすぐに、わしは身延山《みのぶさん》へ入りましたんですわ。山梨にある日蓮《にちれん》宗の総本山の……。ほうですか、とうに訪ねて行かれましたか。

今はこうして、粗末な寺の住職をしとります。長らく坊主のおらん寺でしたで、荒れたところを直すのに村の人の手をありがたくお借りして、御本尊に手を合わせながら、つましく暮らしとります。

いつのまにやら干支がひとめぐりするんですなあ。最近ではあの頃のことをいっぺんも思い出さんまま過ごす日も多なりました。

とはいえそれも、起きとる間だけのことです。夢の中にはいまだにちょくちょくあの女が現れて、口をすぼめて何やら懸命にものを言っとるんですが、困ったことによう聞き取れんでかんのだわ。まあ正直、じかに会っとった時ですら、あれの言うことの多くはわしにはようわかりませんでした。目に映っとるもんも違えば、そこから何を考えるかも全部違っとった。要するに、出会ったこと自体が間違いだったんでしょうなあ。

身延山へ入った当初は、わしもまだ僧になろうとまでは考えとらせん、とにかく世間から身を隠して少しは楽に息ができたらという、ただそれだけでした。

確かにわしは人の倫《みち》に外れたことをしでかしました。妻を裏切り家族を欺《あざむ》いて、あの女と、はしたない遊戯に耽ってまった。そのことに関しては申し開きできません。わしを信じて議会へ送り出してくれた皆さんにも、未来ある教え子たちにも、一生顔向けできんことをしてまって心の底からすまなんだと思っとります。

ほんでもよお、それらを承知であえて言わせてもらえりゃあ、どこの世間にあなた、小料理屋の女中とちょっとええ仲になったからといって新聞にでかでかと名前の載る男がおりましょう。それもまるで人殺しの片棒を担いだかのような扱いで、顔写真から身分から、名古屋の在所の所番地までもことごとく明らかにされてまって……あれには参った。ほとほと往生こいてまった。身から出た錆《さび》とはいえ、あれほどの生き恥はあなた、そうはあらせんでしょう。

もう二度と、あんな思いはしたくにゃあのです。家族血縁にも決してさせたくはにゃあのです。

……そうですか。そう言って頂けると助かります。どうかくれぐれもよろしゅうお願い致します。

あの時、警察に呼ばれて留め置かれ、そこでも半ば共犯者扱いされるに至って、こうとなりゃあ知っとることを洗いざらいお話しするしかにゃあだろうと肚を括りましたけれども、その間も妻や子供らのことを思うたび、申し訳なさに涙があふれました。何しろそれまでの一年ばかり、仕事だ、勉強だとさんざん嘘をついてはその実、あの女と東京で逢ったり温泉へ出かけたりしとったんだでね。情けなさも極まれりだわ。

初めてあれと会ったのは、東区千種町《ちくさちょう》にある『寿《ことぶき》』という小料理屋でした。わしは仕事で……これは本当に仕事関係の宴会で飲み食いし、あまり飲みつけない酒が回ってまって、そこの女中に送られて帰ったんですが、歩くのがえらく大儀《たいぎ》になりましてな。それで途中の『寿』へ立ち寄って休ませてもらったんです。

奥の座敷へ水を運んできたあの女は、

「お待たせして申し訳ありませんでした。女中は私ひとりなので」

そう言って、〈田中加代〉と名乗りました。いささか年増でしたが様子のええ女で、横になれるように座布団を並べ、わしがそのまま小半時ばかり眠って目を覚ますとそばから覗きこみ、にっこり笑いました。

「気分はお悪くないですか」

酔いは醒めとりましたが、何やらわからん、くらくらしました。

さすがに水を飲んで寝かせてもらっただけでは悪いで、食べたくはなかったが料理をひと品かふた品取って、加代に食べるよう言いました。少し話しただけで、頭は悪くにゃぁことがわかりました。

訛《なま》りがにゃぁもんで国はどこかと尋ねると、東京は神田の生まれだと。その頃わしは兄の作った商業学校で校長をしとりましたが、最初に就職したのは東京の銀行で、下谷、牛込、神楽坂と支店長を務めとったもんで神田のあたりも良く知っとります。昔のことだでまあええだろうと、そんな話をちょっと聞かせましたら加代はえらく嬉しそうな顔をして、そこからいっぺんに打ち解けました。なんでも下谷には世話になった義理の兄夫婦が今も住んでおるとのことでした。

その日だけでやめときゃぁよかった。

それなのにわしは、帰ってからもどういうわけかあの女のことが頭から離れんようになって、三、四日してからまっぺん訪ねて行ってまった。

わしを見ると、加代はまた嬉しそうな顔をしました。黙っとったら美人なのに、笑うと前歯がこう、歯茎までにゅうっと出てね。みっともよくはにゃぁけれども心からのほんものの笑顔に見えて、こっちまで何やらくすぐったいような心地になってくるんですわ。まるで自分に値打ちがあるかのように思えるというかね。ありゃぁ不思議な感覚でした。

思えば季節は今時分、ちょうど四月の終わり頃でしたな。なんでそんなこと覚えとるかって、新入生がようやっと少しずつ落ち着いてくる頃で、それでわしらのほうも宴会をやったり、それこそ小料理屋へ女中を訪ねたりするだけの余裕があったんだでね。

事件の後で予審調書の写しを読んで知ったことですが、じつのところ加代は、質《たち》のよくにゃぁ男に追われて名古屋まで逃げて来とったんですな。しかし当人がわしに話した身の上はまったく違っとりました。

「歳はいくつになるのだね?」

二度目に訪ねた時、水菓子を食べながら訊くと、加代ははにかんで答えました。

「じき、三十になります」

言いながらも、指は八朔《はっさく》の薄皮をせっせと剝いてはわしのほうへ差し出すのでした。

「ふむ。当たり前なら子の一人や二人あってよい年頃だろうに、いったいなんでこんな場所で酌婦《しゃくふ》などしとるのかね」

「それは……まあその、いろいろと事情ってもんがありますのさ」

薄ら笑いを浮かべた蓮《はす》っ葉《ぱ》な物言いに、なんでだか、あまり面白くにゃぁ心地がしました。よけいなことを言ってまったのはそのせいです。

「いやあ、そんなのは言い訳だわ。たとえどれほどの事情があれ、立派に生きとる人間はぎょうさんおる。その点、おみゃぁは身持ちが悪いのだろうな」

すると加代は、顔を上げてキッとこっちを睨みました。

「どうしてそんな酷いことをおっしゃるんですか」

「酷いかね」

「酷いですよ。あたしのことなんか何にもご存じないくせに」

「そうか、そりゃあ悪かった。しかしわしは、芸者とか料理屋の女とかいうものはあんまり好かんのだわ」

それならなんでまたここへ訪ねてきたのかと、あれの顔にははっきり書いてありました。そのへんはわかりやすい女でね、考えておることや気分の浮き沈みを隠そうとせんのです。しばらく悔しそうにうつむいていましたが、やがてぽつりと言いました。

「子供くらい、おりますよ」

「ほう。歳は」

「九つになる女の子です。亭主には死なれました」

「……なんと」

「残されたその子を育てるのにどうしてもお金が必要で……。あたしなんか手に職もありませんし、だからってめそめそ泣いてたら誰かが助けてくれるわけじゃありませんでしょ。今の世の中、みんな自分の暮らしだけで手いっぱいなんですからね。だからこうして、小料理屋といってもできるだけ真面目なところへご厄介になって、一所懸命に働いてるんですよ。それのどこがいけませんか。え、何がいけませんか」

畳みかけるように責められて、わしは何も言えなくなってしまいました。申し訳ないことを不用意に口にしたと思いました。世の中には、わしの想像など超える様々な事情を抱えた人間が、それこそぎょうさんおる。そこに考えの及ばぬまま、偉そうに説教などぶったこちらが悪い。

しかし、悔し涙を溜めた加代を見とったら、うわべだけ謝ったのでは済まんような気になってきましてな。つい、懐の札入れから十円札を取り出して加代の目の前へ滑らせました。

「これで、子供に何か買ってやるとええ」

びっくりした顔で加代はわしを見つめました。

「そんな……こんなことをして頂いては」

「ええで、取っときゃあ。さっきのはわしが悪かった」

今から思えば、あの時が境目だったんでしょう。その十円を涙ながらに押し戴く女の姿を見た時、わしの中で何かが狂ってまったんです。

五日もたたないうちに、わしはまたしても加代を訪ねました。市会議員の仕事で人に会っての帰りだったもんで、ひげ紬の揃いを着とりましたら、よく似合っておいでだ、洋服よりずっと良いなどと、こっちが恥ずかしくなってまうほど褒めてくれました。

子供の話をもっと詳しく聞かせてくれと頼みますと、加代は困った顔をして、

「今は東京の義兄夫婦のもとに預けていますから、あたしもなかなか会いに行けないんです。寂しくてたまりませんけど、なんとか少しでも多く仕送りをしてやらなけりゃと思って、次に

会える日だけを楽しみに生きてるんですよ」

そんなしおらしいことを言うもんで、こっちまで絆《ほだ》されてまってね。

「そうかそうか、わしにも子があるで気持ちはわかる。偉いな、おみゃあはほんとうに偉い」

心から同情しながら相槌《あいづち》を打っとりましたら、加代がふいに泣き出して、わしにもたれかかってきたのです。

気が強そうに見えてもやはり女、ここは慰めてやらなかんと思い優しく抱くようにして背中をさすってやりますと、いっそうさめざめと泣きながら、あぐらをかいておるわしの膝の上に顔を伏せました。そうこうするうちに、その手が着物の合わせをかきわけて、するりと中へ滑り込んできたんだわ。

「こらこらこら」

狼狽《うろた》えたわしは、とっさにその手首をつかんで止めようとしました。

「何をするか。そんなところへ手をやってはいかん」

「どうしてですか」

くぐもった声で言いながら、加代の手がなおもわしのそこをさすります。

「どうしてもこうしても、わしだって男だで、そんなことをされりゃあ変な気持ちになってくる」

「なったらいいじゃありませんか。だってほら、もうこんなに」

加代の言う通りでした。長らくそうした用途には使っとらんかった器官が、我ながらたまげるほど元気いっぱいにすっくと立ち上がっとるのです。そしてわしは内心、抑えようのない興奮を覚えとりました。このまましばし、この女に身を任せてしまいたい。細い指が絡んでくるのをもっと味わってみたい。

家内以外の女性とそんな危ういことになるのは、正真正銘ぁの時が初めてでした。男というものはまったく情けにゃぁもんで……いや、情けにゃぁのはわしだけか。どれほど偉そうな演説をぶとうが下半身は女の指のひと撫でにあっさり降伏してまって、しかも加代が口まで使ってするあれやこれやときたら、本来ならばわしなんぞが百年生きとっても出会うことのにゃぁ、そりゃあもうあんた、怖《おそ》ぎゃあような気持ちよさでしたよ。

しかし、ここで流されてはいかん。そんなのは教育者にあるまじき態度です。懸命に理性をふりしぼり、加代の手をふりほどいて、きつく言いました。

「駄目と言ったら駄目だ、早く離れて向こうに座っとれ。人が来たらどうするのだ」

加代は、膝の上で子供がイヤイヤをするように肩を揺らすと、がばと起き上がり、わしを間近に睨みつけました。

「先生は、女に恥をかかせて平気なのね」

ギョッとしました。言われた内容にではなく「先生」という呼び名にです。彼女がそう口にしたのは店の客に失礼のないようにというだけのことだったんでしょうが、この時まだ身分をひた隠しにしとったわしは、もしやとっくにバレとるのかと気を回し、そうしてその隙に押し倒されてまったんです。

洋装に比べると、互いに和服でのまぐわいはじつに手間がかからん、何しろ彼方《あなた》は湯文字のみ、此方《こなた》は越中 褌《えっちゅうふんどし》だけですで、ちょいと脇へよけりゃあ事は成る。

さらにはあの店に女中は加代一人、客もその時ゃわし一人。よほどの用でもにゃぁ限り、誰かが覗きに来るはずもあらせん。

そんなこんなで、わしはおおかた二十ほども年下の加代から、半ば無理やりに、あとの半分は無我夢中で流されるようにして関係されてまったというわけですわ。

女じゃあるまいし、関係「された」とはおかしな物言いだと思われるでしょう。わしも当時はまだ男の意地がありましたから、そんなことは絶対認められん、きっと自分がそうしたかったからそうなったに違いにゃあと思っとった。思うようにして、そのぶん自分を責め苛《さいな》んでおったんです。

しかし、今となっては認めざるを得ません。生まれて初めて知る快楽に頭がぼうっと痺《しび》れとったのは事実ですが、わしはあの時、何度も本気で「駄目だ」「やめろ」と言っとった。乱暴にならん程度の抵抗もした。それを加代は強引に押さえ込み、無理やりわしの腹の上にまたがり、勝手に軀をつないだんです。男女があべこべなだけで、あれはほとんど〈強姦〉だった。お恥ずかしい話ですが、持ちものが女の熱い肉体の中におさまってまったら、わしはそれ以上の抵抗ができんくなってまった。まあ今さら遅いでかんわ、という諦念と、すべてをなぎ倒すような圧倒的な快感に、抵抗のしようがなくなってまったんですわ。

加代は、何かに取り憑かれたような目をして腰を振り立てとりました。そうかと思うときつく目をつぶって、あたかもわしではない誰か憎い男にでも復讐しとるかのような激しさでした。長く感じられましたが、ほんの数分のことだったと思います。慌ただしゅう事が済んで我に返ってみると、とたんに現実が眼前に迫ってきました。

何ということをやらきゃあてまったのか。教育者として、人の上に立つ者としてあるまじき行いだけれども、起こってまったことは変えられん。男としての責任も取らなかんし、せめてこの不始末が周りに知られることのにゃあように、まずはこの女の機嫌を取り結んでおかにゃあならん……。

加代はようやく座卓の向こう側へ離れて、はだけた衿をかき合わせ、色めいた仕草で鬢《びん》の乱れを直したりなどしとりました。卓の上ですっかり冷めてまった茶を呷《あお》るように飲み干し、わしは言いました。

「こういうことになってまった以上、おみゃぁの将来の面倒はわしが見なならん。そのかわり、これからは真面目にやっとりゃあよ。ええきゃ」

できるだけ威厳を保つようにしてそう言ったのですが、加代は、何やら不思議な生きものを見る目つきでこっちを眺めてよこしました。それから、ふっと口許をほころばせて言いました。

「じゃあ、これからは先生をお待ちしていてよろしいんですのね」

得体の知れにゃあ生きものに昏い水底へ引きずり込まれるような、と同時に、へんに心ときめいて尻が宙に浮くような……自分でもわけのわからん、空怖ろしい心地がしました。

次に会ったのは、そのまた三日ばかり後のことです。ええ、この時もわしから店を訪ねたんでした。

面倒見るとは言ったが、軀の関係は二度と持つまい。頭ではそう思っとるのに、

「どこかゆっくりできるところでお会いしたいわ」

顔を見るなりそんなこと言われりゃ、まあいかん、抵抗する気も起きゃあせん。知っとるところといえばたまに前を通りかかる鶴舞《つるま》公園そばの『松川旅館』しかにゃあで、そこへ誘いました。

自分で自分がよおわからんのですわ。最初の時、加代に無理強いされたというのは、心の深

ぁいところでは意識しとったはずです。にもかかわらず、皮膚の一枚下のあたりにはあの日の快感が刻印みてゃあに捺《お》されて、ずくんずくん疼《うず》きゃぁがるんですわ。すっかり枯れきったとばかり思うとった肉体が、主のわしを裏切って四方八方から若芽を吹こうとしゃぁがる。『松川旅館』で、わしは初めて自分が上になって加代と関係しました。あれにさんざん促されてのことでしたが、一度ならず二度までも軀をつなげてまった後では、三度も四度も同じ、どっちが上でも下でもかみゃぁせん……と、自棄のような気分でした。

家内ならば慎ましく堪《こら》えておったところを、加代はまったく違いました。どこか異常なのじゃないかと思うほどに感じやすく、軀のどこに触れてもはしたない声をあげ、白蛇《はくじゃ》のごとく身をよじり、身も世もにゃあ風情でしがみついてくるのです。まさかわしのようなもんに抱かれてこんなことになろうはずがあらせんで、どうせふりをしとるだけだろうと顔を覗きこめば、額にはおびただしい汗の粒が浮いて目はうつろ、とうてい演技には見えません。

間もなく、あれの中で激しく果てた時――あたりまえに後悔は湧きましたが、それを追い越し覆い尽くすようにして、曰《いわ》く言いがたい感動がこみあげてきました。

ここへきて初めて、わしは加代に感謝したいような心持ちになっとりました。自分が男であること、それ以前に血の通った人間であることを、この女が思い出させてくれた……いや、生まれて初めてわしに教えてくれた。そんなふうにさえ思えたのです。勉学の結果や地位の高低と縁のにゃあところで、自分というものの値打ちを味わったのは初めてでした。

驚いたことに加代は、ほんのさっきまで勤めとった『寿』には帰らんまま、その足で近くの別の小料理屋に住替えをしてまってね。せっかく真面目に働いとったのになぜだと訊くと、

「大事なお客である先生とこんなことになって顔向けできない気がするし、それに先生が来て

下さるたび一緒に出かけるなんてことをくり返していたら、早晩お店にもこの関係がバレてしまうでしょう。あたしのような女は、万が一にも先生にご迷惑をおかけしてはいけません。そんなことになったら辛くて生きてゆけませんもの」

と、そう申すのです。

頭のよい女だとは最初から思っとりましたが、さらに見直しました。この女なら、こちらが対処を間違わん限り、わしの人生を壊しに来るようなことまではすまいと思いました。

それからしばらくたってそろそろ梅雨に入ろうかという頃、加代が突然、東京へ帰ると言い出したんです。

「せっかく良くして頂きましたのに、じつは子供が急な病で死んでしまいまして……。娘を一人前に育てるためと思えばこそ働いてまいりましたが、その気力もなくなってしまいました。帰って葬式を出してやった後はまたどこかへ勤めるより仕方ありませんが、この先いったい何を支えに生きていけばよいやら……」

うつむいたまま、袂《たもと》で何度も目頭を拭いながら言うのです。

亭主に死なれたばかりかお腹を痛めた娘にまで先立たれて、可哀想に家族の縁の薄い女というものはおるのだなと思いながら、わしは彼女を慰めました。

「つらいだろうが、真面目に生きとりゃ今にきっと良いこともめぐってくる。ああ、きっとだで、気をしっかり持ちゃあ」

「ありがとうございます。このご恩は忘れません。先生には、『松川旅館』気付できっとお手紙を出しますから」

そのためにも、お名前だけでいいから教えて下さいませんか、と言われ、とっさに「田村正《たむらまさ》雄《お》」と名乗りました。もちろん嘘の、たまたま頭に浮かんだ知り合いの名前です。

後ろめたさも手伝って五十円の餞別《せんべつ》を渡してやると、加代は泣いて喜び、何度も頭を下げて去っていきました。この時は、誓って関係しとりません。むしろ関係せんでいるほうが、わしとしては気持ちが楽なのでした。何ごとも加代のためを親身に思ってしてやっとるのだという実感が持てるで、後から自己嫌悪に陥らんでも済みますでね。

加代からはすぐに手紙が届きました。帰った当初は、死んだ娘を預けていた秋葉という義兄夫婦のもとに身を寄せたものの、今は姉の家に移ったので上京の折にはどうぞ訪ねてきてくれと、住所まで報せてきました。実際にわしが訪ねて行ったのは、半月ほどたった六月の半ばだったかと思います。名古屋では手に入りにくい本を求めに東京へ行くことはそれまでにもありましたので、家にもそう言い置いて出かけ、ついでに加代を訪ねてみることにしました。本のほうがついでだったかもしれません。

加代は喜んでくれました。一緒に品川の『夢の里』という待合で二時間ばかり軀を合わせ、その後は浅草で活動など見物して飯を食い、三十円の小遣いを渡して、晩には名古屋へ帰る汽車に乗りました。

別れ際、

「最近は真面目に暮らしとるんか？」

と訊くと、

「先生を想うひとときだけが毎日の生きる支えです。またお便りしますから」

そんなにまで想われて、嫌な気のする男がおるでしょうか。わしも顔には出しませんでしたが加代のけなげさに胸打たれ、女として愛しいと、初めて素直に思いました。

しかしその後、加代からの連絡はぱたりと途絶えました。翌七月に入っても便りが届きません。何かあったのだろうかと心配になりましたが、女からの手紙をまだかまだかと『松川旅館』へ問い合わせるのも具合が悪いので、半ば頃でしたか思いきって、まっぺん上京することにしました。今になって思やぁどれだけ振り回されとったことかと穴を掘って隠れたくなりますわ。

ひと月ほどしか間を置かんで、しかも今度は前触れもなく訪ねていったわしを、加代の姉と聞いていた女は何やら意味ありげな薄笑いを浮かべて迎えました。前回訪ねた時には玄関先まで加代が出迎え、そのまますぐに外へ出かけたので挨拶しかせんかったのですが、それにしても態度が前と全然違っとりました。

「お加代は今、商売に出てますよ」

ふふん、と鼻を鳴らして言うのです。商売……また小料理屋にでも勤めているのかと思い、何時ごろ戻るだろうかと訊くと、

「さあねえ。相手次第だからわかんないけど、お待ちになるんならどうぞゆっくりしてってって下さいな。あの女のことをたっぷり聞かせてさしあげますから」

含みのある言い方に、よしゃええのについ座敷へ上がってまったのがいかんかった。あれと知り合ってこのかた、わしの人生は〈よしゃぁよかった〉の連続ですわ。

加代が帰ってきたのはそれから三時間もたってからでした。誰やら使いの者から客が来ていると聞かされて戻ってきた彼女は、わしが、

「おう、帰ってござったかね。やっとかめ」

そう言って迎えると驚いたものの、

「会いに来て下さったのね、先生」

まるで屈託のない笑顔を浮かべました。たいした女です。

「ええ、おかげさまで息災にしています。少しはゆっくりしてって頂けるのかしら。まあ嬉しい、だったらいっそのこと、東京なんか抜け出して熱海《あたみ》へでも行きましょうよ」

うきうきと仕度をした彼女と、二人して東京駅から汽車に乗って熱海の温泉旅館『玉の井』へ向かいました。いくら夏の日は長いとはいえ、宿に着く頃にはさすがに暗くなっとりました。

一日歩き回った後ですすで、服に染みるほど汗だくです。じつはわしには潔癖症のところがあって、それでなくても不潔なことはイヤなのです。

それなのに加代ときたら、仲居が心付けを受け取っておらんくなったとたん、早速わしにくっついてきて、キッスをせがもうとする。思わず身体を離し、

「しゃんとせなかん、まずはひとっ風呂浴びて来《こ》やぁ」

やや強く言ってやると、彼女は露骨に不服そうな顔をしました。

「何よ、聖人ぶっちゃって。女はそういう男をつまらないと思うものなのよ、先生」

ぷいっと立ち上がり、部屋に備え付けの浴衣を抱えて出ていくのを見送って、わしはようやく大きな溜め息をつきました。

一緒におる間は黙って堪えとったが、ほんとうの気持ちを言うと、情けなさと悔しさに涙が出そうでした。

加代を待っとる三時間のあいだに、わしは何もかも知ってまったのです。手紙で姉の嫁ぎ先だと聞かされとったあの家は、じつは淫売屋で、すなわち加代の「商売」というのは私娼だったのでした。名も知らん男に抱かれては金を受け取る女――それも昨日今日始めたわけでなく、

十七の頃からこの歳になるまで十何年も続けとる筋金入りの淫売だというのです。〈姉〉と偽っとったあの留守番女がなんでわしにそんなことを得々と聞かせてくれたかと言うと、淫売屋の主人である自分の夫を加代に寝取られてまったもんだで腹の虫が治まらん、その仕返しにということのようでした。

不潔なことこそ嫌いですが、わしは、加代を好きでした。家内とは家同士の決めた見合いだったので自分から女を好きになるのは生まれて初めてのことでした。若い時分から漠然と想像しとった〈好き〉とは違っとりましたが、何とも曰く言いがたい厄介な感情を抱くようになっとりました。

互いに風呂から出て食事を済ませると、すっかり機嫌の直った加代はまた早速わしにしなだれかかろうとしましたが、このままずるずると関係してまってからではもう何を言っても届かんようになる。

「待ちなさい」

湯と酒に火照《ほて》った彼女の身体をどうにか押しとどめ、

「いっぺんそこへ、きちっと座りゃあ」

たちまちまた不服そうな顔になる彼女をなだめて、布団の上に座って向かい合うと、わしは言いました。

「おみゃぁに言っとかなかんことがある」

「なあに、怖い顔して」

「まあええで聞きゃあ。真面目な話だで」

さすがに何か感じ取ったか、彼女がふと、さぐるような目つきになってこちらを盗み見ました。

「わしはな、加代。このうえ何を聞こうと驚かん」

「……え？」

「子供が死んだというのが真っ赤な嘘でも、子供どころか亭主さえ最初からおらんと聞かされても、そんなことはどうだってええ」

みるみる酔いが醒めて白くなってゆく彼女の顔を見つめながら、わしは続けました。

「おみゃあがこれまでにどれだけの男と関係しとろうが、ひとの亭主を寝取るような女だろうが、それくらいのことで見放したりはせん。最初に知り合った時からええことをしとる女だとは思っとらんかったが、おみゃぁだけが悪いのではない、世間も悪いのだ。弱いおみゃぁが世間の誘惑に負けてまったのだ。しかしそれも心の持ちようひとつ、身を慎んで生活をしっかり律していけば、必ず立派な家庭婦人にもなれる。せっかく賢いところもあるのだし見た目もなかなかええのに、淫売など続けとっては自分が勿体ないとは思わんか、え？　……なあ、加代、このへんでたいがいにしとかなかんよ。わしはおみゃぁをなんとか救ってやりたいし、どういうわけかほっとけん。これをええ機会に、真面目になってちょう。そうしてくれりゃあ、わしが必ずおみゃぁの将来を引き受けてやるて。理由《わけ》あって本当の名前や身分こそ明かせんが、これは天地神明に誓って真実の気持ちから言っとるんだわ」

あの女が目に見えて変わったのはこの時からでした。変わった、とまでは言い過ぎでも、努めて変わろうとしとることはよくわかりました。

淫売生活からは即座に足を洗い、願をかけてまで煙草もやめたと聞かされると、わしはいっそう加代という女が可愛くなり、関係してもしなくても逢うたびに三十円、五十円、百円と小遣いをくれてやりました。身体が悪いと言うで、草津へも湯治に行かしてやりました。一年ほどの間に、全部で千円くらいやったんでなかったかや？

途中、ひょんなことからこちらの正体がばれてまった時はさすがに肝が冷えましたが、思った通り、あれはそういうことで相手に迷惑をかけるような恩知らずではありませんでした。東京の男関係まではなかなか断つことが難しかったようだけども、わしにゃぁ人並みの悋気《りんき》というものがどうも欠けとるようで、さほど気になりませんでした。あれが本当に惚れた相手にめぐり合えた時は、わしが面談して、確かにええ男なら所帯を持たせてやってもええと思うとったほどですで。

「おみゃぁはようやっとるわ。だいぶおとなしくなったし、口のきき方も変わってきたし」

そう言ってやると、加代は出会った初めの頃のように心から嬉しそうな顔をしました。

どうやらこの女は、人に容姿以外を褒められたことがにゃあのだな。そう気づいて可哀想に思いました。人間は、褒められて伸びます。数々の生徒たちをこの目で見てきたわしにはそれがようわかる。充分に褒められたことのにゃあ者は、自分を粗末に扱って平気になるのです。

商売でも始めてはどうか、と加代に話したのは、年が明けて京都で逢った時でした。いくら手に職がにゃあと言うても簡単な料理くらいはできるはずだで、暮れ頃にはおでん屋か何か始めるつもりで今年いっぱいどこかへ見習いに入ればよい。幸いおみゃぁは客あしらいは得意なのだから……そう言い聞かしてやると彼女もすっかりその気になったようで、翌二月、紹介業者を通じて東京中野の料亭へ女中奉公に上がることになりました。

その店が――つまり、あの『吉田屋』だったというわけですわ。

事件の直後、新聞に躍った見出しはどえりゃぁ酷いものでした。とくに忘れられんのは、「冷たい秋風吹き　野々宮校長へ鞍替《くらがえ》の肚《はら》」との見出しです。続く記事には「牛を馬に乗替えようと、吉蔵氏を殺して野々宮氏の懐に飛込もうとしたものらしい」とまで。

たーけらしい。そんなわけあらすか、わしのほうが先だったがや。

そうです、加代と懇意になったのは、石田吉蔵氏よりもこっちが先です。加代は何も、わしのほうが条件がええからあの御仁《ごじん》を殺して乗り換えようとしたんではにゃぁ。もともとそんな小狡《こずる》い計算のできる女ではにゃぁのです。あれは、そのあくまで単純で愚かな純情から、無理心中と変わらん想いで愛しい男の首を絞めてまったにきまっとるのです。

や、あれのことばかり言えません。

わしもまた、故郷にも帰れん、皆に合わす顔もにゃあ、一時は思いつめて首をくくろうかと思っとったほどですが、それでも……あの女のことはいまだにもって、肚の底から憎らしいとは思えん。全然恨んどらんと言えばさすがに嘘になりますが、やっぱり今も、可哀想な女だと思っとります。

そういえば風の噂に聞きましたが、つい先頃、あれの書いた手記とやらが発表されたそうで。おみゃぁさんは、まあ読まれましたか。何か新しいことでも書かれてありましたかね？

わしはこの先も決して読むことはあらせんが、たまたまそんな時にこうして見つかってまったというのも、ひとつのめぐり合わせかも……いや、謝ることはにゃあで、むしろわしが礼を言わなかん。長らく胸に秘めとった全部を話せたもんで、おかげさんで身体が軽くなったような気もしとります。これも日蓮大聖人のお導きかもしらん。

ただ――しつこいようだが、まっぺん約束してちょう。

この寺のことは、誰にも言ったらかん。ここが世間にまでわかってまったら、わしはまぁ、どこへも行くとこがなくなってまうで。二度とあんな思いはしたくもにゃあし、血縁の誰彼にさせたくもにゃあのです。どうかそのことだけは、よろしゅう頼みます。

ほうですか。ありがとうございます。

……南無妙法蓮華経。(瞑目・合掌)

＊

何しろ気の小さい人だった。

ずっとひた隠しにしていた素性があたしにバレてしまったとわかった時、先生はおかしいくらいに狼狽えて周りをきょろきょろ見回した。よっぽど悪いことをしでかして警察にでも追われているかのようだった。

ある意味、「よっぽど悪いこと」だったのかもしれない。男と女がそういう関係になるのは蛹《さなぎ》が蝶になるくらい当たり前のことなのに、先生にとっては、というか先生の生きる世界では、どうやらそうじゃないらしいのだった。

八月半ばの暑い盛りだった。名古屋であたしが電話をかけて呼び出し、教育水族館のそばにある『南陽館《なんようかん》』という旅館で逢った時、先生は見る影もなく打ち萎《しお》れた様子だった。

「いったいどこでどうして、わしの名前を知ったのだ」

「今朝ほどの新聞で見たんですよ」

前月の熱海で先生から夜通しかけて諭された時は、これまでの嘘がまさかとっくに全部バレてしまってるとは思っていなかったのでずいぶん気まずかったし、せっかく温泉まで来たのに説教だなんてつまらない男だ、こんなことなら東京で男友達と麻雀でもしてりゃよかった、と白けた気分になりかけたのだけど、よくよく耳を傾けてみれば先生の言葉にはまぎれもない実《じつ》があった。あたしのついた山ほどのひどい嘘を、先生は一切責めなかった。子供に何か買ってやれと言って小遣いや餞別をくれたりしたのに、そんなことなんかなかったみたいなふりをしてくれた。

おチンコは小さいし寝間に関しては全然面白くないけど、あたしの軀を目当てにしない男は初めてで、厳しく叱る言葉も何もかも本心から将来を思って言って下さっているのだとわかってくると、あたしはすっかり感動してしまった。しみじみと嬉しく、ありがたい気持ちになった。

こんな立派な心根の先生から、あたしは大切にして頂いているのか。いや逆に、これほど出来たお方から愛して頂けるほどの値打ちが本当にあたしにあるんだろうか。

少しでも真面目になって、御恩に報いたい。東京へ帰るとあたしは、とにかく先生との約束を守らなければと、これまでの生活からきれいさっぱり足を洗ってしまった。ちょうど淫売屋の主人や内縁のお内儀《かみ》との間がゴテゴテしていたところだったからかえって好都合でもあり、しばらくの間は例によって秋葉の家に身を寄せていた。これを腐れ縁なんて言い出したら、たいていの家族だってみんな腐れ縁みたいなもんじゃないかと思う。

商売を辞めて男が途切れたとたんにまた気がイライラしたものだから、前に妾をしていた古馴染みの中山朝次郎を呼び出して何度か関係したりしていたのだけど、半月、ひと月とたつうち、むしょうに先生に会いたくなってきたので自分でもびっくりした。寝間の巧いわけでもない男に対してそんな気持ちになるのは初めてだったのだ。

そういえば先生は、背広の衿にいつも丸に八の字の徽章《きしょう》をつけていらした。手がかりと言えばそれだけだった。あたしのほうも熱海の夜まではずっと先生に来し方を隠してたけど、実際は名古屋で暮らすのは初めてじゃなく、以前にも娼妓として『徳栄楼』にいたわけで、その時のお客さんに同じ徽章をつけた人がいた。あれは尾張藩の略章、つまり名古屋市会議員か市役所のお役人がつける印だった。

そこまでわかっていればたぶん造作ない。あたしは先生に黙って名古屋へ向かい、とりあえず駅前の『清駒旅館』に宿を取った。荷物を置き、下の帳場にあった地元の新聞をひろげた、そのとたん、思わず声が出た。

〈野々宮市議　渡米〉

見出しの横に、丸眼鏡をかけた先生の写真が載っていた。真面目くさった細面《ほそおもて》の顔に口髭。見間違えようもない。先生はやっぱり市会議員でいらしたのだ。正真正銘〈先生〉だったのだ。しかも、着いてすぐ広げた新聞にいきなりだなんて、こんな偶然があるだろうか。これほど凄いのはたぶん運命と呼んでもいいんじゃなかろうか。

ただただ嬉しくなってしまったあたしは電話帳をめくり、さっそく先生に連絡して落ち合うことになった。それが『南陽館』だ。とても立派な旅館だったけど、町中じゃなく港の近くを指定するあたり、先生の困惑ぶりがはっきり表れていた。

日陰者扱いしてひどい、だなんてこれっぱかりも思わなかった。あたしは紛《まご》うかたなき日陰者なのだし、先生のご身分を思えば不安になるのは無理もない。

「わしはな、加代。市議でもあるが商業学校の校長もしておるで、お前との関係が万々が一にも世間に知れてまったら、まあいかん。ピストルだ」

それが〈自殺せねばならぬ〉という意味だとわかって、あたしは笑ってしまいそうになるのを寸前で我慢した。〈ピストルだ〉――とても素敵な響きだ。

「いいか、わしを生かすも殺すもおみゃぁの心ひとつだ。わしはこれから政治の世界へ打って出て代議士になるつもりでおるんだで、頼む、加代、それまでおとなしゅうしとってちょう。代議士になったら堂々と訪ねてくりゃあええ、わしにできることは何でもしてやるで」

心なしか小さく縮んで見える先生の繰り言を聞いているうちに、だんだん可哀想でやるせなくなってきた。〈可哀想〉は、〈可愛い〉に似ている。〈かなしい〉ともちょっと似ているかもしれない。

「怖がらないで、ね、先生」

なんだか母親のような気持ちであたしは言った。

「大丈夫ですから、そんなに心配しないで下さいな。先生のお名前やご身分を知ったのは、本当についさっきのことなんですよ。もちろん誰にも話してませんし、この先も話しません。ご迷惑なんか絶対かけやしませんから」

こういう時は抱いてあげれば安心するかと、慰めるつもりでそばへ寄っていくと、

「いかんいかん。わしは今日、どえりゃぁ忙しいところをおみゃぁのためだけに慌てて抜けてきたのだ。このまますぐ東京へ帰ってちょう。おみゃぁが名古屋におる思うだけで道がまっすぐ歩けん」

ずいぶんな言い草だった。

「あたしを信用できないっておっしゃるのね」

「違うて、そういうことではにゃあよ。ただ、どうしても落ち着かんでかんわ。な、この十三日にはどっちにしろ東京へ行くで、今日のところはこれで帰ろまい」

目には落ち着きがなく、このぶんでは裸になったたって役に立つとも思えず、あたしは仕方なく五十

円の小遣いをもらっただけでそのまま東京へ帰ってきたのだった。

それからも大体そんな調子だった。ふた月以上たってアメリカから帰国した先生と逢っても、三度に二度はあたしに触れず、それでも小遣いは必ず渡してよこすのが不思議だった。五十円の時も百円の時もあるけれど、身体に腫れ物ができて困ると打ち明けた時などは心配して、

「過去の生活が悪かったせいだわ。たぶん梅毒だで、湯治に行ってゆっくり治してこやあ」

と、なんと二百五十円もくれて、おかげであたしはその年の十一月の終わり頃から草津へ行き、翌年の正月明けにかけてひと月半ほども毎日毎日ふやけるまで湯にばかり浸かっていた。

一度、宿を訪ねてきて泊まった先生は、仲居に布団をわざわざ二つ敷かせ、あたしが頼んでも手を握ろうともしなかった。

「そうよね、病気持ちの女と関係するのはそりゃ怖いわよね」

ふてくされたあたしが言うと、

「違うて、そういうことではにゃあよ」

それが口癖になってしまったかのように先生は言った。本人は威厳のある顔を作っているつもりかもしれないけど、弱りきった顔にしか見えなかった。

「加代、おみゃぁは心得違いをしとるんだわ。夫婦というものの中心は日々の生活であって、色事が夫婦の交わりの一等最初に来るようではいかんのだ」

「あたしたちは夫婦なんですか」

「そのようなものだで。いや、そうだと言っても間違っとらせん。夫婦だけではにゃぁ、男女の間でも、本来、色事は二の次でなくてはならん。おみゃぁは軀のことばかり大きく言うが、心と心が触れ

合っとればそれで満足せんとかん。わしは、おみゃぁを見ればそれだけで充分に安心するのだ。関係せんでも満足なのだ」

「どうしてですか。あたしを欲しいとは思って下さらないんですか」

「だから、そういうことではにゃあて。おみゃぁはな、指の先を握ればすぐ目の色を変えるで困る。色情が強すぎるんじゃないか。男と一緒に寝とっても自制できるくらいにまで精神を修養せなかんわ。わしは、自分で関係せんと思えば絶対に関係せん」

自信ありげに言い放つ先生を見て、じつにつまらないと思った。でも、この人は実際その通りのことができるのだ。そういう意味ではやはり、知る限りいちばん意志の強い立派な人には違いない。

「覚えときゃあ、加代。おみゃぁはな、やればきっとできるのだ。今まではやろうという意志が欠けとっただけだ。ええか、これからはわしの言う通り、真面目な態度で暮らさなかん。そうするうちに、まっとまっとええ女になる。立派な家庭婦人にもなれるし、そうすりゃ幸せにもなれる」

「先生がして下さるんですか」

「何を」

「あたしを、幸せに」

「たぁけたこと言っとったらかん。幸せになる、と自分から思わんでどうする」

「でも、こんなに触れて頂けないのでは女としてやりきれません。ひと月もふた月も男に接しないでいるなんてたまらない」

「そんなにしたけりゃ誰とでもすりゃあええわ。嫌味なんかではにゃぁよ。おみゃぁはわしの独占物ではあらせん。色男が出来たなら遠慮せんで話せ。わしが人物実検をした上で、よけりゃあ夫婦にもしてやるし、妹だと思って死ぬまで、いや死んでも墓まで世話してやるで安心しやあ」

穏やかな顔で淡々と話す様子は、議員さんなんかよりお坊さんのほうが向いているように思えた。あたしを抱かない男だからよけいにそんなふうに見えるのかもしれなかった。

なんでこんな人と出会うことができたんだろうと、もう百ぺんめくらいで思った。来し方をふり返るにつけ、どう考えたってあたしみたいな女がこんな人と知り合って大事にしてもらえるはずがないのだ。

〈お前は、やればきっとできる〉

そんなふうに言われた時も、嬉しさより戸惑いのほうが先に立った。何しろこれまでのあたしは、人に貶《けな》されてはナニクソと奮起して見返す、のくり返しだったし、結果を出すまでは誰もがあたしを下に見た。見てさえもらえず虫けらのように扱われることだってあった。

先生は、違う。叱る言葉は厳しくても、なぜだかまっすぐに認めて下さる。屑《くず》みたいな人生を送ってきたあたしを、先生に嘘八百並べても恬《てん》として恥じなかったあたしを、なんとかして更生させようと努めて下さる。その期待に、できれば応えてみたかった。先生の言う幸せがどんなものかは知らないけど、ほんとうに〈やればできる〉のなら……もっと良い女にも立派な家庭婦人にもなれるのなら、ずっと先生のおそばにいたい。この人だったら、本気で信じてみてもいい。

でも、あたしのこの軀の中には、自分でもどうしても飼い慣らすことのできない自堕落なけものが棲んでいる。先生だって、あたしがほんとうは別に色男を隠していると思い込んでいらっしゃる。〈そんなにしたけりゃ誰とでも〉なんて言うのじゃなくて、先生にあたしの決心を信じて頂きたかった。結婚なんていう方法はもとより許されていないのだから、かわりに何か一つでも、先生と自分自身に示すことのできる確かな証《あかし》のようなものが欲しかった。

つまり、そういうわけだったのだ。

事件後の予審調書の冒頭に、

〈被告人　阿部定
本籍は　名古屋市東区千種町通七丁目七十九番地〉

――そう記されることとなったのは。

# 第十章

誰の証言から読み始めたかと僕が訊いても、お定さんは教えてくれなかった。ただ、最後に読んだのが〈先生〉こと野々宮五郎氏のものだったことだけは明かしてくれた。

「この人たちみんな、今はどうしてんのかしらね。死んじゃった秋葉なんかは別にしてもさ」

それは僕にもわからない。追跡調査はしていないからだ。

「元気でいてほしいとか、思いますか？」

「そう思う相手もいれば、地獄に落ちればいいのにって相手もいるわよ」

まあ、訊かなくても大体わかる。

お定さんから僕のところへようやく連絡があったのは今日の昼過ぎのことだった。電話を取った母が、少々お待ち下さい、ただいま代わりますと取り次いでくれた。

たぶんお定さんは電話口で名乗ったはずだ。少なくとも、「阿部と申しますが吉弥さんは……」くらいのことは。でも母は、僕が電話を切った後も何も訊こうとしなかった。訊かないことが母なりの意思表示のようにも思えた。

ここしばらくそうしているように、『若竹』に来て飲めない酒をちびちびと舐めながら時間をやり過ごし、通いの松子さんが三味線を抱えて帰っていった後は暖簾を引っこめる程度の手伝いをした。

熱い焙《ほう》じ茶を淹れてもらい、洗いものをする手元をカウンター越しに眺めていると、うつむいたままのお定さんが呟いた。

「前にも言ったとおり、吉さんに済まなかったとはいまだに思わないんだけどさ……あの先生にだけは、心から申し訳ないことをしたと思ってんのよ」

「それ、事件当初から判事さんに対しても繰り返しおっしゃっていましたよね」

「だってほんとのことだもの。あの時、あたしが手紙なんか出さなけりゃ、あんなご迷惑はかけないで済んだのに」

石田吉蔵と待合『満佐喜』に流連《いつづけ》をして金が足りなくなり、上京中の野々宮氏に無心するために出した手紙だった。投函せず女中にことづけて旅館まで届けさせたため、事件後に二人の関係が万人の知るところとなってしまったばかりか、とことん間の悪いことに野々宮氏は当時、東京に住まいを探していた。そのせいでなおさら、吉蔵殺しは二人による計画的犯行なのではと怪しまれる羽目になった。

じつのところ氏が東京に家を借りて滞在しようとしていたのは、あくまでも勉学のためだった。その年の三月初め、『吉田屋』での奉公に上がってひと月後のお定さんと会った時など、まるで学生のような毬栗《いがぐり》頭で、

〈これから三カ月ばかり青年の気持ちで勉強に集中するつもりだで、お前とは関係しない〉

例によって修行僧のようなことを言い、それでも少しは可哀想に思ったか、

〈そのかわり、それが済んだら一緒に塩原《しおばら》へ行こみゃあか〉

ご褒美もちゃんと用意してくれていた。

「馬鹿よねえ」

染付の小鉢をくるくると洗いながら、うつむいたお定さんが苦笑する。

「あとほんのひと月足らずおとなしく辛抱してりゃ、先生と二人、のんびり温泉に浸かって美味しいお料理でも食べてたとこだったのに」

そうだ。そして石田吉蔵も死なずに済んでいた。

「世の中にはさ、自分の心根が醜ければ他人もそうに違いないって思いこむ卑しい連中がいてさ。あたしと先生の関係も、さんざんなことを言われたのよ。口では殊勝なことを言ったってほんとはただの金づるでしかなかったんだろうとか、骨までしゃぶり尽くそうとしてたにきまってるとか……。でもね、そんなんじゃなかったの。先生から親身に諭された晩、『あなたの他に決まった男なんかいません、信じて下さい』って泣いてすがった時は、ほんとうにそれが真実で、断じて嘘じゃなかった。そりゃ、どうしても軀が寂しい時だけは気安く関係する相手もいたけど、そんなの按摩《あんま》を呼ぶのと変わらない、健康のためにラジオ体操に励むようなもんよ。それなのに、どうしてだか吉さんとは……あのひととだけは、特別だったの。まるで磁石と鉄が吸い寄せ合うみたいにいきなりぴたっとくっついて、いっぺんそうなったが最後どうやっても離れられなくなっちまって、気がついたらあんなことに……」

「でも、」

意地悪な問いだとわかっていて、僕はあえて言った。

「その間、何日もありましたよね」

「その間って？」

「確かに長くはなかった。お定さんが奉公に上がってから吉さんがああして亡くなるまでの日数を数えれば、ざっと三カ月半しかたってないし、『満佐喜』で流連をしたのだって七日間だけです。一旦燃えあがってしまった男女が頭を冷やすだけの時間的余裕はなかったかもしれない。だけどそれでも、あなたには野々宮先生という人がいたわけでしょ。吉さんと遊ぶ金が足りなくなれば、わざわざ一人で汽車に乗って名古屋までお金の無心に出かけたこともあるくらい、言い方は悪いけど冷静な計算だってできてたわけじゃないですか。考え直す時間ならいくらもあった。なのに吉さんの……石田吉蔵の首を腰紐で絞めあげる時、先生との塩原旅行のことは頭の隅にこれっぽっちも浮かばなかったんですか」

お定さんが、蛇口をきゅっと捻って止める。

何を投げつけられるんだろうと身構えた。むしろそれを見越しての質問だった。人間、怒りに駆られると本音が口をついて出る。

しかし、

「あんたの言う通りだわよ」

お定さんは眉一つ動かさなかった。低く掠れた声で言うと、僕をじっと見た。

「あたしのほうこそ知りたい。どうしてあの時、先生の顔が浮かばなかったんだろう。あたしのことを思って下さる真情にあれほど感動して、この人について行こう、自分の一生を預けようって、本気で心に決めてたのにさ」

すっ、とお定さんの手がカウンターのこっちへ伸びてきて、まだそのままになっていた一合徳利と猪口《ちょこ》を回収していった。徳利を軽く振り、苦笑いをする。

「……すみません」

「いいよ。無理することたぁない」

半分ほども残っていた酒を、洗いあげたばかりのコップに注ぎきり、お定さんは呷るように飲み干した。こく、こく、と上下する白い喉もとにはよく見れば皺だってあるのだが、どうしてか年齢を感じさせない。

魔女だ、と思ってみる。だけど魔女だって傷つくことはあるだろう。

「すみません」

「いいって言ったろ？」

「いえ……ずいぶん失礼な物言いをしてしまったので。おっしゃることはよくわかりました」

「ふうん。あたしの言いぶんを信じてくれるってかい？」

僕は頷いた。

「どうして」

少し考えてから答える。

「あなたが、石鹼箱を買ったからです」

「え？」

「予審判事に訊かれて答えてたじゃないですか。野々宮先生に塩原へ連れてってやると言われてから後は、奉公しながら石鹼箱とか化粧品とか、そんなものを買い揃えては準備してたって」

「……それが何さ」

「あのくだりを初めて読んだ時から、強く印象に残ってたんです。ああ、そうか、あなたも楽しみだったんだなって。一緒に旅行へ行く予定が日々の張り合いになるくらい、きっとあなたはあなたなりに、野々宮五郎先生のことをちゃんと好きだったんだろうなって」

言いながら、急に恥ずかしくなった。格好つけて何を言っているんだろう。照れ隠しの上目遣いでお定さんの顔を見やった僕は、ぎょっとなった。

いっさいの表情が抜け落ちていた。まだ濡れたままの手を身体の両側にだらんと垂らし、茫然というよりはぽかんとした顔で、僕の胸のあたりを見ている。いや、見ていない。何も見ていない。

いきなり、その手がそばにあった布巾をひっつかんできつく顔に押し当てた。

——ヒイィィ……。

一瞬、やかんが沸いたのだと思った。

五つ数えるほどの間を置いて、

「——ひぃぃぃぃ……」

やかんではなかった。お定さんの肩が大きく上下するのに合わせて、笛のような、鞴《ふいご》のような、か細い音が漏れる。

「——ひぃぃぃぃ……」

僕はただ、その姿を見つめているしかなかった。うっかりすると引きずられてしまいそうだった。

石鹼箱に化粧品、それから何だろう、こまごまとした女性らしいものを買い揃えていた時の彼女は、まだ三十歳の若さだった。どんな気持ちだったのだろう。相手は堅物で説教くさくて寝間も淡泊だけれども、これまでに経験したこともないほど女を大事にしてくれる人だ。これも調書にあった彼女自身の言葉を借りれば、たまにでも先方から呼び出されれば「飛び立つ思いで」逢いに行った。そんな相手と、もうあとひと月ほども辛抱すれば一緒に旅行ができる。着物はどれを着て、帯はどれを合わせ、荷物には何を詰めて行こうか。自分が隣にいることで先生が白い目で見られたりしないように、できるだけ趣味の良い家庭婦人然としたものを揃えて、また〈おみゃぁはよう頑張っとる〉と褒めてもらいたい……。そんな彼女の心持ちを想像するだに胸が締めつけられる。

脚本家失格だな、と思った。こんな時、上手に慰める台詞の一つも思いつかない。

細いほそい泣き声は、六つか七つ、繰り返し響いたところで、ふっと静まった。音のしない長い吐息がいくつかその後に続いたが、それで本当におしまいだった。

最後に洟《はな》をかんだ布巾で目もとを拭った彼女が、ややあって、ちらりと気まずそうにこっちを見てよこす。僕が苦し紛れに、

「よかったら、もう一杯どうですか。僕、おごりますよ」

そう言ってみると、お定さんはふっと笑った。

「やっぱりあんた、吉さんの血を引いてるんだわ。女の扱いがまあ憎らしいったら」

「そんなつもりじゃ、」

「冗談よ。——ありがと」

すん、と洟をすすりながら足もとの一升瓶に手を伸ばし、さっきのコップに注ぐ。そんなに縁までなみなみ注がなくても、と呆気にとられて見ていたら、またひと息に飲み干したお定さんが空になったコップを流しに置き、

「まったく、皮肉なめぐり合わせよね」手の甲で口もとを拭うと言った。「あの時一つひとつ買い揃えた石鹸箱やら何やらを、まさかそのあと、塀の中で使うことになろうとはさ」

＊

## § 証言12　阿部定（二回目）　六二歳　1967・10・20

最近ね、〈不運〉ってもののことをよく考えんの。それか、〈運命の皮肉〉について。言い換えるとつまり、あの時あの人と出会わなけりゃ、とか、その時そこへ行ったばっかりに、みたいなことだけど、ふり返ってみればあたしの人生って、そんなめぐり合わせの連続なのよね。〈不運〉と〈運命の皮肉〉が数珠玉《じゅず》みたいに連なってやがんのよ。

そもそも、生まれた家が中途半端に裕福な畳屋でなかったら、贅沢の味なんかへんに覚えやしなかった。たまたま兄弟姉妹の中でいちばん綺麗に生まれついたり、そんなあたしをおっ母さんがちやほや甘やかしてわがまま放題に育てたりしなかったら、たぶんもう少しマシな女になっていただろうしさ。

友だちの女の子の家を訪ねてって学生に無理やり関係されたこともそう。あんなことがなけりゃふつうに花嫁修業をしてどこかの商家へでも嫁いでたはずだし、親戚に秋葉正武みたいな女衒がいなけりゃお父つぁんだってあたしを芸者に売るなんて酷いお仕置きは思いつかなかったかもしれない。

二十二の頃、飛田新地の『御園楼』で身請けの話が出た時だって、せっかくいい話だったのに偶然その人の部下までがあたしのお客だったのがわかって立ち消えになっちまったでしょ。それから三十になる手前、例の朝次郎さんのお妾さんにしてもらった時もそうよ。旦那はよくできたお人だったし、お店は東京日本橋の大きな袋物問屋だったし、ようやくこれで落ち着けると思ってた矢先、病気になられて別れるしかなかった。

ねえ吉弥さん、あんたならわかってくれるわね。まるで全部を人のせいにしてばかりいるように聞こえるかもしんないけど、そういうことを言いたいんじゃないのよ。

あたしと関わった人のほとんどはちっとも悪くない。みんなあたしに良くしてくれたわ。それなのにここまでツキがないとなると、このあたしこそが疫病神《やくびょうがみ》ってことにならない？　自分が自分の疫病神だなんて——そんな割に合わない人生があるかってのよ。

そこへもってきて、あの野々宮五郎先生でしょ。悪くないっていえば、あのひとほどなんにも悪くないひとはいないわよ。

さっきも話したように、先生との温泉旅行のために用意した石鹸箱や化粧品を結局刑務所で使うことになったのも笑っちまうけどさ、それより何より皮肉なのは、石田吉蔵と……そう、あんたのお父さんと出会うきっかけを作ったのが、あの四角四面な校長先生だったってことよ。

知っての通り、先生はこんなあたしに向かって、おでん屋か何か商売でも始めればいい、そのための金なら出してやるって言ってくれた。夢みたいな話よ。あたしだけじゃなく芸者や娼妓を長くやってきた女なら誰だって、自分に向かって本気でそんなふうに言ってくれる男がいつか現れるのを夢に見るわ。おまけに、先生にそう言われた時あたしは三十で、これを逃したらもう後はないってわかってた。

この先生だったら、女を騙したりしない。一生このひとについて行く。

そう胸に誓って、あたしは口入れ屋を頼り、あの冷たい小雨のそぼ降る二月の午後、『吉田屋』の門をくぐったんだった。

一応五月いっぱいまでってことで雇ってもらったんだけど、働きやすい店なのはすぐにわかったわ。すべてを取り仕切ってるのはお内儀《かみ》のおトクさんで、ということは機嫌を損ねないように気を遣う相手も一人だけで済むってことだからね。二つ年下だっていう入り婿の御主人は絵に描いたような遊び人だった。まあ、老舗の大店《おおだな》にはよくある話よ。

でも、だからこそあたし、御主人には気をつけようと思ってた。お内儀さんとはうまくやっていきたかったし、つまらないことで働き口をふいにしたくなかったもの。

何しろ初めて玄関先で出会ったその瞬間から、あのひとははっきりとあたしに色目をつかってきたの。お内儀さんと一緒にあたしを面接した時だけはまじめくさった顔でいたけど、何日かたつうちには早速ちょっかいをかけてきて、誰も見ていない隙を狙ってすれ違いざまに肘で脇をこづいてきたり、お銚子を運んでいたらわざと廊下で通せんぼしたり、手が離せない時に限ってうなじを指でつついてみたりさ。

「子供みたいな真似ばかりしないで下さいな」

とうとうあきれて言ったら、

「じゃあ大人みたいな真似もしてやろうか」

着物の上からお尻をつるりと撫でてよこしたのよ。

とっさにおぼこなふりして悲鳴でもあげてみせりゃよかったか——なんて考えたのは後からのことで、あたしは長年の習いでつい、目もとに笑みを滲ませながらあのひとを睨んじまった。その時点ではただの条件反射、膝小僧を叩かれたら脚がぽんと跳ねるみたいなものだったんだけど、あちらにしてみりゃきっと共犯の目配せと同じよね。

「揶揄《からか》うのは止して下さいよ」

「いやか？　そんなら止すよ」

飄々《ひょうひょう》とそう言われて、残念な心持ちがしたっけ。

わかるでしょ。あたしは、とっくにあのひとに惹かれてた。ほんとはひと目惚れだった。野々宮先生ってひとがいたから、というか先生に〈真面目になれ〉と言われてその通りにしようと思っていたから努めて気のないふりを通してたけど、本音を言えばむしゃぶりつきたいほどあたし好みの男だったの。

どこがどうってのはうまく言えないね。そりゃ一つひとつ挙げていけば素敵なところはいっぱいあったわよ。まだ子供だったあんたにとっては見たまんまの人だったろうけど、女にとっちゃあ、たとえば長着の着こなしとか、物腰とか仕草とか、いちいちたまんないのよあのひと。それに顔立ちも声も、喋り方も肌の質感も、軀全体から立ちのぼる男臭さもね。

だけどそんな、箇条書きで言えるようなあれこれはどうでもよくってさ。あたしがあのひとに感じた匂い立つほどの色気だって、他の人が見たらべつに何てことないかもしれないけど、男と女ってのは不思議なもんよね。あのひととあたしは、間違いなくお互いに何かを感じ合ってた。

ただまあ、そうはいってもあちらは老舗の料亭の御主人、さんざっぱら遊び慣れた粋人でしょ。いくらちょっかいかけてこようと単に揶揄ってるだけだと思ってた。そう思うようにしないと面倒くさいことになっちまうしさ。

初めてお休みをもらったのが二月の終わりよ。しばらくぶりに下谷の秋葉正武の家へ行ったの。

昔と違ってハルおばさんはあたしたちのための布団を敷いたりしなかったから、秋葉と抱き合う時は上野の待合へ行かなきゃならなかった。飽きるほど馴染んだ軀に、同じくらい馴染んだ情事、それなりに満足して離れると、

「今日はまた、ずいぶんと激しかったじゃないか」

秋葉は煙草をふかしながら呆れ顔で言ったっけ。

「どうした。欲求不満が溜まってたのかい」

「まあね」

「今の旦那がよくねえのか?」

「旦那はいいひとよ。この世に二人といないほどいいひとだけど、あたしの軀をよくしてはくれないのが玉に瑕《きず》」

そしたら秋葉が、皺んだ胸をさらしたまま天井を向いてげらげら笑いだしたの。

「そりゃあしょうがねえって。心底おめえを満足さしてくれる男なんざ、この世に二人とどころか一人もいやしねえよ」

「なんでそんな意地悪を言うのさ」

「ほんとのことだからよ。俺がおめえに嘘を言った例しがあるか?」

「おおかた嘘しか言わないいじゃない」

「ははは、こりゃ心外だ」

ひとしきり笑った後で、秋葉は真顔になってね。

「なあ、お定。これはめずらしく親身に言うんだが、幸せになりてぇと思うんなら、いいかげん諦めを付けなけりゃいけねえよ」

「え、なんであたしが幸せを諦めなきゃいけないのよ」

「違うって。そうじゃなくて俺が言ってるのは、あれもこれも全部を欲しがっちゃ駄目だ、ってことだよ。おめえみてぇに色欲の強い、しかも子供みてぇに寂しがり屋の女を、なまじっかな男が満足させられるわけがねえ。軀だけをとってみたって、よっぽどの精力自慢かよっぽどの業師《わざし》でなけりゃ難しいだろうよ。だけどな、そういう男にはまず心ってもんがねえ。や、俺は違うぜ？　俺は、手管《てくだ》は凄《すげ》えが精力がそれほどでもねえから、ちゃんと真心がある」

「寝言はいいから先を聞かせて」

「だからな、おサァちゃんよ。自分の気持ちン中をじっくり考えて、いちばんに満足させたいのが軀の渇きだってんなら、実《じつ》はなくても雄として有能な男を探せ。搾るだけ搾り取ってさっさと次へ行きゃあいい。逆に、そんなケダモノの番《つがい》みたいなんだけじゃ寂しくてしょうがねえってんなら、ちゃんと心ある男に尽くして、そのかわり軀のほうは自分で何とか始末を付けろ。両方とも手に入れようってのがどだい無茶な望みなんだと思い定めて、どっちか片っぽはきれいさっぱり諦めるんだ。でなきゃおめえ、ずーっとどっちつかずの欲求不満のまんま、手の届かねえもんに一生イライラして過ごす羽目になるぞ」

秋葉から〈おサァちゃん〉なんて呼ばれるのはずいぶんと久しぶりだった。どうやらこの男、ほんとにこっちのためを思って言ってくれてるらしいとさとってね。なるほど、たまにはいいことを言うもんだと思ったわ。

そうやって言葉にしてもらってみれば、うすうす自分でもわかってたことだった。女を真心から愛して大事にしてくれて、しかも精力絶倫で床上手《とこじょうず》な男なんか、いるはずがないんだってこと。

十四で乱暴されて以来、掃いて捨てるほどたくさんの男と寝てきたけど、野々宮先生をはじめ、ちゃんと情のある人はなぜか寝間がへたくそだったり弱かったり病気がちだったりしたし、寝間の才能がある男は必ずと言っていいほど女泣かせだった。中には両方お話にならないのも多かったけど、どっちもそろって素晴らしい男ってのは残念ながら一人もいなかったわねえ。あれって何なのかしら。女で心根が優しくて床上手なのはけっこういると思うんだけど。

それはそうと——秋葉宅にあたしが泊まった翌る日ってのが、昭和十一年の二月二十六日でね。

けっこうな雪だった。その何日か前にもかなりの積雪があったところへ前の晩からまただいぶ降ったみたいで、ガラス越しに外を覗いてみると縁側がすっかり埋もれるくらい積もってた。どうりで昨夜は外が静かだったはずだ、なんて思ってたら、朝から出かけてた秋葉が血相を変えて帰ってきたの。

そうよ——それがあの二・二六事件の朝だったってわけよ。陸軍の若い将校たちに「ダルマさん」て呼ばれてた高橋是清大臣をはじめ政府の偉い人たちが酷たらしく殺されて……。

だけどね、あたし、あんまりはっきり覚えてないの。秋葉が手にしていた号外にクーデターがどうこうって書いてあるのを見た記憶はあるんだけど、具体的に何がどうなってるんだかよくわからなかったし、お上の一大事なんかよりなぜだか早いとこ『吉田屋』へ戻りたくって気もそぞろでさ。

で、帰ったその晩、お内儀さんの言いつけで芸妓屋へ電話をかけて三人ばかりよこしてもらえるように頼んでたら、あのひとが……その頃はまだ〈旦那さん〉とか〈御主人〉って呼んでたけど、用もないのに電話室へ入ってきたのよ。そうしてあたしのすぐ後ろに立つと、耳もとに口を寄せてこう言ったわ。

「お帰り、お疲れさま。ゆうべはいいことをして来やがって」

熱い息のかかった耳の縁がたぶん真っ赤になってたと思う。電話の相手に聞こえるんじゃないかとドキドキしながら、あたしのほうも小声で、

「ご冗談でしょ」

と返したら、

「嘘つけ」

「痛ッ」

いきなり耳朶《みみたぶ》をかじられてビクッとなって下がったところへ、お尻を膝頭でこづかれてさ。思わずよろけたら「おっと」なんて抱きとめて笑うから、あたし、睨み返してやった。

だけど迫力なんか全然なかったんでしょうね。翌朝あたしが女中部屋を出てお便所へ行こうとしたら、そこの廊下を御主人が手持ち無沙汰にうろうろしてるじゃないの。

魚河岸《うおがし》へ行く時間なのに今日はいいのかしらと思って、どうかなすったんですかって訊いたら、あのひと苦笑いして、

「男心のわからん奴だな」

「え、まさかあたしを待ってらしたんですか」

「まさかってことはないだろ。俺が他の誰にでもこんなことをするとでも？　……おや、ずいぶん冷たい手をして」

言いながら両手であたしの手を包むようにして、ハアーッと息を吹きかけてあったためてくれたの。大きな分厚い手だった。だけど元が料理人だけあって指先は思いのほかほっそりしてて、清潔な感じにますますぐっときちまってさ。何度も熱い息を吐きかけてもらって、目と目が間近に絡み合って……。

突然、ぎゅっと抱きすくめられたらもう駄目だった。今にも人が来るんじゃないかと気にしながらも、あたしはあのひとの噛みつくみたいな乱暴な口づけに背筋まで痺れるほど感じてた。

それからはもう、なし崩しよね。機会をうかがっては物陰で抱き合ったり唇を重ねたり、時

には身八つ口《みやくち》から手を入れてお乳を弄《いじ》ってもらったりしてたんだけど、それでもなかなか深い仲にまでは至らなかった。あたしにはまだ迷いがあったし、向こうもお内儀さんの目を気にしてたしね。

何をそんなに迷ってたかって？　だってこの時はまだ、野々宮先生のことが頭にあったんだもの。

げんに三月に入ってすぐ、ちょうど桃のお節句に先生から電話がかかってきて東京駅へ呼び出された時は舞い上がるような心地がしたものよ。『吉田屋』が忙しいのはわかってたけど、お内儀さんに頼んでどうにか暇をもらってさ、新宿の『明治屋旅館』に二人で泊まってさ。先生、この時はまるで書生さんみたいに頭をグリグリに刈り込んでて――。そう、先生があたしを温泉旅行に誘ってくれたのは、つまりこの晩のことだったわけ。

つくづく思うわよ。あの先生が、あともう少しでも器用な人間だったらどうなってただろう、って。

ひと月後にも逢って二晩外泊したけど、やっぱり触れてもらえずじまいだった。あたしのためにかけて下さる一言一言には間違いなく真心があったから、秋葉に言われたことを思いだして堪えなきゃとは思ったものの、まあ正直言ってつまんなかったわね。だってそう思わない？　これが、〈気が散るからしばらく逢わない〉って言うんならまだわかるのよ、あたしだって諦めて我慢する。だけどわざわざ呼び出して、一緒にごはん食べて泊まって、あまつさえ一つ部屋に布団を並べて寝ながら意地でも関係しないことにいったい何の意味があるんだか……。独りよがりの我慢大会に付き合わされるこっちの身にもなって下さいよ、ってのがあたしの本音だった。

『吉田屋』へ帰った晩、あれは十一時ごろだったかしら。廊下ですれ違いざまに御主人が、黙ってあたしの二の腕を思いっきりつねってよこしたの。およそ手加減なしだったからすごく痛かったけど、同じだけ嬉しかった。一晩中この痛みが消えなきゃいいと思ったくらい。

そうなのよ。あたしは、こんなふうに焼き餅を焼いてほしかったのよ。

野々宮先生は、自分も奥様のある身だからってしきりに「おみゃあはわしの独占物ではありゃせん」なんて言うけど、そんな理解あるそぶりはどうだっていいからもっと我儘《わがまま》に独占してもらいたかった。そうでないと求められてる気がしないじゃないの。ほんとにあたしを欲しいんだったら態度でわからせてくれないと。

つねられた翌日の昼間、どちらからともなく上がった二階の広間の隅っこで、あのひとはあたしを抱きすくめて言ったわ。

「お前にかかってきたあの電話、旦那からだったんだろ。え?」

答えずにいるとまたきつくつねられて、

「なあ、そうだろう。こないだも今回もさんざん乳繰《ちちく》り合ってきたんだろ」

あたしが答えずにニヤリとしてみせたら、

「……ちきしょう」

唸るみたいに言いながら唇を重ねてきたから、その腕をすり抜けてやった。この時にはもう、追ったり追わせたりする駆け引きが愉しくてたまんなかったの。

もちろん、遊びなのはわかってたわよ。あんな立派な店の御主人が使用人のあたしなんかに本気で惚れるわけはないんだし、それにあたしのほうにだってまだ余裕があった。といってただふざけてるのとも違ってて、なんだろう……丁々発止《ちょうちょうはっし》、即興の二人芝居みたいな感じかしら。それとも、殺陣《たて》？　型はだいたい決まってるけど、相手を甘く見てうっかり気を抜いたら大怪我するっていう、そのスリルがたまんないのよね。

それと、お互い張り合うみたいな気分もあったかしれない。お内儀さんや他の女中たちの目を盗んで、どっちが大胆なことをしてのけるか。

ある晩なんか、お内儀さんに名指しで呼ばれてさ。内心ドキドキしてたんだけど、

「お加代さん、離れにお客さんですよ」

どうやら内緒の悪行がばれてる様子もないようだからホッとして、言われるまま離れの部屋へお銚子を運んで行ったら、なんと、座敷であのひとが寛いでるじゃないのさ。

「何なすってんですか」

「いやあ、外では酒を断つ誓いを立ててるもんでな」

首からぶらさげた成田山の御札にはなるほど、〈禁酒〉って書いてあった。

「だけどまあ、家なら飲んでもよかろうさ」

「そんな理屈、お不動さま相手に通るのかしら」

「細かいこと言うんじゃねえよ。お不動さまは知らねえが、うちの山の神は承知の上だ」

自分の店で客ンなって飲むなんて見ようによったら粋の極みかもしれないけど、山の神ことお内儀さんが〈承知の上〉なのは、旦那に外で羽目をはずされるよりゃ目の届くとこで遊んでてくれたほうがまだましってだけのことでしょ。だったらどうしてあたしに相手をさせるのか、お内儀さんの差し金かそれとも御主人の指名かどっちだろうと測りあぐねていたら、

「ほら、こっちぃ来な」

手招きされて、嬉しくってどうでもよくなっちゃった。いそいそと隣へ行ってお酌をしてあ

げたわ。お前も飲めって言うから一杯二杯と頂いてさ。差しつ差されつ、そのうち膝が崩れて、横座りであのひとにもたれかかって、手を握られても抱き寄せられても全部嬉しくて、しまいに着物とお腰の裾を割って手が入ってきてもされるがままになってた。だって、すごく上手で気持ちよかったんだもの。

お恥ずかしい話だけど、さんざん前を弄られたせいであたしはもう洪水みたいなありさまでさ。もともと感じやすい体質ではあるのよ。娼妓時代のお客には何度かひどいこと言われたし、野々宮先生からもこんなに濡れるなんて病気じゃないかって心配されて、一度お医者に診てもらったことまであるくらい。それだけに気になっちゃってね、ごめんなさいって謝ったら笑われたっけ。

「馬鹿か、お前。俺がすることに感じてんだろ？　だからこんなになってんだろ？」

「それはそうですけど……」

「だったら謝るこたぁねえじゃねえか」

「あたしの軀、おかしくない？」

「ああ、ちっとも」

「嫌じゃない？」

「嫌なわけねえだろう。俺は、お前が濡れれば濡れるほど嬉しいよ」

電流が、背骨を伝わって尾骶骨《びていこつ》まで走り下りたみたいだった。何かわからないけど、大きなことを許してもらったみたいな気がした。

「このひとったらもう……」

「何だよ」

「間違いなく〈女泣かせ〉のほうだわね」

「何の話だ？」

「こういう男に本気で惚れちゃ駄目って話」

「ふうん。だったらよけいに、今を愉しまなきゃな」

まるで秋葉とのやりとりを聞いてたみたいなことを言われて、あたし悔しくなって耳朶に思いきり嚙みついてやったっけ。

「痛《い》てッ」

「この間の仕返しよ」

ひでぇなあおい、本気で嚙みやがる、なんて苦笑いしながらあのひと、満更でもなさそうだった――ような気がするけど、今そんなふうに思うのは、それから後の成りゆきがわかってるからかもしれないわね。

そのうちに芸者が一人来て、そのおばさんの三味線で彼が清元を語ったの。

わたしゃどうでもこうでも
あの人ばかりはあきらめられぬ
じゃによって　讃岐《さぬき》の金比羅《こんぴら》さんへ
願でも掛けましょうか

ちらり、ちらりと色っぽい流し目であたしを見ながら披露する喉が、そりゃあ素敵でさ。

〈惚れちゃ駄目〉が聞いて笑っちまう、もうすっかり岡惚れよ。

しばらく遊んだあと、芸者が母屋の帳場へ行った留守のチョンの間《ま》に、あのひとはあたしを畳へ押し倒したの。裾をまくり上げると同時に自分の下帯をずらして、そそり立ったものを黙って突き刺してきた。硬くて大きい上に形状的にも申し分なくて、半分くらい引き抜かれた時は思わず声が出ちまったわ。そうよ、女にとっては硬くて大きいだけじゃ駄目、いちばんは形なの。釣り鉤《ばり》みたいに中を引っかけて持ってくみたいなのこそたまんないのよ。

「俺のこれをちゃんと覚えとけよ。またゆっくりな」

することはひどいのに、言葉と一緒にあたしの頬っぺたを撫でていく手つきがまるで惚れ抜いた女にするみたいに優しくってさ……。

で、止まんなくなっちゃった。急な下り斜面をわざわざ走って転がり落ちてくみたいだった。軀の奥にあのひとのかたちの穴ぼこができちまったみたいで、早く埋めてもらいたくって、我慢してると辛くって、人目を盗んでは物陰に隠れてキッスしたり抱き合ったり……。そんなことしててバレないわけがないのよね。とうとう、あの年かさの女中にいいところを見つかっておかみ内儀さんに告げ口されちまったの。

あのひと、さんざんしぼられたみたい。お内儀さんも顔に痣なんか作ってたから、よっぽどの大喧嘩だったんでしょう。やれやれ居づらくなっちまったと思っていたら、あのひとが次の日、こっそりあたしに耳打ちしてきたのよ。外でいっぺんこれからのことを相談しないか、って。

それで翌々日の朝早く、浜松まで鰻の取引に行くという体《てい》のあのひとを店の前で見送って、その晩あたしもお内儀さんに頼んで二日間だけ暇をもらってさ。次の日には新宿駅で落ち合ってさ。

まだ朝の八時をまわったところで、これから働きに出かける人たちの流れに逆らうように円タクに乗って、『みつわ』っていう渋谷の待合に上がったの。二人きりで過ごすのはそれが初めてだった。

でもね、その時点ではちゃんと帰るつもりでいたのよ。お内儀さんはあたしの不始末については呑み込んでくれたらしく、二日後の大きな宴会までには戻るように頼まれたし、そうやって仕事の上で頼りにされるのは張り合いがあったから、約束はきっちり守んなきゃと思ってた。あのひとと今後のあれこれを相談したらそのあとはすぐ帰ろうって。あっちだって忙しい身だもの、同じように思ってたはずよ。

事件のあと『吉田屋』のほうじゃ、あたしが身の回りの荷物を持ち出したことだけを見て端からトンズラするつもりだったんだろうって言ってたようだけど、そんなんじゃない。五月いっぱいまでってことは初めから伝えてあったし、あのバカな女中が騒いだせいで周りにも二人の仲が知れてしまったしで、やっぱり気まずいじゃない。例の宴会が終わったところでお願いして予定よりちょぃと早目にお暇をもらおう、だったら今のうちに大きい荷物だけでも秋葉んとこへ送っとこうって、そんなふうに算段しただけの話なのよ。お店へ挨拶もしないまま逃げようなんてこれっぽっちも考えてなかった。あたしには野々宮先生という大事なひとがいて、あのひととのことはあくまでも浮気なんだから、待合でせいぜい一晩遊んだらすぐ帰るつもりだったの。ほんとよ。

――なぁんて、誰に言ったってどうせ信じてもらえないわよね。っていうよりか、自分でも信じられないわよ。そんなことが本当にできると思ってたなんてさ。

朝から何も食べていなかったから料理を取って、初めてゆっくり話をしたわ。これからのことを話すために落ち合ったはずが、どうしてかしら、お互いいつのまにかこれまでのことを打ち明け合ってた。

あのひとがいろいろ話してくれたから、あたしも訊かれるまま、めずらしく正直に答えたの。生い立ちも、十四の時のあのことも、十七で売られてから後のことも……本当の名前以外はほとんど全部ね。あたしにとって源氏名で生きるのは長年の習い性で、〈定〉って名前に特別の思い入れなんかなかった。あのひととは最初から〈田中加代〉として出会ったんだし、あの深い声で〈お加代〉って呼ばれるのも好きだったし。

でも、あたしが「旦那さん」って呼んだら、あのひと苦笑いして首を横にふってさ。

「二人きりの時に旦那なんて言うなよ」

「じゃあ何て」

「名前でいい」

「吉蔵さん」

「それも他人行儀だな」

「……吉、さん？」

「おう、いいね。もっぺん呼んでくれ」

「吉さん。吉さん……ッ」

「ああ、お加代。俺ぁほんとは、お前が来た時から好きだったぜ」

「嬉しい。あたしだって」

抱きついて名前を呼んだり呼ばれたりしてるだけで、天にも昇る心地だった。着物の胸のあたりから立ちのぼる男くさい匂いがたまらなかった。

あのひと、ほんとだったら老舗の料理屋の婿養子なんかじゃなく、独り立ちして自分の店を構えたかったんだって言ったわ。もしそうなってたらおそろしく忙しくてとても今みたいには遊び回っちゃいられなかったろうけど、そのかわりどんなにか満足だったろう、そういう人生を生きてみたかった、って。

「だけど今だって充分幸せじゃありませんか。あんなに可愛いお子たちも、しっかりしたお内儀さんもいることだし。山の神だなんて冗談でも言っちゃ気の毒よ、自分の亭主に焼き餅を焼くってのは惚れてる証拠なんだから」

「ふん。どうだかな」

そっぽを向くから謙遜《けんそん》かと思ったけど、そうじゃなかった。あたしその時初めて、あのお内儀さんがじつは色男をこしらえて家出していたことがあるって聞かされたの。本人はそんなこと、風邪で寝込んでたあの時でさえおくびにも出さなかったからね。

「自分の両の親に子供を任せっきりで、男と一年ほどもしっぽりやっていやがったんだ。家に残された婿の俺が、その間どれだけ身の置き所に困ったかわかるか。店の者の手前どれだけ情けなかったかわかるか、え？」

暗く荒《すさ》んだ感じの横顔にどきどきした。

「そりゃあ俺だって清廉潔白の身たぁ言えねえし、おトクの親からも後生だから子供のために堪えてやってくれと泣きつかれたもんで歯ぁ食いしばって許したふりをしたが――あくまで、ふりだけだ。心ではついぞ許しちゃいねえ。だってしょうがねえだろう、他の男にさんざん抱かれてよがりまくった末にイヤイヤ帰ってきた女房を、どうして可愛く思える？　正直、あいつの顔なんざ見たくもねえし、自分がいねえと店は回らねえとばかりに威張りくさってるのを見りゃあ腸《はらわた》が煮えくり返る。とはいえ、こんなに腹が立つってことは実際その通りだからなんだろうな。俺なんかいなくたって、あいつさえいればあの店は立ちゆくんだ」

こんなことはこれまで誰にも話したこたぁねえよ、って吉さんは言ったわ。お前だから話すんだ、って。ほんとかどうか知らないけど、その顔があんまり辛そうで寂しそうで、あたしまで切なくなっちまってさ。これほど好い男にそんな思いをさせるなんて、お内儀さんたら本当にどうかしてると思った。

「で、お前のほうはどうなんだよ。亭主が事業に失敗したとか言ってたが、どうせ嘘なんだろ」

「えっ」

「そぉら図星だ。なんでわかったかって？　どっから見たって、お前がそんな間抜けな亭主に尽くすようなしおらしいタマには見えねえからだよ」

絶句しているあたしを見て、あのひとは喉の奥で笑ったっけ。

こちらの手であたしの肩を抱き寄せながら、向こう側の立てた膝にもう一方の腕をだらんと預けてさ。時折そっちの手を伸ばしちゃあ煮物の牛蒡《ごぼう》かなんかひょいとつまんで、あたしや自分の口にほうり込んでさ。そういう行儀の悪い姿や仕草のいちいちが、そりゃあもう色っぽいの。〈無作法〉と〈粋〉とは紙一重、同じことをして汚らしく見える男もいれば、そうでない男もいるのよ。残酷なもんよね。

「なるほど、予定より早めに暇を取るってのはいい考えだな。店へ帰ったら、今月末にでも辞めちまいな。そのほうがかえって自由に逢えるってもんだ」

「そりゃ嬉しいけど――でも吉さん、あんたには他にもいいひとがいるんでしょ」

「そんなこと誰が言った」

「お内儀さんよ。吉蔵には気をつけろ、女に手が早いだけじゃなく、もうずっと馴染みの妾を囲ってるって」

吉さんは、ちっ、と舌打ちをした。

「囲ってるってのとはちょっとばかし違うんだよ。ってか、それを言うならお前にだって、夫でないにせよ旦那くらいはいるよな」

「……まあ、ええ」

「といってもしょっちゅう逢ってるわけじゃなさそうだし、そのへんはお互いなんとかしようじゃないか」

なんとかするっていうのがどういうことかははっきりしなかったけど、要するに、うまいこと隠れて逢おうって意味だろうとあたしは受け取ったわ。その気になれば野々宮先生に秘密を作るのは簡単だろうとも思った。

「じつはな、これはおトクの耳には入れてないんだが、うちは今、電話を担保によそから金を借りてるくらいでな」

「えっ。大丈夫なの、お店」

「いや、心配するほどのことはねえよ。ただまあそんなわけだから今すぐというわけにはいかないが、いずれお前には小さい待合でも持たせてやるつもりでいるから」

「そんな……」

「うん？」

「そんな先のことまで考えてくれているの」

「あたりまえだろ。本気で惚れた女だぞ」

ぎょろりとした目で、吉さんはあたしの顔を覗きこんできたの。

「お加代、お前こそどうなんだ。俺とのことはいっときの浮気だとでも思ってるんじゃないだろうな」

思ってたわよ。その瞬間までは。

でも、吉さんから間近に見つめられたとたん、あたしの中の野々宮先生の存在が、それはもうあっけなく軽くなっちゃったの。向こうが透けて見えるくらい影が薄くなって、いつもの〈真面目にしておれ〉っていうあの声も遠くなってさ。ぼんやりと吉さんの男らしい顔に見とれていたら、

「お前はまったくイイ女だなあ、お加代」

あのひと、嬉しそうに笑ってあたしを抱きしめた。

「俺のこと、好きか」

「好きよ、大好きよ」

「心の底から惚れてるか」

「最初っからぞっこんよ」

「よーしよし。だったら二人きり、末永く愉しもうぜ」

いくらあたしが惚れっぽいって言ったってね、吉さんの言葉の全部をまんま額面通り受け取ったわけじゃないわよ。〈女泣かせ〉への警戒心はちゃんと持ってたし、あのひとの言うような先のことはどうだってよかったの。

でも、甘い言葉を畳みかけるみたいにささやいてもらうのは気持ちよかった。野々宮先生はほら、あの通りの人だったでしょ。なかなか逢えない上に逢っても触れてはくれなくて、だったら離れてる間せめて手紙くらい下さいとお願いすると、お前は形のあるものしか信じられないのかとお説教される。

立派な先生の言うことだから何とか理解しよう、その通りにして褒められるような人間になろうとは思っても、あたしみたいな凡人にはやっぱり寂しくて……そういう不満が溜まりに溜まって心がカラカラにひからびかけてたところへ、吉さんのささやきはまるで美味しい毒みたいに染みてきたの。ほんとうに言葉を惜しまないひとで、女の喜ぶことを次々に言ってくれンのよ。それも、見え見えの手練手管《てれんてくだ》というのじゃなく、相手の喜ぶ顔を見るのが本人も嬉しいのね。

「今日は俺たちの結婚式だから、一杯飲もう」

食事の途中でそんなことを言われたもんだから、あたしびっくりした。吉さんの首からはその時も、成田山の禁酒の御札がさがっていたんだもの。

「だってあなた、外ではお酒を断っているんでしょ」

「いや、今日だけは特別だ。お前と一緒になるのだから飲むよ。これはお前にやる。後で二人して成田様へ謝りに行けばいい」

首からはずした御札を握らせてもらったら思わず涙がこみ上げてきて、慌てて洟をすすったわ。たとえ今だけの嘘でもお芝居でも、そうやってあたしを喜ばせようとしてくれる吉さんが愛しかった。一緒に成田山へお詣りに行く日なんか永遠に来なくたって、想像するだけで嬉しかったの。

運ばれてきたお銚子を傾けながらも話は尽きなくて、寝床へ入る時もずっと喋ってた気がする。吉さんたら当たり前に喋りながら、その合間にもあたしの前を弄ったり舐めたりしゃぶったりしてさ。

……ああ、今さらだけどすまないね、吉弥さん。あんたにしてみたら父親のアレの時の手順なんか聞かされても困っちゃうだろうけどさ。っていうか、あたしだってこんなこと打ち明けるのはまったく恥ずかしいんだけど――じつはこの時あたし、月の障りのおしまいの頃でね。でもあのひと、お腰が汚れてることには気がついてたくせに、いつも通り平気であそこに口をつけて舐めてくれんのよ。

さすがに臭うだろうに「止して」って言ってもやめてくれなくて、

「つまんねえこと気にすんな。俺の生業《なりわい》を何だと思ってる。鰻屋だぞ」

「どういうこと?」

「血の臭いには慣れてるさ」

それこそ俎板《まないた》の上に千枚通しで留めつけられた鰻みたいに、あたし、乱れに乱れちまったわよ。あのひとの手さばきに翻弄されてさ。

吉さんと、誰の目も気にせず布団の上でゆっくりとあれをするのはその時が初めてだったから、してくれること全部が新鮮で、あんまり上手なんで驚くやら感動するやら……何しろねちっこくて巧みで勘どころを心得ていて、こちらが充分に気持ちよくなるまで自分はどこまでも辛抱して待ってくれんの。しかも、一度気を遣《や》っても少し休めばまたすぐできるようになんのよ。お内儀さんがあれだけ妬いて女中たちに悪口を吹き込む理由がわかった。こんな男が本当にいるなんて信じられなかった。

「可哀想になぁ、お加代。お前はなぁんにも悪くねえのに、これまでは男に食いものにされるばっかりでちっとも好い思いをしてこなかったんだろ。安心しな、俺がたっぷりしてやるよ。うんと優しくして、お前を気持ちよくさせてやる」

何と言っても二人の結婚式なのだから、四月二十三日という今日の日を記念するために芸者を呼んで祝おうじゃないかと言い出したのも吉さんだった。懐にはお内儀さんが浜松行きのために持たせてくれた三百円がまるまるあったからね。

あたしはあたしで、ちょうど都合がいいと思った。ずっとくっついていたいのはやまやまだけど、このままじゃいつまでたっても帰れなくなりそうで、芸者が来れば嫌でも起き出すし、二時間くらい遊んで食事をしたら晩方の六時ごろになるからキリをつけて帰るにはちょうど具合がいいじゃないかって。

だけどそんなの、思うようにいくわけがないんでね。ひとつ風呂浴びて、二階の広間でにぎやかに騒いだあと芸者が帰り、さあ御飯が出たと思ったら吉さんがいないのよ。

「旦那は下のお部屋で寝てらっしゃいますよ」

なんて女中が言うからやれやれと見に行って、無精髭でざらざらする頰っぺたに顔をこすりつけながら、

「どうするの、もう六時よ」

とたんに布団の中から手がのびてきてさ。そのまんま引っ張り込まれて、また一から始まっちゃった。

そこから後はもう、寝床は敷きっぱなしで昼となく夜となく絡み合ってたわね。芸者もまた呼んで、それも寝床の横へ呼んで三味線を弾かせながら見てる前で獣みたいに繋がって……。

さすがに百戦錬磨のお姐さんたちもいい顔してなかったっけ。きっと、よっぽど頭がおかしいと思われてたんだわね。

気がついたら、お内儀さんとの約束の日をとっくに過ぎてた。宴会は二十五日って言われてたのに、もう二十七日だったの。まる四日間がどっかへ消えちまってた。

「こうなったらいつ帰ったっておんなじだ。俺のこともほうぼうへ使いをやって躍起ンなって探してるだろうが、知ったこっちゃねえよ」

そう言われるとそんな気がしてきてさ。宴会なんかとうの昔に終わっちまってて今さらどうしようもないんだし、お内儀さんからの信用もすっかり失っちまった。だったらもう、気に病むだけ損じゃない。

「そうだわね。どうせ帰ったら叱られるんなら、それまで思いっきり遊びましょ」

「そうだそうだ、そう来なくっちゃ。お前はまったく物わかりがいいな」

二人とも妙にはしゃいじゃって、よし、そろそろ河岸《かし》を変えようとなって、『みつわ』にはとりあえず百五十円くらい入れたんだったか、全部払ったら懐が寒くなっちまうから残りの勘定は付けといてもらって、そこから移ったのが多摩川の『田川』って待合よ。

ここには確か二晩泊まったかしら。夜の間もほとんど寝ずに、これまで誰とも試したことのないような猥褻の限りをお互いの軀で試して、合間にはまた芸者も呼んでさ。

あたしが吉さんの着物を隠しちまったもんだから、あのひと、肩からあたしの紅絹《もみ》の襦袢をひっかけただけで下帯もつけてなかった。その格好なら、目を離した隙に家へ逃げて帰ったりできないでしょ。ううん、あのひとがそんなそぶりを見せたわけじゃない、ただあたしが不安だったのよ。

あたしはといえば待合に備え付けの浴衣一枚で、やっぱり帯も締めてなかったわ。遊ぶだけ遊んで、料理も酒も次々に頼んで……今から思うと、なんであんなにまで羽目を外せたのかわからない。目の前でそそり立つ吉さんのおチンコのこと以外、何もかもどうでもよくなってた。

そういえばたしか、巻き寿司か何かと一緒に椎茸のお吸い物が出たのよ。あたし、吉さんを揶揄ってやれと思って、ずっと昔に娼妓屋のお客から聞いたことを言ってみたの。

「ほんとうに惚れ合うと、椎茸やお刺身を前に付けて食べるんだってね」

そんなの、ふつうは嫌なもんじゃない？　顔をしかめるか、馬鹿だなって笑うかのどっちかだと思ったのに、

「俺だってしてやるぜ」

あんまり当たり前に言うから、あたしのほうが怯《ひる》んじまってさ。芸者たちが三人も見てる手前今さら引っ込みもつかないし、内心どきどきしながらお箸で椎茸をつまんで前にくっつけるふりをしようとしたら、

「駄目だ、それじゃ見えねえよ」

吉さんが浴衣を払うようにして、あたしの脚を両側に広げたの。

「ほら、姐さんたちにもちゃんと見てもらえ」

みんなが見てる前で、あたしが椎茸をあそこに当ててると、

「もっと深く」

お箸を持つ手が震えたわよ。まだ芯の熱い椎茸をそうっと奥まで差し入れるのを、吉さんが怖いくらい真剣な目で見つめてた。

「よし、そこへ出しな」

言われた通り卓袱台《ちゃぶだい》の上に置いたら、躊躇《ためら》いもせずにつまんで半分かじり、残りをあたしの口に入れたの。あたしのほうは噛まずに飲み込んじまったのに、あのひとったら、あたしのお汁にまみれた椎茸をしっかり咀嚼して味わってからやっと飲み込んだのよ。芸者たちがほっとしたように三味線を弾き出したけど、まるで胡桃の殻みたいな喉仏が上下するのを見届けたとたん、あたしは逆に息が詰まっちまうみたいな心地がして——あの十四の夏の日、ナミちゃんちの二階で見上げた喉仏のことを思い出しちまって——次の瞬間、たまらずにあのひとにむしゃぶりついてた。

「ああ、吉さん」

「なんだよ、お加代」

「吉さん、吉さん！」

「はいはい、よしよし」

子供をなだめるみたいに背中を撫でてくれる掌が優しくて、あったかくて、泣きそうだった。どうしよう。こんなにも可愛い男をどうしてくれよう。愛しさと一緒に抑えきれないほど乱暴な気持ちが衝き上げてきて、あたし、首っ玉にかじりつきながら耳もとに言ったわ。

「もういっそ、あんたを殺しちまおうかしら。これ以上誰とも好いことができないように」

そしたらあのひと、あたしを見てニヤリと頬を歪めると、低い声でこう言ったの。

「ああ、いいとも。お前のためならいつだって死んでやる」

ねえ、いまだにわかんないのよ。あのひとがいったい何を考えて、ほんとはどういうつもりだったのか——吉弥さん、あんたにはわかる？

あんたも知ってのとおり、予審訊問の最初のほうで判事さんから「吉蔵も被告を好いていたのか」って訊かれた時、あたしは、「天秤《てんびん》にかければ四分六分で私のほうが余計に好いておりました」って答えた。その感じは今でも変わらないわ。

だけどね、思うのよ。たとえ吉さんの想いがあたしのと比べたら四分だったとしても、それだけでもたいしたことだったんじゃないかって。

あのひとは、あのひとなりに、あたしのことをまっすぐ好いてくれてた。これまでの男たちのように女をモノみたいにやりとりしたり、便所扱いしたり、金や暴力で首根っこ押さえて言うことをきかせたりってことは一切なかった。それだけなら野々宮先生もそうだったけど、吉さんはね、ちゃんとあたしを抱いてくれたのよ。このあたし以上に欲求の強い男なんて存在しないと思ってあきらめてたのに、そういう男が本当にいて、しかもそのひとがあたしを想ってくれてる……卑屈な気持ちで「抱いて」なんてお願いしなくても、自ら望んであたしを求めてくれる。あたしを前にして勇ましくアレを勃ててくれる。その幸福が、あんたにわかるかしら。

事件のあと、ずいぶん昔に軀の付き合いのあった男たちがあちこちでべらべら喋ったせいで、あたしはすっかり世間から淫乱で色情症の烙印《らくいん》を押されちまったけど、あのね、そんなことないのよ。ああいう男たちは、あたしの寝間での猛烈ぶりを吹聴することで、翻《ひるがえ》って男としての自分がどれだけ情けないか白状してたようなものよ。

それなのに世間はそっちの言うことを信じてしまうでしょ。あたし、死ぬほど悔しかった。〈チン切りの阿部定〉って呼ばれたり、下世話なカストリ本にいいかげんなことを書かれるたび、吉さんとあたしの間にあったものを土足で踏みにじられる気がしてほんとに辛くてたまんなかったわ。

例の椎茸の一件もそうだけど、ほんとうに惚れ合っていたら相手の喜ぶどんなことだってできるものよ。お互いの軀の境目なんか溶けちゃって、ううん、いっそ溶けてしまえばいいと願って、寝る間も惜しんで四六時中繫がってたいと願うもんなのよ。

最初が渋谷の『みつわ』で、四月二十三日の朝から二十七日の夕方までいて、その晩からは多摩川の『田川』に流連をして、ここでもほとんど寝間から出なかった。

吉さんはずーっと優しかったわよ。あたしの望みは何だって叶えてくれたし、抱き合ってうつらうつら居眠りしている間さえ、こちらの身体を気遣って背中や腰をさすってくれる。そうして起きるとまたすぐに挑みかかってくるの。そんな男って他にいる？　惚れても惚れてもまだ足りやしない。

だけど『吉田屋』を出て六日後に、とうとうお金が足りなくなっちゃった。三百円もあったのに六日しかもたなかったの。まああれだけ食べて飲んで、芸者まであげて乱痴気《らんちき》騒ぎを続けたんだから当たり前なんだけど、それでなくても『みつわ』に借りがあるってのにこのままじゃ『田川』にも支払いができやしない。

だからって吉さんを家に帰したら次に逢えるのはいつになるかわかんないし、もしかしたら外へ出るなり、夢から醒めたみたいにあたしのことなんかどうでもよくなっちまうかもしれない。お内儀さんにしぼられて気が腐ったら、お妾さんを抱きに行くかもしれない。

想像するだけで気がへんになりそうだった。そんなのは嫌、絶対にぜったいに嫌。だったらあたしがなんとかしなきゃ……。

「吉さん」

「うん？」

「一日二日、あたしがいなくても待っていられる？」

「どういうことだい」

「お金の工面、ちょっと心当たりがあるの。ただ、東京じゃなくて名古屋なのよ。行けば百円くらいは何とかなると思うんだけど、どう？」

　そしたら吉さん、待ってるって言ってくれた。

「本当に？　留守の間に一人で帰っちまったりしないかい？」

「しないよ。ここで忠犬みたいにおとなしくお前を待ってるさ」

「もし、お内儀さんがここをつきとめて迎えに来たらどうする？」

「心配すんな、その時はどうとでも言って帰すから」

　気を揉むあたしの様子が可愛いだのおかしいだのと言って笑うあのひとを部屋に残して、後ろ髪引かれる思いで東京駅へ向かったの。旅費さえ心許《こころもと》なかったから知り合いの芸者に十円借りてさ。あのひとと一緒にいるためなら人に頭を下げるくらい何ともなかった。

　名古屋へ着いたその日は野々宮先生に会えなくて、やっと話ができたのは次の日のお昼過ぎだったわ。前にも逢った『南陽館』。

「おみゃぁ、ちょっと痩せたんでにゃぁか？」

　顔を見るなり先生は心配してくれた。

「奉公がえらいのか？　あんまり無理をしたらかんぞ」

「いえ……そうではないのです」

　じつは、と切りだして、そこからはものすごい勢いでバケツに何杯もの嘘をついたっけ。ええ、平然とね。そういうの得意なのよ、あたし。

「じつは、先生に嫌われるかと思って今まで隠していましたけど、あたしには腐れ縁の情夫がおりまして、何しろとんでもないゴロツキなので別れてからも居所を覚《さと》られないように逃げ回っていたんですけど、その男がとうとう奉公先に怒鳴り込んできたのです」

「なんと」

「『吉田屋』の主人が間に入ってくれたんですが、男が言うには、二百円出せば大連に行く、これっきり迷惑はかけない、って。そんなお金、奉公先で借りるわけにもいかず……どうか先生、何も言わずに二百円あたしに下さいませんか」

恩ある先生に対して申し訳ない気持ちはもちろんあったけど、正直、気もそぞろだった。とにかく今すぐにでも吉さんのもとへ走って戻りたくてたまらなかった。

ふむ、と先生は腕組みをして、

「わかった。やるにはやるが、今は財布に百円しかにゃぁでとりあえずこれを持ってけ。あとのぶんは五月五日に上京するで、その時に渡してやる。それよりおみゃぁ、その男のことが好きではにゃぁのか？　もしそうなら遠慮せずに一緒になってもええんだぞ」

「何をおっしゃいますか。そのぐらいならこんなお金をもらいに来たりしません」

その日は四月三十日、先生の上京まであと五日もあったけど、百円だけでも無いよりずっとましだから押し戴くようにして受け取ったわよ。ああこれでまた少しの間あのひとと一緒にいられる、そう思ったら泣きそうだった。

いつもなら抱き合いもしないで別れるのが不満だったのに、あたしも手前勝手っていうか、文字通り現金なものよね。これ幸いとすぐ帰るつもりでいたら、

「風呂に入っといで」
と言われてがっかりしたっけ。
東京行きの三時の特急に乗り遅れたら、次は六時の普通列車になっちまう。気が急くあまり
これまでだったらしてあげてたサービスなんかすっ飛ばして、とにかく軀だけつなげてあっと
いう間に気を遣らせてさ。
どうせただのでかい財布とでも思ってたんだろうって。
ひどいと思う？　実際、世間からも後になってさんざん言われたわね。野々宮のことなんか
でもあの時きっぱり先生とお別れするほうを選ばなかったのは、それまでさんざんお世話に
なったお方だし、顔を見れば気持ちが穏やかに落ち着くのは本当だし、そもそも吉さんとそん
なに長く続くはずもないと思っていたからで、頭から利用してやろうなんてふうには決して考
えてなかったのよ。まあ正直なところ、男としてすっかり霞《かす》んじまってたのは確かだけどさ。
先生が自動車で送ってくれたおかげで三時の特急にはぎりぎり間に合って、その汽車の中で
もあたし、走りだしたいような気持ちだった。『田川』の女将《おかみ》には、あたしの留守の間に吉さ
んを帰さないよう頼んできたけど、本人が帰ると言ったら引き留められるものじゃない。気に
なって気になってしょうがなかった。離れてると身体の半分がなくなっちまったみたいだった。
前日、名古屋に着いて泊まった旅館でも、手紙を出そうか出すまいか、出さなきゃ家に帰っ
ちまうかもしれない、でもそれで帰るような男だったら追いかけてもつまらないから出すまい、
と迷いに迷った末に結局出したくらいだったし、帰りの汽車でも静岡から「ハチジトウキョウ
エキツク」と電報を送ったけど、どっちも吉さんに届いたかどうか、もうとっくに『田川』に
なんかいないかもしれない、ああ、留守にするんじゃなかった、だけどお金がなかったら一緒

にいられないし……。

生まれて初めてだったわよ、あんなこと。たった一人の男のことっきり考えられないんだもの。こんなにも吉さんに惹かれてしまう自分が怖くて、いっそ留守中に帰ってくれてたほうがいい、そうしたら悔しいけどあきらめがつくと思ったり、駄目だそんなこと考えたら心配が本当になってしまうと思い直したり。いざ東京駅に着いてすぐ『田川』へ電話をかけて待つ間は、じっとしていられずに震えながらイライラと足踏みしてた。電話口まで出てきたあのひとの声を聞いたとたん、どっと涙があふれたほどよ。

「おう、お帰り」

朗らかな声で吉さんは言ったわ。

「ほんとに待っててくれたのね」

「当たり前だ。約束したろ」

きっと、あの瞬間だったと思うのよ。野々宮先生と吉さんとを天秤にかけるような感覚が、あたしの中から完全に消え去ってしまったのは。

どうだ長旅はしんどかったろう、と言われて、正直に答えたわ。

「うん、すごく疲れちゃった。神田駅まで迎えに来てくれない？」

二つ返事で来てくれた吉さんにぶら下がるみたいにして歩きながら、二日間も一人きりで過ごして寂しかったでしょうと言ったら、

「寂しいのはまだいいが、女将が来てな……」

言いにくそうにする感じから、お勘定のことだってすぐにわかった。お金は借りられたから大丈夫よ、ってあたし言ったわ。

「だけど今戻ったら全部吐き出すことになっちゃうでしょ？　ねえ、今日のところはよそへ行かない？」

吉さん、立ち止まってあたしをまじまじと見て笑ったっけ。

「ワルい子だなあ」

「駄目？」

「いい考えだ」

知り合いのやっている待合が荒川区の尾久にあるからと言うので、円タクに乗り込んでとりあえず向かったの。だけどもしかしたら最初に流連をした『みつわ』から、痺れを切らして『吉田屋』へ残りの勘定の催促が行ったかもしれない。そうだとすればその尾久の知り合いってところへまで手が回っててもおかしくない。

それであたしたち、尾久に着くとあたりをぶらぶら歩いて、もう夜の十時半くらいだったかしら、感じのよさそうな待合を見つけて入ったの。

ええ、そうよ。それがあの『満佐喜』だったたってわけ。


あたしと落ち合うにあたって吉さんは『田川』の女将に、「連れが出先で具合が悪くなったようだから神田まで迎えに行ってくる」と正直に言い置いて出かけてきたんですってさ。

それで二人とも帰らなかったらたちまち『吉田屋』へ電話されそうでしょ。それは困るから、『満佐喜』に着いてすぐ『田川』へ連絡を入れたの。女将の、「絶対に『吉田屋』へは言いませんから戻って来て下さいな」っていう情けない声を聞いたらようやく肩の力が抜けて、同時にドッと疲れが出たわ。

ほとんど丸二日離れていたから、寝間に入ると長くて濃厚なのを二回続けてして、そのあたりで眠くて目をあけていられなくなっちまった。特急とはいえ汽車での長旅はこたえるのよ。だけどほら、吉さんのほうはこの二日、『田川』から一歩も外へ出ずに寝てたものだから目が冴えまくってて、あたしの意識がふーっと遠のいて寝入りそうになるたび、鼻をつまんだり、指で瞼《まぶた》をめくったり、耳の穴に指を突っ込んだりして揶揄うのよ。

眠いのに寝かせてもらえないのが辛くて頭にきて、

「お願いだからおとなしくしててちょうだい！」

たまたまそばにあった腰紐で手首をまとめて縛ってやったら、あのひと、子供みたいに喜んじゃってさ。

「どこでこんなのを覚えてきたんだ、ええ？」

なんて妬いてみせながらも、縛られたままの手であたしをくすぐってみたりして、やっぱりろくに寝かせてくれなかった。

真剣な情交もたくさんしたけど、くだらない巫山戯《ふざけ》っこもずいぶんしたわねえ。あのひとに女の着物を着せて、あたしが上になって激しく犯したりもしたし、爪を切ったげるついでに鋏をおチンコの根もとに突きつけてちょん切る真似をしたり、実際に陰毛を十本ばかしまとめて切ったりしてやると、

「ほんとに馬鹿なやつだなあ、お前は」

口では言いながらすごく嬉しそうなの。

普通の男だったら、女にそんなことされようものなら竦《すく》みあがるか怒り出すかのどっちかでしょ。このひとはあたしを深いところで信用してくれてるんだ、なんて可愛いひとだろうと思

って、ますます好きになっちゃった。

支払いのために『田川』へ戻ってそのまま泊まったり、また『満佐喜』に舞い戻ったりしてるうちに五月五日になって、上京した野々宮先生と落ち合ったのは、約束してたお昼から大幅に遅れた夜の七時頃だったかしら。吉さんとくっついてたらついついそんな時間になっちゃったのよ。

この間の続きで、ゴロツキの情人にまつわる出任せをまた少し発展させて話すと、先生、あたしがやつれてしまったのを心配して百二十円渡してくれたの。

「おみゃあ、まっぺん草津へ行ったほうがええ。とりあえず精のつくもんを食わしたるで、銀座へでも行こみゃあか」

食事の間も、胃腸の薬があるから飲めとかコーヒーはどうだとか、何くれとなく気遣ってくれてさ。どこかでゆっくりしたい様子だったけど、あたし、十五日にまた会う約束をしただけで手も握らずに帰ってきちゃった。

おかしなものよね。あたしのほうが追いかける立場だった間は、先生のほうは自分を律することにやたらとこだわっていたのに、こちらの気持ちがよそへ向いたとたん、気配で感じ取ったのか執着が増したように見えたわ。さすがの先生にも男の本能みたいなものは一応備わっていたみたい。

その晩『満佐喜』へ帰ったら、吉さんはうつぶせに寝て雑誌を読んでた。たったの三時間離れていただけなのに、あのひとったらまた信じられないくらい元気になっていて、あたし、何度も何度もあらゆる格好で抱かれては揺さぶられたり突かれたりしながら、先生の顔はもとより先生に対する申し訳なさまですっかり忘れてしまってた。いま自分の中にいる吉さんのことっきり考えられなかった。結局その晩もほとんど寝ずじまいよ。頭がふらふらして、見上げる天井がゆっくり回転してる始末。

先生に渡されたお金もほんの数日で消えてなくなったわ。あちこちへの勘定が滞って、もうにっちもさっちもいかない、いよいよ吉さんが一度は家へ戻ってお金を持ち出すしかないってことになって、泣く泣く別れてあのひとをお内儀さんのもとへ帰した——あの四日間の辛かったことったらないわよ。自分の心から生まれた嫉妬がじりじりと丹念に全身を炙っていくんだもの、逃げ場なんてありゃしない。

だけど、もういいかげん、そういう細かい話はいいわよね。あんたも予審調書は覚えるほど読みこんだっていうし、あたしはあたしでさすがに記憶があやふやなの。調書にある記録がいちばん正確よ。当時あえて喋らなかったことはあるにせよ、喋った中に嘘はひとつもないから。

ああ、そうだ。喋らなかったこと、で一つ思い出した。

四日も離れてたあのひとと電話で話して、どうしても今晩逢いたい、逢えなかったら死んでやるとまで言って、ようやくまた落ち合うことのできた中野駅……そこで出くわしたのが、吉弥さん、あんたたち母子だったのよ。

どんな関係かをあのひとから聞かされた瞬間の、あたしの気持ちを想像してみて。この四日間あたしを苦しめ続けたお内儀さんに対する嫉妬が、可愛らしい線香花火に思えるほどだったわよ。

ついでに言うとね。あの時あたしの荷物の中には、ちょうどその日買ったばかりの牛刀が入っていたんだった。

# 第十一章

〈阿部定〉の写真、といえばまず、あの有名な一枚が思い浮かぶ。逮捕の際に刑事に取り囲まれてなぜかにこやかに笑っている、着物の衿を大きくくつろげた彼女の立ち姿だ。

それればかりじゃない。出所してから後、料亭などで働いていた頃の写真にも綺麗に写っているものが幾枚もあるし、たとえば舞踏家の土方巽から額を畳に擦りつけるようにして懇願され、二人並んで撮ることになったという写真もある。

しかし〈石田吉蔵〉のほうはせいぜい二枚くらいしか一般には知られていない。事件の時あらゆる新聞の第一面に載った、証明写真よろしく口をしっかり結んだ和装のものと、あとは商工会か何かの集まりで撮った集合写真で、こちらは白シャツにネクタイとサスペンダーという洋装で眩しそうに目を眇めている。

どちらも僕の記憶の中の〈吉さん〉とはうまく重ならない。あまり鮮明でないせいなのか、いや、それを差し引いて眺めてなお、二枚が同一人物の写真とはまるで思えないほどだ。

そして今や世間の人々の多くは、阿部定事件そのものは記憶にあるとしても、殺された愛人の名前や容貌までは思い浮かべられないだろう。くびり殺されたのち局所を持ち去られた男は、これといった顔を持たないまま、世間から憐れみと揶揄《やゆ》の対象になってしまっているのだ。まるで、同衾《どうきん》した商売女に財布を盗まれた男がその間抜けぶりを嗤《わら》われるように。

お定さんに会うため、初めて『若竹』を訪れたあの夏の日、僕は彼女に言った。

〈僕はただ、あなたというひとについてほんとうの、正真正銘の真実を知りたいだけなんです。それをきっちりと伺った上で世に問いたいんだ。あなたたちの名誉のためにも〉

少し、嘘があった。それまでの長い歳月、お定さんについて調べ尽くし、会えるだけの人に会って聞ける限りのことを聞いてきたけれど、正直に言うなら夏の時点での僕は、お定さんの名誉なんかろくに考えていなかった。頭にあったのはあんな亡くなり方をした吉さんの汚名を雪《すす》ぐことでしかなくて、そのための一手段として自分の小説を世に問うべく彼女から詳しい話を聞きたかっただけだった。

でも――今は違う。

『若竹』へ足繁く通うようになり、彼女しか知らない当時の出来事や想いを生々しい言葉で打ち明けてもらううちに、僕の中でお定さんは、何というかこう、対岸に立つ人ではなくなりつつあった。〈僕の大好きだった吉さんを奪っていった女〉から、〈僕の大好きだった吉さんをひたむきに愛し過ぎた女〉へとだんだん変わってきたのだ。その愛はかなり特殊な顕《あらわ》れ方をしたけれども、愛そのものがそれほど特殊だったわけではない。少なくとも現時点での僕の認識はそうだ。

じつのところ、僕が目にした石田吉蔵の写真は、もう一枚だけある。事件現場を撮影したもので、あまりの凄惨さにとうとう一般には公開されずじまいだったものだ。

そんなしろものをどういう伝手《つて》で見せてもらうことができたかは口外しない約束だし、そもそも誰が撮ったものかさえ教えてもらえなかったのだけれど、隅々まで見事にくっきりとピントが合っていて、プロの仕事であるのは一目瞭然だった。

白い敷布団の上、仰臥《ぎょうが》する全裸の男。身体つきは非常に美しく、逞しい脚は少し開いて投げ出されている。膝下が日本人離れしてすんなりと長く、足首は締まって形良い。

その足先を見た時、僕は、懐かしさと慕《した》わしさに胸が潰れそうになった。幼かった僕にいろんな遊びを教えてくれる吉さんの足指が、まるで手の指みたいに長くていつも雪駄《せった》からはみ出していたのを思い出したのだ。

遺体の両手の先は腹の上で軽く交叉していた。濃い眉に彫りの深い目鼻立ち、顔全体はややむくんで黒ずんで見えるが、半開きの口もとからは寝息が聞こえてきそうだ。

それだけに異様なのは、首に幾重にも巻きつけられた腰紐の唐草模様ののどかさと、大事な部分を削ぎ落とされたあとの股間が醸し出す〈無〉の圧だった。さらに左腕の肩に近いあたりには刃物の先で〈定〉とくっきり刻まれ、流れ出た血が布団の脇の畳にまでどす黒く染みこんでいた。左の腿に指で書いた血文字で〈定吉二人〉、シーツにも〈定吉　二人キリ〉。一物を苦労して切り取った後のお定さんが、愛した男の股間からあふれる血に指先をひたしては、うつむいて一画また一画と書きつけてゆく、その思いつめた横顔が目に浮かぶようだった。

酸鼻を極める猟奇事件の現場であるはずなのに、そしてそこに仰向けで死んでいるのは僕の父親であるはずなのに、どういうわけだろう、血まみれの遺体から目を背けたくなったのは最初だけで、見る前から覚悟していたほどには陰惨な印象を受けなかった。むしろ――こんなことを言うと正気を疑われそうだが――まるで宗教上の儀式のあとのような、流れた血のすべては供物であったかのような、どこか厳かで侵しがたい感じさえした。

もちろんそんな感慨は半ば後付けでしかない。わりあい冷静に受け止められたのはまあまあいい歳になってから写真を目にしたおかげであって、もっと若い時分、あるいは子供の頃に見ていたらどれほどショックを受けたかわからない。立ち直れずに精神を病んでいたかもしれない。

あの時から僕は、ずっと考えていた。

いったい当のお定さんは平気だったんだろうか。いくら上手に鰻をさばくことができたって、それとこれとはずいぶん勝手が違っただろうに、と。

*

## § 証言13　阿部定（三回目）　六二歳　1967・10・22

ねえ吉弥さん、聞いてよ、おっかしいの。

松子さんがさっき、どうしてなかなか帰ろうとしなかったかわかる？　あの人ったらね、どうやらあたしたちのこと疑ってるらしいのよ。

え？　どういう意味かってそりゃあんた、きまってるじゃないの、男女の仲じゃないかと勘ぐってんのよ。そんでちょっと妬いてんのよ。あんたがこうしてしつっこく通ってくるから誤解しちまったらしいわ。

ふふ、なんだか悪いわね。だけどこんなお婆ちゃんが相手じゃおかしくって腹も立たないでしょ。大丈夫、あの人には変な噂を流したりしないようにちゃんと言っとくから、どうか気を悪くしないでやってちょうだいよ。ね。

さてと──一昨日《おとつい》はどこまで喋ったんだっけ。そうそう、あんたたち母子にばったり出くわした晩の話だった。

今ふり返ってみると、思うのよ。あの晩こそがじつは分かれ目だったんじゃないかってね。え？　どういう意味かって、また訊くの？　それは自分で考えてちょうだいな。

あの晩までの四日間、あたしは久しぶりに吉さんと離ればなれになって下谷の秋葉の家に身を寄せていたの。さんざん二人で遊びまくったせいで素寒貧《すかんぴん》になっちまったから、吉さんを一旦家へ帰して金策してもらうよりしょうがなかったんだけど、こないだも話した通り、ちょっとでも別れるのがまさかあんなに辛いとは思わなかった。

吉さんのほうもあたしと離れたがらなかったわ。こっちは帰したくない、あっちも帰りたくない。あたしが泣いたらあのひとまで泣いて、恋の愁嘆場もいいとこよ。

でも仕方なかった。あたしに二度もお金の工面をさせたことで後ろめたく思ってたようだし、そのお金が男から出てるのもよけいに居心地悪かったみたい。あたしは野々宮先生のことは詳しく話さなかったけど、まあ、わかっちまうわよね。

「すまん。何とか都合してお前に返すから」

なんて嬉しいことを言ってくれたけど、そもそも浜松へ商談に行くと言って三百円を懐に家を出てきて以来、もう半月も帰ってなかったわけで、いくら放蕩の亭主でもあんまり具合が悪いと思ったんでしょう。

「いっぺん帰って、山の神のご機嫌を取っておくより仕方ないな」

嫌よ、絶対に嫌、と駄々をこねてむしゃぶりついたけど、そうしながらあたしだって他にどうしようもないことくらいわかってた。

でね、そんな晩に限って雨なのよ。『満佐喜』には祝儀も含めてとりあえず七十円くらいの勘定を払って、番傘を用意してもらってさ。あたしは下駄を借りて、あのひとは長靴を借りて、相合い傘で肩寄せ合って……傍から見たらあんな珍妙な格好もないわよね。

しとしとと降る雨に、お互い反対側の肩を濡らしてさ。世間から隠れるみたいに傘の下に縮こまってさ。どうしても別れる決心がつかなくて、円タクを拾って浅草へ行って、わざわざ濡れながら暗い公園を歩いたり、こんなことをしてても仕方がないから別れの盃をしようと言ってほんの一杯飲みに入ったつもりが十二時の看板になって追い出されるような始末よ。

「どっちにしたって別れなきゃならないんだから、あなたは家へ帰ってよ。あたしは下谷の親戚のとこへ行くからさ」

身のちぎれるような思いで言ったら、吉さんもウンウン頷くのに、結局別れきれなくて歩いて、まだ開いてた浅草のお汁粉屋でソーダ水を飲んで、また歩いて柳橋《やなぎばし》の小料理屋に寄って一杯飲んで、午前二時の看板で追い出されて……。着物の裾なんか乾く暇もありゃしない。

「ひでえ格好だなあ、おい」

「まったくよ。何やってんのかしら、あたしたち」

お互いを指さしてげらげら笑ったかと思ったら、抱き合ってまた泣き出しちゃったりして。なんだか子供みたいでしょ。そうなのよ。二人きりでいるとあたしたち、学校をサボって遊びほうけてた子供の昔に戻ることができたの。

あたしが、このままじゃどうしようもないから家の近くまでついてってあげると言ったら、吉さんがそうしてくれと言って、そういえば途中で巡査に咎められたりもしたわね。いくら図体が大人だって、そんなに遅くまで外をうろうろしてるのは不自然だもの。

それで中野まで帰ってきたんだけど、あたしはさすがに『吉田屋』へは顔向けできないし、かといって一人で宿にでも泊まったらまた何かしら咎められそうだし。

「だったらそのへんの待合にお前泊まっちめえよ。俺も一緒に行ってやるから」

二人で『関弥《せきや》』ってとこに上がって、今度こそすぐに別れる気でいたのに、小一時間ばかりビールを飲んでから「じゃあ」となったら、吉さんはキッスしてくるし、あたしは首っ玉にかじりつくし……。

「帰ったら絞られるだろうなぁ」

吉さんは溜め息をついて言ったわ。

「それだけならまだしも、追い出されちまうかもしんねえな」

「吉さん」

「ま、そうなったらそン時のことだ。心配は要らねえよ。『玉寿司』へ話をしとくから、二、三日したら電話をかけてみてくんな」

「うん、うん」

「家の様子を見て、うまいこと外へ出られそうな日も言付けとくから、また都合のいい日に落ち合おう。な？」

「うん、きっとだよ。早くね」

「ああ。それよりお加代、お前こそ、もう他の男と浮気すんじゃあねえぞ」

「するわけないじゃないか。あんただけだよ、吉さん、あたしにはあんただけ」

「わかってる」

起きあがった吉さんは、

「今度こそ、じゃあな」

畳に寝てるあたしを見おろして口もとだけでニコッと笑うと、ふすまを開けて廊下へ出てったの。

階段をゆっくり下りていく足音を、あたし、横たわったまま聞いてた。泣こうとも思ってないのに涙が目尻からどんどんあふれて畳に染みこんでった。

そしたらさ。

戻ってきたじゃないの。

足音が階段を一段飛ばしで駆け上がってきて、ふすまを勢いよく開けたあのひとが、何にも言わずにあたしを見おろしてさ……。

あたしも、黙って起きあがって、着物を脱がせてやった。一つ床に入って抱き合ったら、絡めた足先が二人とも冷えきってたっけ。もう五月だっていうのにね。

そうして寝ずに繋がって、朝の九時頃だったかしら。

「いつまでこんなことをしててもきりがないから、ともかく家へ帰んなさい」

あのひとの懐に十円札を一枚入れてやって、あたし、先に待合を出たの。

それこそ走って戻りたかったわよ。だけど本当にきりがないじゃない。

前の晩も、あたしがお内儀《かみ》さんとのことを口にするたび、吉さんは笑って、

「家へ帰ったって、しやしないよ。俺にはお前だけだよ」

なんて言ってたけど、わかるもんですか。

ううん、違う、わかるのよ。そんなはずないってことがね。

あれだけ精力旺盛で、何度まぐわってもすぐにまた元気になるようなひとが、何日も女無しでいられるわけがない。これまではどうだったか知らないけど、あたしが火をつけちまったん

だもの。

そういうのってね、吉弥さん、男だけじゃないのよ。女だって同じなの。ずっとしないでいたら鎮《しず》まって、別段してもしなくてもいいような仏さまみたいな気分になるのに、いっぺん火がつくとなかなかおさまらなくて、逆に、してもしても足りなくて、軀が燃えて火照って疼いちまうの。

そう、ちょうど、あれよ。蚊に食われたところを掻きこわすみたいなもんよ。いっとき我慢して触らないでいたらおさまるのに、うっかり掻くとよけいに痒くなるでしょ？　しかもその痒いとこが背中の真ん中にあって手が届かなかったらどう？　誰でもいいから爪を立てて掻いてもらいたくなるわよね？

あたしと離れて家へ帰った吉さんがお内儀さんのことを可愛く思うようになるだとか、そんなこと心配してるわけじゃなかった。ただ、痒いのをどうしても我慢できなくなったら、絶対お内儀さんに掻いてもらおうとするじゃない。お内儀さんが撥《は》ねつけたとしたらお妾さんのとこへ走ってって掻いてもらうにきまってるじゃない。

それがわかってたからあたし、離れるのが嫌でたまんなかったの。吉さんの痒いとこを掻いてあげるのは、あたしの、この爪でなければ許せなかった。

正直言って、あたしだって我慢できなかったわ。その歳になるまで自分で自分を慰めるなんてことはしたことなかったのに――精神鑑定の先生にもそう話したら驚かれたけど、それまでは自分でしなくたって、そのつど適当に男を調達できたから必要がなかったのよ。だけどあたしはもう、吉さんしか受けつけない軀になっちゃってたから、生まれて初めて、愛しいひとを思い浮かべながら自分でしてみたわよ。それこそ、痒いとこをめちゃめちゃに掻きむしるみたいにしてさ。

ふふ……たいていの男ならここですかさず「どうだった？」って訊くんでしょうに、吉弥さん、あんたは訊かないのね。ま、答えなんかわかりきってるけどさ。

ほら、よく言うじゃない？　離れてると逢いたくて夢にまで見るとか、何をしてても相手のことばかり考えてしまうとか。

そんな生易《なまやさ》しいもんじゃなかった。息もうまく吸えないの。四六時中、心臓や肺がまるで雑巾でも絞るみたいにぎゅうぎゅうよじれて、胃がねじ切れそうで、全身が痛くてたまんないの。毛穴という毛穴から血がしぶくかと思った。爪の中までズキズキ痛んでお箸も握れなかった。あのひとが口移しで食べさしてくれるものじゃないと美味しいとも思えないし、あのひとの指や舌やおチンコ以外、何も口に入れたくなかった。

とか言って、食べましたけどね。秋葉の家へは『白木屋《しろきや》』で買ったお寿司を土産に持ってったんだけど、それも食べたし、支那《しな》蕎麦を取ったりビールを飲んだり……。それまであっちこっちの待合を泊まり歩いてた間、ろくに食べないでお酒ばかり飲んで、あとは二人でもつれ合って繋がってるばっかりだったせいか、離れてみたらお腹がすいてたまんなくてさ。あれってきっと生きるために身体が欲してたんだと思うわ。

だけど、夜寝てからも吉さんのことばかり浮かぶし、ヤキモチは焼けるし、次々と煙草を吹かしながら雑誌なんか読んだけど全然だめ、気が紛れやしない。ラジオで清元が流れれば吉さんの喉を思い出すわ、上の空で襦袢を縫えば針で指を思いっきり突き刺すわ……。

左手の親指の先にみるみる血の玉が膨れあがっていくのを、襦袢に落ちる寸前で口に含みながら、ふっと思ったわ。

（いっそ、刺しちまおうか）

あのひとは事あるごとに「末永く愉しもう」って言うけど、あたし、妾の生活はよく知ってんのよ。そうなったらずっとこの辛さに耐えなくちゃならない。来てくれるのを待ちわびて、その間じゅう今の苦しさが拷問みたいに続くってことなのよ。

ほんとの夫婦になってよそへ逃げられりゃいいけど、あのひとは家にいる限りお金に困ることもないんだし、一緒になんか逃げてくれるわけがない。寝間の中で好きだと言ってくれるのだって、そりゃまったくの嘘ではないでしょうよ、あのひとなりに真剣かもしれないけど、結局のところは男の遊びでしょ？　心底惚れ合って、思いつめて心中しようなんてのとは違うわよ。

秋葉とハルおばさんも、あたしの様子がいつもと違うのを気にしてか、成田山へ行くからお前もどうだって誘ってくれたけど、あたし行かなかった。だってお不動様へは、禁酒の誓いを破った吉さんといつか一緒に謝りに行こうって約束したんだもの。

一人で留守番してる間も、何一つとして頭に入らない、本を開いても並んでる字がばらばらに泳ぎ出しちまうし、寝が足りてないからだるくて横になるものの、ろくろく眠れずでね。

毎日がその調子よ。どうにかして気を紛らわせようとお芝居なんか観に行ったけど、舞台で演じられるどんな愁嘆場もあたしの今の辛さに比べたらちゃんちゃらおかしく思えるし、色男と評判の役者を見ても吉さんのほうが百倍もいいしで、まるきり集中できやしない。そんな中で、ただひとつ面白いと思ったのが、出刃包丁の出てくる場面だった……とまあ、そういうわけなのよ。ふう。

寝間の中での男女のごっこ遊びみたいなのが、あのひと、大好きでね。お芝居みたいにお互いの役を演じてふざけてるうちに気分が出て、ただ繫がるよりずっと愉しかった。

どんな役かって、そうね……こんな明るいところで話すのも気恥ずかしいけど、たとえば、ある時はあたしが女郎の役だったっけ。もとは大店《おおだな》の娘だったのに、悪い番頭に家も商売も乗っ取られて、吉原へ売り飛ばされるの。吉さんは最初はその番頭役であたしを味見して、そのあとは二役で女郎屋の見張りを演じるんだけど……そうよ、全部即興よ。そんで、抱主の目を盗んであたしとデキちゃうのね。物陰に隠れてお互いを弄くり合って、「誰か来るぞ」なんて言うからあたしが慌てて声を押し殺そうとすると、あのひとったらわざと激しくあそこを舐めたり啜《すす》ったり吸い立てたり……。

演技のはずなのに、お互い『吉田屋』で同じようなことをしてた自分たちがそこに重なって、そりゃあ興奮するわけよ。やっとおチンコを入れてもらう頃には、いったい自分の繫がってる相手が吉さんなんだか誰なんだかわかんなくなっちまって、だけど愛しさは倍ほどに募って、わけもなく泣きじゃくったりして、吉さんに背中を撫でてなだめてもらってさ。

男と関係するのにそんな複雑な手順を踏むなんてこと、過去には一度もなかった。っていうか、そんな愉しみを教えてくれたのは吉さんが初めてだったの。

だからね——あの日、牛刀を買ったからって、本来の目的で使うつもりなんかこれっぱかりもなかったのよ。夜のお芝居に小道具として使ったら、いつもよりもっと気分が出て面白いだろうと考えただけ。

逢えなくて、苦しくて、あのひとがお内儀さんやお妾さんといるところを想像したら妬けて妬けて、いっそのこと刺してやりたいと思ったのは本当。殺してしまえばあたしだけのものになると思ったのも本当。だからってそれは、いわゆる〈殺意〉とは違うの。自分でもどこが違うのかよくわかんないし、いくら判事さんに訊かれてもうまく言葉にできなかったけど、でもやっぱり違ってたわよね。今ではよけいにそう思う。

人の気持ちってさ、理詰めじゃないのよ。今この瞬間は殺してやると思っても、優しくされたらそんなことどうでもよくなる。こんなに辛いなら別れてしまおうと心に決めても、顔を見たらやっぱり好きで、抱かれたとたん全部なし崩しになっちゃう。行ったり来たりよ。そういうもんじゃない?

あの晩のあたしは特にそうだった。四日間、ううん、ほとんど五日近くも離ればなれで夜も眠れなかった後に、ようやっと電話で声が聞けて、一度は切れちまったのにあのひとのほうからわざわざかけ直してきてくれて……。

その時あたしね、新宿の『明治屋旅館』に宿を取ってたの。秋葉の家にいたんじゃ、せっかく電話しても気兼ねで喋れやしないから。

あの旅館には前に野々宮先生と泊まったことがあって、先生の手前ずいぶんとお上品なふりをしてたんだけど、その晩は先生いないしさ、吉さんから今にも電話がかかってくるかと思ったら舞い上がっちまって、煙草はすぱすぱ吸うわビールはぱかぱか飲むわ、いざ晩の七時半頃にいよいよかかってきた時にはだいぶ酔っぱらってたわね。お酒は好きだけど強くはないのよ。ええ、いまだにね。

で、その時は帳場の卓上電話だったのに周りにも聞こえるような大声で甘ったれた話をしちゃったもんだから、きっと旅館のほうでもびっくりしてたと思うわよ。あれはほんと、みっともなかった。

吉さんには十四日まで待つように言われたんだけど、あたしちっともきかなくて、さんざん無理を言ってその晩逢うことになったの。想像してみてよ、その時のあたしの気持ち。

駆けつける円タクの中でも口を押さえてないと叫びだしそうなくらい嬉しくて、中野の駅で約束通り吉さんが待っててくれるのを見た時はほんとうに声が出ちまって、だってあのひとったらセルの着物に兵児帯《へこおび》姿で、むしゃぶりつきたいくらい好い男なんだもの、あんな男と裸で毎日毎晩抱き合ってたのかと思ったらそれだけで昇天しそうになるほどで、支払いももどかしく自動車を降りて駆け寄ってようやく抱きついたところへ——あんたたち母子が改札んとこにいたってわけよ。

目が合った瞬間、ぴんとくるものがあったわ。

「誰？　ねえ誰なのよ」

って吉さんにしつこく訊いたら、内緒だぞって前置きしてからあたしに耳打ちしたの。

「俺の倅《せがれ》とその母親さ。どうだ、いい女だろ」

きっとあのひと、いたずらを仕掛けるみたいな軽い気持ちだったと思うのよ。あたしのヤキモチにわざと油を注いで、四日ぶりの夜を盛り上げようとしたんだと思うの。つまり、あたしを見くびったのね。あたしの本気を、って言うべきかしら。

その場ではとにかく早くあんたたちの目から吉さんを遠ざけようと必死だったし、駅を後にしてからは何やかやのやりとりに紛れて忘れちまってたんだけど……後になってゆっくり思い起こしてみると、あたしあの時一瞬、心臓がこわばってすぅーっと冷えたのよ。ええ、そう、吉さんが当たり前のようにあんたを息子だと言い、当たり前のように母上を褒めた瞬間にね。

お内儀さんについては、過去の裏切りもあっていまだに許してないと言ってたけど、あんたの母上は違うじゃない。今もお互いに情がちゃんとあって、間に生まれたあんたのことも言葉にはしないけどすごく大事に思ってる、それが吉さんからはっきり伝わってきたもんだから、あれはちょっとたまんなかったわね、全身の血が青くなるような心地がして気が遠くなりかけたっけ……。

そういえばあの時あんた、なんでだか忘れたけど「鰻なら食べてきた」って叫んでたわよね。覚えてる？　あれが、五月十一日の晩だった。吉さんとあたし、円タクでまた『満佐喜』へ乗り付けて、それっきり一週間、あのひとの最期の日まで流連《いつづけ》したの。

ねえ、吉弥さん。あたしね。

吉さんにお内儀さんがいるだけだったら、あんなことしなかった気がする。

『満佐喜』に上がった翌朝、起き抜けいちばんにあたしがしたのは、鴨居の上にかかってる額の後ろへ例の牛刀を隠すことだった。女中に見られたら面倒くさいからさ。

前の晩はそれを小道具に使って面白く愉しんだ……と言いたいとこだけど、そんな余裕はぁたしにはなかったわね。逢えて嬉しいのと、こんな思いをさせられて憎いのと、そこへ全身が焼けただれるかのようなヤキモチが一緒くたに混ざっちまって、吉さんに食らいついて大事なとこをさんざん可愛がってやったかと思えば次の瞬間には抓ったり叩いたり爪を立てたり、めちゃくちゃだった。自分でもわけがわかんなかった。

おまけにひどいのよ。四日前の朝、あたしが断腸の思いで先に『関弥』を出たってのに、吉さんったらそのことにむしゃくしゃして、まっすぐ家に帰るのも癪《しゃく》だからと『関弥』からわざわざ板橋の『兎月園《とげつえん》』へ遊びに行って一泊したって言うじゃないの。そこから家へ電話してお金を持って来させたって。

つまり、あたしが秋葉宅で眠れずに煙草ばかり吸って悶々《もんもん》としてた晩、あっちはそれなりに愉しく遊んでたのよ。あんまりじゃない？

腹いせに、素っ裸で牛刀を逆手《さかて》に持って、

「やい、こら、吉」

切りつけるマネをしてやったんだけど、あのひとは笑いだして言ったわ。

「なかなか面白い考えだが、ちょっと小道具が足りなかったな。逆手に持つ時は出刃にしてもらいたいね、そんなものじゃ殺せない」

板前だったひとに言われるとそうなのかと思うけど、ほんとに殺すわけじゃないんだからどっちだって大差ない。だからあたし、かまわず続けたの。

「やい、吉。てめえ、お内儀さんの機嫌を取るのに何をした」

「落ち着けって、お加代。こんなことはお前としかしないと言ったろう」

「嘘だ。だったらどうやって許してもらったのさ」

「許すも何も、あいつに俺を責める資格なんかねえんだ。なのにグチグチうるせえこと言いやがって、そのくせしまいには擦り寄ってきたから蹴飛ばしてやったよ」

「嘘だ、嘘だ、そんなの嘘にきまってる。それが証拠に、あたしの買ってやった下帯を締めてなかったじゃないか」

「そりゃおめえ、三日も家に帰ってたんだから着替えぐらいするだろうがよ」

「そうさ、三日も家に帰ってて、お内儀さんと何もしないはずがないんだ」

ほんとうに何もしなかった、お願いだ信じてくれ。いくら言われても、あたしには信じられなかった。信じるつもりなんか端からなかった。抱かれて繋がってる間だけはちょっとだけ安心できたけど、離れるとすぐにまた不安と嫉妬がこみ上げてきて、そのたびに抓ったりひっぱたいたり嚙みついたりして苛めるもんだから、あのひと布団をひっかぶって身を守ろうとしてさ。それを見たらまたよけいに腹が立ってくんのよ。

とうとうあたし、おチンコを片手で握って、牛刀を根もとにあてがってやった。

「ここからすっぱり切り落としてやろうか。もう二度と、誰ともできないように」

そのとたん、あのひと、どうしたと思う？

ものすごく嬉しそうに笑いだして、子供みたいな無邪気な顔で言ったの。

「こいつ馬鹿だなあ」

そうして跳ね起きると、あたしをうつぶせにして後ろからいきなり突っ込んできたのよ。激しかった。それまででいちばん大きく硬くなってた。

「許せよ、お加代」

あたしの中にぐいぐいねじ込んで揺さぶりながら、吉さんは言ったわ。

「おトクのやつがあんまりうるさいから、お前を悪者にするしかなかった」

「どういうこと？」

「半月の間いったいどこで何をしてたんだって問い詰められたもんでな。じつはお加代と遊び歩いてたんだが、俺から好きなわけじゃない、あいつに引っぱられて流されただけだ、もう二度と関係しないから、と嘘を言っちまった」

「嘘なの、それ」

「当たり前のこと訊くんじゃねえよ。しかしおトクのやつ、まだ疑ってる。素行の悪い亭主はよーく監視しとかなきゃ、ってな。お前に待合でも持たしてやりたいと言ったが、今んとこは百や二百の金さえ自由にできやしねえ。悪いが、もうしばらくは辛抱してくんな」

「できないよ」

「お加代、まあそう言わずにさ」

「できないったら。ああ、もう、もう、辛抱たまらない、ああ、ああ、ああ」

「お加代……お加代ッ」

処置なしよね。そんなにまでして吉さんが軀でも言葉でも慰めてくれるのに、離れるとまたむかむかと憎らしさがこみあげてくるんだもの。

「どんなことでもしてやるから勘弁してくれ」

あのひと、暴れるあたしを抱きかかえながら言うのよ。

「なあ、お加代。お前と別れてから、俺は俺で焦燥に駆られていたよ」

「何よそれ」

「え？」

「何なのよその〈ショーソー〉って」

「ああ、それはつまりだな、」

「うるさい、うるさい！　あたしに学がないと思ってデタラメ言いやがって」

「お加代。ほら落ち着けって、お加代」

……ずーっとそんな具合よ。

あたしがどんなに荒れても、無茶を言って苛めても、吉さんは少しも怒らなかった。嫌な顔ひとつしないで慰めたりなだめたりしてくれるんだけど、そうされると軽くあしらわれてるみたいでよけいに癪に障って、あたしとうとう吉さんに乗りかかって首を絞めてやったの。喉ンとこへ親指をあてて、こう、ぐっと押し込んでさ。

その時もあのひと、苦しいのに怒るどころか抵抗もしないで、あたしを見上げながら言ったのよ。

「首を絞めながらすると、イイんだってな」

ニヤッとするから、あたし、手を放したわ。

「ほんと？」

「ああ。聞いた話だがそうらしい」

「イイってどっちが？　男？　女？　絞めるほう？　絞められるほう？」

「知らねえよ」

「だったら試しに絞めてみてちょうだいよ」

馬乗りになってた吉さんから下りて、今度はあたしが下になって絞めてもらったんだけど、力を入れてくれないもんだからちっとも苦しくなくて、

「もっとちゃんと、真面目に絞めてよ」

「いや、無理だって」

「なんでよ、これじゃ気持ちいいかどうかもわかんないわ。吉さんは好《よ》くないの？」

「悪いが俺はまったくだな。なんだかお前が可哀想で嫌だよ」

「じゃあどいて。あたしがもっぺんやってみる」

入れ替わってまたあたしが馬乗りになって絞めようとしたんだけど、あのひと、あたしの指が触れるとくすぐったい、くすぐったい、って笑いだしちゃってさ。不完全燃焼のまんま、そ

の時は終わっちゃった。

それから何日か、厠《かわや》へ立つほかはろくに部屋から出ないで、ただひたすら寝床であのひとと二人して裸でもつれ合ってばかりいたの。自分の軀と相手の軀、その組み合わせで何ができるか、思いつく限りのことは全部試したわ。

最初に待合を泊まり歩いてた時もかなりのものだったけど、あの時以上に猛烈だった。夜もろくに寝ず、お風呂にも入らずに抱き合ってさ。前にも言ったかもしれないけど、ふつうはそれだけ一緒にいれば飽きがきそうなものなのに、どんどん好くなるばっかりなのよ。二人ともがお互いの中毒患者みたいだった。

十五日の夕方になって初めて、あたしだけが身仕度して出かけたの。帯を締めるのも久しぶりだった。

ちょうど十日前に『明治屋旅館』で野々宮先生と会って何もせずに百二十円もらったんだけど、その時に約束した通り、この日は銀座で落ち合って食事をしてから品川の『夢の里』へ行って……早く帰りたいのに求められたからお義理で関係したわ。感謝だけはちゃんとあったのよ。

でも、先生にはほんとうに申し訳ないんだけど、抱き合っててもまるきり興味が湧かなくて、あたしの中に先生のが入ってる間さえ吉さんのことばかり想って上の空だった。他の男と寝ても吉さんへの後ろめたさがなかったのは、まったく何ひとつ軀が感じなかったからじゃないかしら。

で、五十円もらって『満佐喜』に帰ってきたら、あたしの留守の間に部屋がかわってるじゃないの。あれは腹が立ったわねえ。

吉さんは新しく敷かせた布団で呑気《のんき》に寝てて、

「しょうがねえさ。俺ら、湯も使わねえで毎日毎晩アレばっかりしてんだから、いいかげん臭かったろうしな。掃除ぐらいさせてやんなよ」

「あの臭いのが好きだったのに」

「まあまあ、こっちぃ来な。ほら、いい風じゃねえか」

言われてみたら確かに、開け放った窓から吹き込む五月の夜風はもう夏の匂いがしてかぐわしかった。今の今まで外を歩いてきたのに、そんなことに気づく余裕もなかったのよね。

野々宮先生とビールを少し飲んだせいでまだ顔が火照っていたから、あたしバツが悪くて、座敷にあったビールを一杯あおってから下に降りてお湯を使ってきたんだけど、戻ってみたら吉さんたら、

「疚《やま》しいことがあるから風呂に入ったんだろ」

って。

「え、何のこと?」

「とぼけるなよ。さっきの五十円は旦那と逢ってもらってきたんだろ? 二人して俺のこと嗤しやがって、甲斐性なしの間男を嗤うのは愉しかったかよ、え?」

冗談とも本気ともつかない顔で言うのよ。

「何を馬鹿なことを。男となんか逢ってませんよ、あのお金は姉に頼んで借りてきたんですよ」

「嘘つけ。俺はな、おトクを見てるから、外で他の男に抱かれてきた女はすぐにわかるんだ。ちきしょう、腹の立つ。今度は俺が出刃包丁を買ってこなきゃなんねえな」

かしら、って。

「そういえば、アレは？」
「安心しな。俺が持ってきて、また隠しといてやったよ」
あのひと、あたしを布団に押し倒して、いつもより酷く抱いたわ。お乳の先をきつく抓ったり、髪の毛をつかんで引っぱったりしてさ。それでもどっかでちゃんと手加減してくれてたし、あたしは苛められてかえって嬉しかった。本気でヤキモチを焼いてくれてるならどんなにいいかしら、って。

本気なわけ、ないのよ。夕方、身仕度して出かける前から吉さんにはあたしが何のために誰と逢おうとしてるか当然わかってたはずで、だからヤキモチなんかただのふり、いつものごっこ遊びと同じでその場を盛り上げて面白くしただけに過ぎないんだわ。

いっぽうであたしには吉さんの〈焦燥〉がよくわかった。あたしとのことがどれくらい本気かは別にしても、女房から、それも自分を裏切ったことのある女房から財布の紐どころか生殺《せいさつ》与奪《よだつ》の権まで握られて、さんざ虚仮《こけ》にされてさ。店がいくら繁昌したって、あのひとが自由にできるお金は十円二十円。どれだけ苛立たしいか、あたしに何度もお金を工面させるのが男としてどれだけ情けなかったか……。

先生にもらった五十円ぽっちじゃ足りなかった。お金のことをいちいち心配しなきゃなんないから吉さんが気に病むんであって、もっと沢山あれば、またしばらくは愉しく二人きりでいられる。

そう思ってあたし、神田の『萬代家旅館《ばんだいや》』に逗留《とうりゅう》してる先生に無心の手紙を書いて、『満佐喜』の女中に届けさせたの。昨日の今日で申し訳ないけど使いの者にもう五十円持たせてくれませんか、って、せっかく書いたのに先生ったら宴会に出てるとかで宿にはいなくてさ。女中もこれまた気が利かないったら、待たせてもらえばよかったのに手紙だけ置いて帰って来ちゃったのよ。

「駄目だったか」

しょんぼりうつむいた吉さんを見たら、ずいぶん髭も髪も伸びてた。そりゃそうだわね、このところ髭をあたるどころか風呂にだってろくろく入ってなかったんだもの。それであたし、昨日先生にもらった中から吉さんに五円持たせて床屋へ送り出したの。さっぱりしたらちょっとは気も晴れるんじゃないかって。この時は、家へ逃げて帰っちゃうなんてことは思わなかったわね。

何時間かして戻ってきたあのひとの素敵なこととといったら、これ以上惚れられるわけないと思ってたのにまた惚れ直しちまってさ。水も滴る好い男って吉さんのことだわよ。女中たちもみんな頬なんか染めちゃって、癪に障るから着物を全部脱がせて隠して、部屋から一歩も出られないようにしてやった。

「そんなことしなくたって、お前以外に興味なんかねえよ」

苦笑いしながら言ってくれる吉さんがますます可愛くてたまらなくなっちまって、抱かれてても肩やら耳やら嚙みついたり、血が出るくらい背中を搔きむしったり……。

そんなことしてたらね。ふっと、胸に落ちる気がしたの。どうして、繋がってる最中に相手の首を絞めたがる人がいるのかってこと。

「ねえ、今度は紐で絞めてあげる」

「何の話だ」

「いいから下になって」

あたし、吉さんのお腹にまたがるなり、布団の枕元に落ちてた腰紐を取って首に巻きつけてやった。おチンコをすっぽり自分の中に納めてから、両手で紐の端を手綱みたいに握って、絞めたり、ゆるめたり。

初めのうち、吉さんは面白がって、お座敷の太鼓持ちよろしくふざけてた。あたしが絞めると舌を出したり、自分のおでこを叩いて変な顔してみせたりね。

でも、強く絞めるたびに吉さんのお腹から下にぎゅっと力が入って、あそこがピクピクするのよ。それが気持ちいいって言ったら、

「お前がイイんなら、ちょっとくらい苦しくても我慢してやるよ」

それであたし、もっと絞めてやったの。吉さんがいつもと違ってすぐへとへとになって、目をしょぼしょぼさせても許してやんなかった。

「嫌なんでしょう。嫌ならもっと絞めるよ」

「嫌じゃない、嫌じゃない。俺の身体はもうどうにでもしてくれ」

それで、おおかた二時間くらいだったかしら、ずっとふざけてるうちに、あたし夢中になって下のほうの具合ばっかり見てたもんでうっかり力を入れ過ぎちゃったのね。キュウって絞まった拍子に、吉さんが初めて「ウーッ」って一声唸って、おチンコがみるみる小さくなっちまったのよ。

びっくりして紐を離すと、吉さんてば、もがくように起きあがってあたしにしがみついてきたわ。

「お加代」

「うん、ごめんね、加減を間違えちゃった」

「お加代、怖かったよ、お加代……」

呻くように言って少し泣いたみたいだった。

申し訳なくてあたし、子供にするみたいに胸をとんとんして、背中もよしよしってさすってやったんだけど、そうこうするうちにあのひとが、

「どうしたんだろうな、首が熱いよ」

見ると絞めたところの痕が赤くなって、目の周りもむくんで腫れあがってるみたいなのよ。慌てて風呂場へ連れてって、首を洗ったり冷やしたりしてやったわ。すごく心配したのに、その時もあそこを触るとすぐ元気になってぴんと勃つもんだから、

「何よ、大丈夫なんじゃないの。びっくりさせやがって」

頭にきておチンコをぶってやった。

だけど実際、吉さんの首はちょっと大変な有様でね。それなのにあのひと、鏡を見て赤紫に変色した絞め痕をさすりながら、

「ひでぇことしたなあ」

そう言っただけで、やっぱり少しも怒らなかったっけ。

人に見せられるような顔じゃなかったし、吉さんが下に降りるのを嫌がったから、顔を洗うにも洗面器で水を運んできたりして優しくしてあげたわ。柳川《やながわ》や酢の物を取って食べさせてやったりね。お酒はやめといたほうがいいから、飲んだのはあたしだけ。

お医者に診せたほうがいいんじゃないかとも言ってみたんだけど、吉さんが反対したの。警察に届けられると厄介だからよせ、って。

仕方がないから銀座の薬局『資生堂』へ行って、何か効く薬はないか相談したのよ。もちろ

ん本当のことなんて言えやしないから、これも吉さんに言われたとおり「お客同士が喧嘩のはずみに喉を絞められて首が赤くなった」っていうふうに話したら、それは血管が腫れたのだから静かに寝かせて流動食を摂《と》るより他に手当ての方法はない、治るまで一、二カ月はかかると言われて、初めて本気でどうしようと思った。なんてことしちゃったんだろう、って。こんな大変なことになるなんて考えてもいなかったのよ。

　何もないよりはましだろうと、目の充血したのを治すために目薬をひと瓶だけ買って出て、だけど思い直してとって返し、病人の気休めでもいいから何か薬を下さいと頼んでみたら三十錠入りのカルモチンを一箱出してくれたの。

　吉弥さん、カルモチンって知ってる？　早い話が鎮静剤よ。不眠症にも効くっていうんで、あの当時はどこの薬局にもポスターが貼られてたし新聞にも広告が載ってるような当たり前の薬だった。ほんと、ただの気休め。

　それを持って、ついでにスープやら西洋菓子やら西瓜やらを土産に買って帰る道々、もちろん考えたわよ。もしかしてあのひと、あたしが留守の間に今度こそいよいよ家へ逃げて帰ったんじゃないかしら。首なんか絞められてふらふらなのに、勃ちが悪いとか文句言われて、それでも怒らないでくれたけど、心の中ではあたしにあきれていいかげん潮時だと思ってるんじゃないかしら。今ごろ『満佐喜』のあの部屋には空っぽの布団が敷かれてるだけなんじゃ……。

　たまらなくなって、走って帰って二階への階段を駆け上がったら、吉さんてば待ちくたびれて寝ちゃってた。大きな子供みたいに丸まって、胸にあたしの枕を抱きかかえてさ。そんな寝顔を見たらますます、このひとを他の誰にも渡さないって思ったわ。吉さんはあたしだけのものよ。二度と他の女に触れさせやしない。

だけど、目を覚ました吉さんに『資生堂』でのやりとりを話して聞かせたら、すっかり意気消沈しちまって可哀想だった。

「困ったな。金もないからここにそう長くいるわけにもいかないし、どうしようか。どうしようもないな」

いちばん言ってほしくない言葉を聞きたくなくて、あたし、下からわざわざ包丁を借りてきて西瓜を切ってやったの。

おかしいでしょう？　例の牛刀のことを、その時はすっかり忘れてたのよ。ほんとに頭の隅にも浮かばなかったの。

「これを食べて、たくさんオシッコ出しなさい。顔のむくみに効くはずだから」

吉さんは素直に西瓜をしゃくしゃく食べて、でも飲み込むたびちょっと痛そうに顔をしかめてた。うどんや雑炊みたいな柔らかいものしか食べられなかったのも、喉を痛めていたせいよ。みんなあたしのせい。

カルモチンは三錠以上いっぺんに飲ませちゃいけないって薬局の人から言われてたんだけどね。吉さんはこれくらいじゃ効かないと言うし、あたしも誰だったか前にお客から、あんなものは百錠飲んだって死ねやしないと聞いたことがあったから、スープやら雑炊やら食べさしてやるついでに、あと五粒、そしてまた五粒と飲ませてやったの。安静にしてたほうがいいって言ってたし、だったら眠れるに越したことないじゃない。一時間でも早く恢復《かいふく》して、またあたしを抱いて欲しいもの。

そうこうしてるうちに、いよいよ吉さんの目がシワシワ、ショボショボしてきてね。あたしは同じ布団の右側に添い寝して、左手であのひとの頭を抱えるみたいにしていて、あのひとの右腕はあたしの身体の下からのびて背中を抱きかかえるみたいな格好だったから、しぜん、あたしの右手が余るじゃない？　それで吉さんのものを弄ると一応硬くはなるんだけど、自分からあたしに乗っかるほどの気力はなさそうだった。

「今夜だけはおとなしく寝かせてくれ」

って、あのひと言ったわ。

「元気になったらまたいくらでもしてやるから」

あたしが駄々をこねたら、ちょっと起きあがって指でいじったり舐めたりしてくれるんだけど、やっぱり完全には勃たないのよ。

「なあ、お加代」

「嫌よ」

「聞いてくれ。どうにもこうにも、こりゃいっぺん家へ帰るより仕方ねえよ」

「嫌だったら」

「勘定だって足りねえし、この顔でここにいりゃあ女中に見られてキマリが悪いしさ。どっちにしたってずっと帰らねえわけにゃいかんのだから。なに、そう長い間じゃねえって。お前は、下谷の家が居心地悪いんなら、なんとか都合してどこかの家にいてくれ」

「いいえ。どうしても帰りたくないわ」

「よしわかった。だったらここの勘定はひとまず借りておいて、湯河原《ゆがわら》に知り合いがあるから行って湯治をしよう。そこでお前ともう二、三日過ごしてから、おトクに金を持ってこさせて帰ることにしようじゃないか」

「何言ってんの？　そんなの絶対に嫌よ」

すると吉さんは、深々と溜め息をついたの。真顔だった。

「そんなに何もかもイヤダイヤダじゃしょうがない。お前だって、俺に子供のあることは最初《はな》っから知ってたんだし、そうそう二人でくっついてるわけにもいかねえことくらいわかるだろう。何も、別れようなんて言ってるんじゃねえんだ、お互いに末永く愉しもうとするんなら少しぐらいのことは辛抱してくれと言ってるだけなんだ」

ああ、やっぱりだ。

このひと、あたしと離れても平気なんだ。

悲しくてたまらなくなって、あたしが声をあげて泣きだしたら、吉さんも涙ながらに優しいことを言って慰めてくれたけど、例によってあたしはそんなふうになだめられればなだめられるだけイライラする性分なのよ。この時も、吉さんの説得に耳を傾けるどころか半分くらいは上の空で、どうしたらこのまま二人でいられるかってそれっきり考えてなかった。

「あのな、お加代。女房なんかに妬くこたぁねえんだぜ。あんなのは家の飾り物でしかねえし、本人の望む通り、うまいこと商売をやらしときゃいいんだ。今へタを打って自分から損することぁねえ。ぐずぐずして家の者に騒がれりゃ、結局お互いのためにならんだろう。な、逢えなくなるったってチョンの間だ、いい子だから聞き分けてくれよ」

そんな具合にめそめそしていたら、女中が下から頼んでおいたスープを温めて運んできたもんだから、吉さんにそれを飲ませて、ついでにカルモチンもまた飲ませて、見ると一瓶ほとんど無くなってたわね。それで二人で床に入ったのがたしか十二時頃だったかしら。

あのひと、まだ首が腫れてて元気がなかったけど、あたしがむくれてたもんだから慰めようと、前を舐めたりして機嫌を取ってくれてさ。少し関係した後で、

「うーん、さすがに眠いや」

枕に頭をのせて仰向けになったの。

「なあ、お加代。どうもこの部屋、暗くないかな」

「そんなことないわよ。いつもとおんなじよ」

「そうか。頼むから、俺が寝ても灯りを消さねえでくれよ」

「わかってる。暗いのは怖いのよね」

「ああ。お前は起きていて、俺の寝顔を見ててくれねえか」

「見ててあげるから、ゆっくり寝なさい」

半身を起こしてさっきみたいに吉さんを抱きかかえ、おでこに頰を優しくこすりつけたりしてるうちに、あのひと、うとうとし始めたの。疲れきってたのね。

約束通りに寝顔を見ていたら、ずいぶん痩せてることに気づいたわ。あたしが搾り取っちまったのよ、吉さんの精を全部。

可哀想で、憎くて愛しくて、間近に見てるだけで気がおかしくなりそうだった。そうして思い出したの。五月七日から十一日まで離ればなれだった間の苦しさを。

吉さんを家に帰してあたし一人が下谷の秋葉の家にいた間、どれだけ辛かったか。あの時は四日で逢えたけど、今度はそうはいかない。ひと月か、ふた月か、あるいはもっとかもしれない。離れてる間に吉さんとの間にある魔法みたいなものが消えてしまうかもしれない。それに何より、今このひとはあたしのせいでこんなに弱ってて、家に帰っても介抱が必要で、誰がそれをするかっていったらやっぱりお内儀さんがするんだろうし、それともばかなお内儀さんがこんな状態のこのひとにまでうるさいことを言い続けたら、嫌になっちゃってあの綺麗なお妾さんのとこへ行くかもしれない。そこでゆっくり介抱してもらおうとするかもしれない。冗談じゃないと思ったわ。このひとの身体を拭いてやったり、お粥《かゆ》を作って食べさせてやったり、そういうことをあたし以外の女がするなんて。あたしが噛みついた痕とか、背中に爪を立てて引っ掻いた傷とか、そんなのまで見られるなんて。あたしじゃない指がこのひとに触るなんて。

言われたとおりに寝顔を見つめながら添い寝していると、時々、吉さんがパッと目を開けては、あたしがいるのを見て安心してまた目をつぶって……というのをくり返してたんだけど、ふいに言ったの。

「お加代」

「うん？」

「お前、俺が寝たらまた絞めるんだろうな」

ぎょっとなって首を横にふりかけたけど、あたし、結局うなずいてやった。

「うん」

言いながらニヤリとしてみせたら、吉さん、かすかに笑って目をつぶってね。

「絞めるなら、途中で手を離すなよ。あとがとても苦しいから」

低い声でそう言ったのよ。

いったいどういう意味かしらと思って、すっかり混乱しちゃった。まさかこのひと、あたしに殺されるのを望んでるのかしら。いいえ、そんなはずはない。駆け落ちも、心中も、笑って取り合わずにただ「末永く愉しもう」としか言わなかったひとだもの、今のだってきっと冗談にきまってる。

まもなく吉さんは寝息を立て始めたの。すっかり安心しきって、あたしの腕に身体を委《ゆだ》ねてね。

もう、悩む必要もなかった。吉さんの望みはわからないけど、自分の望むことはわかりきってた。

右手を伸ばして、この間のように枕元に置いてあった桃色の唐草模様の腰紐を取ると、左手で紐の端を吉さんの首の下に差し入れて二周ぐるぐると巻きつけてから紐の両端を握りしめ直して、最初はまだ躊躇《ためら》いがちに絞めたのよね。そしたら吉さんがパッと目を見ひらいて、

「お加代ッ」

こっちに抱きつこうとしてきたもんだから、あたし反射的に紐の端を力いっぱい引き絞ってた。吉さんの胸に顔をすりつけて、思いっきり。

「勘弁して。勘弁して」

って、泣きながらくり返してた覚えがあるけど、それも無意識のことだった。

吉さん、うーん、って唸って両手で空《くう》を摑むみたいにして、その手をぶるぶる震わせたけど、わりとすぐにぐったりしちゃった。紐を離そうとしたら、あたしの指が固まっちゃって開かないのよ。ようやく離してもこんどは身体の震えが止まらなくて、卓袱台の上にあったお銚子をつかんでラッパ飲みしてから、吉さんが生き返ったりしないように、腰紐を喉のちょうど正面のところでもう一度絞って固結びして、残りを首に重ねて巻きつけて、端は枕の下に差し込んでおいたの。

今のちょっとした騒ぎを誰かが聞きとがめてやしないかと思って下に降りてみたんだけど、帳場は誰もいなくて静まりかえってた。時計を見たら午前二時をちょっと過ぎてたわ。

ほっとしたもんで、厨房からビールを一本失敬して、部屋に戻って飲んだの。よく冷えてて美味しかった。吉さんはもっぱら日本酒だったけど、あたしはビールのほうが合うのよ。

何度か揺さぶってみたけど、あのひと、これ以上はないくらい完全に死んでたわ。生きてる間よりももっと可愛らしくて、唇が乾いてるみたいだから舌で舐めて潤してやったり、手ぬぐいを絞って顔を拭いてやったり、そうしながら、とうとう殺してしまったんだなあと思ったらあたし、すっかり安心しちゃってね。なんだか肩の荷が下りたみたいな心地がして、朗らかな気分だった。

あんなに猛々《たけだけ》しかったおチンコもすっかり小さくなっちゃってたけど、やっぱり可愛くて、またがって入れてみようとしたけどそれは難しかったわね。かわりに弄ってみたり、しゃぶってみたり、そんなことしながらも、あたしはこの世に未練なんかなかった。

もうしばらくこうして吉さんと一緒にいたら、あたしも死のう。そこの鴨居に紐をかけて首をくくるのがいいかしら。それとも、そうだ、鴨居といえばあそこの額の後ろに牛刀を隠してたんだった、あれで手首を切るか喉を突くのがいいかしら。いずれにせよ、あたしがいなくなったところで困る人なんか、この世に一人も……。

そこまで考えたとたん、思わず声が出た。

あの、手紙。

ああ、なんて、なんて馬鹿なことをしちまったんだろう。あたしったら、お金の無心をするのに女中に言付けて、野々宮先生の宿まで届けさせたじゃないの。

流連の果てに愛人を殺すような女と関係があったなんて世間に知れたら、あの立派な先生の将来はめちゃくちゃになってしまう。あんなに真面目で素晴らしい方なのに。

もうどうしようもないのかしら。せめて、謝りたい。あれほどたくさんお世話になった恩人にこんなとんでもないご迷惑をおかけしてしまうことを、ひと目でいいから会ってお詫びしたい。

――ねえ、吉弥さん。あんた、前に訊いたわよね。吉さんを手にかける時、野々宮先生の顔は一度も浮かばなかったのかって。

浮かんだわよ。ええ、この時になって初めてね。同時に、先生に誘って頂いた塩原旅行のことや、そのために用意していた石鹸箱や何かのことが次々に頭に浮かんで、申し訳なさに膝が萎《な》えて立ち上がることもできなかった。

だけど、ぐずぐずしてるわけにはいかないじゃない？　一刻も早く先生に会ってお詫びして、それからあたしは一人で死ななきゃならないんだから。

ほんとはこの部屋で、吉さんの隣で死にたかったけど、しょうがない、筋は通さなきゃいけない。世間からはあたしが逃げたと思われてるだろうけど、断じてそうじゃなかったの。警察に捕まったら自由に死なせてもらえなくなるし、とにかく一旦ここを出て時間を稼ぐ必要があったのよ。

だけど、

「吉さん……」

そばに座って、顔に頰ずりをして、いちばん可愛いものに触ってたら、どうしても離れがたくてねえ。

ふと、名案が浮かんだの。そうだ、持って行こう。いくらこの顔が愛しくったって、首を切り離して持って歩くわけにはいかないけど、おチンコだったらきっと帯の間か着物の懐におさまる。いちばん想い出の多いところだもの、置いていくわけにいかないわ。このままにしていったらそれこそ、お内儀さんが湯灌《ゆかん》の時に触るだろうし、たとえ死体のそれだって絶対に嫌、絶対に許せない。

まるでこのために買っておいたみたいだったわね。伸びあがって、額の後ろから牛刀を取り出して、でも最初に思ったより時間がかかっちゃった。もう死んでるのにびっくりするほど血が出てさ。それもまだ生温かくてさ。

そうして必要な作業を進めながらあたし、おチンコにずっと話しかけてたわよ。

「ごめんね吉さん、痛い？　痛くないでしょ？　大丈夫よ、どこまでも連れてってあげる。あたしが死ぬ時は吉さんも一緒だからね」

あふれた血まで愛しくて、指の先につけては自分の長襦袢の袖や衿になすりつけたわ。吉さんの寝顔は変わらずに穏やかだった。

でもね、首をぎゅうっと絞めた時のあの声が耳の奥に残ってて、何度もくり返し響くの。

〈お加代ッ〉

そうか、このひとにとってあたしは、最後の最期まで〈お加代〉だったんだ。

あたし、もいちど指を血にひたして、吉さんの左腿に、

〈定　吉　二人〉

って書いた。

それだけじゃ足りなくて、もっと大きな字で敷布に、

〈定　吉　二人キリ〉

って思いっきり書いてやった。世間に向かって、このひとはあたしのものだって宣言したい

気持ちだったの。

それでもまだ足りなくて……だって血なんか洗ったら消えちまうじゃない。まるで最初から無かったみたいにさ。

だから、刻みつけたの。ぬるぬる滑る牛刀の柄《つか》を握りしめて吉さんの枕元へ行って、左の二の腕に深々と、

〈定〉

って、一文字だけね。あたしの名前をどこまでも付けていってもらいたかったから。

「ねえ、知らなかったでしょ。あたし、ほんとは定っていうのよ。阿部のお定。おサァちゃん」

吉さん、笑ってくんなかった。真顔のまんま寝てるだけ。

それからあたし、窓のとこにあった金だらいで手を洗って、枕元の雑誌をくるんであったハトロン紙をはがしておチンコとタマタマを包んで、身繕いをしたの。乱れ籠の中から吉さんの六尺褌を出してお腹にまきつけて、その中に大事な包みをはさみこんでね。だって肌身離さず着けていたかったから。吉さんの男くさい匂いのするシャツとズボン下、その上から自分の着物を着て帯をきつく締めたら、お腹に例の包みがぎゅうっと押しつけられて、ほんとに嬉しかった。これで寂しくないと思った。

血を吸い込んだちり紙や新聞紙なんかは二階のお便所に捨てたんだけど、あんまり大量に押し込んだもんで、途中でつっかえちゃってさ。しょうがないから下からトタンの桶に水を汲んできて、上からぶちまけてやったの。つかえてた新聞紙が落ちてくれたのはいいけど、うっかり便器の蓋を引っかけて、それも中へ落っことしちゃった。

そうなのよ、細かいことまでよく覚えてるの。自分でも驚くほど冷静だったわね。したことを悔やんだり、捕まることを怖れたりしていたら気もそぞろだったろうけど、そういう焦りはまったくなかったもんだから。とにかく野々宮先生に会って、詳しくはお話しできなくてもご迷惑をかけることをきっちりお詫びした後は、吉さんを胸に抱いたまま首を吊るか、生駒山《いこまやま》へでも入って身投げしようと心に決めてた。

大仕事を終えた牛刀を新聞紙で包んで、身の回りの他のものと合わせて風呂敷にくるんでさ。無言で眠ったままの吉さんには、寒くないように浴衣や半纏《はんてん》や毛布なんかをありったけ掛けてやって、最後にその身体とのお別れのキスをしてから、部屋を出たの。

下の帳場の時計は、もう朝の八時だった。

「おはようございます。ちょっと水菓子でも買って来ますから、旦那のことは昼頃にあたしが戻るまで起こさないでやってちょうだい。胃痙攣で、ゆうべはほとんど眠れてないから」

「あらあら、それはいけませんね」

女中たちは心配してくれたけど、くれぐれも邪魔しないように言い含めておいたわ。呼んだ自動車を待つ間、今の季節なら何が美味しいかしら、枇杷かしら、なんて他愛のない話をして、あなたたちにも何かお土産を買ってくるわねって言い置いて……。

「新宿までやってちょうだい」

乗り込んだ円タクの窓から見上げた五月の空が、そりゃあ青くてさ。一緒なら寂しくないと思ったのに胸が詰まってさ。

やっと二人っきりになれたと思ったら、あたし一人きりなんだもの。

——逢いたかったな。吉さんに。

＊

その夜更け、僕は『若竹』の奥の、お定さんの部屋に泊まった。

台東区竜泉の千束稲荷から中野の自宅まで、帰る手段がなかったわけじゃない。これまでだって何度か、タクシーを拾うなどして遅く帰宅したことはあった。

でもこの晩は違っていた。石田吉蔵を殺したあの晩のことを逐一語らせてしまった今、お定さんを一人にするのはよくないんじゃないかという気がしたし、彼女のほうも一緒にいて欲しそうだった。

半月ばかり前、酔客に店のガラスを割られたあの晩はお定さんの布団の隣に薄っぺらい座布団を並べて寝るしかなかったのに、いつのまにか押入に真新しい布団が用意されていて驚いた。シーツにも枕カバーにもぱりぱり音がするくらい糊《のり》がきいていて、けれどどこの布団を彼女が今後誰かのために敷いたり干したりする機会はめったとないのではないかと思ったら、ちょっと胸が詰まった。

脳が興奮しているせいでなかなか寝付けなかった。目をつぶっても、頭の中に鮮やかな血の色ばかりが広がって呼吸が苦しくなるばかりなのだ。手を伸ばせば届くくらいのところに仰臥しているお定さんのほうからも、寝息は聞こえてこなかった。

どれくらいたっただろうか、かすかに身じろぎする気配があった後、

「そういう吉弥さんのほうこそさ」

まるきりさっきの話の続きのように彼女が言った。

「これまで、誰かを好きになったことはないのかい？」

〈好き〉というありふれた言葉が、このひとの口から出ると違って聞こえる。とはいえそんなことを

言い出せば彼女の〈好き〉には誰も追いつけないわけで、

「まあ、あるにはありますよ」

当たり障りなく答えた。

「あら。へーえ」

「へーえって……そんなに意外ですか」

ふふ、とお定さんが暗がりで笑う。「ま、ちょっとね」

「人を木石《ぼくせき》みたいに」

「だって、浮世離れして見えるからさ」

「浮世離れっていうのは、僕の友人みたいなののことを言うんです」

「あの、若い監督さん？」

「ええ。付き合いとしては腐れ縁以外の何ものでもないですけど、才能は本物ですね。彼の浮世離れ具合と比べたら、僕なんか物の数にも入らない」

お定さんはちょっと黙っていた後で、そう、と呟いた。

「……で？」

「はい？」

「人を好きになったことならあるんでしょ？　なのに、今まで所帯を持ったことはない。なんで？」

「それは——理由ってほどのものは特に」

「母上は何もおっしゃらない？　早くお嫁さんをもらって可愛い孫を抱かせてくれとか何とか」

「あんまりそういうことに興味のないひとなんで」

「ふうん。そりゃ何よりだ」

その言い方に、なぜかカチンときた。カチンまでも行かず、コツンほどのものだったかもしれないが、その小さな振動で揺れて溢《あふ》れるものがあった。

「あなたのせいですよ」

考えるより先に、口をついて出た。

そば殻の枕がザリリと音を立て、お定さんが身体ごとこちらを向くのがわかった。

「あたしの？」

僕は黙っていた。しまったと思ったが後の祭りだった。

「もしかして……女が怖いとか？」

「いえ」

「みんながみんな、好きな男の首を絞めたりおチンコを切り取ったりしないわよ？」

「そういうことじゃ、ないんです」

面倒くさいことになってしまった。こういうのは人にいちいち説明するような話でもない。女性と親密になるのを避けてきたのは事実だが、その理由については僕自身、これまであまり深く掘り下げた例しがなかった。あえて考えないようにしてきたと言ってもいい。

「じゃあ、何があたしのせいなのよ」

しばらくわざと答えずにいたのだが、お定さんの側も頑固だった。暗がりでも、こちらを睨んでいるのがわかる。答えるまで許してくれる気はなさそうだ。

仕方なく、自分でもよくわからないまま、僕は言った。

「たぶん、恋愛が」

「え？」

「誰かを恋《こ》うるということそのものが怖いのかもしれません」

「どうして」

「あなたのしたことに……いえ、あなたと吉さんの関係に、その究極を見せつけられたから、かな」

口にしてから、なるほどそうだったのだとわかった。僕が怖いのは女性そのものではない。恋が、それも肉体を伴う恋が、ひとをどれほど狂わせるかを思うとおいそれとは近づけなくなっただけだ。

その怖れは、お定さんの周辺にあたって数々の証言を集めてゆけばゆくほど強くなった。彼女の口から吉さんの最期を聞かされた今ではますます確たるものとなっていた。

情事に溺れて抜き差しならなくなってゆく過程も、自分に気力と体力のある時なら愉しいものだろう。が、それでなくとも厭世《えんせい》的な気分に陥っている時に、そんな物騒なものにとことん溺れたりなどしたら、いっそのことこのまま……と、うっかり終わりを願っても不思議はない。他人がびっくりするほど容易《たやす》く人生の店じまいを選んでしまうかもしれない。

石田吉蔵の性質――傍から見れば世間を小器用に渡っているようでいながら、じつは現世に対する執着がやけに薄い、といった彼の性分が、僕には無理なく理解できた。それはやはり、僕の中に流れる彼の血のなせるわざかもしれなかった。

「でもさ」

と、お定さんがささやく。鼻にかかったような悪声は相変わらずだ。

「それでも、っていうかそれなのに、あんたも誰かを好きにはなっちまったわけでしょ」

案外としつこく食い下がってくる。ひとのことは言えない。これまでは僕こそが、彼女に対してしてきたことだ。

「まあ、そうですね」

「そのお相手とはどうなったのよ」

ごまかすことならいくらでもできるのに、なぜ正直に話す気になったかわからない。

「別に、どうなってもいませんよ」僕は言った。「いまだに腐れ縁のままです」

今度はずいぶん長いこと、お定さんは口をきかなかった。

足もとの流しの暗がりで、蟋蟀《こおろぎ》が弱々しく鳴いていた。たぶんもう死にかけなのだろう。季節が去れば終わる命だ。

いいかげん寝入ったのかなと思い、僕のほうもなんだか疲れきって意識が遠のきかけた頃、

「その話」

言われて、目が開いた。

「あんたの母上も知っていなさるの？」

「さあ」

どうだろうか。もしかすると何か感じるところはあるのかもしれないが、母がそれを口に出すことはこの先もない気がする。

「打ち明けたことはありません」

僕が言うと、お定さんは、そう、と呟いた。

そして、吐息のように付け加えた。

「うれしい」

# 第十二章

やがて虫の音はすっかり途絶え、人も街も冬の装いに変わっていった。

『若竹』へはちょくちょく通っていた。お定さんと僕との仲を気にしているようだった松子さんも、このごろは疑いが晴れたかどうでもよくなったか、暖簾をしまった後はさっさと僕らを残して帰るようになっていた。

おかげで僕は誰にも気兼ねせずお定さんの話を聞き、あるいは聞いてもらい、時には奥の間に布団を並べて泊まった。

そういえば逮捕されたあの時、どうしてカメラに向かってニッコリ笑ったりしたのかと訊いてみたら、お定さんは言った。

「記者の人たちが笑って笑ってと言うんだけど、まさか笑えるわけないじゃない。困っていたら、あたしと手錠でつながってる刑事さんが、『ちょっとはサービスしてやれよ』って指の先をきゅっと握ってよこしたのよ。それでつい、ね」

いざ聞かされてみればいかにもお定さんらしい答えだったが、周りを固める刑事たちまでがにこやかにくつろいで写っていたことを思うと、やはりあの事件には一種特別な昂揚のようなものがあったのだろう。

逮捕後の裁判の様子、女囚刑務所での日課、恩赦で出てきてからの偽名での夫婦生活、そしてカストリ本を名誉毀損で訴えるべく名乗り出た顚末《てんまつ》……。

お定さんは謙遜していたが記憶力は相変わらず確かで、初めて聞くような、つまりどの文献にも書かれていなかったことまで事細かに教えてもらえた。さすがに吉さんの首を絞め急所を切り取ったあの晩の告白ほど鬼気迫るものは他になかったものの、本人の口から語られるエピソードはどれも、自分の目で見た気にさせられるほど生々しかった。

ちなみに、幾晩泊まっても、男女の仲にはならなかった。それはお定さんが僕より二十も年上だからではなくて、ただお互いに必要性を感じなかったからだった。

以前Rとの間で話題に上った通り、彼女が過去に恋をした相手は自分の話をまともに聞いてくれる男ばかりだったわけだけれど、逆が真であるとは限らない。互いの話をじっくり聞き、言葉を交わすだけで心から満足できるのなら、必ずしも肉体の交わりまで必要なわけではないのだ。

――いや、わからない。それこそは年齢に左右されることかもしれない。望むようには抱いてくれない野々宮校長に彼女が悶々と焦れたのも、吉さんと出会ったとたんに肉体込みで岡惚れしたのも、女としてまさに脂の乗った三十そこそこだったから、というのは大きいだろう。僕が今もし二十代でお定さんが四十代だったとしたら、やはり何か別の関係が始まっていた可能性はある。

要するに必然だったのだ、というのが僕の実感だった。〈阿部定〉と〈石田吉蔵〉とがあの年齢、あの状況で出会ってしまったからにはもう、ああなる以外になかった。そういうことであり、そういうことでしかなかったのだ。

いっぽう、僕の小説はといえばまるで進んでいなかった。集めるだけ集めた大量の食材が鍋から溢れ出し、煮込みも味付けもできないような状態だった。

どれも捨てられない、なのにまだ足りない気がする。何か、肝腎なものが。柱となり魂となるようなものが。

わからないまま気ばかり焦る中で年の瀬も押しつまり、例によって特段のあてもなく神保町の古書店街をぶらついてきたある日のことだ。

暮れ方になって突然、Rが訪ねてきた。

「元気そうだな、吉弥」

映画の脚本をどちらが書くかをめぐるやり取り以来、顔を合わせるのはけっこう久しぶりだったのだが、

「腹へった、何か食わせろよ。酒は何がある？」

さすがというべきか、相変わらずの厚かましさにかえってほっとした。

折よく家にいた母に頼んで仕出しを取り、何もかもやらせるのは申し訳ないので僕自ら台所に立って燗をつけてやった。相変わらずと言うならこっちもそうなのだ。あの男の望むことは結局叶えてやる羽目になる。

徳利の首をつまんで湯につけながら、もう何度こんなふうにしてきただろうか、とぼんやり思った。そしていったいあと何度、こんな夜があるだろうか。どんなに当たり前に見えることにも永続の保証はない。失いたくないものから失われてゆくのが世の常だ。

じつのところ、この日神保町から御茶ノ水駅へ上がる坂の途中で、チーフ助監督の保坂とばったり行き合った。

〈吉弥さん、なんで現場に来てくんないんですか。川越、そんな遠いですか〉

ずいぶん不服げに彼は言った。今日はどうしても必要な資料を探しに来て、手に入れたらまたすぐ

に戻るらしい。

〈阿部定の脚本から外れたって話は聞きましたけど、吉弥さんが撮影に立ち会っててくんないと、ほんと困るんです〉

どうしてと訊けば、

〈きまってるじゃないですか、監督ですよ。あの人にはみんな参ってんです。やりたいことも撮りたいものもわかるし、その通りにやれりゃ凄いもんになるのだってわかるけど、そんな何もかも思い通りにいくもんじゃないでしょ。どんな大御所だって、理想と現実をすり合わせながら最終的に自分の世界を作り出してくわけじゃないですか。そこんとこの折り合いの付け方みたいなもんを、あの人はわりと上手にやるほうだと思ってたんだけど、今回ばかりは意地になってるっていうか、はなからその気がないってのか……。結局、あの人が耳を貸すのって吉弥さんの言うことだけなんだよなあ。今さらながらに思い知りましたよ、猛獣使いの異名は伊達《だて》じゃなかったなって〉

今どのへんを撮っているのかと重ねて訊くと、お定が最初に腰紐を使い、吉蔵の首の周りにぐるりと痣を作った場面だと言う。言い換えれば、彼女がいよいよ吉蔵を自分だけのものにしたいと考え始めたあたり、ということだ。

〈そうそう、水沢粧子がね、やっぱりものすごくイイんですよ〉

あたりを憚《はばか》るようにやや声を低めて、保坂は続けた。

〈そんじょそこらの女優じゃ望めないくらい肝が据わってて、ありゃ凄い掘り出しもんです。監督がやれって言うことは全部やるし、やれと言われなくたってやる。こっちは正直、目のやり場に困りますよ。吉弥さん、今のうちに見に来ないと損ですって〉

どういう意味でだよ、と僕は苦笑したが、保坂は笑わない。さらに聞いて、絶句した。キャメラの前で、いや、息を殺して凝視している撮影スタッフ全員の前で、主演の二人はもつれ合い、絡み合い、〈ほんとにやる〉のだと言う。耳を疑った。正気か、と思った。

〈や、正気かどうかわかんないです。監督をはじめ、ちょっとみんな頭おかしくなってるかもしんない。てか、バレたらこれ、冗談じゃなくヤバいですよね。わかってるんだけど……だけど凄いんですよ。あとでボカシは盛大に入れにゃならんでしょうが、あれは凄いものが撮れてます。断言します〉

そして保坂は、少し落ち着いたふうで言葉を継いだ。

〈吉蔵役も、高杉プロデューサーご推薦の俳優がなかなかよく演ってくれてますよ。だってねえ、みんなの前でおっ勃てるなんて、男だったら誰でも嫌でしょ。それも含めてほんとよく頑張ってくれてます。だけど……ここだけの話、つい考えちまうんですよ。この役をもし、李友珍のやつが演ってたらどうなってたかなって。まあご存じの通り、そんなことはあり得なかったんですけどさ〉

なおしばらく立ち話をしてから別れた。

坂道の残りをゆっくり上りながら、僕の脳裏には、李友珍の演じる吉蔵がありありと浮かんでいた。日本語こそ不得手だが、今回はたいして長いセリフがあるわけでなし、何より〈吉蔵〉は当の役者の目つきと佇まいで魅せる役だ。なるほど李だったら、ただ黙ってそこにいるだけで、女がとことん溺れるのも納得の吉蔵を体現できたかもしれない。

とはいえ、そもそもRが阿部定の物語を撮る気になったのは、李が朴烈の役を自ら降りたのがきっかけだったのだ。時は、戻らない。起こってしまったことは変えようがない。僕らは誰しも、残っている手札で勝負をかけるしかないということだ。

湯が沸いてきた。

ぬるめの燗をつけて運んでゆくと、Rは例によって人の書斎に勝手に入り、僕が机に広げた原稿を熱心に読んでいるところだった。居間に据えた座卓のほうに徳利を置いてやる。仕出しはまだ届いていないが、すでに母が常備菜――きんぴらごぼうやら、切り干し大根と油揚げの煮たのやら、小あじの南蛮漬けやらと、酒の肴になりそうな小鉢をあれこれ並べてくれていた。客が来れば誰であれ放っておけないのは母子ともに性分のようだ。

「けっこう進んだな」

居間に移動してからも原稿を離さず、僕に注《つ》がせたコップ酒を口に運びながらRは言った。

「まあね。時間だけはあったから」

皮肉みたいに響いてしまったかもしれない。言い訳するのも変なので、彼の向かいにあぐらをかいてきんぴらをつつき、熱い焙じ茶を啜る。

原稿用紙の束は、昨日の時点で二百枚を超えていた。長年かけて集めてきた証言の合間合間にお定さん本人の言い分を加え、しかし出来事を順に書き起こすのではなく、それこそ手札を混ぜて並べ替えながら書き進めている。

Rは、すでに覚えるほど読んだ証言部分を飛ばしながら全体にざっくり目を通すと、ようやく顔を上げた。

「面白い」

「そうか。よかった」

「だけどてっきり、新銀町での少女時代から書き起こすのかと思ってたよ」

「そのつもりだったけど、やめた」

「なぜ」

「お定さんに関しては、いくらそうして事を分けて書いたところで読み手からの共感は得られそうにないと思ってさ」

偉人や著名人の伝記の多くが幼年時代から書き起こされているのは、感情移入してもらいやすくなるからだ。主人公の成長を一緒に追うことで、読者はしぜんと彼ないし彼女の味方をしたくなる。しかし、

「お定さんの場合、言動にほとんど一貫性もなければ正当性もないだろ。そういう人物を描写するのに生い立ちから時系列で描いてゆくのはかえってマイナスでしかないんじゃないか、って。そもそも彼女のしたことを、因果関係で理解してもらおうとするのが間違いのような気がする」

「はは、一理あるかもな」

Rは笑った。

「で？　今のこれで全体のどのへんになる？　半分は行ったか。それともまだ三分の一くらいか」

「さっぱりわからん」正直に答えた。「こればっかりは書き進んでみないことにはね」

「じゃあ、どう終わらせるかについては？　もう決めてるのか？」

「どうするかな。それもまだはっきりとは」

お定さんが話してくれた、吉蔵の遺体を残して外へ出た朝の空の青さ——たとえばそんな描写で終わってもいいのかもしれない。そう言ってみたのだが、

「心象風景か」と、Rは難しい顔をした。「映像的な余韻は美しいけど、いささかインパクトに欠けるんじゃないかな。だいいちそこで終わっちまうと、あの〈阿部定〉が六十歳を過ぎた今も生きてるってことを描けなくなるだろ」

僕は、Rを見やった。

「……そこまで書かないと、駄目かな」

Rも僕を見た。

「駄目ってことはなかろうが、なんだよ、書かないつもりなのか?」

「じつは迷ってる」

「なんで迷う必要がある。世間一般から見れば、そこがある意味いちばんの驚きじゃないか」

「まあ、そうなんだけど」

「三十年経ってなお、〈阿部定〉が何をしでかした人物かってことだけは誰もが知ってて、だけどおおかたはとっくに死んでると思い込んでる。その張本人がじつはわりとすぐに釈放されて、今に至るまで元気に生きてて、俺らに混じって生活を送ってるんだぜ? いちばん興味を持つのはそこだろう」

そう、たぶんその通りだ。しかしそこを詳しく書いてしまうと、今現在のお定さんに迷惑が——。

言いかけて、口をつぐんだ。Rが何と答えるかはわかりきっていた。

同じようなやり取りを、彼と交わした覚えがある。たしか夏、僕が初めてお定さんに会ってきたすぐ後のことだ。

いつのまにか生身の女から〈アベサダ〉という記号になってしまった彼女を、自分の撮る映画で一人の人間へ戻してやるのだと豪語するRに対して、僕は、はたして当の本人はそれを望むだろうかと疑問を呈した。その時、彼は憐れむように言ったのだ。相変わらず全然わかっていないな。お定さんという人は、本当は世間の注目が自分に集まるのが大好きなはずだ、と。

「ソーサクでいいんだよ」

ふいに言われて、一瞬わからなかった。

「……え?」

「現実のお定さんが上野の近くでおにぎり屋をやって暮らしてるなんてのは、小説的には今ひとつ格好がつかないじゃないか。なんていうかこう、ドラマ性に欠ける」

「しょうがないだろ、それが事実なんだから」

「たとえそうでも、吉弥が今書いてるこれは予審調書みたいな公式の書類とは違うんだからさ。幕切れについてはもちろんのこと、全体にもっとこう大胆にきみの創作や想像で脚色して、虚実入り交じったものに仕上げても特に問題はなかろうよ。いっそのこと、釈放後の阿部定が大陸へ渡って女馬賊になってたってかまやしないくらいだ」

「おいおい、何を言いだす……」

「さすがにお定さんが承知しないってか？」

「そうだよ」

「逆に言えば彼女さえ了承すればかまわんってことだな？」

思わず溜め息がもれた。

「そうじゃない。僕自身が、事実から大きく離れた脚色をしたくないんだ」

「どうしてさ」

「歯止めがきかなくなるからだよ」

お定さんにも、前もって話はしてある。伝記と違ってあくまで小説として世に問うからには、関係者の証言をただ繋ぐだけでなく、いくらかの脚色や補足説明が必要だ。そうすることで事実を超えた真実に手が届く場合もあるのだと、偉そうに演説をぶった。

しかし、ここまで書いてくる途中で何度も、思いがけず躊躇《ためら》いが生じた。心が乱れ、そのたびに筆が止まった。たとえばお定さんの行動や心情を理解しにくいところ、前後のつながりの悪いところ、あるいは本来なら欲しかった証言が欠けているところ……それらをいちいち僕の想像で補って繋いだとして、果たしてそれでいいのか。

「そりゃさ、確実に読みやすくはなるよ。伝わりやすくもなる。だけどいったん大きな虚構を自分に許してしまうと、逆にきちんと裏付けのある部分までも含めた全部が、御都合主義という名の器の中におさまってしまうんじゃないかという怖さがあるんだ。きみならわかるだろ？」

と、

「はっ。何を今さら」

Rが、コップ酒をあおった。まだ酔ってはいないようだが仕草は荒っぽい。

「さっぱりわからんね」

「や、だからさ、」

「あのなあ、吉弥。そんな甘ったれたこと言ってたら、人を腹の底から揺さぶる物語なんかどうやったって紡げやしないぞ」

「甘ったれてる……かな」

「ああ。甘々の大甘だ」

二杯めを手酌で注ぎながら続ける。

「いいか、よく聞けよ。小説であれ、映画であれ、そいつが虚構かそうでないかを分けるものって何だ？　仮にドキュメンタリーの看板を掲げていれば全部が真実か？　違うだろ。たとえ元々が実話であってさえ、人に伝えるべく言葉や映像を使って表現されたものは、どうしたってことごとく虚構になっていくんだよ。俺たちがひとつの言葉、ひとつの映像を恣意的《しいてき》に選んだとたん、そいつは実際にあったことから少し離れる。少しずつ少しずつ離れていって、完成する頃には元のかたちなんか留めちゃいないんだ。そうだろう。そうだよな？　だったらきみはどうする。はなから表現をあきらめるか？　どうせ事実とは違うものになっちまうんだからって、伝えることそのものを放りだすのか？　はっ、俺はまっぴらだね。いいか、俺らにできるのは、伝えるべき物事の心臓がどこにあるかを見失わずにいることだけだ。そこさえ間違わなきゃ、極端な話、事実にどれだけ大きな脚色を施したっていいと俺は思ってる。きみにもとっくにそれくらいの覚悟は備わってるもんだと思ってたがな」

座卓の向かい側からまっすぐに睨み据えられて、何も言い返せなかった。何もだ。

そして、たまらなく恥ずかしかった。僕はいったい、自分の書くものにどれだけ期待をかけ、どれほど自惚《うぬぼ》れていたのだろう。今こそ阿部定の真実を描く……！　などと気負っているうちは、僕自身が彼女を〈アベサダ〉扱いしているも同然なのに。

「……ごめん」

おとなしく頭《こうべ》を垂れた。

「何が『ごめん』だ」

「きみの言うのが正しい」

「ふん。ずいぶん簡単に引き下がるじゃないか」

「議論するまでもないからさ。僕が傲慢だった」

Rはコップ酒を舐めながらなおもこちらを睨んでいたが、ややあって、いくらか表情を和らげた。

「きみの唯一の取り柄だな」

「え」

「素直なとこが、だよ」

しょうがない、わかったなら良しとするか、などとずいぶん偉そうに宣って、切り干し大根の鉢へと箸をのばす。

　そこへ仕出しが届いた。玄関先で馴染みの小僧とやり取りする声が聞こえ、母が僕を呼ぶ。一緒に居間まで刺身や焼き魚や吸い物などを運んでくると、Rが一緒に飲みませんかと誘い、母もその気になって、

「じゃ、せっかくだから御相伴《おしょうばん》にあずかるとしましょうかね」

　自分も座布団を持ってきて座卓の端に腰を下ろした。紺地にグレーの矢羽根《やばね》柄が織り込まれたウールの着物は、母の肌色にも髪色にもよく似合っていた。

　喜んだRが酌をしながら、もっと燗をつけてこいよ気が利かないな、と僕を顎で使う。そうよそうよと母までが上機嫌なので、僕も苦笑しつつ嫌な気はしない。

　ひとしきり腹を満たしたところで、母が言った。

「それで？　あんたがたの悪だくみはどこまで進んだのさ」

　言葉のわりに、含むところのないあっさりとした口調だったから驚いた。

「あんなに反対してたくせに」

「反対？　してないわよ」

「してたよ、母さん」

「違う。あたしはね、怒ってたの」

　Rも僕も、言葉を呑んだ。

「いくら何十年も前の事件だって、今さらほじくり返したりすれば傷つく人はきっといるでしょう。そういう墓場泥棒みたいな真似を、できればして欲しくなかったのよ。しかも、よりによって自分の息子にあれこれ知られた暁にゃぁさ。あのひとも立つ瀬がないっていうか、恥ずかしくてもう夢に出

てきてくんないんじゃないかと思って」

「夢に？」

「そうだよ」

「出るの？」

「ちょくちょくね」

「え、まさか今でも？」

「何がまさかだよ。当たり前じゃないか」

しれっと言って、母はお猪口を置いた。

「ったく、ずるいったらありゃしないよ。あたしはこんなにシワシワに萎《しな》びちまったのに、あのひときたらいつまでたっても、最後に会った鯔背《いなせ》な格好のまんまなんだもの」

「最後って、いつの話さ」

「日付までは覚えちゃいないけど、亡くなったことを知らされるほんの何日か前だったよ。ああ、あの時あんたには黙ってたんだっけ。あのひとね、いま散髪へ行ってきたとかで、ここへ立ち寄ってくれたのよ」

思わず、Rと顔を見合わせた。

「それ……吉さんが自分で言ったの？　散髪の帰りに寄ったって」

「そうさ。久しぶりに髭をあたってもらったらウットリして、もうあの世かと錯覚するくらい気持ちよかったって。しゃぼんの甘い匂いがしたっけね。ずいぶん痩せてはいたけどこざっぱりしちゃって、そりゃあもう好い男振りだったよ」

間違いない。吉さんの言うのが本当なら、その日は昭和十一年五月十六日の土曜日、事件が起こるほんの二日前だ。

「家にいたのはどれくらい？」

「それがまあ、上がりもしないですーぐ帰っちまってさ」

苦い顔のまま、母は遠くを見るように目を細めた。

「『ちょいと顔を見たくなって寄っただけだから』って。床屋まで来るのと散髪とで有り金全部つかっちまったから、帰りの円タク代を貸してくれって言うのよ。あたしが五円札を渡そうとしたら、妙に頑なに、『一円だけでいいんだ、それ以上お前からはもらえない』って言い張ってね。次に来る時に返してくれりゃいいじゃないかと言っても、頑として首を横にふるばっかりだったっけ」

心臓がばくばくと暴れ出していた。もしや、吉さんには予感があったのだろうか。顔を合わせるのは最後、ここで別れたらもう二度と生きて会うことはないだろうというような。

「へんに胸が騒いだのを覚えてる」母も言った。「ああいうのを虫の知らせっていうんだわね。無理にでも引き留めなかったことを、後からどんだけ悔やんだかしれないよ。だけどさ、『家へ帰らないでほしい』なんて、妾の分際で口に出せる言葉じゃないじゃないか。仕方なく全部呑み込んで、言われたとおり一円札を一枚だけ渡して見送ったら、あのひと、本宅じゃなくてお定さんのところへ帰っちゃった」

ずっと黙っていたRが、横合いから言った。

「そのとき吉蔵さんと、最後に交わした言葉を覚えてますか」

「忘れるわけないでしょうよ」母が苦笑する。「そこの、前庭の木戸をすり抜けながらちょっとふり向いてさ。『すまんな、小春。坊を頼むぜ』ってね」

ちょっと声が出ないでいる僕を見つめながら、Rがなおも訊く。

「それだけ、ですか」

「ええ。たったのそれだけ。何が『すまん』なんだか」

ふう、と母は息をついた。

「あのひと、いったい何を考えてたんだろうかねえ。待合へ帰ったたって、その先になーんにもありゃしないことくらいわかってたろうにさ。あたしだってほんとは、ほじくり返して知りたいよ。あの時の吉さんの気持ちを、周りの誰彼じゃなくあのひとの口から直に聞かせてもらいたい。どんなに願ったって叶いやしないんだけどさ……」

もう一つ、ふう、と息をつく。身体から空気が抜けるとともに、薄い両肩が下がる。

老いたな、と、この半年くらいの間に何べん感じたことだろう。それでも母は、僕が声をかけようとするより早く、思い直したように背筋をしゃんと伸ばした。

「それはそうとあんた、いいひとはいないのかい？」

僕ではなく、Rのほうを見て言う。

「いきなり何だよ、母さん」

「だってこのひとったら、ちっとも女っ気がないんだもの。そんなに出会いに恵まれないんなら誰か紹介してやろうかと思ってさ」

もう、いつもの母だった。Rのことは、姿は良いが出来の悪い息子のように思っているらしい。

「心配要らないよ」僕は言った。「こいつには嫁さん候補がいるらしいから」

母ばかりかRまでが、え、とこっちを見る。

「おい、何の話だ」

「聞いたぞ。水沢粧子がずいぶんと積極的らしいじゃないか」

「誰からそんな」

「助監督。昼間、ばったり会ってさ」

ちっ、とRが舌打ちをするのを見て、保坂がでたらめを言ったのでないことがわかった。

「女性をあんまり待たせるのは酷ってもんだぞ」

「そうよ、ほんとよ」と、母が横から畳みかける。「お仕事だって大事だろうけどね、相手から言い寄ってきてもらえる間に身を固めとかないと。うっかり時機を逸したら、うちのどら息子みたいになっちまうよ」

「ひとこと余計なんだよ」

と、僕は言った。


居間の座卓を端に寄せて床を延べ、酔い潰れて寝てしまったRを服のままその上へ転がして布団をかけてやると、僕は書斎の文机に原稿用紙を広げた。彼と話したことで身体の中に焦りとも希望ともつかぬ熱が生まれていて、それが冷めないうちに少しでも書き進めておきたかった。

奥の間で母がたてる秘やかな物音もやがて途絶え、冬の風が時折窓を揺らす中、背後にRの寝息を聞きながらペンを走らせる。途中からは没頭してしまい、何も聞こえなくなっていった。

それだけに、

「駄目なんだよな」

いきなり声がした時は、文字通り飛びあがった。確実に座布団から尻が浮いたと思う。

ふり向けば、Rは仰向けに寝たまま豆電球の薄灯りの中で目を開いているようだった。寝言だったかと思い、そのまま声を掛けずにいると、

「それじゃ駄目なんだよ」

と、くり返す。

「どうした？」そっと訊き返した。「駄目って、何が？」

返事がない。なおもしばらく無言でいた彼が、おもむろに寝返りを打って腹ばいになったかと思うと、母が枕元に用意しておいた切子《きりこ》の水差しからコップに水を注ぎ、ゆっくりと口を湿らせた。

それからまた仰向けになった。身じろぎするたび寝具のこすれる音がして、僕はお定さんの狭すぎる部屋を思い出さずにいられなかった。あの、煮詰まってゆく濃密な空気。互いの息を読むような時間。

身体を後ろへ捻った格好で、僕は、中空で万年筆を握りしめたまま動けずにいた。いったい何が起

その真意をわかるように通訳して、場が円滑に回るように気を遣ってさ……」

けど、理不尽に荒れれば止めにかかるし、周りを宥めてもくれる。ほんとうは俺が言いたかったこと、

が間違ってると思えば絶対に迎合なんかせずに正面から食ってかかる。たまに俺が……たまでもない

を言えば十を覚ってくれる。十どころかしばしば俺の考えもしなかったことまで指摘してくれる。俺

「でも、それじゃ駄目なんだ。これが吉弥だったら……って、何べん思ったかな。吉弥だったら、一

ようやく少し見えてきた。撮影の現場のことらしい。

「どっちかなんだよ。そのどっちかしか、今の俺の周りにはいない」

「何の話だ」

「でなきゃ、やたらと物わかりが悪い」

天井を見上げてRがつぶやく。

「やたらと物わかりがいいんだ」

こっているのかわからなかった。と同時に、むしょうに腹も立った。こちらを遠ざけたのはそっちだったくせに、今さら何をお追従《ついしょう》めいたことを言いだすのだ。

「寝ぼけてるのか?」

少しきつく言ってやると、Rの苦笑するのが気配でわかった。

「かもな。うん、たぶんそうだ。きみも朝には忘れてくれ」

「そうするよ」

「なあ、吉弥」

「何だよ」

「今回、つくづく思い知ったんだがな」

「だから何をだよ」

「どうやら俺は、きみがそばにいてくれないと駄目らしいぞ」

瞬間――畳の上を、圧倒的な至福の塊がこちらへ押し寄せてきた。

違う。僕から彼の寝間へ向けて怒濤《どとう》のごとく押し寄せてゆく歓喜を、止めたいのに止められなかった。

彼に伝わってしまうのが、身をよじらんばかりに恥ずかしい。舌を嚙んで死んでしまいたい。万年筆を持つ手が震え、胸が詰まって息もできない。鼻まで水にふさがれたような苦しさと、めくるめく多幸感の狭間で……なぜだかふいに、お定さんの白い顔が浮かんだ。

彼女はその人生で一度でも味わったことがあっただろうか。これほどの至福を。一瞬の永遠を。吉さんと二人、どれほど求め合っても遠く、彼を殺してしまうことでようやく〈二人キリ〉になれたと思ったのもつかの間、我に返るとこの天涯に自分一人きりが取り残されていた。もしかすると彼女がわずかでも永遠を味わうことができたのは、切り取った愛しい一物を薄いハトロン紙に包み、腹にぐるぐる巻きつけた六尺褌の間にはさんで身につけた、あの瞬間だけだったのではなかろうか。けれどそれさえも、逮捕の後には警察に取り上げられてしまった。返してちょうだい、それはあたしのものよ、と、ずいぶん抵抗したらしい。このままではますます腐ってしまうから然るべき処置をして返してやると宥められ、ようやくおとなしくなったと聞く。

後の公判中、あまりの騒ぎに一時的に傍聴禁止令まで出た法廷で、裁判長がアルコール漬けの一物を掲げ、被告人はこれを見てどう思っているかと尋ねた時、彼女ははっきりとした口調でこう答えた。

〈非常に懐かしく思っております〉

裁判長は何もそんな意味で訊いたわけではなかったろう。犯行に及んだ動機をあらためるとともに、今現在の彼女に改悛《かいしゅん》の情があるかないかを確かめるための質問だったはずだ。

でも、お定さんのそのまるきり見当はずれの返事は、やけに優しく僕の胸に残った。

――ナツカシク、オモッテオリマス。

そういえばあの一物はその後どうなったのか。

本来は人の身体の一部であって物ではないけれども、それが身体から切り取られれば動産になり、当時の旧民法においては所有権は家督相続人に帰属する。お定さんが石田吉蔵の本体から切り離し、逮捕の瞬間までまさしく肌身離さず持っていた大切な局部はしかし、家督相続人から所有権を放棄されたことが記録に残っている。刑が確定してから後も、おそらく警視庁の鑑識課あたりに保管されていたろうが、最終的にどうなったかは……。

スーッという寝息に目をやると、Rは再びすっかり寝入っていた。酒のせいで身体が火照るとみえ、この寒いのに上掛けをはいでいる。

やれやれ、と万年筆を置いてそばへにじり寄り、布団をかけ直してやる。こうして野放図に寝ている姿はまるで大きな子供のようだ。吉蔵の寝顔を見おろしたお定さんも、こんなしようもない感傷を持て余しながら苦笑していたのだろうか。

身じろぎしたRが、こちらへ寝返りを打った。目を閉じたまま、へらりと微笑みながら呟く。

「あいしてるぜ、きちや」

動じてなど、やるものかと思った。

「黙って寝ろ。酔っぱらい」

# 第十三章

## § 最後の〈証言〉　石田吉蔵
――『吉田屋』主人　定の愛人
（事件当時＝享年四二）

俺には、〈愛情〉と〈執着〉の違いがわからねえ。なんならそこへ〈依存〉を加えたっていい。

こんなことを言うってぇと、何をインテリぶっちまってと笑われるかもしれねえが、誰かの受け売りじゃねえよ。俺のこの身にしみついた実感だ。

生まれた家は東京麻布の老舗旅館だった。麻布ってぇ町は坂が多くて、上のほうの高いとこは金持ちのお屋敷ばかりだが、低いほうには職人や商売人がせせこましく住んでる。そン中じゃ、うちは当時だいぶ羽振りが良かったみてえだな。

で、おふくろは坂の上からなぜだか親父ンとこへ嫁いできて、おかげで苦労したらしい。没落した旧家とはいえ乳母日傘《おんばひがさ》で育ったお嬢さんだったのに、旅館を継いだばかりの親父は博打《ばくち》と女に入れあげて家に寄りつかず、おまけに嫁姑の折り合いが悪かった。いや、悪いと言やぁ姑の底意地こそ悪かった。

やがて生まれた長男は跡取りだけにほとんどこの姑に奪われたような格好で、そのぶんおふくろは次男の俺を舐めるように可愛がったわけだ。無理はねえやさ。家の中で自分の思い通りになる相手は俺だけなんだから。

本来は感情の浮き沈みの激しい女だったんだと思う。ただし一切、表には出さなかった。おふくろの顔を思い出そうとする時、俺はいつも先に能面の〈ナマナリ〉を思い浮かべっちまう。黒目の周りが金泥《きんでい》の輪っかで縁取られ、額からは短い角が突き出た、般若になる一歩手前の形相――おふくろはいつもその顔のまんま笑ってこっちの目を覗きこんできた。親父が家に帰ってこなかったのも、これまた無理のねえことだったかもしンねえや。

ナマナリは、別の呼び名で〈ナリカカリ〉とも言うんだってな。

鬼になりかかったおふくろをせめてその手前に留めておくために、俺がどんだけ気を張ってたかわかるかい。家の中で心安まる時なんかめったとなかったし、とにかく争いごとを避けるのが習い性になっちまった。何ごとも穏便に穏便に、常に先回りをしておふくろの機嫌を取り、嫁姑の間にわずかでも不穏な気配が漂えばすぐさま二人の注意を引いて話を逸らす。そのためならいくらだって道化になったし馬鹿にもなってみせたさ。

ばばあと兄貴はそんな俺を軽んじてたっけな。お調子者だ粗忽者《そこつ》だとさんざん言われたよ。人の気も知らねえで、と子供心に何度歯痒く思ったかしれねえ。

けど、悪いことばっかりでもなかった。実の母親の注意が全部自分に向いてるってのは、おっかねえけど気持ちのいいもんなんだよ。おまけに、兄貴が大事にされンのは跡取りだからって理由があるが、俺はそうじゃねえ。だから俺のほうも、腹ん中では兄貴を侮《あなど》ってた。兄弟仲なんか良くなるわけがねえわな。後に『吉田屋』の向かいに兄貴が支那料理の店を出してからもろくに行き来がなかったのはそういうわけだよ。

や、それにしても、おふくろの俺に対する愛情……執着か、依存か……は常軌を逸してた。一つ屋根の下、ずっと見張られてるようだった。

ガキの頃はまだよかったが、十になり十二になり、親に秘密だって持ちたい年頃になっても、おふくろの目はぴたりと俺に注がれたまんまだった。脛毛の数さえ知られてるようで、襖越しに寝息にまで聞き耳を立てられてるようで、ある夏の晩、夜中にたまらなくなって二階の物干し場へ出て寝たことがあったっけ。

暗いところは苦手なんだが、その日はちょうど満月でな。本だって読めるっくれぇの月明かりと、どっかさみしい感じの夜風が気持ちよくって、夏掛けにくるまって久しぶりにずいぶん深く眠ってさ。明け方ふっと目ぇ開いたら、頭の下に何があったと思う？　おふくろの膝だよ。なんも言わねえで、あのナマナリの顔で微笑みながら俺を見おろしてた。

ぞぉーっとすると同時に観念したね。

かなわねえ。女になんか、かなうわけがねえ。

おふくろはわりと早くに死んじまったけど、いま思やぁ俺があのお加代——世間じゃお定か——にどうしても抗えなかったのは、俺を見て笑う時の顔がどっか似てたからかもしンねえな。

博打と女、そこへ酒までが加わって、親父はやがて身上《しんしょう》ぜぇんぶ食い潰しちまった。旅館に限らず、大きく商いをしてるとこってのは傾き始めると早いのよ。うちも兄貴の代になるまでなんかとうてい持たなかった。

で、出入りの仕出し屋かなんかの伝手で、兄貴は小料理屋へ、俺は鰻屋へ丁稚《でっち》奉公に上がることンなった。ばばあはしきりに情けない情けないって泣いたけど、しょうがねえよ、背に腹はかえらンねえし。そのうちに俺のほうは『吉田屋』へ奉公してさ。

自分で言うのも何だが、板前としちゃあ腕が良かったんだぜ。年増の女中に色目をつかわれても見向きもしねえで働いた。真面目って言うよりか、若い頃は女が面倒くさかったんだ。怖かった、と言ってもいいかもな。

それだけに、ある日いきなり旦那さんとお内儀《かみ》さんに呼ばれて、娘のトクと祝言あげて『吉田屋』を継がねえかと言われた時にゃ驚いたさ。

こう言っちゃ何だが、トクってのは平べったい顔の不細工な女でな。けど、女房の顔なんかとりあえず目鼻さえ付いてりゃ後はどうでもかまやしねえ。外で金払って遊ぶなら見目にもこだわるが、家で待ってる女はむしろ安心できるくれぇのほうがいい。しっかり者なのはわかってたし、蝸牛《かたつむり》の殻よろしく店までくっついてくるとありゃ、俺のほうに断る道理はねえやさ。だろ？

そんなこんなでまんまと婿ンなって、おかげでさんざん女と愉しむこともできたわけだから、世の中悪いことばかりじゃねえやな。そう、俺の遊び癖はあのどうしようもねえ親父の血よ。ところがだ。長男が生まれ、その下に娘が生まれて間もなく、トクのやつ、店の客とデキちめぇやがった。相撲取りみてぇな顔しやがって、やることだけはやりやがる。

俺がお加代に打ち明けた、「出てったきり一年も帰ってこなかった」ってのはさすがにおおげさにせよ、周りに体裁が悪かったのも、子供のためを思って連れ戻したのも、それっきり情を感じられなくなったのも全部本当のことだ。もともと惚れ抜いて一緒になったわけでもねえし、こっちが憎いと思えば向こうも冷めていった。

子供らはそりゃ可愛かったが、先を楽しみにするには長男の出来が良くなかった。性格がおとなしいのはまあいいとして、物覚えが極端に悪いんだよ。ここだけの話、ほんとに俺の子かと疑いたくなるくらいにね。

ずっと後ンなって、それこそ俺がいなくなっちまった後の話だが、戦地へ送られてさ。そこでも覚えが悪すぎたもんだからさっさと野戦へ回されて、あっという間に弾に当たっちまった。女の良さも怖さも知らずに死んだのは可哀想だったな。

可哀想といえば、トクもだよ。自業自得とはいえ、亭主や使用人に対してずっと負い目を抱えてるってのも辛かろう。そのせいで意地ンなってか、男ンとこから戻ってきてからは朝から晩まで身体こわすんじゃねえかってくれぇ休みなく働いて、見かねた俺がもういい加減にしとけってぇのによしゃしねえ。

ただ、あいつには商売の才覚があったようでな。何年かするうちに店の全部を切り回すようになった。板場に立たなくなった俺の仕事なんか、朝の仕入れくれえのもんでさ。市場が終わりゃ後はそれこそ、博打と女と酒くらいしか楽しみがねえわけよ。

正直、店の女中に手をつけたのだって、お加代が初めてじゃねえ。他に十二社《じゅうにそう》の芸者を囲ったこともあったし、馴染みならあっちこっちにいくらもいた。

中でも特別だったのが、小春って女でね。これが気持ちのいい、鉄火肌の美人だった。曲がったことが大嫌《でえきれ》えで、妾をやるにもただ旦那の言うままになるわけじゃねえ、どうしても譲れねえ矜恃《きょうじ》みたいなもんがちゃんとあったし、金銭以外で男に寄りかかることを潔しとしねえんだな。俺に黙って坊を産み落としたことでさえ、何年もたってからひょいと再会して、また好い仲になるまで匂わせもしなかったくれえだ。吉弥、って名前を聞いた時にゃたまげたね。考えてみりゃ俺は、この世に執着や依存とは別物のあったかい愛情があるってことを、小春に出会って初めて教えてもらえたわけさ。あのまんま、ずーっと大事にしてやればよかった。坊の目のことだって、もっと力になってやるんだった。

いや、やめよう。今さら悔やんでみせるのもかえって格好悪《わり》いや。しょうがねえよ。

俺はお加代に出会っちまったんだ。

ひと目見るなり、ぞくぞくっときたね。あの女がこっちを見るだけで、背骨を指先で撫で上げられてるみたいだった。その瞬間、絶対にとっ捕まえてやろうと思ったよ。

また始まった、とトクなんかはさぞかし呆れてたろうが、これまでとは違う感じだった。軀の奥のほう、そんなとこに棲んでるとも知らなかった虫が蠢《うごめ》き出して、たちまちあの女へと触手を伸ばし始めるのがわかった。

実際は、とっ捕まったのは俺のほうだったんだろうな。

あんた、女郎蜘蛛ってのを知ってるかい。黄色に黒っぽい縞々の入った綺麗な蜘蛛だが、これがまあ何でも食う。蟬でも雀蜂《すずめばち》でも便所虫でもおかまいなしの悪食《あくじき》だ。でっかくて丈夫な網を張って、獲物がかかるとまずは毒で痺れさせ、身動き取れなくしてから糸でぐるぐる巻きに締めつける。そうしてゆっくり頂くんだ。頭からかじりついてね。

これはどっかの芸者から寝物語に教えてもらったんだが、女郎蜘蛛の仲間は、雌が脱皮を終えてぐったりしてるとこか、でなけりゃ食事の最中を狙って急いで交尾するんだとさ。でないと雄自身が食われっちまうから。おまけに、自分の精子のありったけを一匹の雌に注ぎ込んで使い果たしちまうやつもいるんだと。どうだい、まるでお加代と俺みたいじゃねえか、なあ？

俺はさ、女と寝るのは好きだが自分ばっか気持ちよくても面白くねえんだ。それよか、相手がどうしようもなく気持ちよくなるのをじっくり眺めてるのが好きなんだ。あれこれしてやって、身も世もなく感じた女がしがみついてくると、何てえのかな、達成感がある。板場に立ってた頃、目の前の客が俺の料理を口に入れたとたん蕩《とろ》けそうな顔をしたあの時と同じ、神様にでもなったような気分さ。

だけど、あいつと最初に床に入った瞬間、余裕は吹っ飛んだ。世に言う〈肌が合う〉ってのはこのことかと思い知ったよ。つながってる間ばかりじゃねえ、ただ抱きしめて愛撫しても、唇を重ねて舌を絡めても、蛸《たこ》のまぐわいよろしく互いの全身がいちいち吸いつくようなんだ。この俺が、挿入したとたんに昇天しそうになったくらいさ。

いや、べつに千人に一人の名器だったとかそういうわけじゃねえよ。女の持ちもの自体はまあ中の上、上の下、ってとこか。だったらどうしてって言われてもわかんねえよ。だからそういうのを〈肌が合う〉ってんじゃねえか。

また匂いがさ、たまらねえのよ。香水なんかの比じゃあねえ。世間一般に好まれる匂いかって訊かれりゃそうとは言えねえんだが、あいつのうなじや、腋《わき》の下や、膝の裏っ側、とりわけ太腿をぐいっと横へ割って女のあそこへ鼻を近づけるとそりゃあもう、えも言われぬ匂いがするんだよ。男の背骨を蕩けさせる匂いだった。

素人・玄人《くろうと》合わせてかなりの数の女と寝てきたはずだが、俺は正直、お加代との寝間で初めて本物の快楽ってのを味わったと思う。手練手管からいけばお加代よりよっぽど上手な女もいたし、見た目を言えば小春のほうがぐんと上玉なんだが、お加代は、お加代だけは、他の女が決してしなかったことをした。

　何をしたかって？

　この俺を赤ん坊扱いしたのさ。

や、いつでもじゃねえぜ、時々だ。初めはもちろん抵抗もあったし、何より小っ恥ずかしかったが、お互いに大人のごっこ遊びが好きなほうだったからな。お加代にさんざん促されて、ってか懇願されて、あいつの乳を吸ってみたのさ。男としてじゃなく、乳呑み児として。

そしたらさ。あの女、俺の頭をそれはそれは優しく抱きかかえて、低ぅい声であやすのよ。

〈えらいねえ、吉蔵は。ほんとうにいい子だ。あたしの自慢の息子だよ。ああ可愛い。可愛いったらありゃしない〉

　いつのまにか俺、一心不乱に乳を吸ってたよ。出もしねえ乳房を両手でつかんで、ちゅくちゅく、ちゅくちゅく。

〈こんなに男前に生まれてきてくれて、母さん嬉しいよ。どこもかしこも食べちまいたいくらい可愛い。ほら、たんとお飲み〉

　そうやって甘やかされてるのがまあ、湯に浸かってるみたいに気持ちよくってさ。途中から、うっかり泣けてきた。何だこれ、と慌てて洟啜ったら、

〈いいよいいよ、いっぱいお泣きよ。赤ん坊は泣くのが仕事なんだから〉

　お加代が俺の髪を撫でたり梳いたりしながら言うんだよ。

〈我慢なんかしなくっていいの。吉蔵はいい子。ほんとに可愛い子。大好きだよ、母さん、あ

んたのこと大好き〉

もうさ、オイオイ泣いちゃったよ俺。

実のおふくろに、そこまで無防備に甘えた例しはなかった。幼心にどっか気が張ってたんだろうな。女房のトクにだって、もちろんなかったさ。婿養子ならではの気負いみたいなもんがあったからよけいに、男らしいところを見せようと努めこそすれ逆はなかった。

赤ん坊扱いだけじゃねえんだ。この際だから正直に言うが、お加代のやつ、俺を女扱いもした。膳の上の肉の脂身で、指の滑りをよくしてさ。

やっぱし俺、どっか壊れてんのかもしれねえな。これもまた屈辱的だと感じたのは最初だけで、気持ちの上でも軀の面でも最初の壁さえ越えちまえば、後はもうどうでもよくなった。それどころか初めて軀ン中に湧いてくる異様な快感を、追いかけて追いかけて余さずしゃぶり尽くすことっきり考えられなくなった。

お加代はそんな俺を、指一本でぎりぎりまでいたぶるのさ。猫が獲物の鼠を弄《もてあそ》ぶみたいに、わざと焦らしたり、言葉で煽ったり、追いつめたり。ただ、空しく精を放つことだけは許してくれなかった。もう一方の手で根もとをぎゅうっと堰《せ》き止められてる俺が、頼むからその手を離してくれ、このまんま気を遣《や》らせてくれ、勘弁してくれお願いだから、ってそれこそ女みたいに哀願しても、最後は必ずあいつの中で果てるのでないと猛烈に機嫌が悪くなった。

さんざん甘やかされて、幼子に還《かえ》る。虐められて、女みたいによがり狂う。そうして最後にはあいつの上に乗っかかって獣の雄になる。あんなめくるめく快楽はよそにはあり得ねえよ。すべてを預けられる女の中で精を放つのが、あれほど好いものとはね。頭がおかしくなりそうだった。いや、なってたのかもな。脳味噌なんかもうとっくに、溶けてなくなってたのかもしんねえや。

じつは『田川』の女将《おかみ》はさ、芸妓だった頃は中野にいて、うちの店とも馴染みだったんだ。その女将が俺に言ったよ。

「旦那さん、今のうちに逃げたほうがいいんじゃないですか？　このまんまじゃ今にあんた、あの女に取り殺されっちまいますよ」

あれは、お加代が一晩留守にしてた間のことだった。『みつわ』でも『田川』でも芸者呼んでさんざんっぱら乱痴気騒ぎしたもんで、家から持って出た金が底をついちまってね。だからって俺が阿呆面《あほづら》さげて帰ったところでトクはカンカンにきまってる。あいつの目が光ってる限り金は勝手に引っぱれやしねえし、そもそもお加代は何としてでも俺を帰したかねえしで、仕方なく名古屋の〈知り合い〉ンとこ行って金をもらってくるって話だった。

わかっちゃいたさ、相手はあいつの情夫だってことぐらい。だけど行く前っからそこをつつきゃ、あいつも行きにくくなるし俺だって行かせにくくなるじゃねえか。他に方法はねえのに、よし行っといでとは言えなくなる。だからそれについちゃ何も訊かずに、帰ってくるまで『田川』で待ってる約束だけしたんだ。

あいつ、発《た》つ前に何べんも何べんも念押ししやがったな。

「あたしがいない間に居なくならないでおくれよ、絶対だよ、お内儀さんとこへ帰ったりしたらどうなるかわかってんのかい、きっと殺しに行くからね」

帰りゃしねえって俺がどんだけ言って聞かしてやっても信じやしねえ。死ぬだの殺すだの騒ぎまくった末に、とうとう俺の長着をどっかへ隠しちめぇやがった。

「着物なんかなくたって困りゃしないだろ？　どっこも行かないいんだったらさ」

「俺にずっと裸でいろってのか？」

「あたしの襦袢を貸してあげるよ。ほら似合う」

思わず笑っちまったよ。ンなわけねえじゃねえか、むくつけき男が真っ赤な紅絹《もみ》の長襦袢だぜ。

「ううん、似合うよ似合う。こういうのはよっぽど好い男でなきゃ似合わないいんだよ。ああ悔しい、なんて可愛いんだろう、いっそあんたがとんでもない醜男《ぶおとこ》だったらよかったのに」

しつっこくて面倒くさくて、あいつこそたまらなく可愛かったよ。

そんなわけで俺は、『田川』の女将に何を言われても動かなかった。本気で逃げようと思うんなら着物なんかなくたって関係ねえ、寝間着でも借りるか家へ電話して届けさせりゃいい。実際、帰って自分の布団でゆっくり眠ることを思ったらそれも魅力的だったんだが、なんてぇのかな……もう、自分で何かを決めるのがひたすら億劫《おっくう》でね。言いつけどおり、あいつの女くさい匂いのする襦袢にくるまっておとなしく寝て待ってた。

それまでの何日か、ろくに寝ねえでアレばっかりしてたもんで、いくらだって眠れたな。精は使い果たしてるってのに食いもんなんか要らなかった。酒さえありゃよかった。

あくる日の晩、あいつから電話で、疲れちまったから神田まで迎えに来てくれって言われた時のあの気持ちはなんとも説明のしようがねえなあ。頭の隅でうっすらと、ああこれで完全に取っつかまったな、って思ったのを覚えてるよ。赤い襦袢の上へ褞袍《どてら》を羽織ってのこのこ迎えに出かけてく俺を、女将も店の女たちも呆れ顔で見送ってたっけ。

自慢じゃねえが生まれてこのかた、俺は焼き餅ってもんを焼いた例しがなかったのよ。小春には惚れてたけども、あいつが金持ちの旦那に落籍《ひか》してもらうってんで別れた時にゃきれいさっぱり諦めた。たまに惜しい女だったなと思い出しはしたが、未練ってほどのもんじゃなかった。

それがどうだよ。名古屋から帰ってきたお加代が懐をぽんと叩いて、

「安心しとくれよ吉さん。ここに百円、ちゃんともらってきたよ。また来月五日に東京へ出て来るそうだから、そん時またくれるって」

一日半ぶりに逢えたのが嬉しいらしくってさ、そりゃ俺だって同じだぜ、だけど名古屋のパトロンが誰とも言わねえまんま、やけに清々しく笑うあいつの顔を見てたら、腹ン中にまるでゴッカブリがうじゃうじゃわいたみてぇな気分になってきた。なんだこれ、こんなのは知らねえぞと思った。参ったよ。

せっかくの金を『田川』へ持って帰ったんじゃ全部むしられちまうから、今晩くらいよそへ泊まろうってことンなって、そこで行き当たりばったりに上がったのが尾久の『満佐喜』よ。初めての店だが外から見ても感じよかった。

馬鹿みてぇにやりまくったなあ。俺もたいがいだと自負してたが、あいつの欲求はその上を行くんだ。骸骨ンなるかと思ったぜ。

一度、俺が四日ばかし家へ帰ったことがあったろ。そもそも四月の二十二日に浜松へ行くっつって家を出てきて以来、もう半月ほども連絡ひとつ入れなかったもんで、『吉田屋』からはほうぼうへ俺の行方を尋ね回ってた。お加代も次の日に消えたってんで、あいつの義兄とやらの家にも連絡が入ってたらしい。それを知ったら、二人っとも逆にすっかり平気ンなっちまっ

てね。どうせ叱られるんならと思って遊び呆けてたら、今度こそいよいよ金が尽きちまったのよ。あいつが二度にわたって男からもらってきた百円二百円なんざ焼け石に水、ジュッ、てなもんさ。

いきなり話が変わるようだが――あんた、ガキの頃、秘密基地作って遊んだりしなかったかい。裏山の洞穴だとか、使われなくなった物置小屋とか、神社の床下とかさ。

俺はそういう場所を見つけんのが天才的にうまくてな。ただし男は連れて行かねえ、兄貴になんかなおさら教えっこねえ。かわりにその時々に好きな女の子の手ぇ引いて連れてって、二人っきりで内緒のことをしたもんよ。

暗がりは埃っぽくて湿っぽくて、秘密のにおいがした。初めて女の子のあそこを見せてもらったのもあの頃だったな。俺らとは全然違って、つるんとした割れ目だけがあってさ、頼んでそうっと指を入れさしてもらったら、落葉の下のキノコの笠みてぇな感じに湿ってたっけ。時間がたつのも忘れて、お互いに弄りっこして遊んだもんさ。

日が暮れる前にゃ帰らなきゃいけねえのがつまんなかった。早く大人になりたかった。大人ンなりゃ、好きな子と好きなだけ遊び呆けてても誰にも叱られねえんだとばかり思ってた。

何が言いてえかっつぅとさ。お加代と離ればなれになンのは、あの頃の夕暮れ時を煮詰めたみてぇな気分だったってことよ。

帰りたかねえ。別れたかねえ。っても、離れたら二度と逢えなくなるわけでもあんめえし、自分に言い聞かせるみてぇにお加代にもさんざんそう言ったんだ。お互いこれから先も末永く愉しむためには、ちょっとくれぇ我慢もしなきゃあな、って。

だけどお加代は聞かなかった。当たり前《めえ》かもしんねえや、言ってる俺が別れたかねえんだからさ。

金はどうしたって必要で、とにかくいっぺんは帰らなきゃなんねえ。お加代に二度までも工面させといて、俺が何にもしねえでいるわけにはいかねえしな。トクの目を盗んで小切手帳を後ろから破り取るくれえのことならできるだろう。これまで何度もやってきた手口だ。

だが——そうして改めて考えてみりゃあ、金以外、あの家に何がある？　子供らなんか結局は母親の味方だ。その女房は亭主への軽蔑を隠しもしやがらねえ。『吉田屋』がいくらうまくいってたって俺の手柄じゃねえし、これだけはと思ってた朝の仕入れだって、家出してる今も店が回ってるってことは俺の代わりぐれぇ誰でも務まるわけだ。

だったらいっそ働かねえで好き勝手やってりゃいいかってぇと、それはそれで気が塞ぐんだな。自分なんざ必要とされてねえんだと思ったら、何してたって胸ン中をからっ風が吹くばっかりでちっとも愉しかねえ。にぎやかしに芸者呼んでも、旦那旦那ってちやほやされるだけ苛々して当たり散らしたくなってくる。当たったりしねえけどさ、女相手に。

ともあれ、久しぶりに帰った家ン中は針の筵《むしろ》だった。後になってお加代が、帰ってる間にお内儀さんとやったんだろう、絶対やったにきまってるってさんざん俺を責め立てた時にゃ、天地神明に誓って絶対やってないって言い張ったけども、まあ、さ。やるだろ、そりゃ。

だって仕方ねえよ、トクはトクで目ぇ吊り上げて俺を詰《なじ》るんだから。女をおとなしくさせたけりゃ、ちょいと乱暴に抱いた後でたっぷり優しくしてやるのがいちばんの早道だ。しかし我ながら、よくもまあ使い物ンなったと思うぜ。正直、女房に突っ込みながら、目えつぶってお加代のあそこの匂いばっか思い浮かべてたな。

つくづく思うんだが——離れてたあの四日間こそがすべての間違いのもとだったよ。あの時そんなに我慢させせねえで、もっと早く逢ってやってりゃあよかったんだ。そうすりゃお加代もこう、なんてぇのか予防注射が済んだみてぇな格好でさ、（なんだ辛いったってこれっくらいのもんか、これならかえって次に逢える時が新鮮でいいじゃないの）

てな具合に落ち着いたかもしんねえ。

それまで半月ほども、朝から晩までほとんど片時も離れずぴったり絡み合って貼りついてた軀を引き剝がされて、次いつ逢えるかもわかんねえまま四日間だ。よっぽどきつかったんだろうな。落ち着くどころか逆に、もう金輪際どんなことがあろうと絶対離れるもんかってほうへ向かっちまった。

例のあの牛刀を買ったのだって、逢えねえ間のこったもんなあ。俺がずっと一緒にいりゃそこまで物騒なもんは買わせやしなかったし、あいつだって一人待つ身の辛さから気が変になってなきゃあ、俺を殺して自分のものにしたいなんてことも頭に浮かばなかったはずなんだよ。あいつ――狂う一歩手前だったんだ。あの四日のせいで。

可哀想なこと、しちまったな。

ともあれ、せっかく家へ帰ったはいいが小切手帳になんか触ることもできねえまんまで、お加代と五月十一日の晩に中野駅の改札で落ち合ったあの時にゃ懐に十円札が二枚っきりだよ。結局またあいつに金策させることになっちまった。

十五日だったか。銀座で誰やらと落ち合うとか言って、お加代がするすると帯締めて出かけてったのが夕方だった。深く抜いた衿足がめっぽう色っぽかった。

『満佐喜』のほうじゃここぞとばかり、今のうちに寝間を上げて掃除したいから部屋を替わってくれって言いに来てさ。布団も新しく敷いてもらって、ひとっ風呂浴びてさっぱりしたはずなのに、今頃お加代がしているだろうあれこれを思うと気分はまったくさっぱりしねえ。腹ン中にはまた、あのゴッカブリが湧いてた。それ以上にむかむかしたのは、夜も十一時を回って帰ってくるなり、あいつがそそくさと風呂へ入りに行ったせいだよ。

その晩の寝間は、ちょっと忘れらんねえな。

「疚《やま》しいことがあるから風呂に入ったんだろ」

言うまいと思ってたのに、いっぺん口から出ると我慢できなくなった。

「え、何のこと？」

「とぼけるなよ。さっきの五十円は旦那と逢ってもらってきたんだろ？」

馬鹿くせぇ。そもそもそんなのは問い詰めるまでもなくわかりきったことじゃねえか。俺だって最初からわかってて送り出したんじゃねえか。

なのに、苛めずにいられなかった。冷えた洗い髪を腹立ちまぎれにつかんだり、裸に剝いてしゃぼんの匂いのする乳房や尻を抓ったりひっぱたいたり、お加代のやつが憎くて可哀想で、それでも一心に俺を求めてくる様子が鬱陶しくて可愛くて……いっそのこと小指の先を嚙みちぎって血を啜りたいほどだった。

男ってのぁつくづく面倒くさい生きものだよ。こんな時にまで意地だの沽券《こけん》だのが邪魔しやがる。後ろ髪ひとつひっつかむにもわざと芝居がかったふうにやってやったら、お加代はまんまと寝間での戯《ざ》れ事《ごと》と思ってくれたらしいや。嘘でも妬いてみせてくれるのが嬉しいとか、ちょっと離れてただけで俺の倅《せがれ》がまたすっかり元気ンなったのがたまんねえとか、うわごとみたいに喋くりながらいつもより深く長く感じてさ。人の都合なんかそっちのけで自分ばっか何べんも気を遣ってやがった。底なしなんだよ。な、好い女だろ。あれで、もうちょっとでいいから悋気《りんき》がマシだったらなあ。

最後に出かけた先は床屋だった。

朝から晩まで女と番《つが》って、精をこしらえちゃ放ち、こしらえちゃ放ちしてると、身体の他んとこも入れかわりが激しくなるのかね。髪と髭、あとは爪の伸びるのがやけに速くてな。爪はお加代が鋏でぱちんぱちんと揃えてくれたついでにチンコの毛までちょん切ってふざけてやがったけど、頭はさ、子供の散髪じゃねえんだから素人がやったんじゃ目も当てらンねえ。それであいつ、

「散髪しといで」

って、なけなしの金の中から俺に五円持たしてくれたんだ。

外へ出て、五月の西陽を浴びたとたん、クラッとしたね。足もとがふらついてさ、どんだけ自分が弱ってるか初めて気がついた。こいつぁいけねえ。酒ばっか食らってねえでちょっとは精のつくもん口に入れなきゃあ、早晩足腰が立たなくなる。『田川』の女将の忠告が頭に浮かんで、思わず苦笑いがもれたよ。

探しゃあ『満佐喜』の近くにだって床屋はあったろうが、馴染みンとこでねえとどうにも安心できねえ。一からあれこれ説明すんのも面倒だし、初めて会うおやじに剃刀《かみそり》持って後ろに立たれるのもぞっとしねえしさ。それでまずは円タクを拾って中野へ行ったわけよ。

家の前の道をすーっと通り過ぎる時、妙な気分だったな。玄関先から西陽が奥まで射し込んで、たまたま女房と子供らの姿が見えたんだ。後付けみてぇだが、まるで他人事みてぇに、

（ここへはもう帰って来ねえんじゃねえかな）

って思ったよ。べつに未練もなかった。

いつものおやじに髭まできれいにあたってもらって、つるつるになった顎を撫でながら釣りを受け取ってさ。さて、と思った時だ。

ふっと顔が浮かんだ。こっからなら歩いてすぐだもんな。

けど、これだけ無沙汰してて手土産のひとつもねえのはちょいとバツが悪いや。こないだ駅でばったり会った時、また鰻でも持ってってやると坊に約束した手前よけいにな。しょうがねえ、今日は懐に持ち合わせがまったくねえってことにして、床屋やらあれやこれやで全部つかっちまったことにして、それだってあながち嘘でもねえし、小春に帰りの円タク代だけ借りときゃあ次に来る時までの手形代わりにもなるだろうし……。

おかしなもんだよな。あれほど金に困ってたってのに、小春にだけは借りを作りたくなかったんだ。借りって意味じゃ、とうの昔に一生返せねえ借りをこさえちまってたのにさ。そう

――その坊は、ちょうど友達ンとこへ泊まりにいってるとかで会えなかった。

たぶん、それでよかったんだろうさ。顔を見たところで、俺はやっぱりその晩『満佐喜』へ帰ってたろう。そうしたら坊は、後からよけいに辛かったんじゃねえかな。小春にだけそういう思いを味わわせちまったのは、まるっきり、俺の弱さだよ。

首を絞めるの絞めねえの、絞めりゃ具合が好くなるのって、ふざけて遊んでたあたりまでは、二人っとも充分正気だった。お加代がそれを初めて試したがったのはあの四日間よりか前のことだったしな。俺にはくすぐったくて無理だったたっけ。

ったんだ。

けど、床屋へ行って帰ってきた晩からだよ。あいつの様子が、ちょっとずつおかしくなって

暴れたり引っ掻いたり嚙みついたりなんてのはこれまでにもざらにあったが、そうじゃなくて、なんとなく薄い膜の向こっかわにいるみてぇな、その膜がだんだんだんだん分厚くなってくみてぇな感じだった。互いに喋ってても話が嚙み合ってんだかどうなんだか、全部が微妙にずれてるような、お加代だけがまるで魚にでもなっちまったような……。

馬乗りンなってチンコを入れたり出したりしながら、あいつは腰紐を使って俺の首をやけに律儀に絞めやがった。俺が苦しがると、チンコがぴくぴくして気持ちいいんだと。そんな時、俺を見おろすあいつの顔はナマナリそのものだったよ。

不思議なもんでな、苦しいことは苦しいんだが、まったく悪い気分のもんでもねえんだ。お加代の指にぎゅうっと力が加わって、紐が引き絞られて太い血管が圧迫されっと、耳は熱くなるし息は吸えねえし肺はぺしゃんこ、かわりに頭が風船みたいにぱんぱんに膨れあがってく。その時がいちばん苦しいんだが、そこさえ通り過ぎると雲の上にいるみてぇにふわふわして意識が飛びそうになってさ。そうして、完全に落ちる間際であいつが絞めるのをやめたとたん、どっと空気の塊が流れ込んできて身体が破裂しそうになるんだ。俺のほうは好いも何も、下半身のことなんか考えてる余裕もねえよ。

「嫌なんでしょう。嫌ならもっと絞めるよ」

「嫌じゃない、嫌じゃない。俺の身体はもうどうにでもしてくれ」

言った自分にびっくりしたよ。

そうか――これが俺の本音か。いつのまにかこんなとこへ辿り着いちまったのか。

生まれて初めて心底惚れた女が、ぶっ壊れてた。俺はそいつと、溶けた脳味噌でひたすら番って、こっちも一緒に壊れてって、ヒトであることさえ全部放りだして、自分じゃ何にも決めねえで、生かすも殺すもただただ好きなように使ってもらって、ゾウリムシかミミズかそのへんの単純な虫っけらになって、ああ、それこそ女郎蜘蛛の雄でいいや、そうだ、それがいちばんいいや……。

だからさ。

さほどの後悔はねえのよ。

気がついた時にゃ、俺の大事な部分は分厚いガラス瓶の中でアルコール漬けになっててさ。法廷で知らねえ奴らの注目を浴びたのはいただけなかったが、お加代が俺を見てまっすぐに懐かしがってくれたのはよかった。

『吉田屋』のほうじゃ引き取らねえって言ってきたそうで、まあそれも無理はねえよ。ちょん切られる前からよその女のものだった一物だ。

透明な液の中にゆらゆら浮かびながら、お加代のあそこへ潜り込みたかったなあ。あいつの中へ還りたかった。

もしかして俺は、ごっこじゃなくて、本気であいつの赤ん坊になりたかったのかね。あんなに何べんも何べんも、取り憑かれたみてぇにあいつの中へ精を放ったのは、ほんとの望みのできるったけ近くへ行きたかったからかもしンねえや。

今になってみても愛おしいばっかりなんだよ。俺を殺してまで自分のもンにしたかった女。他の誰にも触らせたくねえからって、チンコ切り取って持ち去るくれぇぶっ飛んだ女。肌身離さず持って逃げたばかりか、一人になると取り出してしゃぶったり自分のあそこへくっつけてみたりしたなんて聞きゃあ、きっと傍からはとんでもねえ変態に思えるんだろう。だけどあいつはさ、ただ純なだけなんだよ。俺のことが好きで好きでたまんなかった、それだけなんだよ。

惚れっぽくて病的に嫉妬深くて意地悪で、自分のことっきり考えてねぇくせしてふとした拍子に菩薩《ぼさつ》みてぇに優しくなる……あいつは、俺にとっちゃ阿部定なんかじゃねえ、いまだにお加代だ。これからもずうっと、お加代のまんまだ。

石田家の墓に一緒に入れてもらえねえのは心残りだが、どうせ、目で見てさわれるものしか信じねえあいつのことだから、生身の俺と最後の最期まで添い遂げられただけで本望なんじゃねえかなあ。こっちだって変わりゃしねえよ。いつの日かあいつが俺の供養のために墓でも作って、時々花でも手向《たむ》けてくれりゃあそれだけで満足さ。

そのとき俺は、花の芯の奥深くへこの鼻を埋めて、得も言われぬ匂いを胸いっぱい吸い込むんだ。

＊

初めて僕がお定さんを『若竹』へ訪ねてからちょうど一年たった夏——昭和四十三年の八月。新聞やテレビは連日、史上最悪のある転落事故を報じていた。一度に百人以上の死者・行方不明者を出した、岐阜県飛騨川《ひだがわ》のバス事故だ。

十八日未明、折からの台風の影響により、観光バス十五台を連ねたツアー一行は、乗鞍岳《のりくらだけ》の頂上で迎えるご来光をあきらめて引き返そうとしていた。けれど国道は小さな崖崩れで分断、進むことも退くこともできず列になって立ち往生するうち、突然、山の斜面の上、沢から崩れた土砂が大量に押し寄せてきて、巻き込まれたバス二台がガードレールを突き破り、十五メートル下の飛騨川へ転落したのだ。

岩に激突してへしゃげた車体は濁流に呑まれ、現場から伊勢《いせ》湾にかけた広い範囲で捜索が続けられるうち、ようやく三百メートル下流で一台のバスが、次いでさらなる下流の川底でもう一台が見つかった。

ニュース番組のアナウンサーはこわばった顔で、これほど大規模なバス事故は世界でも類を見ません、と言った。乗員乗客のうちたった三人を除く、百四人の命が喪われたのだ。参加者のほとんどは、名古屋市周辺に住むごく普通の主婦とその家族で、夏休み中だけに子供の犠牲者も多かった。誰を恨むこともできない、ただただ痛ましいとしか言いようのない事故だった。

それだけに、

「あたし……あのバスに乗ってたらよかったな」

お定さんがぽつりとそう言った時は耳を疑った。

「今、なんて?」

「だってさ、それでなくたって、阿部定、阿部定っていつまでもしつこいでしょう? これであたしがその阿部定だってわかるかたちで死んだら……たとえばうらぶれた養老院で衰弱死とか、おんぼろアパートで発見された時には死後何週間とかさ。そしたら世間はまた色めき立って面白おかしく騒ぐにきまってる。新聞や雑誌の見出しが目に見えるようだもの」

「つまり、そういうのが嫌だから?」

ようやく気を取り直して訊くと、お定さんは僕を見ないままわずかに頷いた。

「旅先で事故に遭ったとしてさ、素性のわかるようなものを何にも持ってなくて、周りにいつどこへ行くなんてことも話してなかったら、身元不明のまんま無縁仏よね。あたし、そういうのがいい。いろいろやらかしてきたから、死に際くらいは静かに綺麗に死にたいのよ。できれば誰にも知られずに」

気持ちは、よくわかった。わかるなんて言葉を安易に口にしたくはないが、これまで彼女の話にひたすら耳を傾けてきた僕にはやはり、わかるとしか言いようがなかった。

「だけど、寂しくないですか」

「何が」

「そんなふうにひっそり死ぬのって」

お定さんが、ふっと鼻から息を吐く。

「寂しいって言うなら、吉さんが死んじゃった時からもうずーっと寂しいまんまよ」

返す言葉がない。

「この歳になると、こっち側にいる知り合いより、あっち側へ行った人のほうが多くなってきてさ。それでつい、自分の死ぬ時のことを考えちゃうの。そんなに遠い話でもないだろうしね」

「お定さん」

「何よ。あんたに比べたらってだけの話じゃないの。ああもう、そんな顔しないどくれ、辛気くさい」

――こっち側よりあっち側。

お定さんの人生に特別深く関わった男たち三人はすでに亡くなっている。石田吉蔵しかり、野々宮五郎しかり、秋葉正武しかり。他を考えてみても、彼女が十四の時に大学生だった桜井健あたりはまだ生きているかもしれないが、それ以外はわからない。男のほうが総じて早死にだから、今ごろ〈あっち側〉はにぎやかかもしれない。

そういえば秋葉の内縁の妻・ハルも、今年の二月に亡くなったと聞いた。享年八十三、ほんの数年前までは下谷の家にお定さんと二人、一階と二階に分かれて暮らしていたそうだが、お定さんが下谷を出て店を持ってからは一人きりで、晩年は内臓を患って入退院をくり返していたらしい。

葬式に、お定さんは出なかった。台東区竜泉の『若竹』から下谷までは目と鼻の先だ。べつに仲違いしていたわけでもなかろうに、どうして焼香にさえ行かなかったのかと訊いてみると、

「やなのよ、そういうの」

短く答えた。

思えば実の母親が亡くなった時も、彼女は葬式には出なかった。たしか仲間と麻雀をしていて姉からの報せが届かず、今から急いで行っても怒られるばかりだからと先に金だけ送って、帰ったのは初七日の時だった。

秋葉の時は生前の顔の広さからたくさんの花輪が並んだようだが、お定さんの姿があったという話は聞かない。身内だけでなく、さんざん世話になったはずの誰が亡くなっても同じだった。一貫して「そういうの」が苦手のようだった。


何しろ偏屈で、いっぺんつまらないことで腹を立てたら半月ほど口をきいてくれなかったりもしたが、お定さんとの付き合いが途切れてしまうようなことはなかった。僕はその後も月に一度か二度は『若竹』の暖簾をくぐり、煮物や焼き魚をつつきながらカウンター越しに他愛ない話をして、ビールでも酒でもなく茶を飲んだ。旬の食材に季節の移り変わりを感じ、そうこうするうちにまた日々は過

ぎていった。

昔話を聴く機会は減っていた。じつのところ、例の小説がとうに書き上がっていたからだ。早く見せてちょうだいよと催促されるたび、僕はのらりくらりと言い逃れをした。以前、主だった証言に目を通してもらった際も緊張したものだが、小説の原稿となるとその比ではない。

とはいえ永遠に逃げているわけにもいかず、とうとう年貢をおさめざるを得なくなったのはその年の冬、すなわち昭和四十三年の暮れのことだった。しびれを切らしたお定さんに怖い顔で迫られて、いよいよ原稿を渡した。

誇張でなく夜も眠れなかった。真夜中に電話の呼び鈴が鳴り響いたと思ってはハッと目を開き、そのたび空耳だったとわかって空しく寝返りを打ち、枕元の懐中時計を手にとって文字盤に目をこらすと二時だったり三時だったりした。吉さんから僕が勝手に受け継いだ銀の時計はひやりと冷たく、この家の縁側に腰かけて手の中のそれを覗いていた吉さんを思い出すと、ふいに慕わしさに襲われて泣きたくなったりした。

情緒不安定もここに極まれり、寝不足のせいで綿が詰まったような頭で障子の張り替えなど手伝ってはヘマをして、母にこっぴどく叱られた。それこそ子供の頃なら笑って許してもらえたことでも、大人になってしまえば自分で責任をとるより他ないのだった。

正月明けにようやく連絡が来て会った。『若竹』の入口には慎ましくも門松と注連縄《しめなわ》が飾られていた。

お定さんは、清しく拭き清められた奥の間へ僕を通し、

「読んだよ」

低くしゃがれた声で言った。

「……どうでしたか」

「ずいぶんとまあ、あれもこれも遠慮なく書き尽くしてくれたじゃないのさ」

そうして、青ざめている僕を見て笑った。

「何だよ、その顔。礼ぐらい言ったらどうなの」

「え」

「おつむのトロい子だね。褒めてんだよ」

安堵に押し流されて、畳に突っ伏しそうになった。ありがとうございます、と絞り出した声がやけに掠れた。

ということは、原稿から証言記録から全部を、まとめて燃やさなくてもいいということだろうか。まだ確信が持てない。

「ねえ、知ってる?」

お定さんの物言いが少し和らいだ。

「あんたの声ってね。父親によく似てんの。そっくりなのよ」

「そうなんですか」

自分ではわからない。吉さんの声がどんなだったかも僕にはすでに遠い。

「そのせいで、よけいにかしらね。おしまいのほうは吉さんの声で聞こえてきた。あのひとが耳もとで喋ってくれてるみたいだった」

お定さんにとっては、今でも鮮明な記憶のようだ。

「すみません」

「何が」

「勝手なことを書いて」

「ほんとよ。まるで吉さんからじかに聞いたみたいにさ。知らない人が本気にしたらどうすンのさ」

さすがにそれはないと思う。アルコール漬けの一物は、ふつう、喋らない。

「わかってンのよ、あたしにだって。あんたはああいうふうに書いてくれたけど、あのひとが頭ン中で何考えてたかなんてほんとうのとこはわかりゃしない。だけどさ……」

向かい合っている僕の膝のあたりに目を落とす。

「それでも、嬉しかったよ。あれが吉さんの本心だったらどんなにいいかしら」

はにかんだように笑う。

「それにしても……あの幕の引き方にはびっくりした。あんたも人の悪い」

見ると、やや奥に引っ込んだようなお定さんの目がきらきらしている。笑いだすのを我慢しているようだ。おかげで僕もようやく身体から力が抜けてきた。

「前に言ってたのはこういうことだったのかい」

「僕、何か言いましたっけ」

「言ったじゃないのさ。小説だからできることもあるとか何とか、えらそうに」

確かに、それは言った。ただあの時点では自分に何ができるかまだ見えていなかったし、ほんとうに思うように書けるかどうかも自信がなかった。

物語の終盤――〈阿部定〉はある日、ふいに姿を消す。聞きつけた新聞や雑誌の記者がどれだけ探しても、消息はまるでつかめない。わずかな手がかりすら残さずに忽然《こつぜん》と行方をくらましてしまうのだ。

げんにお定さんは今こうして目の前にいるのだから、ホラ吹き男爵並みの作り話ではある。が、事件からすでに三十年もの長きにわたって人の波に紛れることを許されないまま生きてきた彼女を、せめて僕の小説の中でだけは解放してやりたかった。あるいは誰の目にも触れないところへ匿《かくま》って、息をつかせてやれたらいいと思った。

そうしてもし叶うのならば、いつかこれを読んだ人々がうっかりすべてを真に受けて、阿部定はどこか遠い空の下でひっそりと生きている、あるいは死んでいるにせよ、もうこれ以上はそっとしておこうと思ってくれればいちばんよかった。それこそは僕が勝手に夢想した、お定さんの人生における最良の終着点だった。

「で、これはいつ世に出るのよ」

うっ、と詰まった。そう、問題はそこだ。

「あとは本にするだけなのでしょ？」

「そうなんですけどね。前にお話しした通り、友人の撮る映画の公開と抱き合わせでと考えていたもので」

「だけどその映画がもう、どうなることかわかんないじゃないの」

相変わらず歯に衣着せないひとだ。

押し黙ってしまった僕をじっと見ていたお定さんが、やがて言った。

「あんたたちには悪いけどさ、あたしは映画には端から期待してなかったから、このままポシャってしまおうがどうでもいい。べつに残念でも何でもないわ。ただ、あんたのご友人は気の毒だったわよ。早く出てこられてよかったわね、ああいうとこに長くいるとほんとに気が滅入るから」

嘘じゃないわよ、あたしが言うんだからほんとのことよ。

そう付け加えるお定さんに、うっすら苦笑いを返すのが精いっぱいだった。

Rが脚本の段階から手がけた総天然色の映画『定吉二人』は、公開どころかいまだ完成にすら漕ぎ着けられていない。昨四十三年の秋、借り切った古い旅館の一室でクライマックス近くを撮影していたある日、突然踏みこまれ、Rと主要スタッフと主演二人の手が後ろへ回る騒動となったのだ。女優と男優がキャメラの前で実際に性行為をしているとの情報を得た警察が、機をうかがい、狙いすまして動いたのだった。

刑法一七五条違反、俗に言うところの〈わいせつ容疑〉。

踏みこまれた時、主演の二人は全裸で抱き合っていたそうだが、ほんとうに繋がっていたかどうか、その場にいなかった僕は知らない。どちらであっても、官憲が黒と言えば黒だ。それをこそ怖れて外部へは何一つ漏らさないようにと厳しい箝口令《かんこうれい》が敷かれていたはずなのだが、不注意でか、あるいは故意にか、誰かが漏らした。

これまでに、上映中の作品が摘発された例はある。この六年前の昭和三十七年、小林 悟《こばやしさとる》監督の『肉体の市場』が映倫の審査を通っていたにもかかわらず同容疑で上映中止となり、いくつかのシーンをカットするなどして再上映されている。

『定吉二人』に至ってはさらに事情が深刻だが、大変申し訳ございませんでしたと詫びを入れ、当初の予定よりおとなしい映画を作ることを約束すれば、まだ撮影続行の目もあるのではとスタッフの多くが望みを繋いでいた。

しかしRは作品の路線変更には頑として首を縦に振らず、反省の色も一切見せなかった。逆に、取り調べを担当する係官を相手に説教さえしてのけた。

何が猥褻で何が猥褻でないのか、そもそも猥褻であることのいったい何が悪いのか。言いたいことがあるならまず俺を納得させてみろ。芸術表現に関して欠片《かけら》ほどの知見もないきみたちが、場当たり的な思いつきでよけいな邪魔をするんじゃない、黙って引っ込んでろトーシロめ。

……ざっくりまとめればそれが彼の言い分だった。

いくら持論をふりかざしたところで、問題解決にはまったくならなかった。暴力的な犯罪ではないし逃げる心配もないから長く勾留はされなかったが、おかげで『定吉二人』はほぼお蔵入りが決まったわけだ。今の形のままでの撮影続行や上映はどう考えても不可能だった。

「やれやれ、青いったらないねえ」お定さんはあきれたように鼻を鳴らした。「お上に楯突《たてつ》いたって勝てるわけがないじゃないか。長いものにはおとなしく巻かれときゃいいんだよ」

それこそはRが最も苦手なことなのだ、と庇《かば》いたかったが黙っていた。どれほど苦手だとしても、それしか方法のない時には何を枉《ま》げてもそうするのが監督なんじゃないのか、との思いは、やはり僕の中にもあるのだった。

大きな映画会社の予算とは桁が一つ二つ違うにせよ、持てるすべてを注ぎ込んで撮っていた作品が撮了間近でひっくり返されたのでは、当然のことながら大赤字だ。

Rは、まともに考えだすとめまいがするほどの借金を抱えこむことになった。レギュラーを務めていたテレビ番組を降ろされたことでもわかるとおり、世間の〈信用〉を取り戻すのは容易でなかったが、かといって映画以外に彼の生きる道はない。まずは返済のために次の一本（手堅く当たるお行儀の良い作品）を撮らせてもらうべく、彼はまた来る日も来る日も人に会い、金策に奔走していた。今の時点で僕にできることはなさそうだった。

いや、嘘だ。

ある。

このご時世、世の人々の胸には権力の横暴に対する批判や不満が渦巻いている。おそらく、すでに書き上げて手元にある小説を出版するのにこれ以上のタイミングはないと言っていい。Rをして〈どんな過激な無政府主義者も及ばないくらいアナーキー〉と言わしめた阿部定の物語は、映画と抱き合わせでなくても、いやむしろ映画がお蔵入りになった今だからこそ、大いに評判を呼んで売れるだろう。赤字をすべて回収とはいかないにせよ、そこそこの扶《たす》けにはなるに違いない。

けれども決心がつかなかった。もう少し正直に言うと、気が乗らなかった。

一つには、この期に及んでお定さんの物語を、売らんかなの流れに乗せてしまいたくないというのがあった。阿部定と石田吉蔵、最後の数日間に凝縮されるエロスとタナトスに映像で斬り込んだのがRの作品なら、僕は僕でそこへ至る彼らそれぞれの内面をしつこく言葉に置き換えては積み上げることで、〈アベサダという特殊〉を〈愛しすぎた女という普遍〉へと昇華させた自負がある。これまでキワモノ扱いされてばかりいたお定さんのためにも、今さら乱暴なかたちで安売りなどしたくなかった。

もう一つの理由も似ていて、要するにプライドの問題へ帰結する。

Rの撮ろうとしていた映画は何しろ凄い作品だったのだ。途中、現像したフィルムの何本かを見せてもらったが、彼の持つ天賦の才と、これまでに蓄えられてきた膂力《りょりょく》のようなものとが拮抗《きっこう》かつ融合し、余すところなく発揮されていた。脚本から演出から映像までどこをとっても、叫びながら走り回りたくなるほど美しくて剣呑《けんのん》で妥協がなく、公開された暁には物議を醸すこと必至の挑戦作だった。まぎれもなく現時点でのRの最高傑作になるはずだった。

そんな彼の映画と肩を並べるかたちで僕の小説を世に問うことができたなら、いったいどれほど幸せだったろう。それに比べれば、今回の騒動を逆手にとり、まるで降って湧いた僥倖《ぎょうこう》のように利用して本を出すというのは、気の進まないことおびただしいのだった。いくら売れようが嬉しくも何ともなかろうと思った。

Rは、そういう僕の気分をよくわかっているらしい。お定さんに了承をもらった後、忙しい彼にもようやく原稿を見せたのだが、一読するなり興奮しきった様子で絶賛してくれたわりに、今すぐ本にしろとは言わなかった。せっかちな彼には珍しいことだった。

かわりに二、三、気になるところについて冷静に指摘し、どう直せばいいかの相談に乗ってくれた。いかなる時も映像的・俯瞰的に世界を捉える彼からの指摘は、しばしばうずくまって足もとの言葉や文章を弄くりまわすことに耽溺《たんでき》してしまう僕の視野を、そのつど広げ、深く耕し、さらなる道の先へと導いてくれるのだった。

ずっとそうしていたかった。手元に置いて直し続けている限り、原稿は永遠に未完成のままだ。子供の頃、黒土を練って丸く固めてはつるつるに磨き上げて遊んだように、Rと二人きり、それこそ秘密基地の暗がりにこもり、お互いだけに通じる内緒事をやり取りしていたかった。

自分の書いた作品で世間から認められたい、というような欲求が僕にはほとんどなかった。そういう意味では、職業作家にはあまり向いていないのかもしれなかった。


どういう心境の変化があったものか、この年の夏に公開された奇っ怪な映画に、お定さんは顔出しの実名で登場した。僕に相談はなかった。

タイトルは、『明治・大正・昭和　猟奇女犯罪史』。監督は石井輝男《いしいてるお》で、「小平事件」や「高橋お伝」など血なまぐさい事件ばかりを五つ、ドキュメンタリー風のドラマに仕立て、出演者には二枚目スターで鳴らした吉田輝雄《よしだてるお》、個性派俳優の小池朝雄《こいけあさお》や、舞踏家の土方巽なども名を連ねている。

お定さんはその中の一つ「阿部定事件」のパートに〈本人〉として出演し、吾妻橋《あづまばし》で待つ吉田輝雄の前へ薄水色の着物姿で現れ、ごく短いながらも自分の想いを自分の言葉で語っているのだった。吉蔵から、殺してほしいと何度も頼まれたというのが彼女の主張だった。だから、そうした。人間だから誰しも浮気くらいのことはあるにせよ、ほんとうに心の底から好きになる相手は一生にたった一人なのじゃないかしら……。

最後に、「ごめんなさい」とお辞儀をして去ってゆくほっそりとした姿にも、少ししゃがれたようなその声にも、とうてい六十三、四とは思えないほどの婀娜《あだ》っぽさがあったが、映画の出来そのものははっきり言っていただけなかった。どこをどう切り取ってみても、お定さんが満を持して出演するようなしろものではないはずだった。

「どうしてまた急に、出てみる気になったんですか」

咎めていると受け取られないよう、ずいぶん気をつけて訊いた。

「それがねえ」と、微妙に目を逸らしてお定さんは言った。「もちろん断ろうとは思ってたのよ。だけど東映からは、『必ず真実を伝える映画にしますから』って何べんも頭下げて頼みに来るし、丸山社長までが絶対出たほうがいいよって言うしで、断れなくなっちゃったのよ」

かつて大阪のバーにいたお定さんを十万円でスカウトし、自分の店である『星菊水』で十年も面倒見てくれたのが丸山社長だ。『若竹』を出す時も力になってくれたと聞いている。その恩人から、「これを機会に自分の本当の姿を自分の言葉で世間に伝えるべきだ」と説得されたらしい。本気で頼まれると嫌とは言えないのがお定さんという人ではある。

しかし、それだけでは終わらなかった。彼女は、続いてテレビにまで出た。つい先日のことだ。たまたま観ていた母が驚いて声をあげたものだから、僕も一緒に観ることになった。

今度は誰に頼み込まれたのかと思いながら、生真面目な顔でテレビに映るお定さんを眺めているうち、心配になってきた。これまで何十年、ずっと貝のごとく口を閉ざし、過去の話を持ち出されると烈火のごとく怒っていたひとが、どうして今になっていきなりまた実名で人前へ出ようとするのだろう。お定さんの本当の望みなら横から口を出すようなことではないが、それが僕のせいでないと言い切れるだろうか。

ラムネの瓶が頭に浮かんだ。飲み口を塞いでいるビー玉を押し込むと、泡立つ中身がしゅわしゅわと溢れてくるあれだ。

固く口をつぐんでいた彼女の心に、僕が無理やり入り込み、さんざん話を引き出したのがきっかけで中身が溢れ出し、これまで他人には打ち明けなかったことまで知ってもらいたくなった、ということはないだろうか。僕の半端な小説ではとうてい満足できなくて、おまけに世に出る気配もないものだから痺れを切らし、本当の自分はここにいる、と主張したくてたまらなくなったのだとしたら……?

いやしかし、ああして僕に話すことで彼女だって救われたはずじゃないか――自己弁護にまみれた申し訳なさが押し寄せてきて胸が軋む。

お定さんはどうせ目の前のことしか考えていない。たまたま提示された出演料が魅力的だっただけだ。そう思いたかった。

「お行儀のよい」映画だけでなく短い映像関連の仕事を数こなすことによって、Rはこの年をどうにか切り抜けた。

例の一件が彼を打ちのめすことはなかった。官憲は結局のところ、彼の反骨精神に火をつけて風を送ったに過ぎなかったのだ。

明けて四十五年正月、Rはなじみのスタッフを集め、次なる映画はいよいよ金子文子と朴烈を撮ると発表した。

＊

テーブルの向かいの席から、ダージリンの香りが漂ってくる。

新宿伊勢丹の裏手にある純喫茶だった。家でごろごろしていたところを急に呼び出され、春先の寒風に首をすくめながら出てきたはいいのだが、誰かと一緒だとばかり思っていたらなぜだか彼女と僕だけだった。

こうして改めて外で見ると、初めの頃より格段に垢抜けている。顎の長さで切り揃えた髪も、赤いとっくりのセーターとタータンチェックのパンタロンの組み合わせもよく似合っていた。Rの『定吉二人』がもしあのまま完成し上映されていたら、今ごろこんなに無防備に顔をさらしてはいられなかったろう。形良く盛り上がった胸にうっかり目が行きそうになり、僕はテーブルに視線を落とした。

「外へ出してもらえるようになるまで大変だったんですよ」

紅茶を熱そうにすすり、カップを置くと、水沢粧子は言った。

「あの一件のあと、うちの父、いつまでもしつこくヘソ曲げちゃって」

勘当同然に追い出した娘が、世間様に顔向けできないような恥ずかしい真似をしでかしたというので、あの父親は粧子をしばらく家に軟禁したらしい。奇しくもかつてのお定さんとその父のようだった。

とはいえ僕は、粧子の父親に少し同情した。親の立場に立ってみれば、あれは嫁入り前の娘がさらされる醜聞としては考え得る限り最悪のものだったに違いない。

「でも結局、そのおかげで自由にさせてもらえたんですけどね」

「どういうこと？」

「いくら家に閉じ込めておいたって、こんな私のところへ今さら縁談や仕事の口なんか舞い込むはずもないでしょう？　だったらもう、女優を続けるしか生きる道はないじゃないですか」

目をつぶる以外にない、というのが実情のようだった。

「それより……」と、粧子が背筋を伸ばす。「最近ね、なんだか嫌な感じなんですよ」

彼女を主役に据えてもう一度映画を撮るため集結しつつあるR組スタッフの間に、今になって犯人捜しのような空気が漂っているというのだった。あれ以来それぞれの中にくすぶっていた怒りが、また顔を合わせるようになって噴き出し始めたらしい。矛先を国家権力に向けるのはためらわれるが、そうなると代わりの何かが必要、ということのようだ。

「みんな、何て言ってるの」

と訊くと、粧子は眉根をきゅっと寄せた。

「どう考えても狙われてたよね、って」

「狙われた？」

「性愛の表現だけを言うならもっと過激なポルノグラフィーはいくらもあるのに、なんでうちだけが目を付けられたのかわからないって。おまけに、私と〈吉蔵さん〉が実際にアレをしてたかどうかなんて、どこから噂が漏れたのか……もしかして身内に内通者がいて、『R組が今これこれこういうけしからん作品を撮ってるからよく見張っといたほうがいいですよ』みたいに、わりと早い段階で情報が筒抜けだったんじゃないか、警察はそれを受けて虎視眈々とタイミングを窺ってたんじゃないか、いやきっとそうに決まってる」

ひと息にそこまで言うと、粧子は長い溜め息をついた。

「……そんな感じです」

芝居の一場面を演じてもらったかのようだった。口跡があまりに鮮やかなものだから、彼女がただ喋るだけで舞台の上にいるようなのだ。

「なるほどね」

僕は、やたらと苦いコーヒーを飲み下した。粧子の言う「嫌な空気」の感じは伝わってくるが、しかしそれは誰かが具体的に解決できるようなことではない気がした。

「そういうのはたぶん、あれだな。時間をあてにするしかないんじゃないのかな」

「時間、ですか」

「みんなも今はこう、治りかけてた傷口がまた化膿《かのう》したような感じでさ。溜まってる膿《うみ》を出すだけ出してしまえば、熱が引いたみたいに落ち着くだろうと思うんだけど」

「そうでしょうか」

粧子の反応は薄い。どうしてわざわざ僕を呼び出したんだろうなと思いながら、仕方なくもう少し訊いてみる。

「それで、なに、具体的に誰かが疑われてたりするわけ？」

粧子が、真顔で僕を見た。それきり黙っている。

「えっ？　ちょっと待って、まさか、」

ふふふ、と彼女が笑った。「冗談ですよ」

「おい」

「ちょっと意地悪したくなっただけです。監督がすごく困ってるのに、波多野さんてば、最近なかなか事務所に顔を見せて下さらないから」

文句を言っていても品がいい。何だかんだ言ってもお嬢様だものな、と思ってみる。Rと二人で父親を説得しに行ったお屋敷は、ただの住まいとは思えないほど大きかった。家の前に外車が二台も停まっていた。

人の生まれや育ちというものは身体にしみついて、本人には如何《いかん》ともしがたいところがあるのだろう。彼女に限ったことじゃない。たとえば僕が昔、最初の証言を取るために会った『満佐喜』の女中から、身内に粋筋のひとがいるのではと一目で看破されたように。

「何人かはですね」紅茶のカップ越しに粧子が呟く。「なんとなく彦田くんを疑ってるみたいです」

「うん？　なんでそこで彦ちゃんが……」

言いかけて、はっとなった。

なるほど。撮影助手だったが組を去った彼の立場なら、あり得なくはない。あの時点で朴烈を演じるはずだった李友珍の降板をめぐっては、皆の前で恥をかかされたとRを逆恨みしているかもしれないし、それより何より自分の想い人に見直してもらいたくて現場に連れてきたら、たちまち横からRにかっさらわれた。事実がどうあれ、彦田の目に映る世界といったらそんなものだろう。

「だけど、まともに考えればナンセンスでしょ」僕は言った。「たしかに彼は、Rのやつが次にどういうものを撮ろうとしてたか知ってたけど、その後は全然顔見せてないんだしさ。だいたい内通者がどうとかそんな、スパイ映画じゃないんだから」

安心させるように笑いかけ、言葉を継いだ。

「大丈夫だよ。きっとみんな、今の仕事が具体的になってくれればそっちに集中するだろうし、とにかく前を見る以外にないんじゃないのかな」

聞いていないのか、それとも納得がいかないのか、ティーカップの持ち手をいじりながら目を伏せていた粧子が、やがて小さく鼻を鳴らした。

「なんか……波多野さんて、わりとつまんないことしか言わないんですね」

びっくりして思わず顔を見やった。

「あ、ごめんなさい。つい」

平気なふうで、艶のある唇を紙ナプキンで押さえる。

と、背筋を伸ばして座り直した。

「世間話にお時間を取らせてすみません。お話ししておきたかったのはそんなことじゃないんです」

二つに畳んだ紙ナプキンをカップの受け皿の下にはさみ、粧子は僕を正面から見た。戦闘態勢に入ったな、ということが、わずかにそびやかした肩の先から伝わる。

「私――監督に、プロポーズするつもりです」

僕は黙っていた。

「女優は、これを最後に辞めます。好きな人の前で他の男と抱き合うなんてもうまっぴらだし」

それはそうだろう。心から同情する。

「あの映画の撮影だって、早めにストップしてくれてあたしはほっとしたくらいです」

女性にとってはそれが本音なのだろうな。思いながらも一瞬、何だろう、ざらりとした違和感を覚えたがすぐに消えてしまい、それ以外には自分でも不思議なくらい何の感想も湧いてこなかった。

「これまでだったら、あのひととの結婚なんて父が絶対に許さなかったでしょうけど、今は事情が違いますでしょ？　父の思うようなまともな結婚はもう望めない。むしろ、監督にこそ責任をとってもらうしかない。それでも、いざ結婚したら可愛い娘婿には違いないんだから、彼の窮状を救ってあげるのは当然ってことになりますものね」

実家の援助というような意味だろうか。なるほど、いい考えかもしれない。

「波多野さん？」

「あ、うん」

間の抜けた答えを返す。

「うん、って……何か言うことはないんですか」

「何か、とは」

「『どうしてそんなことをわざわざ僕に話すの』とか」

「ああ……うん、そうだね。どうして僕に？」

粧子が憐憫《れんびん》のまなざしを向けてきた。瞳が紅茶のようなきれいな飴色に透きとおっている。

ややあってから、短く嘆息して言った。

「……つまんない」

「え？」

「なんか、思ってたのと違っててつまんないです」

「そう。どう思ってたのかな」

礼儀正しく訊いているのに、苛立ちも露《あら》わに眉をひそめられる。理不尽だが腹は立たない。広く形の良い額を眺めながらぼんやりと、いい女優になったなあ、と思う。

まるで親の仇《かたき》のようにティーカップの底を睨んでいた粧子が、鼻からひとつ息を吐いた。

「いいです」

「え」

「もう、いいです。報告しておきたかっただけですから」

ぞんざいに髪を後ろへふりやって、

「じゃ、またそのうち」

とテーブルの端へ手を伸ばす。押しとどめようと思ったのに、それより早く伝票をつかんでさっさと立っていってしまった。

背後でレジスターの音がする。ありがとうございましたー、と男の店員の声が響き、カランカランとドアベルが鳴る。

ふり向くことができなかった。むろん、立ち上がることもだ。さっきから微動だにしない感情が鉛の塊と化して、まるで潜水夫が腰に付ける重石《おもし》のように僕を深みへ引きずり込もうとする。

しっかり、しろよ。

心の裡で自分に発破をかけただけのつもりが、隣のテーブルの客がこちらを見て変な顔をする。声に出ていたらしい。

目顔で謝り、ちょうど横を通ったウェイトレスを呼び止めてコーヒーのおかわりを頼んだ。やがて運ばれてきた二杯目もやっぱり、ただ苦いだけに感じられた。


これからは遠くなるな――というのが、ほぼ唯一の感想だった。

なんとなくお定さんの顔を見たくなったが、今から竜泉まで会いに行く元気は逆さに振ってもなくて、来た時と同じく国電に揺られ、中野の家へ帰り着いた時には日が暮れていた。

玄関の引戸を開けるなり、母がほっとした様子で出てきた。Rから何度も連絡があったと言う。

「帰ったらすぐ電話してほしいってさ。ずいぶん急いでたみたいだよ」

そんなに慌てて報告してくれなくたって、と苦笑が漏れる。あの嫁さんならどこへも逃げやしない。逆にさんざん追いかけ回されて、今に音《ね》を上げるがいい。

受話器を上げ、指が覚えた番号を回す。呼び出し音が半分も響かないうちにRが出た。開口一番、

「聞いたよ。おめでとう」

思いきり明るく祝ってやったのに、

「遅いじゃないか、どこ行ってたんだ」

早口に遮られた。

「どこって、」

「そんなことより……おい、吉弥」

「何だよ、おっかないな」

自分の笑い声が電話の向こう側でへんに響く。Rはくすりとも笑わない。

「お前、最近お定さんに会ったか」

「あ、うん。会った」

「いつだ」

「ええと……」

たしか十日ばかり前、と答えようとしてふいに、ぞわっと全身に鳥肌が立った。まさか——受話器を握り直す。

「お定さんがどうかしたのか？」

通りかかった母がぎょっとなって立ちすくむ。

送話口に、Rの息がかかった。張りつめた声で言った。

「消えたぞ」

# 終章

木漏れ日でまだらになった路地に、白い丸がいくつも描かれている。さっきの夕立で薄れてしまったのを上から蠟石《ろうせき》でなぞり、子供らは飽きもせず同じ遊びに興じている。

けんけんぱ、けんぱ、けんぱ、けんけんぱ。

小さくなった蠟石で地面に落書きをする子。助走をつけてゴム跳びをする子。三輪車や自転車をぐるぐる乗り回す子らの中には、補助輪をはずしたばかりでまだふらついてるのもいる。

その間をすり抜けるようにして、三本足の赤犬がトットコ駆けてくる。ないのは後ろの片っぽで、だからとて特に不便もなさそうに、家の前の縁台で涼むあたしの前を通り過ぎていく。

湯上がりの肌にうちわの風を送る。着ているのは楊柳《ようりゅう》のアッパッパだけなのにまだ汗が出る。すぐそばに置いた蚊取り線香が煙たくて、つっかけの先でちょいと向こうへ押しやった。もし足が片っぽなかったら、きっとこんな小さなことも不便なんだろう。

そういえば、傷痍《しょうい》軍人さんを見なくなって久しい。昔は上野や銀座の街角に白い病衣を着た男の人たちが立ったり座り込んだりしていて、どの人も腕や脚が欠けていて、見るとおっかないようだった。あたしはどうしてもそのまま行き過ぎることができずにそのつど持ち合わせのいくらかを缶の中に入れ、そのくせ礼を言われるのが嫌で急いで立ち去ったものだった。

生きていればあのひとだって、おしまいのほうでは兵隊に取られていたかもしれない。征《ゆ》けば、無事に帰ってこられたかどうかわからない。命はあったとしても、あの白い人たちと同じように身体のどこかが欠けて……。

うちわの手が止まる。

不謹慎にも、つい笑ってしまった。せっかく兵隊に取られなくて済んだのに、あたしのせいで、あそこが欠けたままお墓に入らなくちゃいけなかったのだ。可哀想で、可愛いあのひと――。

「お加代さん」

呼ばれて目をやると、通りかかったのは三軒ばかし隣のおばあちゃんだった。そういうあたしだっていいかげんおばあちゃんなんだけど、ここまでシワシワじゃないし背中も丸くない。

「胡瓜となすび、いるかい」

このへんの人の多くは、茄子をなすびと呼ぶ。

「あら嬉しい。ちょうど後で買物に行かなきゃと思ってたとこよ、ありがたいわ」

「ちょいと育ち過ぎちゃったんだけどさ」

小脇に抱えた竹ザルの中から一本ずつつかみ出して縁台に置いてくれる。育ち過ぎにも程がある。どちらも枕みたいだ。

「とうもろこしは？」

「とうもろこしはいいわ。入れ歯に挟まるから」

あははおんなじだ、とおばあちゃんは笑い、歩きだすと、また隣の家の前で同じやり取りを始めた。

この路地に住み着く前は、あちこちをずいぶん転々とした。人の目を避けるために海沿いの田舎で暮らしてみたこともあったけれど、かえって余所者《よそもの》への目が厳しくて、結局また町なかに舞い戻ってしまった。

ここでは誰も、あたしの素性を知らない。歳を取ったおかげで世に知られた写真とはだいぶ面変わりしたし、着物じゃなく洋服を着るようになったのと、染めるのをやめて白くなった髪を短くしたものだからよけいにわからないんだろう。もしかしたらあの吉弥さんでもわからないかもしれない。

長屋の軒には表札を掛けてある。阿部、ではない。最後に形だけ、あたしの夫になってくれた人の苗字だ。その人が遺してくれたもののおかげで、贅沢さえしなければたぶん死ぬまで暮らしていけるし、税金だってちゃんとその名前で払うことができている。

以前は、穏やかに暮らそうと思ったら誰かに嘘をつかなきゃならなかった。ありのままの自分で暮らそうと思えば修羅みたいに生きなきゃいけなかった。

今は、心がとても落ち着いている。ちょっと退屈なくらいだ。

近所のどこかから包丁の音が聞こえてくる。子供らが一人また一人、母親に呼ばれて家へ帰ってゆく。

あたしもそろそろ夕餉《ゆうげ》の仕度をして、それから仏様の乗りものを作らなくちゃいけない。胡瓜となすびは、立派なのがある。


『若竹』を出てきてから、季節をいくつ数えたろう。

吉弥さんに挨拶しなかったことを除けば全部きっちり始末して出た。逃げるわけじゃないんだから立つ鳥跡を濁さずといきたかった。

それなのに世間ではいまだに、あたしが何もかもほったらかしで出奔したみたいに思われているようだ。家財もそのままなら布団も敷きっぱなし、部屋の隅には酒瓶まで転がってたみたいな、まことしやかな嘘が信じられている。

あの事件を覚えている人たちにとって〈アベサダ〉はそういう女でなければならないんだろう。みんな〈アベサダらしさ〉をあたしに押っ被せる。男と酒にだらしない、結局はまともに生きられない女。逃げるわけじゃないと言ったけど、あたしはやっぱりそういうところから逃げてきたのかもしれない。

『若竹』を畳む羽目になったのは、またしてもお金を持ち逃げされたせいだ。今度も若い男の子だった。

若い子が好きというのじゃなく、ただ、頑張ってる姿を見ると健気《けなげ》に思えて面倒見てやりたくなる。そういうこちらはいい歳で、おまけに松子さんが身体を壊して辞めてしまったりといろいろが重なって、無理はたたるし足腰は痛むし、そんな時に女として優しく扱ってもらうとつい絆される。信じてやりたくなる。

とまあそれだけの話なんだけど、その前の『クイーン』の時とあまりにも同じ轍《てつ》だったもんだから、恥ずかしくて吉弥さんには打ち明けられなかった。

大借金を作るほどじゃないけど、このままじゃ家賃も払えなくなるのが目に見えている。小金目当てで映画やテレビに出てみたら、かえって変な客が寄ってきて面倒くさくなった。きれいに畳んでしまえと思った。吉弥さんが最後に『若竹』に来てくれた時にはもう出ていく日取りまで決めていたから、帰りに「また来ます」と言われた時は辛かった。葬式と同じだ。大事なひとに別れを告げるのが、あたしにはどうしても難しい。

黙って消えたりしたら彼が傷つくのはわかっていたけど、正直、ちょっとだけ小気味よくもあった。

（あんたが書いた小説のまんまでしょ）

（自分で書いたんだから、あたしを恨めないでしょ）

真似をしたわけじゃなかった。吉弥さんがそれだけ、あたしをよくわかっていたということだ。


最後にお給金をもらって働いたのは、千葉の『勝山《かつやま》ホテル』だった。

昭和四十五年の春先に『若竹』を閉めた後しばらくは何をする気にもなれず、お酒を飲むたび死にたくなっていた。大家さんから返ってきた敷金も、なけなしの持ちものを売り払ったお金もぜんぶ返済に回したから余裕なんかないし、引っ越しのとき近所の人には万博見物に行ってくるなんて見栄を張ったけど、ほんとは大阪で昔の知り合いのもとへ身を寄せながら自分なんかいつ死んだっていいと思っていた。

でも、死ねなかった。あたりまえだ。吉さんの大事なおチンコを持って逃げた時でさえ死にきれなかったんだから、あたしに自分で死ぬなんてどだい無理なのだ。

知り合いの家も出なくちゃいけなくなって仕方なく東京へ舞い戻り、翌年の正月早々に浅草の観音様へお詣りをした——その帰りのことだ。

参拝客でごった返す仲見世通りを歩いていたら、向こうから懐かしい人が来た。印刷会社社長の島田さんだった。昔、大阪のバーにいたあたしを見つけ、ちょうど上野の『星菊水』を大きくしたばかりだった友人の丸山社長に、「店の目玉が欲しいならあのお定さんを雇ったらどうだ」と言ってくれたのはこの人だった。のちに『若竹』を出す時に丸山社長が力になってくれたことなんかも考え合わせると、最初の縁を作ってくれた島田社長こそは大の恩人と言っていい。

あたしが『若竹』を畳んでしまったことを彼はもちろん聞き知っていて、「小さいけどいい店だったのになあ」と残念がってくれた。思えばこの人は、偶然にもあの事件の時、『満佐喜』のあたしたちのすぐ隣の部屋に泊まっていたのだ。もちろん当時は知り合いでも何でもなかったし、警察の事情聴取を受けたなんて話を聞かされたのは『星菊水』に来てからのことだったけれど、つくづく不思議なご縁もあるものだと思った。

「それでお定ちゃん、今何をしてるの」

「何もしてません」

「なんだって？　どこにいるんだ」

「とくに決まってやしませんよ」

正直に言ったら、その場で自分の持ちものである『勝山ホテル』の仲居の仕事をあてがってくれた。女房が切り盛りしているから、困ったことがあったら何でも頼るといいと言う。

思わず泣いた。周りにはたくさん人がいるのに堪えきれなかった。

ここしばらく働くのが億劫に思えていたけれど、島田社長に「しっかりやれよ」と言われたら、久しぶりに背筋が伸びる心地がした。たったいま観音様に、あたしをまっとうな女にして下さいとお願いしてお賽銭《さいせん》をはずんだ甲斐があったと思った。

世の中、縁の濃い人もいれば薄い人もいる。一緒に過ごす時間の長短とは関係がなくて、たとえば出所してきたあたしをあたしと知らずに所帯を持っていた夫と比べたら、めったに会わなくてもこうして折々に手を差し伸べてくれる島田社長のほうがうんと縁が濃いんだろうと思う。

けれどあたしは、半年ほど置いてもらったその『勝山ホテル』を、お内儀《かみ》さんの節子《せつこ》さんへの書き置きひとつで出てきてしまった。

ママ、と呼ばせてもらっていた節子さんはあたしより年下だったけれど、うんと昔からの知り合いだったのもあってずいぶん良くしてもらったし、このひとに死に水をとってもらいたいと思うくらい信頼していた。彼女のほうも、ずっとここにいればいいと言ってくれていた。

だからこそ、いられなかった。働くのが辛かったのじゃない。どんどんひどくなるリウマチのせいで、思うように働けないのが辛かった。これから七、八月の繁忙期、自分がますますお荷物になることを考えると、今しかないと思った。

便箋なんて気の利いたものは持っていなかったから、ホテルの名前の入った箸袋を開いて、白いところに鉛筆で書いた。

ママ様

御免なさいね　お詫申します
いろいろ思いやり下さって
心配頂いてまして心から厚く
御礼申上げます
いつ迄もいつ迄もおそばに
居てと思い居りましたが
からだが悪くてはどうにも
おつとめが出来ません
重いものは持てない
台所は出来ないと
勝手な事ばかり我がままして

本当に本当に悪う厶《ござ》いました

一字一字、書きしたためながら、涙で手もとがかすんだ。
どうして自分はこんなにも、せっかく良くしてくれる人たちの期待に応えることができないのだろう。

どうか此勝手なフルマイを
お許し下さい　お目もじの上
お願いするのが心苦しくやむなく
こうした事を致しました
重ね重ねお許下さい
七月八月が済みましたら
お伺いさせて頂きます
東京で社長様にお目にかかります
くれぐれも御立腹なきよう
お詫申上げます

〈こう〉と、ここで名乗っていた名前で結ぼうとして、手が止まった。ほんの少し迷って、もう一言書き添えた。

ショセン私は駄目な女です

文字にしてみたらまさしくそのとおり、あたしの人生はこのたった一行に集約されていると思えて、いよいよ泣けてきた。自分を可哀想がるのは癪だから、へらへら笑いながら泣いてやった。

このまま落ちぶれて、行き倒れになって、最後の最期まで新聞に名前が載るようなのは絶対に嫌だ。何年か前のバス事故を思い出す。あんなふうな不慮の事故で、身元不明のまま死ねたらいいのに。

六月だった。内房《うちぼう》の海に面した勝山のほうが少し季節が進んでいて、東京に戻ってみると紫陽花《あじさい》はようやく色づき始めたところだった。

どこへ行こうか。昔世話になった男なら、東京大阪名古屋、あちこちにいる。その中の誰かを選んで頼ろうか。リウマチ持ちの六十六歳、田舎の観光旅館ですらろくに働けず飛び出してきた女を、黙って置いてくれる男なんかいるだろうか。

勝手知ったる上野の近くに、安い宿を取った。三畳しかない部屋で、隅には脚の傾《かし》いだ文机があり、あたしはその上に風呂敷包みの中から取り出した位牌《いはい》を置いた。ほんの小さな白木のもので、それ自体がもう傷だらけで黒ずんでいる。三十年も前、出所してからあの『満佐喜』へお詫びに行った時、そこに祀《まつ》ってあったのを譲ってもらったのだった。

人に見せたことはないけれど、どこへ引っ越しても押入の中に仏壇もどきをこしらえてそこに納め、朝晩必ず手を合わせてきた。どんなに酔っぱらおうがそれだけは欠かしたことがなかった。

「どうしようかねえ、吉さん」

位牌に話しかけるのもいつものことだし、吉さんが答えてくれないのもまたいつものことだった。買ってきた助六寿司を少し食べて横になる。湿気をたっぷり吸った布団が胸に重たくて、一晩中まんじりともしないうちに明るくなり、ふと壁のカレンダーを見たら六月十八日だった。それで、この日の予定が決まった。命日からちょうどひと月遅れてしまったことを、吉さんの墓前へ謝りに行こう。

あたしが永代供養をお願いしてあるのは山梨の身延山久遠寺《くおん》だけど、本来の吉さんのお墓は港区元麻布、仙台坂下の専光寺にある。

東京にいた間は、折にふれて手を合わせに行った。石田家の長男坊が戦死して『吉田屋』もなくなってしまった今では、墓地の隅っこにある無縁塔に名前が刻まれているばかりだけれど、そこにたとえわずかでもあのひとのお骨が納められているかと思うと、あたしには嬉しい場所だった。

麻布の老舗旅館の次男坊だったという話は、たしか最初に泊まった『みつわ』の寝間の中で聞いた気がする。それともそこから移った先の『田川』だったろうか。あのひとともつれ合いながら話したことの多くを、あたしは自分でも知らずに忘れてしまっているんだろう。寂しいことだけど何もかも全部持って死ねるわけじゃなし、そうしていろいろ薄れていくくらいがちょうどいいのかもしれない。

梅雨の晴れ間で、駅からのタクシーを降りたとたん、強い陽射しとものすごい湿気が毛穴をふさいだ。宿を出て来る時にはまだ少し雨がぱらついていたものだから、裾に泥のはねるのが嫌で洋装にしたのだけど、せっかく吉さんに逢うならやっぱり着物にしておけばよかった。あのひとのことだから安いワンピース姿のあたしなんか見たら、「よせやい、野暮くせぇ」とか言って笑い出しそうだ。

沈んだ朱塗りの本堂、御本尊の阿弥陀如来《あみだにょらい》にお詣りしてから、勝手知ったる墓地へと向かった。生《き》成《な》りの麻の日傘なんかはほんの気休めにしかならないけど、木々のさしかけてくれる影は黒々と濃い。

(もう、あんまりマメには来られないかしれないけどさ……)

寺務所で求めた線香を立て、目を閉じて白檀《びゃくだん》の香りを嗅ぐ。

(忘れてやしないから安心してちょうだい。山梨のほうへはちゃんとお願いしてあるから)

それにしても蒸す。この歳になると暑さより湿気がこたえる。腕や脛に蚊が寄ってくるのが煩わしく、舌打ちしながら払いのけ、最後にもう一度手を合わせて強くつよく念じてから目をあけた。

思わず声が出た。

あのひとがすぐそこの木下闇《このしたやみ》に立っている。服を着て、あたしをまじまじと見ている。

「……お定、さん?」

呼びかけられて我に返った。

波多野吉弥だった。


「月命日なもので」

と、彼は少し気まずそうに言った。

「まさか、毎月?」

「いいえ、来たり来なかったりですけど。今日のは、虫の知らせかな」

並んで線香を上げたものの、彼は短く手を合わせただけでこちらへ向き直り、片方きりしか動かない目であたしを見た。

「ちなみに、身延山のほうへも行きましたよ」

「え」

「前に、永代供養のこと聞いたから。あなたがそこまでしてくれたんなら、僕もせめて命日くらいはと思って。や、えらそうなこと言ってまだ二回きりしか行けてませんけどね」

「……そう」

無縁塔に目を戻す。

「お仕事のほうはどうなの？」

「相変わらずですよ。今もまた、次の映画を作ってるとこです」

『若竹』のあと、まだ一年半とたたないのに、しばらく会わなかったというだけで顔が違って見える。こちらを見おろす目尻には優しい皺が寄っていて、顔の半分はこんなにもあのひとによく似ていたのかと驚く。

「お定さんは？」

「こっちもまあ、変わらずよ」

「よかった。思ったより元気そうで」

元気というほどでもないのだけど、たぶん彼だって承知で言っている。

「びっくりしたでしょ」

「ええと、どれのことでしょう」

あたしは噴きだした。

「いきなり逐電《ちくてん》しちゃった時のこと」

「びっくり、かあ……」吉弥さんが苦笑する。「びっくりは、不思議とあんまり。ただ、」

「うん？」

「寂しかったですね。何にも言ってくれなかったから」

胸を衝かれた。何か鋭いものが本当に突き刺さったみたいな痛みがあった。

「――ごめんね」

誰かに向かってこんなにも心から謝ったのは久しぶりのことだった。この前はいつだろうと考えてみる。吉さんの首をおしまいまで絞めた時かもしれない。

「そういえば、あの監督さんはお元気？」

「彼も相変わらずですね。生き生きと傍若無人にやってます」

「例の腐れ縁は続いてるわけ？」

「まあ、残念ながら」

「所帯は持たないの？」

「僕ですか？」

「どっちも」

「それも、残念ながら。二人ともいまだに侘《わび》しい独り身のままですよ」

嘆いてみせる口ぶりを、表情が裏切っている。可笑しくなって、

「なにさ、腹の立つ」

思ったまんま口に出すと、彼のほうも初めて声をたてて笑った。

それきり、お互いに押し黙り、耳もとに近付く蚊を追い払ったりなどしていた。あたしのほうは彼が元気でいるとわかっただけでもう充分だったたし、彼のほうはたぶん、いちばん訊きたいことを訊けずにいるせいで他の話題がうまく出てこないのだった。

墓地の向こう端の松の木に、気の早い蟬がとまるなりおずおずと鳴き始める。吉弥さんが初めて訪ねてきた日の蟬時雨を思い出す。あたしは、あと何回、一人で夏を迎えればいいのだろう。

いつまでこうしていたってきりがないから、

「じゃあ、ね」あたしから言った。「ほんとにさよならね」

「お定さん」

「そうだ。あんた、あたしの本いいかげんに出しなさいよ。なにグズグズしてんのよ」

「あの、お定さん」

思いつめたように吉弥さんが遮る。

「あなたに……どうしても会いたいと思ったら、その時はどうすればいいですか」

今どこにいるんですか、でもなければ、これからどこへ行くんですか、でもない。いかにも彼らしい訊き方だった。

（――どうしても会いたいと思ったら）

心臓の後ろ側のあたりから、じわじわと鈍い痛みが滲んでくる。

あたしは、と思ってみる。どうしても会いたいのに会えないひとと生きてきた。会えなくしたのはあたしだ。自分で死ねないことはもうわかっているから、寿命が尽きるまでは生きていくしかない。

吉弥さんが、片方だけ、逢えないひととそっくりの目をしてあたしを見つめている。彼はまだ、自分自身の始末の付け方なんて考えなくていいだけ若いのだ。

「手紙でも書くわよ、そのうち」

あたしは言った。根負けしたかたちだった。

「ほんとですか」

「たぶん、気が向いたらね」

「向いて下さい！」

笑って、歩きだしながら手をふった。

彼のほうもふり返してくれた。何度ふり返ってみても、あきれるくらいにずっと、高くあげた手をこちらに向かってふり続けていた。

割り箸を挿そうとして太い胡瓜をつかんだら、細かな棘がてのひらに刺さった。ガラスの破片みたいにちくちくする。

何も知らない夫と疎開した、茨城の田舎を思い出す。朝露に濡れた胡瓜や茄子、清潔な畑土の匂い、体重の全部を後ろへ預けて引っこ抜いた大根……。あの生活ばかりはいま思い返しても、温かく満ち足りて懐かしい。

つくづくと、浮き沈みの激しい人生だった。むしろ沈むばかりで浮いたことなどほとんどなかった。芸妓から娼妓に身を堕として——秋葉に倣って言うなら肚を決めて、来る日も、来る日も、来る日も、男と寝た。よぼよぼの老人のおチンコを懸命に勃たせ、まるで死に水をとるみたいにつながったこともあったし、かと思えば初めての若い兵隊さんを導いて優しく筆おろしをしてやったこともあった。

そうして並べてみればそんなに悪いことばかりじゃなかったかのように思えてくる。吉さんと過ごしたあの日々と同じだ。遠ざかってしまえば、ただもう全部が懐かしい。

前に訪ねてきた作家の坂口安吾先生は、あたしと話した後に書いた文章の最後をこんなふうに結んでいた。

〈八百屋お七がなお純情一途の悲恋として人々の共鳴を得ているのに比べれば、お定さんの場合は、更により深くより悲しく、いたましい純情一途な悲恋であり、やがてそのほのぼのとしたあたたかさは人々の救いとなって永遠の語り草となるであろう。恋する人々に幸あれ〉

あの時も読んで思ったけれど、今になるとなおのこと違和感が募る。純情一途はともかくとして、あたしと吉さんは〈悲恋〉なんかじゃない。悲しくもなければ、いたましくもない。そんなふうに思ったことはただのいっぺんもなかった。

出会ってから三月《みつき》半ほど、初めて二人きりになってからは二十五日間、しかもそのうちの何日かは離ればなれで逢えなかった。たったそれだけの短い恋だったけど、あたしたちは、でも、賢《さか》しらぶった世間の人たちが経験するより何倍も濃いまぐわいを知り、何十倍も深い快楽を分け合った。惹かれ合ったのは軀だけじゃない。軀と心が分けられるはずなどないのだから。

元麻布の墓地を訪ねたのはあの日が最後で、吉弥さんともそれっきりだ。手紙は結局出さなかった。誰よりもあたしの性分を知っている彼だから、気が向かなかったんだな、と思ってくれているだろう。あれから四、五年たって、あたしと吉さんのことを描いた映画が続けざまに二本も公開され、けっこうな話題になった。どちらも、腐れ縁の監督の作品ではなかった。彼の性格については吉弥さんから常々聞かされていた。要するに、今後『定吉二人』とやらが表に出てくる目は完全に消えたということなのだろう。

公開された二本を観ようとは思わなかった。誰がどのように描いたとしても、あたしと吉さんの真実とは違っている。それが嫌だという気持ちはもうなくて、今さら腹も立たなくて、ただ興味が持てないのだった。今のあたしは、もはや阿部定ではなく、ほんとうに吉さんの呼んでくれた〈加代〉でしかないのかもしれなかった。

そうして、忘れた頃に吉弥さんの小説がひょっこり本屋に並んだ。映画によってまた盛り上がった第何次かの阿部定ブームとはまるで無関係に出たものだから、たいして話題にもならなかったようだ。

もちろん、ちゃんと買って読んだ。本の扉を開いたところに小さな文字で、

〈――父に捧ぐ〉

とあるのを見たら胸がツキンとした。あたしは勝手にその本を、吉弥さんからの私信だと思うことにした。

親きょうだいはもとより、秋葉正武もハルおばさんもとうに亡くなって、ありがたいことにあたしは天涯孤独の身の上だ。血の近い親戚が某所にいることはいるけれど、今さら頼れるわけもなし、頼りたくもない。

このありふれた路地で、ありふれた暮らしを送り、死んだらありふれたおばあさんとして埋葬してもらうのがいい。念のために遺言状だけは書きあげて簞笥にしまってある。あたしの葬式に出ていいのは吉弥さんだけだ。

毎年、菖蒲《しょうぶ》の花が咲く時分になると、馴染みになった山梨の花屋へ電話をかける。あたしがこの世に生きている限り、五月十八日には身延山の墓前へ花束が届けられる。

世間の人々の前から〈阿部定〉が姿を消して、すでに十と幾つの花束を数えたろうか。いつのまにかあたしも八十の大台に乗ろうとしている。

毎日毎晩、位牌に向かって手を合わせながら、あたしはもう、年に一度のその役目のためだけに生きている。吉さんを死なせたあの日が巡って来るたび、わくわくと胸が浮き立って、またここから一年間は生き永らえてもかまわないような眩しい気持ちになる。

二人キリ　だ。

やっと手に入れた。

尖った鼻先をあたしの軀のあちこちに埋めては、嬉しそうに匂いを嗅いでいたあのひとを覚えている。他の何を忘れたって、あのひとがこの軀に刻んでくれたことだけは忘れない。

目をつぶり、たぐり寄せる。匂いから起《た》ちあがる記憶の中では、こんなあたしもあの頃の姿に戻っている。

いつか、そう遠くないうち、身延山に花束の届かない五月が巡ってくるだろう。

思い浮かべてみても、少しも怖くない。あのひとの息子がきっと、見えなくなるまで手をふっていてくれる。

# 主要参考文献


『艶恨録』著者・発行元不詳
『阿部定正伝』堀ノ内雅一　情報センター出版局
『阿部定を読む』清水正　現代書館
『命削る性愛の女　阿部定〈事件調書全文〉』本の森編集部編　コスミックインターナショナル
『日本の精神鑑定』より「阿部定事件」村松常雄・高橋角次郎　みすず書房
『どてら裁判』細谷啓次郎　森脇文庫
『阿部定手記』前坂俊之編　中公文庫
『お定色ざんげ』木村一郎　河出文庫
『阿部定　昭和十一年の女』粟津潔・井伊多郎・穂坂久仁雄　田畑書店
『阿部定事件　愛と性の果てに』伊佐千尋　新風舎文庫
『はじめての愛』丸山友岐子　かのう書房
『なつかしく思います　阿部定に愛された男』森珪　現代書館
『戦前昭和の猟奇事件』小池新　文春新書

『戦前日本の私娼・性風俗産業と大衆社会　売買春・恋愛の近現代史』寺澤優　有志舎
『さいごの色街　飛田』井上理津子　筑摩書房
『東京昭和十一年　桑原甲子雄写真集』桑原甲子雄　晶文社
「婦人公論」昭和十一年七月号　中央公論社
「座談」昭和二十二年十二月号　文藝春秋新社
「週刊東京」昭和三十一年五月十九日号　東京新聞社
「SHOOT」昭和五十九年五月九日号　浪速書房
「FOCUS」昭和六十年十二月十三日号　新潮社
映画「明治・大正・昭和　猟奇女犯罪史」監督・石井輝男
映画「愛のコリーダ」監督・大島渚
映画「実録　阿部定」監督・田中登
映画「SADA」監督・大林宣彦

引用に際しては、原則として原文の旧字体を新字体に、
歴史的仮名遣いを現代仮名遣いに改め、送り仮名や句読点を一部補いました。

初出「小説すばる」二〇二二年十月号～二〇二三年十月号
単行本化にあたり、加筆・修正をおこないました。
なお、本作品はフィクションであり、
人物、事象、団体等を事実として描写・表現したものではありません。

装画　オカダミカ
装丁　アルビレオ

**村山由佳**〈むらやま・ゆか〉

一九六四年東京都生まれ。立教大学文学部卒。会社勤務などを経て作家デビュー。九三年『天使の卵―エンジェルス・エッグ』で小説すばる新人賞を受賞。二〇〇三年『星々の舟』で直木賞、〇九年『ダブル・ファンタジー』で中央公論文芸賞、島清恋愛文学賞、柴田錬三郎賞、二一年『風よ あらしよ』で吉川英治文学賞を受賞。エッセイ『命とられるわけじゃない』『記憶の歳時記』、小説『ある愛の寓話』『Ｒｏｗ＆Ｒｏｗ』など著書多数。

# 二人《ふたり》キリ

二〇二四年一月三〇日　第一刷発行

著者　村山由佳《むらやまゆか》
発行者　樋口尚也
発行所　株式会社集英社
〒一〇一－八〇五〇　東京都千代田区一ツ橋二－五－一〇
電話〈編集部〉〇三－三二三〇－六一〇〇
〈読者係〉〇三－三二三〇－六〇八〇
〈販売部〉〇三－三二三〇－六三九三（書店専用）
印刷所　TOPPAN株式会社
製本所　加藤製本株式会社


ISBN978-4-08-771855-3　C0093

村山由佳の本

# 『風よ あらしよ』〈上・下〉

明治・大正を駆け抜けた、アナキストで婦人解放運動家の伊藤野枝。生涯で三人の男と〈結婚〉、七人の子を産み、関東大震災後に憲兵隊の甘粕正彦らの手により虐殺される——。その短くも熱情にあふれた生涯が、野枝自身、そして二番目の夫でダダイストの辻潤、三番目の夫でかけがえのない同志・大杉栄、野枝を『青鞜』に招き入れた平塚らいてう、四角関係の果てに大杉を刺した神近市子らの眼差しを通して、鮮やかによみがえる。第五十五回吉川英治文学賞受賞、圧巻の評伝小説。

解説／上野千鶴子（集英社文庫）

# 『記憶の歳時記』

デビュー作『天使の卵』がベストセラーとなり、やがて南房総・鴨川へ移住し始まったゆたかな自給自足生活。出奔そして離婚、東京での綱渡りの日々。常識はずれな軽井沢の家での新たな生活、三度目の結婚――。十二の季節をめぐる記憶に引き出され、初めて明かすほんとうの想い。年若いあなたの肩を「案外、大丈夫よ」とやさしくたたき、人生後半戦のあなたに「この先が楽しみ」と思わせてくれる、滋味あふれるエッセイ集。

（発行・ホーム社／単行本）

集英社　好評既刊

# 『「自由」の危機――息苦しさの正体』

あいちトリエンナーレ2019、日本学術会議の会員任命拒否、検察官定年延長、加計学園問題……。あらゆる「自由」が失われつつある中で、研究者・作家・芸術家・記者などが理不尽な権力の介入に対して異議申し立てを行う。少しでも声を上げやすい世の中になるようにと願って二十六名の論者が集い、「自由」について根源的に掘り下げる。村山由佳「水はいきなり煮え湯にならない」収録。（集英社新書）